AF304118

Fallon Brooks ist das Pseudonym einer 38-jährigen Autorin, Mutter eines quirligen Vierjährigen und Ehefrau eines liebevollen Mannes. Sie ist begeisterte Leserin von Romanen mit dem gewissen Extra und hat eine beinahe grenzenlose Fantasie, mit der sie ihre Protagonisten, die ihr nicht nur einmal den Schlaf geraubt haben, zum Leben erweckt. Sie möchte ihre Geschichten mit anderen Menschen teilen und schreibt erotische Romane mit einem Happy End.

Wenn sie nicht gerade schreibt, arbeitet sie in Teilzeit oder erkundet mit ihrer kleinen Familie die Welt.

COLLEGE BOYS KISS *better*

Eine leidenschaftliche Enemies-to-Lovers
New Adult Romance am College

Fallon Brooks

Erstausgabe Juli 2024

Copyright © 2024 dp Verlag, ein Imprint der
dp DIGITAL PUBLISHERS GmbH
Made in Stuttgart with ♥
Alle Rechte vorbehalten

College Boys kiss better

ISBN 978-3-98998-418-9
E-Book-ISBN 978-3-98998-252-9-5

Covergestaltung: Larissa Siepmann
Umschlaggestaltung: ARTC.ore Design
unter Verwendung von Motiven von
shutterstock.com: © NDAB Creativity, © LightField Studios

Lektorat: Katrin Gönnewig
Satz: dp DIGITAL PUBLISHERS GmbH
Druck und Bindung: Books on Demand GmbH, Norderstedt

Mit jedem Kuss von ihr weicht die Einsamkeit Schritt für Schritt aus meinem kalten Herzen. Und ich erinnere mich verschwommen daran, was es heißt zu leben. Zu vertrauen. Zu lieben.

Liebe.
Diese Geschichte ist für all jene, die sie bereits gefunden haben oder noch auf der Suche sind.

Kapitel 1

Ava

Ich komme keine zehn Meter weit, da werde ich hart von der Seite angerempelt. Ein spitzer Ellbogen bohrt sich schmerzhaft in meine Rippen. „Aua", schreie ich. Gleichzeitig kracht der Karton, den ich in den Händen halte, zu Boden. Meine Habseligkeiten liegen verstreut vor mir auf dem Gehweg. Genervt drehe ich den Kopf und blicke in drei süffisant lächelnde Gesichter.

„Pass doch auf, wo du hinläufst", zischt eine der drei jungen Frauen mit eisiger Stimme und wickelt sich eine platinblonde Haarsträhne um den Finger. Ihre beiden Begleiterinnen nicken zustimmend.

„Wie bitte?" Ich kneife die Augen zusammen. „Du bist in mich hineingelaufen." Was erlaubt sie sich, mir die Schuld an unserem Zusammenstoß zu geben?

„Du musst nicht pampig werden." Die selbst ernannte Anführerin zieht die rechte Augenbraue warnend nach oben und stemmt die Hände in die Hüften. „Du bist neu auf dem Campus und wenn du nicht willst, dass dein Aufenthalt hier zu deiner persönlichen Hölle wird, gehst du uns aus dem Weg. Noch besser, du machst einen großen Bogen um uns."

„Du leidest eindeutig an Größenwahn", erwidere ich nüchtern und schüttle abschätzig den Kopf. Auf diese Konfrontation will ich mich nicht einlassen.

Die Auseinandersetzung mit den drei Mädels bleibt nicht unbemerkt. Etliche Studenten beobachten das Geschehen.

Mir fällt ein Typ in schwarzen Boots und Lederjacke auf. Lässig lehnt er an einem Baumstamm. Sein rechtes Bein hat er angewinkelt, in seinem Mund steckt eine Zigarette. Er zieht daran, stößt den Rauch aus und schnippt die Kippe ins Gras.

Ich knie mich hin, stelle die Umhängetasche neben mich und greife nach einem der silbernen Bilderrahmen, der beim Aufprall auf dem Boden zerbrochen ist. Vorsichtig lege ich ihn in die Schachtel. Wenigstens ist das Foto, das Mum und mich am Strand zeigt, heil geblieben. Der zweite Rahmen hat keinen Kratzer abbekommen. Ich strecke die Hand aus, um ihn aufzuheben. Es ist ein Schnappschuss von meinem ersten Weihnachtsfest. Mum, Dad und ich vor einem geschmückten Tannenbaum. Ich berühre beinahe das Metall des Rahmens, als ein schwarzer Pump erscheint. Die Sohle senkt sich, ein Klirren ist zu hören, gefolgt von einem Knirschen. Abrupt springe ich auf und balle die Fäuste. Wenn sie sich auf Biegen und Brechen mit mir anlegen will, bitte schön, das kann sie haben.

„Was fällt dir ein, du ...?", poltere ich.

„Entschuldige dich, Mandy, sofort", höre ich eine Männerstimme unerbittlich hinter mir sagen.

Mandy presst die Lippen zusammen und schnaubt verächtlich. Dennoch öffnet sich ihr Mund. „Es tut mir leid", säuselt sie. Es ist nicht zu überhören, dass sie es nicht ernst meint. Abermals wickelt sie sich eine Haarsträhne um den Finger. Dann dreht sie sich schwungvoll um und schreitet, flankiert von ihren zwei Freundinnen, mit hocherhobenem Haupt davon.

„Lass mich dir helfen."

Ich drehe mich um und blicke in ein kantiges Gesicht mit ausgeprägten Wangenknochen und grünen Augen.

Der junge Mann mustert mich aufmerksam. „Ich bin Liam." Er verzieht den Mund zu einem hinreißenden Grinsen, während ich ihn ausgiebig betrachte. Er trägt beigefarbene Stoffhosen und ein weißes Poloshirt. Darüber eine Jacke mit den Initialen des Colleges. Seine Schultern sind breit und er ist hochgewachsen.

„Danke, aber das ist nicht nötig", murmle ich, angetan von seinem Äußern und knie mich erneut hin. Ich sammle meine Habseligkeiten wieder ein und verstaue sie im Karton. Liam geht neben mir in die Hocke und hebt den Bilderrahmen hoch, den Mandy böswillig zerbrochen hat.

„Das Foto ist etwas zerfleddert", bemerkt er, nachdem er die Glasscherben entfernt hat. Traurig nehme ich ihm das Bild ab. Es ist das einzige, das ich von meinem Dad besitze. Er ist kurz nach Weihnachten einfach abgehauen und hat Mum und mich allein zurückgelassen, als ich sechs Monate alt war. Oft habe ich mich gefragt, warum er gegangen ist und wie es gewesen wäre, mit ihm aufzuwachsen.

Nie hatte ich das Gefühl, dass mir etwas fehlt. Mum hat sich liebevoll um mich gekümmert und es hat uns an nichts gemangelt. Dennoch wäre es für mich eine Bereicherung gewesen, meinen Dad kennenzulernen.

Eigentlich hätte ich das Bild längst entsorgen sollen. Dad hat es nicht verdient, dass ich es eingerahmt und im Zimmer aufgestellt habe, und nun schleppe ich es auch noch mit ins Studentenwohnheim.

„Danke, Liam", sage ich nachdenklich und richte mich auf.

„Doch nicht hierfür." Er steht ebenfalls auf, nicht ohne sich am Karton festzuhalten. Mühelos hebt er ihn hoch, obwohl er schwer ist. „In welchem Wohnheim wohnst du?"

„Gute Frage." Ich ziehe den Plan vom Campus aus der linken Gesäßtasche der Jeans. Das Areal ist weitläufig und es befinden sich etliche Gebäude darauf. „In dem hier." Ich zeige auf das Haus, das ich mit einem roten Marker umkreist habe.

„Wenn du möchtest, kann ich dir den Weg zeigen. Ich weiß, wo es langgeht." Dankbar nicke ich und greife nach der Tasche, um sie mir umzuhängen.

„Mandy kann ziemlich gemein sein", sagt er, nachdem wir uns in Bewegung gesetzt haben. Als müsste er mir das erzählen. Ich habe es doch hautnah mitbekommen. „Sie sieht sich selbst als die Königin des Colleges." Liam verdreht die Augen. „Und das nur, weil ihr Vater der Rektor ist."

„Dann rempelt sie wahllos Leute an und wird dann auch noch unverschämt?" Ich kratze mich an der Stirn. Wenn hier alle so drauf sind wie Mandy, werden das anstrengende vier Jahre.

„Nein, eigentlich nicht. Vermutlich hat sie einen schlechten Tag." Liam bleibt an einer Straße stehen, die mitten durchs Collegegelände führt, und sieht zuerst nach links und dann nach rechts, bevor er sie überquert.

„Bist du mit ihr befreundet?" Hoffentlich nicht. Er ist die Freundlichkeit in Person und sie eine unberechenbare Diva.

„Nein, aber wir belegen zum Teil dieselben Vorlesungen. Hast du Lust, dass ich dich morgen ein bisschen auf dem Campus herumführe?"

„Ja, sehr gerne." Die Vorstellung, Liam näher kennenzulernen, gefällt mir. „In welchem Jahr bist du?" Vor uns taucht eine Ansammlung von zweistöckigen Häusern auf.

„Im dritten. Ich studiere Wirtschaft und bin im Football-Team."

„Das studiere ich auch, du musst mir unbedingt erzählen, wie die Professoren sind." Es kann nicht schaden, wenn ich weiß, worauf ich in den Vorlesungen achten muss. Vielleicht überlässt er mir die eine oder andere Klausur, die er schreiben musste. Das wäre perfekt, um mich noch besser mit dem Stoff auseinanderzusetzen.

Dass ich ein Stipendium erhalten habe, ist meinem Ehrgeiz und meinem Fleiß zu verdanken. Mum hätte sich dieses College nicht leisten können. Es ist eines der besten des Landes und es war immer mein Traum, hier angenommen zu werden.

„Sicher doch. Ich trage dir den Karton noch bis zu deinem Zimmer. In welchem Stock liegt es?" Abermals ziehe ich den Plan hervor.

„Zweihundertzwölf, also in der obersten Etage."

Liam geht voran und ich folge ihm. Im Inneren wimmelt es von Neuankömmlingen. Er bahnt sich einen

Weg durch das Gewusel und ich gebe mein Bestes, damit ich nicht den Anschluss verliere. Mehr als einmal muss ich stoppen, um nicht mit einem meiner Mitstudenten zusammenzustoßen. Der Gang ist eng und das Stimmengewirr ohrenbetäubend.

Liam deutet mit dem Kopf auf eine Tür. Ich schließe zu ihm auf und erkenne die zweihundertzwölf darauf. Gespannt drücke ich die Klinke nach unten.

Das Zimmer ist leer und nicht gerade geräumig. Links und rechts an der Wand steht je ein Bett, daneben jeweils eine Kommode. Auf dem linken Bett liegen Klamotten, somit stelle ich die Tasche auf dem rechten ab. Liam hievt den Karton auf die Kommode.

„Gib mir doch deine Telefonnummer, dann melde ich mich morgen bei dir." Er wuschelt sich mit der Hand durchs kurze, blonde Haar und lächelt verschmitzt. Bei seinem hinreißenden Anblick schmelze ich unweigerlich ein kleines Stück dahin. Ich nenne ihm meine Nummer und als ich ende, sieht er mich mit hochgezogenen Augenbrauen fragend an. „Verrätst du mir noch deinen Namen?"

„Ava", krächze ich mit belegter Stimme und könnte mir eine Ohrfeige verpassen. Jetzt hat er sicherlich mitbekommen, dass er mir gefällt.

„Wir sehen uns", raunt Liam verführerisch und dreht sich um. Er verlässt den Raum und stößt um Haaresbreite mit einer mir unbekannten Frau zusammen. Sie muss meine Mitbewohnerin sein.

Ihr Blick heftet sich auf Liams Rücken. Minuten später sieht sie ihm immer noch nach, obwohl er längst verschwunden ist. „Was macht einer der angesagtesten Typen des Colleges in unserem Zimmer?" Während sie spricht, dreht sie sich zu mir um. „Ich bin nun schon seit einem Jahr hier und Liam weiß nicht einmal, dass ich existiere." Theatralisch wirft sie die Hände in die Luft. „Und du bekommst ihn an deinem ersten Tag dazu, hier aufzukreuzen." Ungläubig schüttelt sie den Kopf. Die Spitzen ihres braunen Bobs wippen hin und her.

„Er hat meinen Karton getragen", erwidere ich zögernd, überrascht von ihrem aufgebrachten Gemütszustand. Meine Mitbewohnerin plumpst aufs Bett und streift sich die Sneaker von den Füßen.

„Wow", ruft sie und ihre blauen Augen werden groß. „Das hätte ich von Mister Oberheiß, der nur mit seiner Clique abhängt und sich benimmt, als hätte er auf dem Campus das Sagen, nicht erwartet." Sie erhebt sich und hält mir die Hand hin. „Madison."

Ich ergreife und schüttle sie. „Ava, es freut mich, dich kennenzulernen."

Madison hat ein hübsches Gesicht und eine Stupsnase. Mein Bauchgefühl sagt mir, dass wir uns gut verstehen werden, auch wenn sie zur Dramatik zu neigen scheint.

„Soll ich dir beim Auspacken helfen?" Sie zieht die oberste Schublade der Kommode heraus.

„Sehr gerne, das ist lieb von dir." Ich öffne die Tasche und reiche ihr einen Stapel Kleider nach dem anderen. Sie verstaut diese in den Schubladen und ich komme nicht umhin, mir ihre Worte noch einmal durch den Kopf gehen zu lassen. So wie sie Liam vorhin beschrieben hat, ist er nicht gerade ein feiner Kerl. Mit Überheblichkeit und Arroganz habe ich Mühe. Dennoch werde ich mir morgen von ihm den Campus zeigen lassen. Dabei werde ich schnell herausfinden, ob sie mit ihrer Beschreibung von ihm richtig liegt.

„Woher kommst du?", frage ich, falte die leere Tasche zusammen und schiebe sie unters Bett.

„Boston." Madison schließt die Schublade der Kommode und betrachtet mich aufmerksam. „Deine Haut ist sonnengebräunt. Ich tippe auf Kalifornien, Hawaii oder Florida. Du hast etwas von einem Beachgirl mit deinen langen, blonden Haaren und den blauen Augen."

„Los Angeles", erwidere ich lachend. „Aber surfen kann ich nicht."

„Wenn ich mit dem Studium fertig bin, will ich nach L. A. Auch wenn es unwahrscheinlich ist, möchte ich mich als Schauspielerin versuchen. Deswegen studiere ich neben Jura noch Theaterwissenschaften." Sie räuspert sich und hält sich den Handrücken an die Stirn. „Ich fühle mich auf einmal so schwach." Leicht schwankt sie hin und her. „Liam, hat deinen Karton getragen." Sie taumelt rückwärts aufs Bett zu. „Oh, das haut mich aus den Latschen."

Ich pruste los und klatsche, während sie ächzend aufs Bett fällt.

Talent hat sie auf jeden Fall, wenn sie es nicht in Filmen zum Einsatz bringen kann, dann im Gerichtssaal. Dort kann Theatralik nicht schaden, um die Geschworenen zu beeinflussen. Auch gefällt mir ihre Einstellung, sich nicht nur auf ihren Traum zu fokussieren, sondern noch einen Plan B in der Hinterhand zu haben.

Es klopft an der Tür, die sogleich geöffnet wird.

„Bist du so weit?", fragt ein schlaksiger Mann mit einer Brille auf der Nase.

„Jap", meint Madison an ihn gewandt, richtet sich auf, schlüpft in die Sneakers und läuft auf ihn zu. „Möchtest du mitkommen, wir gehen in die Stadt." Sie dreht den Kopf und sieht mich über die Schulter hinweg an.

„Nein, ich möchte noch die restlichen Sachen auspacken und dann meine Mum anrufen." Ich winke ihr zum Abschied zu.

Die Tür fällt hinter ihr ins Schloss und ich räume den Karton aus. Das Bild von Mum und mir stelle ich auf die Kommode. Den Schnappschuss mit Dad lege ich in die Tasche unter dem Bett. Es ist an der Zeit, dass ich mich von dem Wunsch befreie, ihn kennenzulernen. Als würde er sich nach so vielen Jahren einfach bei mir melden.

Ich nehme das Smartphone und lege mich auf die Matratze. Es klingelt eine Ewigkeit, bis Mum rangeht.

„Hallo, Sonnenschein", sagt sie und ich verdrehe die Augen. Ich bin keine zehn mehr, wann hört sie endlich auf, mich so zu nennen?

„Mum." Ich stöhne und ihr helles Lachen dringt an mein Ohr.

„Du wirst immer mein Sonnenschein sein." Der neckende Unterton in ihrer Stimme ist nicht zu überhören. Abermals gebe ich einen gequälten Laut von mir. „Hast du dich gut eingelebt?"

„So weit, so gut, aber von eingelebt kann nicht die Rede sein. Ich bin erst seit drei Stunden hier."

„Ich fühle mich schrecklich, dass ich dich nicht begleiten konnte." Sie klingt traurig.

„Ich habe es dir zwar schon schätzungsweise hundertmal gesagt, dennoch wiederhole ich mich gerne noch einmal: Es ist kein Problem für mich, dass du nicht mitgekommen bist." Kurz halte ich inne, um meinen Worten mehr Gewicht zu verleihen. „Nie hätte ich gewollt, dass du die Flitterwochen mit Alexander sausen lässt, nur damit du hier sein kannst."

Mum kennt Alexander zwar erst seit ein paar Monaten, aber die beiden haben sich Knall auf Fall ineinander verliebt. Ich bin überglücklich, dass Mum nach all den Jahren ihr perfektes Gegenstück gefunden hat. Seit sich die zwei kennen, strahlt sie unentwegt. Kurz bevor ich zum College aufgebrochen bin, haben sie sich das Jawort gegeben und am Tag darauf sind sie nach Hawaii geflogen.

Ich mochte Alexander vom ersten Moment an. Er strahlt eine Ruhe und Gelassenheit aus, die ansteckend ist. Somit ist er der passende Gegenpol zu meiner quirligen Mum.

„Ich weiß, dennoch fühle ich mich schlecht."

„Musst du nicht und nun schwimm eine Runde im Pool oder schlürfe einen Cocktail."

„Wenn du darauf bestehst." Mums Stimme klingt nun wieder unbeschwert. „Ich habe dich lieb und wenn irgendetwas ist, melde dich."

„Werde ich, versprochen." Ich lege das Telefon zur Seite und schließe die Lider. Die Fahrt zum Campus war lang und eine bleierne Müdigkeit legt sich auf mich. Es dauert nicht lange, bis ich einnicke.

Wenn ich das Treiben auf dem Campus beobachte, fühle ich mich wie im Kindergarten. Reiche, versnobte Kids benehmen sich, wie es ihnen gefällt. Nur mich lassen sie in Ruhe, weil sie sich vor mir fürchten. Mein Ruf eilt mir voraus. Auch wenn nicht alles davon der Wahrheit entspricht, denke ich nicht daran, das aufzuklären. Ist der Ruf erst einmal ruiniert, lebt es sich ganz ungeniert. In diesen Worten steckt mehr Wahrheit, als ich für möglich gehalten hätte. Wenn ich mich den anderen Studenten nähere, weichen sie eingeschüchtert zurück und lassen mich dabei nicht aus den Augen.

Mandy und ihre Freundinnen haben ein neues Opfer gefunden. Die Blondine kann einem leidtun. Angewidert über Mandys Verhalten, sehe ich zu, wie sich die blonde Frau bückt, um ihre Sachen einzusammeln. Dabei streckt sie ihren wohlgeformten Hintern in meine Richtung. Ein Anblick, der mir gefällt. Wenn die Umstände anders wären, würde er mir noch besser gefallen. Ihre nackte Kehrseite vor mir wäre eine nette Versuchung.

Jetzt tritt die dumme Kuh auch noch auf einen Gegenstand, der auf dem Boden liegt. Kurz bin ich geneigt, mich vom Baum abzustoßen und hinüberzugehen. Aber ich halte mich aus den perfiden Spielchen raus, die sich vor meinen Augen abspielen. Ich widerstehe dem Drang, meine Regel Nummer eins, mich in fremde Angelegenheiten einzumischen, zu brechen, und verharre.

Ein Knurren löst sich aus meinem Mund. Ausgerechnet Liam, der aufgeblasene Arsch, eilt der Blondine zu Hilfe. Was wird hier gespielt? Ich will es gar nicht wissen, für mich zählt nur, mein Studium in einem Jahr erfolgreich abzuschließen, ohne gegen die Bewährungsauflagen zu verstoßen und nochmals im Knast zu landen. Der Rest ist mir verdammt noch mal egal.

Kapitel 2

Ava

Wie vereinbart warte ich vor dem Studentenwohnheim auf Liam. Madison lag noch schnarchend im Bett, als ich das Zimmer verlassen hatte. Dabei hätte ich sie gerne gefragt, ob sie in Liam verschossen ist, und ich wollte ihr sagen, dass ich mich mit ihm treffe, was ich nun nicht konnte.

„Ava", ruft Liam und kommt auf mich zu. Ich gehe ihm entgegen. Zu meiner Überraschung umarmt er mich zur Begrüßung, was sich aufregend anfühlt. Obwohl ich weiche Knie bekomme, bewahre ich einen kühlen Kopf. Mir ist nicht entgangen, wie uns einige der umstehenden Studenten verblüfft ansehen.

„Wo fangen wir an?", frage ich und löse mich von ihm.

„Mit den Vorlesungsräumen, die du für dein Studium brauchst." Ich nicke und schlendere neben ihm her.

Zwei Stunden später weiß ich nicht nur, wo sich die Räume befinden, sondern habe auch eine Zusammenfassung zu jedem Professor erhalten. Ich kann es kaum erwarten, bis die Vorlesungen am Montag beginnen.

„Wir könnten noch einen Kaffee trinken", meint Liam, als wir das Hauptgebäude hinter uns lassen.

„Gerne, ich lade dich ein", erwidere ich und laufe los.

„Das ist die falsche Richtung." Liam lacht, greift nach meiner Hand und zieht mich zu sich heran. „Wir müssen da entlang." Er deutet mit dem Zeigefinger der linken Hand hinter sich.

„Aber die Cafeteria ist doch dort drüben." Nun bin ich es, die hinter sich deutet.

„Du hast gut aufgepasst", sagt er und tritt noch einen Schritt näher an mich heran. „Aber ich möchte in die Stadt, dort sind wir ungestört. Außerdem kenne ich das beste Café weit und breit." Das leise Knurren meines Magens erinnert mich daran, dass ich heute noch nichts gegessen habe.

„Du hast mich überzeugt." Langsam trete ich einen Schritt zurück. Kaum zehn Zentimeter vor Liam zu stehen, lässt meine Hormone tanzen. Dass er mir unentwegt tief in die Augen sieht und ich seinen herben Geruch einatme, macht es nur noch schlimmer. Dabei will ich mich doch zuerst versichern, dass er nicht so ist, wie Madison angedeutet hat.

„Ich fahre." Liam lässt meine Hand los und zwinkert mir zu. Wir erreichen die Parkplätze, er steuert auf einen roten Sportwagen zu und öffnet die Beifahrertür, damit ich einsteigen kann, dann schließt er sie wieder. Liam lässt sich auf den Fahrersitz gleiten und startet den Motor. Laute Musik dröhnt durch das Wageninnere. Er macht sie aus und fährt los.

„Du bist wirklich hübsch", durchbricht er nach einer Weile die Stille und sieht flüchtig zu mir hinüber.

„Danke", stammle ich verlegen. Eine verräterische Wärme breitet sich auf meinen Wangen aus. Er gefällt nicht nur mir, sondern ich auch ihm. Meine Handflächen werden feucht.

„Hast du einen Freund?“, fragt er und wirkt dabei überhaupt nicht aufdringlich.

„Nein, bis jetzt hatte ich noch keinen.“ Es ist mir unangenehm, das zuzugeben, aber ich will ehrlich zu ihm sein. Falls sich zwischen uns etwas entwickeln sollte, ist es mir lieber, wenn er Bescheid weiß. Ihm soll bewusst sein, dass ich keine Frau für eine Nacht bin.

„Da habe ich aber Glück“, raunt er und beißt sich auf die Unterlippe. Während ich darüber sinniere, ob er damit meint, dass ich Single oder noch Jungfrau bin, erreichen wir das Café. Er möchte aussteigen, doch ich halte ihn am Arm zurück.

„Auf die Gefahr hin, dass ich mich zum Deppen mache. Wie soll ich deine Aussage von vorhin genau verstehen?“ Ich sehe ihm fest in die Augen.

Liam räuspert sich. „Dass es schön ist, dass du ungebunden bist.“ Er hält meinem Blick stand und meine Zweifel lösen sich allmählich in Luft auf. Kaum merklich schüttle ich den Kopf. Hätte Madison nicht gesagt, was sie gesagt hat, würde ich Liam nicht wiederholt hinterfragen. Ich sollte ihrer Bemerkung nicht zu viel Gewicht verleihen. Er hat mir geholfen und sich bis jetzt anständig verhalten.

Wir betreten das Lokal, das gut besucht ist. Liam begrüßt die Kellnerin, die uns umgehend einen freien Tisch zuweist. Nachdem wir bestellt haben, sehe ich mich um. Das Café ist klein und hat Charme. Ich fühle mich, als wäre ich in Frankreich, obwohl ich noch nie dort war. Auf jedem Tisch steht eine kleine Flagge in den Farben Blau, Weiß und Rot. An den Wänden hängen Bilder vom Eiffelturm und anderen Sehenswürdigkeiten.

„Heute Abend steigt in unserem Verbindungshaus eine Party, um den Beginn des neuen Studienjahrs zu feiern. Du kannst sehr gerne kommen."

Skeptisch betrachte ich ihn. Unschöne Erinnerungen drängen sich in mein Bewusstsein.

„Madison ist auch eingeladen." Er muss mein Unwohlsein bemerkt haben, vorsichtig legt er die Hand auf meine und sieht mich aufmunternd an.

„Danke, aber ich stehe nicht auf Partys. Ich fühle mich da einfach nicht wohl." Das ist nicht gelogen, dennoch gibt es noch einen anderen Grund, den ich ihm jedoch nicht offenbaren will. „Aber es ist lieb von dir, dass du mich gefragt hast."

„Dann vielleicht ein anderes Mal." Enttäuscht zieht er die Hand zurück. Er wirkt nachdenklich, als wir unsere Sandwiches serviert bekommen. Offensichtlich möchte er etwas mit mir unternehmen und das möchte ich auch.

„Wir könnten uns am Sonntag einen Film ansehen", sage ich und beiße in mein Pastrami-Sandwich, das himmlisch schmeckt.

„Das ist sogar noch besser", schnurrt er zufrieden. „Ich hole dich ab, dann gehen wir zu mir." Ehe ich es mich versehe, nicke ich, obwohl ich eigentlich davon ausgegangen war, dass wir ins Kino gehen. Die Vorstellung, mit ihm zusammen in seinem Zimmer einen Film anzusehen, macht mich ganz hibbelig.

Ich begleiche die Rechnung, was Liam nur widerstrebend zulässt, und wir verlassen das Lokal. Wie vorhin auch öffnet er mir gentlemanlike die Beifahrertür. Es gefällt mir, wie aufmerksam und zuvorkommend er ist. Das gibt mir das Gefühl, etwas Besonderes für ihn zu sein.

„Was möchtest du dir morgen ansehen?", fragt er und fädelt sich in den Verkehr ein.

„Ich liebe Horrorfilme, auch wenn ich dann nicht mehr schlafen kann."

Liam lacht laut auf. „Das ist ziemlich widersprüchlich", bemerkt er, seine Mundwinkel zucken immer noch.

„Ja, du musst einfach damit rechnen, dass ich dabei kreische und mir mitunter auch ein Kissen vor den Kopf halte." Ich stupse ihn in die Seite, weil er mich mit einem „Frauen sind kompliziert"-Blick bedenkt.

„Das kann ich handeln. Du darfst dein Gesicht auch gerne in meinem Schoß vergraben." Liam schenkt mir ein anzügliches Grinsen und ich stupse ihn abermals in die Seite. Dieses Mal vehementer als zuvor. Er lässt kurz das Lenkrad los und hält die Hände abwehrend in die Luft.

„Wer weiß, vielleicht bist du es, der sich am Schluss hinter mir versteckt, weil es dir zu gruslig ist." Herausfordernd sehe ich ihn an.

„Das kannst du vergessen." Liam grinst. „Ich freue mich darauf, morgen Zeit mit dir zu verbringen." Er legt die Hand auf mein Knie, was mir ein angenehmes Kribbeln an der Stelle auf der Haut beschert, wo er den Jeansstoff berührt.

Liam biegt auf den Campusparkplatz ein, hält den Wagen an und dreht sich zu mir um.

„Sollte dir Mandy nochmals Probleme bereiten, gib mir Bescheid. Ich kümmere mich darum." Auf einmal klingt er ernst und ich schlucke angespannt.

„Denkst du, das wird sie?" Gott bewahre, bin ich nun ihre Feindin? Kaum vierundzwanzig Stunden hier und ich habe mich schon unbeliebt gemacht. Wofür ich rein gar nichts kann.

„Nein, aber falls doch, ruf mich an. Ich werde mit ihr fertig." Ich nicke und hoffe, dass ich mich aus diesem Grund nicht bei ihm melden muss. Zum Abschied drücke ich ihn und steige aus. Meine Stimmung könnte nicht besser sein. Morgen habe ich ein Date mit Liam.

***

Ich betrete das Zimmer im Wohnheim.

Madison steht zurechtgemacht vor dem Spiegel und betrachtet argwöhnisch ihr Seitenprofil. Dabei zupft sie immer wieder an ihrem ledernen, kurzen Rock. „Wirkt mein Hintern unförmig?" Sie dreht sich noch mehr zur Seite und begutachtet sich inzwischen über die Schulter hinweg. „Er ist zu kurz, es muss daran liegen", murmelt sie frustriert und schlägt die Hände vors Gesicht.

„Was redest du da!", rufe ich und trete neben sie. „Das Teil steht dir hervorragend. Du siehst heiß aus." Aufmunternd nicke ich ihr zu. Madison hat eine Topfigur mit Rundungen. Was würde ich dafür geben, ihre volle Oberweite zu besitzen! Leider hat mein Busen aufgehört zu wachsen, kaum hat er damit angefangen. Ich tröste mich damit, dass er nie hängen wird, egal wie alt ich bin.

Auf Madisons Gesicht zeichnet sich ein Strahlen ab. „Wo warst du eigentlich den ganzen Tag?" Sie setzt sich auf die Matratze und zieht schwarze Stilettos unterm Bett hervor.

„Ich war mit Liam unterwegs, er hat mir den Campus gezeigt", erkläre ich und hoffe, das verletzt ihre Gefühle nicht. Immer noch weiß ich nicht, ob sie in ihn verknallt ist.

„Echt jetzt?" Wie gestern schon werden ihre Augen groß. „Liam ist an dir interessiert. Mannomann, da bleibt mir die Spucke weg."

„Dann stört es dich nicht? Du hast gestern von ihm geschwärmt, darum ..."

Madison winkt ab. „Nein, warum sollte es? Ich bin an jemand ganz anderem interessiert." Verträumt starrt sie ins Leere.

„Und wer ist das?", frage ich interessiert und erleichtert zugleich.

„Jayden. Er ist ein Freund von Liam, hat mich bis jetzt aber noch nie beachtet." Auf einmal funkeln ihre Augen und sie wirkt ganz aufgeregt. „Wenn das mit dir und Liam etwas wird, könnte sich das bald ändern." Sie reibt die Hände aneinander und sieht mich erwartungsvoll an.

„Ich lerne Liam gerade erst kennen und auch wenn ich ihn mag, weiß ich nicht, ob wir je zusammen kommen." Entschuldigend verziehe ich das Gesicht und beichte ihr mit leiser Stimme: „Wir hätten heute auf eine Verbindungsparty gehen können, die in seinem Wohnheim stattfindet. Ich habe abgelehnt."

Madison sackt in sich zusammen, die Enttäuschung, die sie gerade durchfährt, ist nicht zu übersehen. „Warum hast du nicht zugesagt?"

„Weil ich nicht gerne auf Partys gehe. Auf der ersten und letzten, auf der ich war, habe ich eine schlechte Erfahrung gemacht." Meine Stimme ist brüchig und in meinem Hals bildet sich ein Kloß.

Meine Mitbewohnerin erhebt sich, kommt auf mich zu und legt mir eine Hand auf die Schulter. „Schon gut, ich bin deswegen nicht sauer. Magst du mir erzählen, was vorgefallen ist?" Ich bleibe stumm, darum spricht sie weiter. „Natürlich nur, wenn du möchtest."

Gedankenverloren sinke ich aufs Bett. „Seit ich denken kann, war ich in einen Typen aus unserer Clique verknallt. Er war ein Jahr älter als ich, aber ich war immer zu schüchtern, um ihn anzusprechen. Das hat sich geändert, als ich vor zwei Jahren mit sechzehn auf einer Hausparty war, was daran lag, dass ich Alkohol getrunken habe. Leider habe ich den Drink nicht gut vertragen, er stieg mir schnell zu Kopf. Meinem Schwarm ging es nicht viel besser. Irgendwann saßen wir betrunken zusammen auf der Couch und ich habe ihm gestanden, dass ich ihn mag."

Madison setzt sich neben mich und hält meine Hand. Vermutlich hat sie schon eine Ahnung, worauf es hinausläuft.

Ich räuspere mich. „Meine Freude war grenzenlos, als er mich anlächelte und dann küsste. Genau davon hatte ich immer geträumt. Jede Sekunde genoss ich und wünschte mir, dieser Kuss würde niemals enden. Das änderte sich schlagartig. Seine Hand glitt unter meinen Rock und ich fühlte die Fingerspitzen am Oberschenkel entlang nach oben wandern." Mein Magen verkrampft sich und das Gefühl der Hilflosigkeit holt mich ein. Nur mit Mühe gelingt es mir, die Bilder in meinem Kopf zu verdrängen. „Ich war zu benommen, um ihn zu stoppen, und er zu dicht, um zu bemerken, dass mir das zu schnell ging." Ich blicke zu Madison hinüber, die ganz bleich geworden ist und mich mitleidig ansieht. „Ich hatte schlussendlich Glück im Unglück. Unseren Freunden ist aufgefallen, dass wir rummachten. Sie hielten das in Anbetracht unseres alkoholisierten Zustandes für keine gute Idee und haben uns getrennt."

Madison atmet erleichtert auf. „Was ist dann geschehen?", fragt sie und drückt meine Hand.

„Mein ehemaliger Schwarm hat mir einen dreiseitigen Entschuldigungsbrief geschrieben. Monatelang konnte er mir nicht mehr in die Augen sehen. Irgendwann habe ich ihn darauf angesprochen und wir konnten die Sache klären. Der Vorfall tat ihm unendlich leid. Er ist kein schlechter Mensch." Ich presse die Lippen zusammen. „Auf jeden Fall, habe ich keine Lust, nochmals Alkohol zu trinken und die Kontrolle über meinen Körper zu verlieren. Auch will ich nicht auf Partys gehen, wo ein Betrunkener einen womöglich ungefragt angrabscht."

Madison nickt verständnisvoll. „Ich gehe heute Abend aus", erklärt sie nach einer Weile. „Begleite mich. Wir gehen in eine Bar, nicht weit vom Campus entfernt. Dort wird kein Alkohol ausgeschenkt. Wir können Dart oder Billard spielen."

Nachdenklich kaue ich auf einem meiner Nägel, eine grässliche Angewohnheit von mir.

„Ich möchte dich in deinem aufgewühlten Zustand ungern allein lassen. Wenn du nicht mitkommen möchtest, gehe ich auch nicht", sagt Madison nach einer Weile, weil ich stumm bleibe.

Leise schniefend umarme ich sie. Madison ist nicht nur ein herzensguter Mensch, sondern auch die perfekte Mitbewohnerin. Meine perfekte Mitbewohnerin.

„Gehen wir." Die Vorstellung, mit meinen trüben Gedanken in diesem winzigen Zimmer zu hocken, behagt mir nicht. Abwesend reibe ich über die Stelle am Oberschenkel, wo ich vor Jahren ungewollt angefasst wurde.

Kapitel 3

Ava

Ich parke direkt neben der Bar, an der ein großes Neonschild prangert. In roten geschwungenen Buchstaben steht darauf: Irish Pub.

Madison und ich steigen aus und betreten das Lokal. Es ist halb leer. Die Einrichtung ist komplett aus Holz und sieht aus, als hätte sie schon bessere Tage gesehen. In den Tischen hat es tiefe Kratzer und von den Stühlen blättert die Lackierung ab. In einer Ecke stehen zwei Billardtische, daneben ein Dartkasten. Ich steure die Bar an und bestelle zwei Cola. Mit denen gehe ich zu Madison hinüber, die gerade die Kugeln auf einem der Billardtische arrangiert.

„Fang an." Sie lächelt verschmitzt. Ich nehme einen Schluck von der Cola und schnappe mir eines der Queues. Es ist lange her, seit ich das letzte Mal gespielt habe, dennoch treffe ich das Dreieck aus Bällen in der Mitte. Die volle grüne Kugel verschwindet im oberen, rechten Loch. Ich recke den Arm in die Luft und Madison klatscht anerkennend in die Hände.

„Was weißt du eigentlich über Liam?", frage ich und beuge mich erneut über den Tisch. „Du hast nicht gerade gut über ihn gesprochen." Ich rutsche ab und versenke die weiße Kugel. Mist!

Madison grinst und bringt sich in Position. „Nicht viel, ich kenne ihn nicht persönlich. Was ich gesagt habe, meinte ich nicht so. Du kennst doch die Beliebten, die stolzieren immer selbstsicher über den Campus und meinen, sie müssen irgendwelche Witze über andere reißen, um noch besser dazustehen. War bei dir an der Highschool bestimmt auch so. Glaub mir, das ändert sich auf dem College leider nicht." Sie richtet sich abrupt auf. „Aber mir ist das eine oder andere zu Ohren gekommen. Ob das stimmt oder nicht, kann ich jedoch nicht beurteilen."

Gespannt spitze ich die Lauscher.

„Anscheinend wechselt er seine Freundinnen so häufig wie andere ihre Unterhosen. Er langweilt sich offenbar erschreckend schnell." Madison zuckt vielsagend mit den Schultern und ich kaue schon wieder auf einem meiner Nägel.

Sie kommt auf mich zu, drückt meine Hand nach unten und sieht mich streng an. „Er muss dich mögen, denn bis jetzt habe ich noch nie mitbekommen, dass er Kartons für Neuankömmlinge schleppt und ihnen freiwillig auch noch den Campus zeigt. Vermutlich hat er bisher einfach nicht die Richtige gefunden."

Ich grüble über ihre Worte nach. Dass ausgerechnet ich die Richtige sein könnte, bezweifle ich. Liam ist beliebt und wird offensichtlich von vielen Frauen angehimmelt. Ich hingegen bin neu auf dem Campus und eher unscheinbar. Madison versenkt eine Kugel nach der anderen. Sie beherrscht das Spiel. Es würde mich nicht überraschen, wenn sie jedes Wochenende hier wäre.

Das Pub füllt sich und ich verliere. Der Geräuschpegel ist merklich gestiegen. Ich lege das Queue zurück, sonst denkt Madison noch, ich will eine Revanche.

„Lass uns Dart spielen", sage ich und trage die Gläser zu einem Tisch, der direkt danebensteht. Dieses Mal fängt Madison an. Mein Blick schweift durch den Raum und bleibt an einem Mann in einem schwarzen T-Shirt hängen, der in einer Nische sitzt. Auf seinem Schoß räkelt sich eine Rothaarige, mit der er intensive Küsse austauscht. Seine Hände wandern unter ihr Shirt und er umfasst ihre Brüste. Die Frau wirft den Kopf in den Nacken. Es ist wie bei einem Autounfall, man will nicht hinsehen, tut es aber trotzdem.

Für mich käme es nie infrage, mit jemandem derart in der Öffentlichkeit rumzumachen. Dennoch wünsche ich mir, auch so von einem Mann angefasst zu werden. Wie sich das wohl anfühlt?

Je länger ich die beiden beobachte, desto bekannter kommt mir der Kerl vor. Er hat eine gewisse Ähnlichkeit mit dem Typen, der gestern am Baum lehnte und rauchte. Genau wie er trägt er schwarze, halbhohe Stiefel. Neben ihm liegt eine schwarze Lederjacke. Er muss es sein.

Die Frau fängt an, sich ungeniert an ihm zu reiben. Er lässt sie los, lehnt sich zurück und legt die Arme auf die Lehne. Dabei bemerkt er, dass ich ihn anstarre. Mit seinen Lippen formt er „Was?" und kneift die Augen zusammen. Er hat mich ertappt. Hastig drehe ich den

Kopf, meine Wangen pochen. Madison zieht ihre Pfeile aus der Scheibe.

Mein erster Pfeil kracht in die Wand neben dem Dartkasten und landet auf dem Boden. Ich glaube, den Blick des Unbekannten im Rücken zu spüren, getraue mich aber nicht, mich umzudrehen. Ich bücke mich, um den Pfeil aufzuheben.

„Da bist du ja", quiekt Madison aufgeregt und umarmt ihren Freund, der sie gestern abgeholt hat. Dann stellt sie ihn mir vor.

„Setzen wir uns, am besten dort in die Ecke", meint Madison und geht voran. Ich greife unsere Gläser und folge ihr.

„Lehn dich nach vorn, in meine Richtung", flüstert Madison, kaum dass wir Platz genommen haben. Im Augenwinkel sehe ich, wie ihr Freund einen Flachmann aus der Jackentasche zieht.

Ich rolle mit den Augen und seufze. „Madison, das ist verboten", zische ich leise.

„Das gehört hier zum guten Ton, das machen alle. Nur ein kleiner Spritzer Jack für den guten Geschmack." Sie dreht den Kopf. „Für Ava nicht, sie trinkt keinen Alkohol."

Entgeistert sehe ich sie an. Sie hat mir versichert, hier wird nicht getrunken. Meine Enttäuschung spiegelt sich offenbar in meinem Gesicht wider, denn Madison presst die Lider zusammen. Wenigstens besitzt sie den Anstand, ihren Freund darauf hinzuweisen, meine Cola in Ruhe zu lassen.

„Hier lässt sich niemand volllaufen, wirklich nicht. Wenn man zu viel intus hat, fällt das dem Personal auf und man bekommt Hausverbot. Das riskiert niemand."

Auch wenn ich ihr das glaube, fühle ich mich hintergangen.

„Es tut mir leid, ich habe nicht nachgedacht." Madison schiebt ihre Cola zur Seite. „Bitte sei mir nicht böse." Sie sieht mich mit einem reumütigen Blick an, der es mühelos mit jedem Welpen aufnehmen kann, und mein Unmut verpufft. „Wir sind immer noch Freundinnen, oder?"

Ich nicke und schiebe ihr die Cola vor die Nase. Madison lächelt und wir stoßen an.

„Was soll das?", ruft Madisons Freund, während mir Flüssigkeit ins Gesicht spritzt. Erschrocken zucke ich zusammen, als ein Glas neben mir klirrend auf dem Boden landet.

Ich hebe den Kopf und erkenne Mandy und ihre zwei Freundinnen, die neben unserem Tisch stehen.

„Wage es ja nicht, mich anzusprechen, du Nerd", kläfft Mandy ihn an. Wie immer sind ihre Kommentare beleidigend. Einen tieferen Sinn dahinter sucht man vergebens.

„Was ist passiert?", frage ich verwirrt, nachdem die drei in der Menge verschwunden sind.

„Sie wollte den Inhalt ihres Glases über deinen Kopf kippen. Mir gelang es gerade noch, ihren Arm wegzustoßen." Madisons Freund schüttelt den Kopf. „Sie hat es auf dich abgesehen", sagt er und sieht mich fragend an.

Ich stütze die Ellbogen auf der Tischplatte auf und vergrabe den Kopf in den Händen. „Hat sie, aber ich weiß beim besten Willen nicht, warum", nuschle ich zwischen den Fingern hindurch.

„Sag es Liam, der soll ihr Einhalt gebieten." Madison lässt die Faust auf den Tisch krachen. Schmerzverzerrt verzieht sie das Gesicht und schüttelt die Hand.

Unweigerlich muss ich schmunzeln. So fest zuzuschlagen, dass es wehtut, passt zu ihrer dramatischen Art.

„Denkst du wirklich, das wird sie aufhalten?" Ich fische einen Eiswürfel aus der Cola und reiche ihn ihr.

„Ja. Auf Liam hört hier jeder. Er hat das Sagen." Madison drückt sich das Eis auf die schmerzende Stelle.

„Na gut, dann werde ich ihn darum bitten." Eigentlich wollte ich mich nicht aus diesem Grund bei ihm melden. Er soll nicht denken, ich sei hilflos und könne nicht auf mich selbst aufpassen. Das erweckt einen erbärmlichen Eindruck und das ausgerechnet bei dem Mann, der es mir angetan hat.

Ruckartig stoße ich mich vom Tisch ab und stehe auf. „Ich gehe", murmle ich niedergeschlagen.

„Lass dir von diesem Miststück nicht den Abend ruinieren." Meine Mitbewohnerin blickt zu mir hoch.

„Sollte ich nicht, aber hierfür ist es zu spät."

„Dann komme ich mit." Madison springt auf.

„Nein, bleib hier. Mein Auto steht gleich neben dem Eingang und die Fahrt ist kurz." Es reicht, wenn mein Abend im Arsch ist, Madison braucht nicht darunter zu leiden.

„Sicher? Es macht mir nichts aus, zu gehen." Ihre Worte verraten mir, dass ich in Madison eine echte Freundin gefunden habe.

„Absolut." Ich winke Madison und ihrem Freund zum Abschied und verlasse die Bar. Dabei passiere ich die

Nische, die ich zuvor aufmerksam beobachtet hatte. Sie ist leer.

Ich trete ins Freie und zücke das Smartphone. Als ich die Hälfte der Nachricht an Liam schon getippt habe, kommt mir eine bessere Idee. Meine Probleme löse ich selbst. Ich werde Mandy darauf ansprechen, warum sie mich drangsaliert und schikaniert. Wenn das nichts bringt, kann ich mich immer noch bei Liam melden. Mit gestrafften Schultern laufe ich los. So schnell lasse ich mich nicht unterkriegen.

„Verdammte Scheiße!", vernehme ich eine aufgebrachte Männerstimme. Es hört sich an, als stünde jemand direkt neben mir. Ich blicke mich um, kann jedoch niemanden ausmachen.

„Nun spring schon an." Die Stimme hat einen verzweifelten Unterton angenommen.

Vorsichtig spähe ich in die dunkle Gasse neben der Bar. Das spärliche Licht der Straßenlaterne neben mir reicht nicht weit genug, um sie zu erhellen. Schemenhaft sind die Umrisse einer Person sowie eines Motorrads zu erkennen.

„Das kannst du mir nicht antun." Der Mann sinkt mit dem Rücken an der Wand entlang zu Boden. Er zieht etwas aus seiner Jackentasche hervor. Das Klicken eines Feuerzeugs ertönt. In der schwachen Flamme, an der er die Zigarette im Mund entzündet, erkenne ich sein Gesicht.

Es ist der Typ aus der Bar, der mit der Rothaarigen rumgemacht hat und aufs selbe College geht wie ich. Offensichtlich springt sein Motorrad nicht an. Nachdenklich kaue ich auf der Unterlippe. Ihn einfach stehen zu lassen, erachte ich als falsch.

Langsam setze ich einen Fuß vor den anderen und betrete die düstere Seitengasse. Er bemerkt mich nicht, sondern starrt auf den Boden vor sich. Abermals zieht er an der Kippe und ich stoppe zwei Meter vor ihm.

„Brauchst du Hilfe?"

„Bist du Mechanikerin?" Er macht sich nicht einmal die Mühe, in meine Richtung zu blicken.

„Nein, aber …"

„Dann brauche ich deine Hilfe nicht." Missbilligend schnalzt er mit der Zunge. Noch immer hat er den Kopf keinen Millimeter bewegt.

„Arsch", zische ich laut. Seine Unverschämtheit ist der Tropfen, der das Fass zum Überlaufen bringt. Warum behandeln mich hier alle wie Dreck, obwohl sie mich nicht kennen? Zuerst Mandy, die mir das Leben schwer macht, und dann auch noch er. Das ist zu viel für mich in meinem angeschlagenen Zustand.

„Wie hast du mich gerade genannt?" Er richtet sich zur vollen Größe auf und schnippt die Zigarette in meine Richtung. Sie fällt direkt neben mir zu Boden. Instinktiv weiche ich einen Schritt zurück.

„Arsch", sage ich erneut, wenn auch deutlich leiser als zuvor. Aber ich habe genug davon, herumgeschubst zu werden. Damit ist jetzt Schluss!

„Du hast Eier." Er zieht die Unterlippe zwischen den Zähnen hindurch. „Hat dir noch niemand gesagt, dass man sich von mir fernhält, Neuling?"

Mittlerweile haben sich meine Augen an die Dunkelheit gewöhnt. Ich erkenne unter dem Kragen seiner Lederjacke einen Teil von einem Tattoo, das sich auf der linken Seite den Hals hinaufschlängelt. Seine kurzen Haare sind pechschwarz, genauso wie die Augen. Die

Nase ist nicht gerade, sondern leicht schief. Man könnte ihn durchaus als höllisch attraktiv bezeichnen, aber nur so lange, bis er den Mund öffnet. Denn dann ist seine Anziehung verflogen.

„Uh, dann bist du der Verstoßene?" Ich recke das Kinn. „Bei deinem Verhalten überrascht mich das nicht."

Er antwortet nicht, geht in die Hocke und hantiert an seinem Bike. Er ignoriert mich. Verdattert stehe ich da, kann den Blick jedoch nicht von ihm abwenden. Mein Gewissen macht sich bemerkbar, jetzt benehme ich mich schon so gemein wie Mandy. Das passt nicht zu mir. Während ich überlege, ob ich mich entschuldigen sollte, erhebt er sich abermals.

„Du stehst ja immer noch hier." Er fixiert mich mit seinen dunklen Augen, was mir ein flaues Gefühl im Bauch beschert. Angespannt schlucke ich. „Bist du auf der Suche nach neuen Freunden oder jemandem, der dich flachlegt?" Er verzieht den Mund zu einem herausfordernden Grinsen.

Mein Kiefer klappt nach unten. Dass ich mich bei ihm entschuldige, ist vom Tisch.

Langsam kommt er einen Schritt auf mich zu. „Bei Ersterem kann ich nicht behilflich sein, bei Letzterem schon." Er legt den Kopf schief. „Aber nur von hinten. Was soll ich sagen, dein Arsch ist perfekt." Anerkennend zieht er eine Augenbraue hoch und mir wird übel. Glaube ich zumindest. Es zieht ungewohnt in der Magengegend. „Im Anschluss wird aber nicht gekuschelt." Abrupt wendet er sich ab und widmet sich wieder dem Motorrad.

„Ich kann darauf verzichten, mit dir befreundet zu sein und auf Letzteres ohnehin“, schnauze ich ihn wütend an. „Du solltest dringend an deinen Manieren arbeiten.“

„Ich ziehe mein Angebot zurück, du bist mir zu anstrengend.“ Er wischt sich die schmutzigen Hände an den Jeans ab.

„Nicht nötig, ich würde auch dann darauf verzichten, wenn du der letzte Mensch auf Erden wärst.“ Ich schnaube. Mit seinem Verhalten treibt er mich zur Weißglut.

„Dito“, knurrt er und läuft an mir vorbei.

Ich folge ihm und baue mich vor ihm auf. „Eigentlich wollte ich dir eine Mitfahrgelegenheit zurück zum Campus anbieten. Aber das kannst du jetzt vergessen. Außerdem gratuliere ich dir herzlich dazu, dass ich mir das nächste Mal zweimal überlegen werde, ob ich jemandem meine Hilfe anbiete.“ Meine Nasenflügel sind gebläht, die Hände habe ich in die Hüften gestemmt. „Vermutlich hat es wirklich einen berechtigten Grund, warum man sich von dir fernhalten sollte.“ Verständnislos schüttle ich den Kopf und mache auf dem Absatz kehrt.

„Ja, und ich rate dir dringend, es in Zukunft zu tun“, ruft er mir nach. Seine kühle Stimme mit dem warnenden Unterton geht mir durch Mark und Bein. Es fröstelt mich und ich schlinge die Arme fest um den Oberkörper.

„Warum schlägt mir von allen Seiten Hass und Abneigung entgegen?“, wispere ich kaum hörbar. Meine Unterlippe zittert. Neben dem Auto bleibe ich stehen und wische mir das Gesicht trocken. Ich hasse den Kerl aus der Gasse dafür, dass er mich zum Weinen gebracht hat.

„Warte." Hinter mir vernehme ich Schritte. Eilig öffne ich die Fahrertür und steige ein. Gerade als ich sie schließen will, schiebt sich ein Fuß dazwischen, der in halbhohen schwarzen Stiefeln steckt. Mein Herz setzt einen Schlag aus. Bis jetzt ängstigte mich der Typ in der schwarzen Lederjacke nicht, das hat sich schlagartig geändert. Wird er mir etwas antun?

Panisch ziehe ich am Türgriff, dennoch gelingt es ihm mühelos, die Tür zu öffnen. Mit zusammengekniffenen Augen sieht er mich an und massiert sich mit einer Hand die Schläfen.

„Eigentlich mische ich mich nicht ein. Aber ich habe beobachtet, was Mandy in der Bar und auf dem Campus getan hat, und du tust mir leid. Außerdem habe ich dich heute mit Liam über das Collegegelände laufen sehen." Er schließt die Lider. „Du solltest wissen, dass Mandy und Liam sehr eng befreundet sind. Ich bin mir sicher, die treiben es miteinander."

„Nein, das stimmt nicht. Liam hat mir versichert, er und Mandy seien keine Freunde. Warum sollte er mich anlügen?"

„Gute Frage. Dem solltest du unbedingt nachgehen." Bevor ich ihn aufhalten kann, läuft er los und verschwindet in der Dunkelheit der Nacht.

Jetzt habe ich Regel Nummer eins doch noch gebrochen. Aber die Vorstellung, die hübsche junge Frau mit dem perfekten Hintern könnte zu Schaden kommen, behagte mir nicht. Ihr zu helfen, ist ausgeschlossen. Ich habe sie gewarnt, das muss reichen. Sie ist nicht dumm, sie wird früher oder später erkennen, was für ein Arsch Liam ist. Sie hat dem Falschen dieses Schimpfwort an den Kopf geworfen.

Ich erreiche mein Loft, das neben dem Campus liegt. Genervt sinke ich auf die Couch und streife mir die Boots ab. Der Rothaarigen aus der Bar schreibe ich, dass ich heute Nacht nicht mehr komme. Die Lust, mich mit ihr zu vergnügen, ist dahin. Dafür taucht ein wohlgeformter Po vor mir auf. Ich ächze. Das Hinterteil ist eine Sünde wert. Die junge Frau, der es gehört, jedoch nicht. Die ist mir viel zu anstrengend. Ich genieße das Unverfängliche. Zumindest noch so lange, bis ich den Abschluss in der Tasche habe.

Ich werde mich nicht dazu hinreißen lassen, sie anzufassen. Ansonsten übertrete ich noch eine weitere Grenze, die ich mir selbst gesetzt habe. Sex mit Studentinnen, egal in welchem Jahrgang, ist tabu.

Kapitel 4

Ava

Vorsichtig stupse ich Madison an, die laut vor sich hin schnarcht. Die Töne, die sie von sich gibt, nehmen es konkurrenzlos mit jedem Holzfäller auf. Sie schnaubt unzufrieden und dreht den Kopf auf die andere Seite. Ich blicke auf das Smartphone. In einer halben Stunde bin ich mit Liam verabredet, und meine Mitbewohnerin sollte mir vorab dringend eine Frage beantworten. Die ganze Nacht lag ich praktisch wach; die Aussage des Fremden ließ mich nicht zur Ruhe kommen. Ich schüttle Madison. Sie stöhnt genervt und vergräbt das Gesicht noch tiefer im Kissen.

„Ich habe Kaffee geholt." Hoffentlich bewegt sie das dazu, die Lider aufzuschlagen.

Madison schnellt hoch und streckt den Arm. „Her damit", murmelt sie verschlafen und gähnt. Ich drücke ihr den Becher in die Hand, Madison nippt daran und seufzt wohlig. Sie blinzelt hastig und schnappt nach Luft. „Wie siehst du denn aus?" Unter meinen Augen liegen dunkle Ringe, sie waren im Spiegel nicht zu übersehen. „Ich bin doch um drei nach Hause gekommen, nicht du."

„Ich konnte nicht schlafen." Angespannt trommle ich mit den Fingern auf der Kommode. „Ist es richtig, dass Liam und Mandy ganz dicke sind?"

„Ja, warum?" Madison glättet mit der freien Hand die Haare, die in alle Richtungen abstehen.

„Dann hat er mich wirklich angelogen." Von dieser Erkenntnis getroffen, lasse ich mich auf die Matratze sinken. Ich hatte gehofft, der Unbekannte, der sich mir gegenüber grässlich benommen hatte, hätte falschgelegen.

„Ich kann dir nicht folgen." Meine Mitbewohnerin schwingt die Beine über den Bettrand. Dabei mustert sie mich aufmerksam.

Ich erzähle ihr, wie ich Liam genau kennengelernt und dass er behauptet hatte, er und Mandy seien nicht befreundet.

„Au Backe", murmelt Madison. „Aber warum sollte er dich deswegen anlügen? Das ergibt doch keinen Sinn." Sie kommt zu der gleichen Erkenntnis wie ich.

„Ich werde ihn darauf ansprechen. Wir sind verabredet und wollten uns zusammen einen Film ansehen." Langsam stehe ich auf. Die Vorfreude, Liam wiederzusehen, ist verschwunden. Ob der Unbekannte auch recht damit hatte, dass Liam und Mandy Sex haben? In meinem Magen breitet sich ein flaues Gefühl aus.

„Tu das. Ich bin gespannt, warum er gelogen hat."

„Ich auch." Fahrig öffne ich die Zimmertür und schlüpfe in den Gang.

***

Liam steht vor dem Gebäude. Zur Begrüßung schenkt er mir ein Eintausend-Watt-Lächeln. Wüsste ich nicht, dass er mich angelogen hat, hätte ich nun weiche Knie.

Ich verschränke die Arme vor der Brust und seufze, bevor ich das Gespräch eröffne. „Wir müssen etwas klären."

„Hat dich Mandy erneut doof angemacht?" Liam presst die Lippen zusammen, stöhnt und schüttelt den Kopf.

„Das auch, aber darum geht es nicht."

„Ich werde mit ihr reden. Sie wird dich in Zukunft in Ruhe lassen." Liam setzt sich in Bewegung. „Ich habe den perfekten Horrorfilm für uns, hoffentlich kennst du ihn nicht." Mit schnellen Schritten schließe ich zu ihm auf und lege ihm von hinten die Hand auf die Schulter.

„Wir müssen wirklich reden."

Er dreht sich zu mir um und lächelt mich an. Es verfehlt seine Wirkung. Ernst mustere ich sein Gesicht. „Sicher, das werden wir, aber das können wir genauso gut in meinem Zimmer. Ich habe Snacks besorgt. Magst du Schokolade?"

„Jetzt." Ich lasse seine Schulter los.

„Okay." Liam klingt verunsichert. „Um was geht es?"

„Bist du mit Mandy befreundet?"

Die Anspannung weicht aus seinem Gesicht und an ihre Stelle tritt ein reumütiger Ausdruck. Räuspernd sieht er betreten zu Boden. „Ja", antwortet er kleinlaut und greift nach meiner Hand, die ich ihm entziehe.

„Warum hast du mich angelogen?"

„Ich hatte Angst, du würdest mich nicht kennenlernen wollen, wenn du weißt, dass ich mit Mandy befreundet bin. Sie hat sich unglaublich danebenbenommen." Langsam hebt er den Kopf, bis sich unsere Blicke kreuzen. „Ich wollte nicht, dass du mir nur ihretwegen eine Abfuhr erteilst." Vorsichtig streckt er den Arm nach mir aus. „Das war falsch. Ich hatte mir vorgenommen, dir heute die Wahrheit zu erzählen." Er umschließt meine Hand und ich lasse es zu. „Leider bist du mir zuvorgekommen."

Seine Erklärung leuchtet mir nicht nur ein, sondern schmeichelt mir auch. Gut möglich, dass ich im ersten Moment auf seine Hilfe verzichtet hätte. Aber deswegen hätte ich ihn nicht vorschnell verurteilt. Auch wenn sie befreundet sind, kann er nichts für ihr Verhalten.

Es gibt noch etwas, was ich wissen muss. „Schläfst du mit Mandy?" Zögerlich verlassen die Worte meinen Mund, dabei achte ich genau auf seine Reaktion.

„Nein." Liam reißt die Augen auf. Er löst den Griff um meine Hand und kratzt sich am Kinn. „Wie kommst du darauf?"

Wenigstens damit lag der arschige Typ in der Lederjacke offensichtlich falsch. Dennoch bleibt in mir ein ungutes Gefühl zurück, das nicht verschwinden will.

„Besser, wir verschieben das mit dem Film." Entschuldigend verziehe ich das Gesicht. Die Stimmung ist ruiniert. Dass er mich angelogen hat, muss ich zuerst verdauen.

„Verstehe." Abermals nimmt er meine Hand. „Du glaubst mir doch?" Liam sieht nervös nach links, dann nach rechts. „Mandy und ich sind kein Paar."

Ich nicke verhalten.

„Bitte, Ava. Nimm uns nicht die Chance, zu sehen, wohin das mit uns führt." Er sieht mich aus seinen grünen Augen flehend an, worauf mein Herz schneller schlägt.

„Ich melde mich bei dir." Die Verletzlichkeit, die er mir gerade offenbart hat, hat mich berührt.

Liam haucht mir einen Kuss auf den Handrücken. „Du machst mich zu einem glücklichen Mann."

Mit seiner kitschigen Aussage entlockt er mir ein Schmunzeln. „Jetzt übertreib nicht gleich. Du Charmeur." Ich lächle und trete näher an ihn heran.

„Tue ich nicht." Behutsam schiebt er mir eine Haarsträhne, die sich gelöst hat, hinters Ohr. Mein Mund wird trocken. Ich bringe etwas Abstand zwischen uns, bevor er mich noch küsst. Es fühlt sich an, als wollte er es tun.

„Dann warte ich geduldig auf deine Nachricht." Er zwinkert mir zu und wir umarmen uns zum Abschied.

Nachdenklich sehe ich Liam nach, wie er hinter der nächsten Hausecke verschwindet. Eigentlich sollte ich mich freuen – Liam hat mir gerade gestanden, aufrichtiges Interesse an mir zu haben –, doch dieses Gefühl bleibt aus. Was, wenn der unverschämte Unbekannte mit seiner zweiten Vermutung doch richtiglag? Kann es sein, dass Liam mich erneut angelogen hat?

Ich erspähe eine schwarze Lederjacke. Ohne nachzudenken, laufe ich los. Der Typ, der sie trägt, bemerkt mich und beschleunigt die Schritte. ARSCH! Ich hefte mich an seine Fersen. Was weiß er noch? Kurz vor den Parkplätzen habe ich ihn eingeholt.

„Verfolgst du mich?", zischt er angesäuert und dreht sich zu mir um.

„Ja, aber nur, weil ich Antworten brauche." Zackig macht er einen Schritt auf mich zu und schließt so die Distanz zwischen uns, die ich bewusst gewählt habe. Der Gestank von Zigarettenrauch, der von einem angenehmen herben, nach Hölzern duftenden Geruch übertüncht wird, steigt mir in die Nase. Da ist es wieder, dieses undefinierbare Ziehen im Unterleib.

„Ich arbeite nicht für die Studentenauskunft", brummt er und verengt die Augen, was ihn gefährlich wirken lässt. „Halte dich gefälligst von mir fern." Er bohrt den Zeigefinger in meine rechte Schulter.

„Aua", rufe ich aus und schlage seine Hand weg.

Er wendet sich ab und läuft weiter. Nicht mit mir. Auch wenn er der letzte Mensch auf Erden ist, mit dem ich mich abgeben will, könnte er aufschlussreiche Informationen haben, was Liam und Mandy betrifft. Ich hole ihn ein und stelle mich vor ihn.

„Was verdammt noch mal verstehst du nicht? Ich will nichts mit dir zu tun haben." Er umrundet mich. Ich strecke den Arm, bekomme seine Schulter zu fassen und halte ihn fest. Wütend blickt er auf die Stelle, wo ich ihn berühre. Blitzschnell ziehe ich den Arm zurück.

„Ent...schuldige." Verlegen presse ich die Zähne in die Unterlippe. „Ich will mich doch gar nicht mit dir unterhalten, aber ich habe das Gefühl, du könntest mir meine Fragen beantworten." Sein Blick, der mich gerade noch durchbohrt hatte, wird weicher, dennoch schniefe ich leise. „Bitte", sage ich. Es geht mir gegen den Strich, ausgerechnet den Mann um etwas bitten zu müssen, der sich mir gegenüber so abschätzig verhalten hat. Mit feuchten Augen wende ich mich ab.

„Fang jetzt bloß nicht an zu flennen." Seine angenehme Stimme klingt nicht mehr feindselig. Ich nicke, sammle mich und drehe mich zu ihm um. „Fahre mich in die Stadt und ich beantworte dir deine Fragen, so gut ich kann."

„Deal", sage ich erleichtert und halte ihm die Hand hin. Er ergreift sie nicht. Arsch. Er und ich werden niemals Freunde werden. Das ist ausgeschlossen.

„Wo hast du geparkt?"

„Gleich da vorn." Ich deute zum Wagen und gehe voran.

Wir steigen ein und er schließt die Tür kräftiger als nötig. Mahnend sehe ich ihn an, was ihn kaltlässt. Er fummelt an den Knöpfen des Beifahrersitzes herum, bis er praktisch im Wagen liegt. Dann streckt er die Beine, legt die Boots, an denen Erde klebt, auf das Armaturenbrett, faltet die Hände auf der Brust und schließt die Lider.

„Hallo?", fauche ich mit einem aggressiven Unterton. „Füße runter." Wo hat er seine Manieren gelassen? Ach ja, er besitzt keine.

Wie in Zeitlupe zieht er zuerst den einen und dann den anderen Boot vom Armaturenbrett und stellt sie in den Fußraum. Ich starte den Motor und fahre los.

„Vergiss nicht, das ist eine reine Zweckverbindung", sagt er. „Du brauchst Antworten und ich jemanden, der mich in die Stadt bringt. Interpretiere da ja nichts hinein."

Ich verdrehe die Augen. Als würde ich je auf diesen absurden Gedanken kommen.

Stille breitet sich aus. Ich habe keine Muße, seine Aussage auch nur in kleinster Weise zu kommentieren.

„Wie heißt du?", frage ich nach einer Weile.

„Tyler. Du?" Noch immer hält er die Lider geschlossen.

„Ava. Warum gehst du davon aus, dass Liam und Mandy ein Paar sind?"

Tyler lacht dreckig auf und dreht den Kopf in meine Richtung. „Das habe ich nie behauptet."

„Aber du meintest, deine Worte, sie treiben es miteinander." Hat er das schon wieder vergessen? So langsam zweifele ich daran, dass ich irgendeine gescheite Information von ihm erhalten werde.

„Du bist ein hoffnungsloser Fall." Er wendet sich ab und starrt die Wagendecke an.

Frechheit! „Was bin ich?" Meine Finger verkrampfen sich und ich umklammere das Lenkrad fester, als ich es üblicherweise tue. Warum nervt er mich jedes Mal, wenn er den Mund öffnet?

„Du hast mich schon verstanden. Da vorne links, parke neben dem Diner." Widerwillig tue ich, was er verlangt. Am liebsten würde ich ihn irgendwo in der Pampa aussetzen. Verdient hätte er es.

Der Wagen kommt zum Stillstand. Tyler steigt sofort aus und marschiert auf das Diner zu. Arsch, jetzt haut er einfach ab. Ich verriegle das Auto und eile ihm hinterher. Schließlich habe ich ihn gefahren. Jetzt will ich Antworten. Das war der Deal.

Ich stürme ins Lokal und sehe mich um.

„Hier", ertönt Tylers Stimme. Er sitzt an einem Tisch und studiert die Karte. Ich falle ihm gegenüber auf das rote Stoffpolster.

„Wir essen, dabei kannst du mich mit deinen Fragen löchern."

Ein Lächeln huscht über mein Gesicht.

„Du bezahlst."

Sogleich verschwindet es wieder. Was stimmt nicht mit ihm?

Wenn er kein Geld hat, bezahle ich für ihn. Aber dann soll er das so sagen. Wann immer er den Mund aufmacht, kommen Worte heraus, die mich verletzen. Sein Verhalten tut es genauso. Ich weiß nicht, wer schlimmer ist: er oder Mandy. Diese Erkenntnis trifft mich wie ein Schlag ins Gesicht. Was für Information ich auch von ihm erhalten werde, sie sind es nicht wert, mich von ihm schlecht behandeln zu lassen.

Ich stehe auf und setze mich in Bewegung.

„Ava?"

Ich ignoriere ihn.

Tyler umrundet mich und steht vor mir. „Das mit dem Bezahlen war ein Scherz, setz dich wieder hin."

„Darum geht es nicht. Ich hätte kein Problem damit, für dein Essen zu bezahlen. Es geht darum, wie unausstehlich du dich mir gegenüber verhältst. Was immer du auch weißt, es ist nicht wichtig genug, dass ich mir deine Unverschämtheiten bieten lasse."

„Du hast recht. Entschuldige." Ein Anflug von einem Schmunzeln huscht über sein Gesicht. Er dreht mich um, legt die Hand in mein Kreuz und schiebt mich zurück an den Tisch. Ich ignoriere die Hitze, die ich an der Stelle empfinde, wo seine Finger auf meinem T-Shirt ruhen, und nehme Platz. Es fühlt sich erschreckenderweise intensiver an, als wenn Liam mich berührt.

„Also, Liam und Mandy sind definitiv kein Paar, aber mein Bauchgefühl sagt mir, zwischen den beiden läuft etwas Sexuelles."

„Dann ist es nur eine Vermutung?" Ich lehne mich nach vorn. Sein Bauchgefühl in Ehren, ich brauche Fakten.

„Ja, aber normalerweise kann ich mich auf meine Intuition verlassen. Bis jetzt hat sie mich noch nie im Stich gelassen." Diese Antwort bringt mich keinen Schritt weiter.

Die Kellnerin kommt und wir geben unsere Bestellung auf. Cheeseburger mit Pommes.

„Hast du ihn denn schon darauf angesprochen, warum er gelogen hat?" Tyler streckt sich und verschränkt die Arme hinter dem Kopf.

„Ja, habe ich. Er hat geflunkert, weil er an mir interessiert ist und dachte, ich wolle ihn dann nicht mehr kennenlernen." Ein verlegenes Lächeln breitet sich auf meinem Gesicht aus.

Aus Tylers Kehle löst sich ein krächzender Laut, den ich nicht identifizieren kann. „Und das glaubst du ihm?"

„Ja, warum nicht? Er hat mir geholfen und dann gemerkt, dass er mich mag."

„Sozusagen Liebe auf den ersten Blick. Ach, wie romantisch." Tyler legt sich die Hände auf die Brust, genau dort, wo sich sein Herz befindet, dennoch kneift er die Brauen zusammen. Eine Furche bildet sich dazwischen. „Magst du ihn auch?"

Ich nicke und obwohl es stimmt, fühle mich seltsam dabei.

Die Bedienung kommt mit unserem Essen und stellt die Teller vor uns auf den Tisch.

„Die Szene von eurem Kennenlernen habe ich mitbekommen. Das wirkte auf mich inszeniert." Tyler greift nach dem Ketchup, genau wie ich. Unsere Hände berühren sich. Er zieht die Hand zurück und räuspert sich. „Es erweckte den Eindruck, dass er dir zu Hilfe eilen wollte, damit er als der große Retter dasteht."

„Kann sein, dass deine Theorie stimmt, aber warum sollte er das tun?" Das ergibt keinen Sinn für mich.

„Unglaublich, wie begriffsstutzig du bist. Er will in dein Höschen." Tyler lehnt sich zurück und ich sehe ihn warnend an. Beschwichtigend hält er die Hände in die Luft. „Weiß er etwas, was ich nicht weiß?"

Unruhig rutsche ich auf dem roten Polster hin und her. „Nur, dass ich noch Jungfrau bin, aber das habe ich ihm erst gesagt, nachdem er mir geholfen hat."

„Dann muss es ihn erwischt haben, wer tut sich das schon freiwillig an, wenn er nicht verliebt ist?"

Mein Gesichtsausdruck wechselt zu empört, nur um beim Wort verliebt zu erstrahlen. „Meinst du?" Ich verzichte darauf, ihn für das „freiwillig" zu maßregeln.

„Absolut. Betrachten wir das Ganze realistisch. Wenn Liam und du zusammenkommt, wirst du ihn wohl kaum gleich ranlassen."

Stumm pflichte ich ihm bei. „Es wird Wochen, wenn nicht Monate dauern, bis er zum Zug kommt. Auf das würde ich mich niemals einlassen, dafür müsste ich schon schwer verliebt sein. Selbst dann wäre ich mir nicht sicher." Tyler greift nach dem Burger und beißt hinein.

„Du tust so, als würden Männer nur an Sex denken." Ich tunke eine Pommes ins Ketchup.

„Männer denken nicht nur an Sex, aber sie denken daran. Offensichtlich sind die einen bereit, länger darauf zu warten als die anderen."

Mit anderen meint er dann wohl sich. Das passt zu seinem Verhalten in der Bar. Ob er mit der Rothaarigen im Bett war? Abrupt schüttle ich den Kopf, das geht mich nichts an. Viel wichtiger: Es sollte mich nicht interessieren. „Wirst wohl recht haben." Ich greife zum Burger und bin erleichtert, dass Liam zu Ersteren gehört.

„Was hast du nun vor?", fragt Tyler, nachdem er den Burger in Rekordzeit verschlungen hat.

„Hm … Ich lasse es auf mich zukommen. Mal sehen, wie sich das mit Liam entwickelt", antworte ich, lege den Burger zurück auf den Teller und wische mir die Hände an der Serviette ab. „Versteh mich nicht falsch, mich mit dir zu unterhalten, hat mich ein gutes Stück weitergebracht. Aber ich verlasse mich lieber auf meine eigene Intuition als auf deine. Und die sagt mir, dass ich Liam glauben kann."

Tyler presst die Lippen zusammen und schweigt eine gefühlte Ewigkeit. „Dann hoffe ich für dich, dass du es nicht bereuen wirst." Flüchtig berührt er meine Hand. Abermals fühle ich eine angenehme Wärme auf der Haut. Er greift zur Cola und leert sie in einem Zug. Ich ermahne mich, trotz meines positiven Bauchgefühls, wachsam zu bleiben.

„Warum hast du mich gefragt, ob mir noch niemand gesagt hat, dass man sich von dir fernhalten sollte?" Kurz bevor es mir gestern Nacht endlich gelang, einzuschlafen, geisterte mir diese Frage durch den Kopf.

„Weil das ganze College denkt, ich hätte jemanden umgebracht."

Mit offenem Mund starre ich ihn an. Das Pommes zwischen meinen Fingern plumpst zurück auf den Teller. Kalter Schweiß bricht mir aus, legt sich wie ein dünner Film auf meine Haut. „Hast du?", krächze ich. Zu mehr bin ich außerstande. Blut rauscht mir in den Ohren und Adrenalin pumpt durch meine Venen. Sitze ich einem Mörder gegenüber?

„Nein, du kannst den Kiefer wieder zuklappen."

Immer noch starr vor Schreck sehe ich ihn einfach nur an.

Er greift abermals über den Tisch und legt zwei Finger unter mein Kinn, um es nach oben zu drücken. Nur langsam schließe ich den Mund.

„Ich habe doch gesagt, die glauben, ich hätte jemanden auf dem Gewissen." Er betont das Wort glauben und meine Atmung normalisiert sich.

„Warum gehen die davon aus und warum stellst du das nicht richtig?" Ohne hinzusehen, taste ich nach einem Pommes und schiebe es mir in den Mund.

„Hier geht es nicht um mich, schon vergessen?", knurrt er angriffslustig.

Seine plötzliche Gereiztheit ruft mir ins Gedächtnis, wie fies er sich verhalten und dass ich ihn und seine Art nicht ausstehen kann. Demonstrativ wende ich den Blick ab.

„Das kam barscher rüber, als ich beabsichtigt habe." Er macht eine Pause. „Es stört mich nicht, dass mir alle aus dem Weg gehen, dadurch habe ich meine Ruhe. Auf dem Campus will ich keine Freundschaften schließen oder mit anderen Studenten abhängen. Ich will mich auf meinen Abschluss konzentrieren, damit ich an einer guten Universität angenommen werde. Der Rest interessiert mich nicht."

Zögerlich drehe ich den Kopf zurück. Wenigstens hat er sein Fehlverhalten diesmal eingesehen. Ich schiebe den Teller von mir weg und hebe die Hand, damit unsere Bedienung auf uns aufmerksam wird. Sie kommt zu uns und ich verlange die Rechnung. Zu meiner Überraschung greift Tyler danach und begleicht sie.

„Danke, das wäre nicht nötig gewesen."

„Schon gut, ich habe mich dir gegenüber grässlich verhalten."

Mein Ärger schwindet.

Wir stehen auf und verlassen das Diner.

„Soll ich dich mitnehmen?", frage ich Tyler aus reiner Höflichkeit, nachdem wir das Auto erreicht haben.

„Ja, kannst du mich zur Werkstatt fahren?"

„Ist es weit?" Ich lasse mich auf den Fahrersitz gleiten.

„Nein."

Ich nicke.

„Danke, das ist sehr nett von dir." Dieses Mal lächelt er wirklich. Es ist eines dieser Lächeln, die ansteckend sind.

Fünf Minuten später erreichen wir die Werkstatt. Tyler und ich steigen aus. Er begrüßt von Weitem einen bärtigen Mann, dessen Haut mit Tattoos übersät ist, geht auf ihn zu und sie klopfen sich auf die Schulter. Ich bleibe beim Wagen stehen.

„Hast du eine Freundin?", höre ich den Mechaniker fragen.

„Nein, wir sind nicht einmal befreundet."

Das hat gesessen, verletzt mich aber nicht. Gut, dass ich ihn nicht leiden kann.

„Wo steht meine Maschine?" Suchend sieht sich Tyler um.

„In der Garage, du kannst sie nicht mitnehmen." Der Mann zupft an seinem langen Bart.

„Wehe, du sagst mir, sie ist nicht mehr zu retten. Das würde mir das Herz brechen." Ich frage mich, ob er überhaupt eins besitzt.

„Nein, keine Angst. Ich musste ein paar Ersatzteile bestellen, die sollten in den nächsten Tagen kommen. Wenn sie wieder läuft, melde ich mich bei dir."

Tyler nickt und kommt auf mich zu.

„Steig schon ein", sage ich zackig. Aber nur, weil ich es als falsch erachte, ihn einfach stehen zu lassen.

Wir haben beinahe den Campus erreicht, als Tyler die angenehme Stille durchbricht, die sich zwischen uns gelegt hat. „Alles in Ordnung?"

„Ja, alles bestens." Ich verziehe den Mund zu einem flüchtigen Lächeln.

„Gut, kannst du da vorn bei den Bäumen anhalten? Es muss nicht gleich jeder mitbekommen, dass wir zusammen unterwegs waren."

„Sicher doch."

Jetzt bin ich ihm auch noch peinlich. Ich halte an und Tyler steigt aus.

„Pass auf dich auf, Ava." Seine Stimme hat einen fürsorglichen Unterton angenommen, was mich irritiert.

Während ich nicke, blicke ich ihm direkt in die dunklen Augen. Sie üben eine unerklärliche Faszination auf mich aus. Noch nie zuvor habe ich solche Iriden gesehen, die schwarz wie die Nacht sind.

Tyler hebt zum Abschied die Hand, ich winke zurück.

Tyler

Nachdenklich schlendere ich zum Loft. Ava gegenüber bin ich unausstehlich, weil sie mich anzieht wie das Licht die Motten. Liegt es an ihrem unbeschwerten Lachen, an ihrer selbstbestimmten Art, an ihrer Hartnäckigkeit, ihrer Hilfsbereitschaft? Keine Ahnung. Ihr perfekter Hintern allein, wird es wohl kaum sein. So oberflächlich bin nicht einmal ich, auch wenn ich gerne diesen Eindruck erwecke. Er eignet sich perfekt dafür, um meine Bettbekanntschaften auf Abstand zu halten. Dass Ava noch Jungfrau ist, hat mich zur Vernunft gebracht. Wenigstens laufe ich so nicht Gefahr, eine meiner weiteren Regeln, die, mit Studentinnen zu schlafen, zu verletzen. Schlimm genug, dass ich Regel Nummer eins missachtet habe. Was habe ich nun davon? Das Gefühl, auf Ava aufpassen zu müssen. Genau deswegen existiert Regel Nummer eins, die wichtigste von allen. Sie soll mich davor bewahren, erneut im Knast zu landen. Denn diesmal würde ich nicht mehr hinter den Türen, des Jugendgefängnisses verschwinden. Das hat der Richter unmissverständlich klargestellt.

Liam könnte sich verliebt haben. Ein ersticktes Grollen löst sich aus meiner Kehle. Nein, das passt nicht zu ihm. Warum dann spielt er für sie den Helden in der schillernden Rüstung? Wenn er von Anfang an gewusst hätte, dass Ava noch Jungfrau ist, würde ich darauf tippen. Es würde zu ihm passen. Dann könnte er im Nachhinein damit prahlen, so wie er es vermutlich an der Highschool getan hatte. Ich sehe ihn vor mir, wie er sich darüber freut, Ava entjungfert zu haben, und mein Magen zieht sich zusammen. Aber er hatte es nicht gewusst. Ich beschließe, nicht nur Ava im Auge zu behalten.

Kapitel 5

Ava

Ich sitze ganz vorn im Hörsaal, in dem die erste Vorlesung stattfindet. Vor mir liegt mein Notizbuch, daneben etliche Marker in verschiedenen Farben. Der Saal füllt sich und der Professor erscheint. Kurz stellt er sich vor, dann beginnt die Vorlesung. Ich notiere nur das Wichtigste, damit ich den Ausführungen folgen kann.

Für den Rest des Morgens eile ich von einer Vorlesung zur nächsten und bin Liam enorm dankbar, dass er mir genau gezeigt hat, wo welche stattfindet.

Erschöpft, aber glücklich verlasse ich die letzte Vorlesung vor der Mittagspause und schlendere Richtung Kantine, wo ich mit Madison zum Essen verabredet bin. Von Weitem erkenne ich Tyler. In seiner Lederjacke und den Boots ist er nicht zu übersehen. Ich hebe die Hand und winke. Obwohl er mich gesehen hat, dreht er den Kopf demonstrativ in die andere Richtung. Was soll das? Er ist genauso schlimm wie Mandy. Sein Verhalten ist an Unverschämtheit nicht zu überbieten. Kopfschüttelnd erreiche ich die Kantine.

***

„Wann meldest du dich bei Liam?“, fragt Madison und dreht sich eine Gabel Pasta auf. Genau wie ich, konnte sie Liam verstehen, findet es aber auch nicht gut, dass er gelogen hat.

„Morgen oder übermorgen. Gerade jetzt will ich einfach den ersten Tag überstehen.“ Mein Schädel brummt, weswegen ich mir die Schläfen massiere.

„Daran hast du dich schnell gewöhnt. Am College wird einem mehr Stoff in kürzerer Zeit vermittelt als an der Highschool.“

Wie recht sie hat. Ich wusste, dass ich aufpassen muss, um nichts zu verpassen, aber das Tempo, das einige Professoren an den Tag legten, überraschte mich dann doch.

„Hey, Ava.“ Es ist Liams Stimme, die ich vernehme. Ich hebe den Kopf. Tatsächlich, er läuft mit seiner Clique an unserem Tisch vorbei und begrüßt mich dennoch. Nicht wie Tyler, dem es unangenehm ist, mit mir in Verbindung gebracht zu werden.

„Hi, Liam“, erwidere ich. Mandy, die neben ihm läuft, beachtet mich nicht, was mich kaltlässt.

Ich wende mich wieder Madison zu, deren Gesicht einen verzückten Ausdruck angenommen hat. Einige Studentinnen, die hinter ihr sitzen, sehen mich mit zusammengekniffenen Augen an. Der Geruch von Eifersucht liegt in der Luft. Dass Liam mich gegrüßt hat, passt ihnen nicht.

„Hast du das mitbekommen?“ Madisons Stimme klingt schrill, sie stupst mich an.

„Ja, es starren uns alle an“, flüstere ich, damit nur sie es hören kann.

„Stimmt, aber darauf geschissen." Sie beugt sich über
den Tisch. „Jayden hat mich angesehen und dabei gelä-
chelt." Madison wackelt vielsagend mit den Augenbrauen.

„Das freut mich für dich. Du solltest ihn ansprechen."

„Nein. Was, wenn er mich abblitzen lässt?" Die Unsicherheit, die sich auf ihrem hübschen Gesicht abzeich-
net, passt nicht zu ihr.

„Dann weißt du, woran du bist. Willst du ihn noch ein
Jahr aus dem Verborgenen anschmachten?" Ich greife
nach ihrer Hand und drücke sie.

„Nein, aber es wäre mir lieber, wenn er auf mich zu-
kommt. So laufe ich nicht Gefahr, dass meine Gefühle
verletzt werden."

„Das stimmt nicht. Auch wenn er dich anspricht,
kann er dich immer noch verletzen. Er könnte nach einer Weile das Interesse verlieren, genauso wie du." Madison sieht mich nachdenklich an. „Ihr solltet euch zuerst einmal kennenlernen und dabei spielt es doch
wirklich keine Rolle, wer wen anquatscht."

„Du hast recht. Wenn sich eine gute Gelegenheit bietet, tue ich es. Aber auf keinen Fall vor seiner Clique. Ich
muss ihn ohne sie erwischen."

„Nie vergessen, wir alleine sind für unser Leben verantwortlich. Deswegen müssen wir das Beste daraus
machen." Ich lächle, als ich Mum zitiere. Sie hat mir
diese Worte immer wieder eingetrichtert. Dafür bin ich
ihr dankbar. Mit der Zeit habe ich meine Schüchtern-
heit abgelegt, nun fällt es mir bedeutend leichter, auch
unangenehme Dinge nicht nur anzusprechen, sondern

auch auszusprechen. Mein altes Ich hätte herumgeeiert, um Liam gewisse Dinge zu fragen, und an Tylers Fersen hätte es sich auch nicht geheftet.

„Wahre Worte." Madison nickt und widmet sich erneut ihrer Pasta.

***

Am Nachmittag, auf dem Weg in die Bibliothek, erspähe ich Tyler, der an einem Baumstamm lehnt und eine raucht. Diesmal mache ich mir nicht die Mühe, die Hand zu heben. Er wird meinen Gruß ohnehin nicht erwidern. Ich laufe an ihm vorbei, und obwohl ich es nicht will, dreht sich mein Kopf in seine Richtung. Nichtssagend sieht er durch mich hindurch, als wäre ich Luft. Es nagt an mir, was mir überhaupt nicht passt. Er schnippt die Kippe ins Gras, und geht davon.

Zwei Frauen kommen mir entgegen. Ich erkenne sie, sie sind im ersten Semester, genau wie ich.

„Das ist der Typ, von dem ich dir erzählt habe", sagt die eine, dabei deutet sie auf Tylers Rücken.

„Krass, dass er überhaupt hier sein darf", entgegnet die andere und schüttelt den Kopf.

„Ja, aber er ist heiß. Du stehst doch auf Bad Boys?"

Sie passieren mich.

„Ja, aber ein Mörder ist selbst für mich zu viel. Der macht mir Angst. Hoffentlich begegne ich dem nie, wenn ich abends alleine unterwegs bin."

Ich drehe mich um und blicke den beiden nach. Was hat Tyler verbrochen, dass er für einen Killer gehalten wird, und warum stellt er es nicht richtig? Ist es ihm egal, dass die Leute Angst vor ihm haben? Sollte auch ich mich vor ihm fürchten?

Im Kopf gehe ich unser Treffen vor der Bar und dem Diner durch. Einmal hatte ich Angst, als er mir gefolgt ist und den Fuß in die Autotür geklemmt hat. Aber davon abgesehen, wirkte er auf mich eher beleidigend anstatt Furcht einflößend.

Ich erreiche die Bibliothek und betrete sie. Sie ist riesig. Die Wände sind mit Bücherregalen gesäumt, die bis zur Decke reichen. In der Mitte stehen etliche quadratische Tische aus Holz. Obwohl alle Plätze belegt sind, ist es mucksmäuschenstill.

Ich durchquere den vorderen Teil, auf der Suche nach einem freien Stuhl. Fehlanzeige. Im hinteren Teil werde ich auch nicht fündig. In meinem Zimmer will ich nicht büffeln, da ist es zu eng und das Licht nicht ausreichend.

Gedämpfte Stimmen dringen an mein Ohr. Eine davon erkenne ich. Liam. Ich umrunde ein Regal und erreiche eine Nische, in der ein weiterer Tisch steht.

Liam lümmelt auf einem Stuhl, seine ausgestreckten Beine ruhen auf der hölzernen Tischplatte. Ein mir unbekannter Mann sitzt auf dem Tisch, ein weiterer lehnt daran. Das Beste ist, es hat noch massig freie Stühle.

„Darf ich?" Lächelnd gehe ich auf sie zu.

„Sicher doch", meint Liam und setzt sich anständig hin. „Nimm Platz, Ava. Jayden und Ryan wollten ohnehin gehen." Welcher von den beiden ist nun Madisons Angebeteter?

„Wollten wir?" Ein Bär von einem Mann stößt sich von der Tischkante ab. Er hat langes dunkelblondes

Haar, dass er zu einem Pferdeschwanz zusammengebunden hat.

„Ja, Jayden", zischt Liam und bedeutet ihm mit dem
Kopf zu verschwinden.

Ich unterdrücke ein Kichern und stelle den Rucksack
auf einen der Stühle.

„Freut mich, dich kennenzulernen." Jayden reicht mir
die Hand, meine verschwindet darin. Zu meiner Erleichterung ist sein Händedruck überraschend sanft.

„Mich auch."

Jaydens Mundwinkel wandern nach oben und in seinem markanten Gesicht breitet sich ein einnehmendes
Grinsen aus. Madison hat Geschmack.

Auch Ryan, der braune Haare und eine etwa zu große
Nase hat, begrüßt mich. Er ist kleiner als Liam, aber genauso muskulös. Liam räuspert sich, die zwei greifen
sich ihre Taschen und verschwinden.

„Deine Freunde sind nett." Ich ziehe einen Stuhl hervor und setze mich.

„Ja, das sind sie. Wie war dein Tag?"

„Anstrengend." Ich lege die Bücher und Notizen vor
mir auf den Tisch. Gewissenhaft lese ich sie nochmals
durch.

„Wann schreibst du mir?" Ich hebe den Kopf. Liam
trommelt ungeduldig mit den Fingern auf der Tischplatte.

„Sobald ich die Kapitel gelesen habe, die uns aufgetragen wurden", antworte ich und schlage eines der Bücher auf.

„Eigentlich habe ich keine Lust, aber wenn ich warten
muss, kann ich die Zeit auch sinnvoll nutzen." Liam

stöhnt und lässt ein Buch auf den Tisch fallen. „Dann lerne ich eben auch."

„Sieh nur, was für einen guten Einfluss ich auf dich habe." Leise lache ich und fange an zu lesen.

„Leider."

Die spitzfindige Bemerkung, die mir auf der Zunge liegt, verkneife ich mir.

Zwei Stunden später, in der Liam mehr als einmal gemault hat, bin ich fertig. Ich zücke das Smartphone und tippe.

Jetzt hätte ich Zeit.

Liams Telefon vibriert und er greift danach.

„Endlich", ruft er freudig und klappt das Buch zu. „Ich habe mit Mandy geredet, sie lässt dich ab jetzt in Frieden."

„Danke." Ich schiebe die Bücher und Notizen in den Rucksack. „Hast du sie bei der Gelegenheit auch gefragt, warum sie mir den Inhalt ihres Glases über den Kopf schütten wollte?" Dass sie pampig wurde, weil sie mich angerempelt hat, ist schräg, aber auf eine absurde Weise irgendwie nachvollziehbar. Das mit dem Drink nicht.

Liam knirscht mit den Zähnen und vermeidet es tunlichst, mich anzusehen.

„Liam?"

„Da ist noch etwas, was ich dir sagen sollte." Er kratzt sich am Kopf. „Mandy und ich hatten vor längerer Zeit etwas am Laufen."

Ich fasse es nicht. Tyler lag halbwegs richtig mit seinem Bauchgefühl, und Liam hätte mir das früher erzählen können. Resigniert sinke ich im Stuhl zurück.

„Niemand weiß davon, bitte behalte es für dich."

„Was zwischen Mandy und dir lief, geht mich nichts an. Ich hätte mir nur gewünscht, du hättest es mir gesagt, als ich dich danach gefragt habe."

„Tut mir leid. Du hast mich mit deiner Frage überrumpelt. Es war falsch von mir, dir nichts zu sagen." Er steht auf, kommt auf mich zu und bleibt vor mir stehen. „Kriege ich noch einen Vertrauensvorschuss von dir?" Liam nimmt meine Hand. „Du wirst es nicht bereuen, versprochen." Abermals fleht er mich aus seinen grünen Augen um Vergebung an.

„Ist da noch mehr, von dem ich wissen sollte?" Langsam, ohne meine Hand loszulassen, geht er vor mir auf die Knie. „Nein, das schwöre ich."

„Steh schon auf." Nachdenklich beobachte ich Liam, der sich aufrichtet. Auch wenn jetzt alles einen Sinn ergibt, fühle ich mich betrogen. „Gehen wir", murmle ich und hebe den Rucksack vom Stuhl.

Schweigend verlassen wir die Bibliothek. Die Sonne geht hinter den Häusern unter. Die kräftigen roten und orangefarbenen Töne, tauchen den Himmel in angenehmes Licht.

„Bist du böse auf mich?" Leise vernehme ich Liams Stimme an meinem Ohr. Er steht direkt neben mir und betrachtet das Spektakel, das sich uns bietet.

„Nein, ich bin enttäuscht", entgegne ich gekränkt. Die Farben am Horizont verblassen allmählich. Ich denke nach. Liam hat mir doch noch die Wahrheit über sich und Mandy gesagt, wenn auch etwas zu spät. Meine Stimmung hellt sich ein kleines bisschen auf.

„Begleitest du mich noch zum Wohnheim?" Ich will nicht zu streng mit Liam sein. Es bringt uns nicht weiter, wenn ich herumzicke.

„Gerne." Er umschließt meine Hand mit seiner. Die Wärme, die diese Geste bisher in mir ausgelöst hat, bleibt aus.

„Wenn du willst, können wir auch unseren Filmabend nachholen." Vor uns taucht eine einsame Parkbank auf. „Snacks gibt es allerdings keine mehr, die haben meine Verbindungsbrüder gefuttert." Er grinst.

„Lieber ein andermal, es ist schon spät und ich will morgen fit für die Vorlesungen sein."

„Verstehe." Liam zieht mich zur Bank und wir setzen uns.

Schweigend betrachten wir die Sterne. Die Zwanglosigkeit, die ich bis jetzt in seiner Nähe verspürt habe, ist verschwunden. Die Stille zwischen uns empfinde ich als unangenehm.

„Ava, dort!" Liam streckt den Arm aus. „Eine Sternschnuppe." Hastig schaue ich in die Richtung, in die er deutet. „Schnell, wünsch dir etwas."

Als ich die Sternschnuppe sehe, spreche ich leise meinen Wunsch aus. Er ist nicht zu hören, nur meine Lippen bewegen sich.

„Was hast du dir vom Universum gewünscht?", fragt Liam und dreht den Kopf zu mir.

„Das verrate ich nicht, sonst geht er nicht in Erfüllung." Ob das stimmt, weiß ich nicht. Aber dass ich meinen Dad kennenlernen will, behalte ich für mich.

„Blödsinn“, meint Liam energisch, nun dreht er auch den Oberkörper in meine Richtung.

„Dann sag du mir doch, worum du das Universum gebeten hast.“

„Dass ich dich küssen darf.“ Auch wenn sich das kitschig anhört, finde ich es süß. Liam senkt den Kopf und ich schließe die Lider. Sanft drückt er die Lippen auf meinen Mund. Gespannt warte ich auf die Empfindungen, die er in mir auslösen wird. Aber da ist nichts. Kein Kribbeln, kein wohliges Ziehen. Er lässt die Zunge in meinen Mund gleiten und tastet nach meiner.

Behutsam schiebe ich ihn von mir weg, dabei sehe ich ihn entschuldigend an. Warum ich nichts empfinde, ist mir schleierhaft.

„Ich habe es versaut“, brummt Liam verdrießlich und stößt die Luft aus.

„Nein, hast du nicht. Bei mir hat es nur nicht gefunkt.“ Es tut mir leid, dass ich ihm das sagen muss.

„Schon in Ordnung.“ Er lächelt zögerlich. „Freunde?“ Ich nicke und bin überrascht, wie sportlich er es nimmt. Womöglich ist auch bei ihm das ganz große Feuerwerk ausgeblieben.

Es ist merklich kühler geworden. Mit den Händen reibe ich mir über die Oberarme. Liam schlüpft aus der Jacke und reicht sie mir.

„Danke.“ Ich ziehe sie an und erhebe mich. „Bringst du mich dennoch zum Wohnheim?“

„Auf jeden Fall, dafür sind gute Freunde schließlich da.“ Mit Liam befreundet zu sein, wird spitze. Ich mag ihn und daran wird sich nie etwas ändern.

Wir erreichen das Gebäude, ich ziehe Liams Jacke aus und gebe sie ihm zurück.

„Nächstes Wochenende feiern wir Jaydens einundzwanzigsten Geburtstag im Verbindungshaus. Es wird eine denkwürdige Party werden. Madison und du müsst unbedingt kommen."

„Ich werde es mir überlegen." Noch immer fühle ich mich nicht bereit, auf eine Party zu gehen. „Wäre es auch in Ordnung, wenn Madison mit jemand anderem auftaucht?" Es wäre für sie eine gute Gelegenheit, Jayden kennenzulernen.

„Sicher doch, aber will sie überhaupt ohne dich kommen?" Liam zieht sich die Jacke über.

„Bestimmt, sie hat ein Auge auf Jayden geworfen." Ich beiße mir auf die Zunge. Verdammt, ich habe mich verplappert. „Bitte verrate ihm das nicht."

Liams Miene erhellt sich. „Ich halte dicht." Er fasst mich an die Schulter. „Aber es wäre schön, wenn du auch dabei wärst, als eine gute Freundin."

„Ich will dir nichts versprechen, was ich nicht halten kann." Schon wieder verletze ich seine Gefühle.

„Okay", murmelt Liam mit hängenden Mundwinkeln. Es gefällt mir nicht, dass ich ihn enttäusche, wo ihm doch so viel an unserer noch jungen Freundschaft liegt.

„Ich werde es mir ernsthaft überlegen", sage ich und umarme ihn fest.

„Danke." Langsam löst er sich von mir. „Wir sehen uns."

„Bye, Liam."

Er dreht sich um und geht davon.

Ava

Am Donnerstagmorgen laufen Madison und ich gemeinsam über den Campus. An den neuen Rhythmus, der aus Vorlesungen, Seminaren, Lernen und Schlafen besteht, habe ich mich inzwischen gewöhnt. Mandy hat mich nicht noch einmal belästigt, wofür ich Liam dankbar bin. Wir betreten das Hauptgebäude. Hier trennen sich unsere Wege. Ich bleibe stehen. Madison läuft zur Treppe und dreht sich zu mir um.

„Hast du dich schon entschieden, ob du auf die Party willst?"

Seit ich ihr erzählt habe, dass wir eingeladen sind, hat sie mich das kein einziges Mal gefragt. Sie gibt mir die Zeit, die ich brauche, um mich mit dem Gedanken anzufreunden, über meinen Schatten zu springen. Eine Eigenschaft, die ich an ihr liebe. Obwohl es ihr die Welt bedeuten würde, drängt sie mich nicht.

„Noch nicht ganz." Ich fummle am Träger des Rucksacks herum und ein unangenehmer Geschmack breitet sich in meinem Mund aus. „Falls ich gehe ..." Ich schlucke. „Würdest du dann in meiner Nähe bleiben?"

Rasch hat mich Madison erreicht und berührt mich am Oberarm. „Wenn du kommst, werde ich an dir kleben wie ein Kaugummi." Ich pruste los und Madison grinst.

„Danke", forme ich mit den Lippen.

Madison geht die Treppe hoch und ich steuere den Spind an. Ich schließe ihn auf und hole die Bücher heraus, die ich für die kommende Vorlesung benötige.

Neben mir öffnet eine zierliche Frau mit pinkfarbenen Haaren ihr Schließfach. Entsetzt kreischt sie auf und ich schnelle herum. Vor ihren Füßen liegt Abfall. Ein beißender Gestank steigt mir in die Nase. Ich erkenne einen gebrauchten Tampon. Augenblicklich wird mir schlecht.

Hinter uns ertönt Gelächter, ich drehe mich um. Mandy und ihre zwei Freundinnen, umringt von etlichen Studenten, beobachten amüsiert das Geschehen.

„Das haben die bei uns in der Highschool besser hinbekommen und die waren zum Teil echt beschränkt." Es ist an der Zeit, Mandy Einhalt zu gebieten.

„Hast du mich gerade beschränkt genannt?", keift Mandy und strafft die Schultern.

„Nein, den, der das getan hat. Falls du dich angesprochen fühlst, kann ich nichts dafür", flöte ich zuckersüß.

Energisch tritt Mandy an mich heran. Ihre zwei Freundinnen folgen ihr auf dem Fuß. „Dein Untergang ist nah. Und er wird dich vernichten."

„Interessant. Falls ich es nicht mitbekommen sollte, weise mich bitte darauf hin, wenn es so weit ist."

Mandy fletscht die Zähne. „Du Schlampe!", brüllt sie außer sich. Aus ihrem Mund kommen nichts als leere

Worte. Jetzt weiß sie nicht mehr weiter, darum wird sie beleidigend.

„Na ja, Jungfrau und Schlampe passen nicht zusammen", antworte ich sachlich und dennoch kühl, was sie nur noch mehr verärgert.

Mandy lacht hysterisch, es ist ein grässliches Geräusch. „Dich will keiner." Siegessicher sieht sie mich an. „Kein Wunder bei deiner kleinen Oberweite."

Getroffen schließe ich die Lider, schlage sie aber umgehend wieder auf. „Möglich, vielleicht bin ich es aber auch, die nicht jeden ranlässt." Ich hebe die Hand und bohre einen Finger in ihre Schulter. „Im Gegensatz zu anderen."

Mandys Pupillen weiten sich und sie stürmt davon.

Kurz fühle ich mich schlecht, weil ich sie indirekt als *einfach zu haben* abgestempelt habe, obwohl ich nicht weiß, ob es stimmt. Dieses Gefühl ist verflogen, als ich mich umdrehe und in die feuchten Augen der Frau mit den pinkfarbenen Haaren blicke. Sie kauert auf dem Boden und starrt überfordert auf den Müllberg vor sich.

Ich knie mich neben sie und sammle den Abfall ein.

„Danke." Sie schnieft und hebt einen verfaulten, halb gegessenen Apfel auf.

Ein Student reicht uns eine Tüte, eine Studentin Feuchttücher. Beide helfen uns, das Chaos zu beseitigen.

„Mutig von dir, zuzugeben, dass du noch nie Sex hattest", meint die Studentin mit den Feuchttüchern und wischt den Spind sauber.

„Ja, keine Ahnung, was da in mich gefahren ist. Aber was soll's, es ist, wie es ist und ich schäme mich nicht dafür."

„Musst du auch nicht", entgegnet der Student.

Dennoch ist es mir unangenehm, dass es nun alle wissen.

Ich greife nach der Tüte und werfe sie in den nächstgelegenen Abfalleimer. Manchmal wünschte ich mir, ich hätte auch schon Erfahrung. Wenn der Vorfall mit meinem Schwarm vor zwei Jahren nicht gewesen wäre, hätte ich bestimmt schon Sex gehabt. Aber dieses Erlebnis hat mich abgeschreckt. Mir die Lust, einem Mann körperlich näherzukommen, für längere Zeit genommen. Endlich hat sich das geändert, das kann ich spüren, auch wenn ich nicht genau sagen kann, warum. Den Vorfall habe ich verdaut und wäre mehr als bereit, einen festen Freund zu haben. Leider hat Liam nicht die Gefühle in mir zum Leben erweckt, die ich mir sehnlichst gewünscht habe.

Ich verabschiede mich von den anderen und verschwinde auf der Damentoilette. Meine Hände riechen streng. Mit dem Ellbogen stelle ich das Wasser an und betätige den Seifenspender.

Die Tür öffnet sich einen Spalt, Tylers Kopf erscheint. „Bist du alleine?"

Ich drehe mich um, alle Kabinentüren stehen offen. „Ja."

Er betritt den Raum und lehnt sich neben mir ans Waschbecken.

„Du hast hier drin nichts verloren, das ist die Damentoilette." Ich deute zum Ausgang.

„Weiß ich, das Zeichen an der Tür ist nicht zu übersehen." Er überkreuzt die Beine. „Und wie läuft's mit Liam?"

Tagelang nimmt er keine Notiz von mir und jetzt plaudert er mit mir, als wären wir ganz dicke.

„Das geht dich nichts an. Verschwinde", keife ich.

„Mache ich, sobald du mir geantwortet hast."

Ich stöhne frustriert auf. „Es läuft nichts mit Liam." Ich wende mich ihm zu. „Wir haben uns geküsst, aber da war nichts, kein Kribbeln im Bauch. Wir sind jetzt Freunde."

Tyler lacht erfreut. „Dann kann Liam nicht küssen. Amateur."

„Das ist gemein, was kann er dafür, dass es nicht gefunkt hat?" Es gefällt mir nicht, wie abschätzig er sich äußert. Liam und ich haben alles geklärt und verstehen uns blendend. Er ist nicht derjenige, dem es peinlich ist, mit mir gesehen zu werden, so wie ihm.

„Nichts", sagt er mit dunkler Stimme, „aber irgendein Gefühl hätte er bei dir auslösen sollen, wenn er dich küsst. Wenn nicht dieses Kribbeln, dann wenigstens Verlangen."

„Welches Verlangen rufst du denn bei Frauen hervor? Dass sie sich übergeben oder dass sie dir eine knallen?", erwidere ich. Seine Überheblichkeit bringt mein Blut in Wallung.

Auf Tylers Gesicht zeichnet sich ein überhebliches Grinsen ab. „Dass sie ihre Beine breitmachen."

„Raus hier! Das ist despektierlich." Vehement deute ich erneut zum Ausgang.

„Nein, die Wahrheit." Lässig stößt er sich pfeifend von den Waschtischen ab. Wenigstens bewegt er sich Richtung Tür. Gelächter dringt herein, die Türklinke wird von außen nach unten gedrückt. Tyler reagiert blitzschnell. Er packt mich an den Schultern und zerrt mich in eine der Kabinen, die er verriegelt.

Wenn er hier drin erwischt wird, bekommt er gewaltigen Ärger. Reglos verharren wir auf engstem Raum, warten darauf, dass sich die Toilette wieder leert.

Ich atme seinen Duft ein, verstohlen blicke ich auf seine geschwungenen Lippen. Wie sie sich wohl anfühlen? Würden sie auch in mir Verlangen wecken?

„Ich küsse dich nicht." Mit diesen Worten reißt er mich aus meinen Gedanken. Er öffnet die Kabinentür und ich folge ihm nach draußen. Der Vorraum ist leer.

„Als würde ich das wollen, träum weiter", entgegne ich barsch.

„Natürlich, dann starrst du jedem Mann auf den Mund?"

Mist, er hat mich erwischt. Ich lasse mir nichts anmerken. „Nein, ich wusste nur nicht, wo ich hinsehen sollte." Ehe ich es mich versehe, kaue ich an einem meiner Nägel.

Abermals lacht Tyler vergnügt. So häufig wie in den letzten zehn Minuten hat er noch nie gelacht.

Wortlos schlendert er zur Tür. Ich atme tief durch. Irgendwie fühle ich mich von ihm angezogen, obwohl er mir zuwider ist, und das verunsichert mich.

„Warte", rufe ich ihm zu. Er dreht sich um. „Warum benimmst du dich so, als würde ich nicht existieren?"

„Das fragst du noch?" Wie in Zeitlupe schüttelt er den Kopf. „Willst du ernsthaft, dass die Leute denken, du gibst dich mit einem vermeintlichen Mörder ab?" Ich beiße mir auf die Unterlippe. Nicht unbedingt.

Ich gehe einen Schritt auf ihn zu. „Ist dir bewusst, dass die Studenten Angst vor dir haben? Die fürchten sich davor, dir nachts zu begegnen. Das ist doch absurd."

„Ja, ich kenne meine Wirkung auf andere ganz genau", raunt er. Dabei fixiert er mich mit seinem Blick. Ein kalter Schauer rinnt mir das Rückgrat hinunter. „Wage es ja nicht, rumzulaufen und den Leuten zu erzählen, dass es nicht stimmt." Er kneift bedrohlich die Augen zusammen.

„Bist du gefährlich?", frage ich mit brüchiger Stimme. Mein Puls beschleunigt sich.

„Falsche Frage." Er schließt die Lücke zwischen uns. „Die korrekte wäre, ob ich gefährlich werden kann."

Obwohl mir die Knie schlottern, weiche ich nicht zurück. „Und, kannst du?"

„Ja."

Stille. Nur meine abgehackten Atemzüge sind zu hören. Tyler will mich doch nur einschüchtern, damit ich sein Geheimnis bewahre.

„Was ist passiert, dass alle denken, du hättest jemanden umgebracht?"

Er kann sich gebärden, wie er will, dass er mir ernsthaft etwas antun würde, kaufe ich ihm nicht ab.

„Meine Lebensgeschichte geht dich nichts an", erwidert er mit eisiger Stimme und verschwindet.

Zufrieden trete ich in den Flur und biege nach links ab. Liam und Ava sind Geschichte. Das Gefühl, auf sie achtgeben zu müssen, verschwindet jedoch nicht. Es hat sich hartnäckig in meinem Inneren ausgebreitet. Sie bringt mich dazu, dass ich mir in ihrer Gegenwart selbst nicht mehr traue. Ava nicht zu küssen, als sie meine Lippen anstarrte, kostete mich Kraft. Unendlich viel Kraft. Die Anziehung zwischen uns kann ich nicht leugnen. Ich weiß nur eins: Sie passt mir nicht.

Als ich die Treppe hochgehe, kommt mir ein Zweitsemester entgegen. Er reißt die Augen auf und weicht mir abrupt aus.

Meine Regeln habe ich nicht aus Spaß aufgestellt. Sie zu missachten, kann ich mir nicht leisten. Die Konsequenzen wären zu weitreichend und würden meine Zukunft gefährden. Meine Zukunft als freier Mann.

Ava muss aus meinem Kopf verschwinden. Es gibt keinen Grund für mich, noch länger über sie zu wachen. Entschlossen stoße ich die Tür zur Toilette auf. Wer steht denn da mutterseelenallein am Pissoir? Liam. Meine gute Laune erhellt sich noch mehr.

Ich stelle mich direkt neben ihn. Er zuckt zusammen. Die Tür schwingt auf und ein Student kommt herein. Er erblickt mich und verlässt den Raum rückwärts mit den Worten: „Es ist nicht so dringend."

Das Geräusch, das entsteht, als ich den Reißverschluss der Jeans öffne, übertönt Liams angespannten Atemzüge. Ich erleichtere mich und drehe den Kopf in seine Richtung. Was ich sehe, verwandelt mein überhebliches Grinsen in ein mitleidiges.

„Es ist … verdammt … kalt." Liam läuft rot an. Zügig schließt er die Hose. Er schüttelt nicht einmal ab, so eilig hat er es, von mir wegzukommen.

„Das liegt wohl eher an den Steroiden, die du schluckst."

Liam öffnet den Mund. Wie erwartet, besitzt er keine Eier. Er klappt ihn wieder zu. Dann rennt er aus dem Raum. Schwein. Die Hände hat er sich auch nicht gewaschen.

***

Später als üblich verlasse ich am Nachmittag die letzte Vorlesung. Der Professor war von meiner Abhandlung begeistert und wollte sich mit mir darüber austauschen. Er gab mir einige hilfreiche Denkanstöße, um sie zu perfektionieren.

Ich trete ins Freie und greife in die Jackentasche. Mit einer Hand zünde ich mir eine Zigarette an, mit der andern bediene ich das Smartphone. Eine neue Sprachnachricht wird mir angezeigt.

„Tyler, ich muss den Termin heute vorverlegen. Er ist neu um drei anstatt vier Uhr." Ich prüfe die Uhrzeit. Fuck! Es ist schon halb drei.

Ich werde niemals pünktlich sein. Mein Motorrad ist noch in der Werkstatt. Einmal bin ich nur zwei Minuten zu spät bei Mr. Miller, meinem Bewährungshelfer, aufgetaucht und habe gleich eine Abmahnung kassiert. Noch eine und der Richter wird informiert. FUCK!

Ich raufe mir die Haare. Miller anrufen. Bescheuerte Idee, er kennt meinen Stundenplan. Außerdem erwartet er, dass ich mich nach ihm richte und nicht er sich nach mir.

Verzweifelt schreie ich auf. Mein Blick wandert über den Campus und ich erspähe die Lösung für mein Problem. Ava. Ich schnippe die Kippe weg und renne los. Sie ist meine einzige Chance, pünktlich zu sein.

Ava steigt in ihren Wagen. Ich beschleunige das Tempo und springe über eine Parkbank, anstatt sie zu umrunden. Der Motor heult auf. Gerade noch rechtzeitig erreiche ich die Beifahrertür, reiße sie auf und falle schwer atmend ins Auto. Meine Lungen brennen. Ich sollte aufhören zu rauchen.

Vor Schreck würgt Ava den Motor ab. Mit geweiteten Pupillen sieht sie mich an.

Kapitel 7

Ava

Entgeistert starre ich Tyler an, der wie aus dem Nichts aufgetaucht ist.

Erschöpft sinkt er in den Beifahrersitz. „Kannst du mich fahren?" Er atmet heftig und spricht abgehackt.

Es dauert einen Moment, bis ich mich gefangen habe und realisiere, worum er mich bittet. „Eigentlich fragt man das, bevor man einsteigt. Meine Antwort lautet: NEIN." Während ich darauf warte, dass er aussteigt, trommle ich mit den Fingerspitzen aufs Lenkrad.

„Bitte, Ava." Er dreht den Kopf in meine Richtung.

„Nein", zische ich. Er wollte mich auf der Damentoilette einschüchtern.

Tyler ballt die Faust, seine Kiefer mahlen. „Ava." Langsam entspannt er die Hand wieder. „Ich muss in dreißig Minuten in der Stadt sein. Wenn ich zu spät komme, habe ich ein gewaltiges Problem am Hals." Er schluckt angespannt. „Wenn du mich fährst, küsse ich dich."

Sein Angebot verwirrt mich. Schweigend sehe ich ihm in die Augen.

„Das ist es doch, was du willst."

Vehement schüttle ich den Kopf.

„Jetzt lüg mich nicht schon wieder an. Ich habe es dir beim ersten Mal schon nicht abgenommen." Er lehnt sich vor, ich zurück.

„Okay." Ich hebe die Hände. „Für eine Millisekunde, habe ich es mir gewünscht. Wird nie wieder vorkommen. Großes Indianerehrenwort."

Tylers Mundwinkel zucken.

„Außerdem stinkst du nach Rauch." Angewidert rümpfe ich die Nase.

Seufzend und mit hängenden Schultern lässt er sich tiefer in den Sitz sinken. „Was erwartest du als Gegenleistung dafür, dass du mich in die Stadt bringst?" Die Verzweiflung in seiner Stimme, erschreckt mich. Er hat die Lider geschlossen und wirkt, als wäre er am Ende.

„Nichts." Ich drehe den Zündschlüssel. „So wie du aussiehst, könnte man meinen, es geht um Leben und Tod."

„Danke, du hast etwas gut bei mir."

„Wohin geht es?" Ich lege den ersten Gang ein und rolle an. Was denke ich mir nur dabei, ihn zu fahren? Verdient hat er es nicht.

„Ans andere Ende der Stadt." Zügig fädle ich mich in den Verkehr ein und überhole mehr als ein Auto, damit wir pünktlich ankommen. Ich genieße die Stille, die sich zwischen uns gelegt hat.

„Willst du gar nicht wissen, warum ich so dringend in die Stadt muss?", fragt er auf einmal.

„Nein, dein Leben geht mich nichts an und Freunde sind wir auch nicht", sage ich, um ihn an seine eigenen Worte zu erinnern.

Tyler räuspert sich. „Auf der Damentoilette habe ich mich danebenbenommen."

Ich nicke.

„Entschuldige."

„Sag mir, wo ich abbiegen muss." Nicht mehr lange und wir haben die Stadt durchquert.

„Bei dem roten Backsteingebäude auf der linken Seite kannst du anhalten."

Ich setze den Blinker und biege ab. Neben dem unscheinbaren Gebäude mit den vergitterten Fenstern parke ich. Irritiert sehe ich zu Tyler hinüber, der den Sicherheitsgurt löst.

„Ich habe einen Termin bei meinem Bewährungshelfer", sagt er so lässig, als wäre es das Normalste der Welt.

„Du hast was?", frage ich erschrocken und schlucke. Ein flaues Gefühl macht sich in meiner Magengrube bemerkbar. Er steigt aus, ich auch.

„Du hast mich schon verstanden." Er läuft zum Eingang. Ich neben ihm her.

„Warum bist du auf Bewährung?"

„Weil ich Mist gebaut habe. Ich habe sechs lange Monate im Jugendknast gesessen, bevor sich ein Richter meiner annahm und mich unter etlichen Auflagen auf Bewährung entlassen hat."

Ehe ich es mich versehe, habe ich das Gebäude betreten. Vor mir stehen zwei Wachmänner, neben ihnen ein Metalldetektor. Tyler geht hindurch.

„Miss, nicht stehen bleiben. Gehen Sie weiter", sagt einer der Security-Männer streng, woraufhin ich artig durch den Detektor laufe.

„Warum folgst du mir?" Tyler bleibt vor der Treppe stehen, die nach oben führt.

„Berechtigte Frage." Weil mich der Wachmann dazu aufgefordert hat? Ich presse die Lippen aufeinander. „Wo kann ich hier auf dich warten?"

Tyler zieht eine Augenbraue hoch.

„Irgendwie musst du wieder zurück zum Campus kommen, oder willst du laufen?"

Er sieht sich um, legt mir die Hand in den Rücken und führt mich die Treppe hoch. Obwohl ich angespannt bin, kann ich seine Körperwärme deutlich spüren. Sie hat etwas Beruhigendes.

Wir passieren eine gläserne Schiebetür, die sich automatisch öffnet. „Am besten wartest du hier."

Zögerlich sehe ich mich um. An der Wand gegenüber von uns gibt es etliche Türen. Neben und hinter uns stehen Plastikstühle an der Wand.

„Was hast du verbrochen? Hast du wirklich niemanden ermordet?", flüstere ich, während ich die anwesenden Personen mustere. Einige wirken im Gegensatz zu Tyler zwielichtig. Wieder andere ungepflegt. Links neben dem Eingang steht ein Wachmann.

„Ich bin kein Mörder." Getroffen, mit zerfurchter Stirn, sieht er mich an. „Ich bin eingefahren wegen schwerer Körperverletzung." Reue flackert in seinen Augen auf. Erleichtert aber dennoch schockiert schnappe ich nach Luft.

„Tyler?", ruft ein älterer Mann mit einer Halbglatze, der den Kopf durch eine Tür, die halb geöffnet ist, streckt.

„Ich bin in dreißig Minuten zurück." Tyler geht davon und betritt das Zimmer. Nachdenklich setze ich mich auf den freien Stuhl, der dem Wachmann am nächsten ist.

„Setzen Sie sich." Miller deutet auf die Stühle vor dem Schreibtisch. Er schlägt meine Akte auf. „Wie geht es Ihnen?"

„Gut." Das fragt er mich jedes Mal. Geräuschvoll plumpse ich auf eine der Sitzgelegenheiten.

„Ich habe mit Richter Collins gesprochen."

Erschrocken ziehe ich die Luft ein.

Miller taxiert mich mit seinem Blick. „Sie müssen sich am College integrieren."

Fängt er schon wieder damit an. Seit Monaten liegt er mir damit in den Ohren. „Das ist ein Teil Ihrer Auflagen, auch den müssen Sie erfüllen, ob es Ihnen gefällt oder nicht." Er räuspert sich. „Ich würde Ihnen nicht empfehlen, dagegen zu verstoßen. Sie kennen die Konsequenzen."

„Das ist nicht fair. Ich habe mir in den letzten Jahren nichts zuschulden kommen lassen", sage ich aufgebracht.

„Das stimmt." Miller faltet die Hände. „Sie machen das ausgezeichnet. Ihre schulischen Leistungen sind hervorragend. Wenn Sie so weitermachen, schließen Sie mit Bravour ab." Er lehnt sich vor. „Haben Sie noch Kontakt zur Gang?"

„Nein", rufe ich genervt. Ich schließe die Lider und zähle bis drei, bis ich mich wieder gefangen habe. Diese Verbindung habe ich für immer gekappt.

„Warum sträuben Sie sich dann dagegen, neue Freundschaften zu schließen?"

Ich weiß genau, warum, aber das verrate ich ihm nicht. Schweigend verschränke ich die Arme vor der Brust.

„Ich möchte das Beste für Sie, aber wenn Sie in dieser Hinsicht keine Fortschritte erzielen, sehe ich schwarz für Ihre Zukunft. Ebenso Richter Collins."

Mit einer Hand massiere ich mir die Schläfe. Das darf nicht wahr sein. Ich bin meinem Ziel so nahe und hatte gehofft, dass man darüber hinwegsehen würde, wenn ich mich nur fest genug anstrenge. Und nun das. Alles zu verlieren, kann ich nicht riskieren. Mir kommt eine Idee.

„Ich habe eine Freundin", sage ich, während die Geschichte in meinem Kopf Gestalt annimmt. Mein Plan ist genial.

In Millers Gesicht breitet sich ein Lächeln aus. „Warum haben Sie mir das nicht erzählt?"

„Weil es Sie nichts angeht." Lässig strecke ich die Beine aus.

„Prinzipiell ja, aber in Ihrem Fall nicht." Miller greift nach einem Stift und macht sich Notizen.

„Wie lange kennen Sie sich schon?" Er spricht, ohne mich anzusehen.

„Knapp drei Monate."

„Wie schön, das freut mich für Sie. Wie heißt Ihre Freundin?"

„Das geht jetzt aber zu weit."

„Tyler." Mein Bewährungshelfer seufzt.

„Na gut. Ava."

„Kennt sie Ihre Vorgeschichte?"

„Bis ins kleinste Detail." Miller legt den Stift beiseite und hebt den Kopf. Auf seiner Stirn bilden sich tiefe Falten. Wie erwartet, ist er misstrauisch.

„Sie hat mich heute gefahren, mein Motorrad ist in der Werkstatt."

„Wirklich?" Er zieht die buschigen Brauen zusammen.

„Ja, sie sitzt draußen. Grauer Hoodie, hellblaue Jeans, blonde Haare, hübsches Gesicht."

Wie erhofft, erhebt sich Miller und geht zur Tür. Er wird sie öffnen, Ava sehen und mein Problem hat sich damit gelöst. Bei unseren monatlichen Terminen werde ich von ihr schwärmen, bis das Schuljahr zu Ende ist. Dann enden meine Bewährungsauflagen.

Miller drückt die Türklinke nach unten, schwungvoll öffnet er die Tür, streckt den Kopf hinaus, dreht sich zu mir um und nickt zufrieden. Entspannt schließe ich für den Bruchteil einer Sekunde die Lider. Ich bin genial.

„Ava, würden Sie bitte kurz hereinkommen?", vernehme ich Millers Stimme und mein Herzschlag setzt aus. Kalter Schweiß benetzt meine Haut. FUCK! Ich bin geliefert. Damit habe ich nicht gerechnet.

„Ja, warum?", höre ich Ava verunsichert fragen.

Kapitel 8

Ava

Ich erhebe mich und betrete das Büro von Tylers Bewährungshelfer. Langsam setze ich mich auf den freien Stuhl vor dem Schreibtisch und sehe unsicher zu Tyler hinüber, der unter dem Tisch mit kalten Fingern nach meiner Hand tastet und sich daran klammert, als würde sein Leben daran hängen.

„Ich bin Mr. Miller. Tylers Bewährungshelfer, aber das wissen Sie ja alles schon." Seine Mundwinkel wandern nach oben. Zwei kleine Grübchen tauchen auf seinen Wangen auf. „Es ist schön, Ihre Bekanntschaft zu machen."

Ich nicke und lächle verhalten.

„Zuerst einmal finde ich es bemerkenswert, dass Sie Tyler in Ihrem jungen Alter, eine Chance geben, und das trotz seiner Verfehlungen."

Neben mir ertönt ein gequältes Stöhnen.

„Sie können stolz auf ihn sein, er verhält sich tadellos."

Abermals gibt Tyler einen unzufriedenen Laut von sich.

„Tyler, das sollte Ihnen nicht unangenehm sein, Sie
haben Ihre Strafe abgesessen und sind dabei, sich in die
Gesellschaft zu integrieren."

Flüchtig wende ich den Kopf nach links, Tyler verdreht die Augen.

„Haben Sie irgendwelche Fragen?"

Ja, nämlich die, worum es hier geht. Ich öffne den
Mund, doch Tyler, der abrupt meine Hand loslässt,
kommt mir zuvor.

„Babe."

Babe? Irritiert ziehe ich eine Augenbraue hoch.

Tyler legt den Arm um meine Schultern. „Ich habe
Mr. Miller vorhin erzählt, dass wir zusammen sind.
Bitte entschuldige, dass ich dich nicht vorher gefragt
habe, ob das okay für dich ist." Liebevoll streicht er mir
eine Strähne hinters Ohr. Dabei sieht er mich eindringlich an.

„Ich habe keine Fragen", murmle ich angesäuert und
versuche meinen Gemütszustand so gut es geht zu verbergen. Tyler könnte ich eine scheuern. Warum hat er
das behauptet?

„Kennt Tyler Ihre Eltern schon?" Miller greift zu einem Stift.

„Nein, noch nicht." Es fühlt sich grässlich an, dem Bewährungshelfer etwas vorzuspielen. Tyler hat Glück,
dass Miller so gut über ihn gesprochen hat.

„Am Wochenende vom Columbus Day, fahren wir zu
Avas Eltern."

Miller nickt zufrieden und macht sich Notizen.

„Können wir jetzt gehen?", fragt Tyler.

„Ja, das wäre es für heute gewesen." Der Bewährungshelfer erhebt sich und reicht mir die Hand. „Es wäre

schön, Sie wiederzusehen." Ich ergreife sie und verabschiede mich von ihm.

Händchenhaltend verlassen Tyler und ich Millers Büro und laufen durch die Schiebetür. Kaum hat sie sich hinter uns geschlossen, lasse ich seine Hand los.

„Nicht aufregen", flüstert Tyler und schiebt mich von hinten an. Ich presse die Zähne zusammen. Wir passieren die Wachleute und stehen kurz darauf im Freien.

„Du hast mir gerade den Arsch gerettet." Tyler umarmt und drückt mich an sich, was sich unglaublich gut und aufregend anfühlt. Mir wird warm. Er schiebt sich von mir weg, umfasst mein Gesicht und drückt mir einen Kuss auf die Stirn. „Du bist die Beste. Ich werde meine Schuld nie begleichen können."

Ich packe seine Handgelenke und drücke sie nach unten. Meine Gefühle fahren Achterbahn. Ich möchte ihn an mich ziehen und gleichzeitig so weit wie möglich von mir wegstoßen. Er hat mich dazu gebracht, zu lügen. Seinetwegen habe ich einem Staatsbeamten eine mittelmäßige Vorstellung geboten.

„Was du getan hast, war falsch", fauche ich gereizt und löse den Griff um seine Handgelenke.

„Ich hätte dich nicht anfassen sollen. Sorry, aber ich bin so erleichtert." Er fährt sich mit der Hand durchs kurze Haar und strahlt übers ganze Gesicht. So unbeschwert wie jetzt habe ich ihn noch nie erlebt.

„Tyler, ich habe für dich gelogen. Du hast mich dazu genötigt. Und als wäre das nicht schlimm genug, behauptest du auch noch, wir fahren zusammen nach L. A. zu meiner Mum." Wütend laufe ich zum Auto und lehne mich daran an. Wie konnte er nur?

Tyler greift in die Jackentasche und zieht eine Kippe und ein Feuerzeug hervor. Ist das sein Ernst? Ein Klicken ertönt. Die Flamme hat praktisch die Zigarette in seinem Mund erreicht, da erlischt sie. Er stopft die Sachen zurück in die Jacke, kommt auf mich zu und lehnt sich neben mir ans Auto.

„Warum hast du behauptet, dass wir ein Paar sind?" Ich starre auf die Straße. Ein Wagen nach dem anderen braust vorbei.

„Weil ich Angst habe."

Ich horche auf. „Wovor?"

„Dass ich wieder zuschlagen könnte." Die Verzweiflung in seiner Stimme, lässt meinen Ärger schwinden. „Meine Bewährungsauflagen verlangen, dass ich mich resozialisiere. Dazu gehört auch, dass ich mich am gesellschaftlichen Leben auf dem Campus beteilige. Was ich nie gemacht habe, weil ich mir selbst nicht traue. Heute hat mir Miller zum x-ten Mal klargemacht, dass ich geliefert bin, wenn ich mich nicht integriere. Zu behaupten, wir wären zusammen, schien mir die optimale Lösung zu sein. Nie hätte ich damit gerechnet, dass er dich bittet, in sein Büro zu kommen. Ich dachte, er sieht dich kurz an und gut ist."

„Du befürchtest, du haust jemandem eine rein, wenn er dich dumm anmacht?" Ich sehe ihn von der Seite an. Er hat die Arme verschränkt und sein Blick ist glasig.

„Nicht ganz. Ein gewalttätiger Schläger war ich nie und bin ich nicht, aber es geht in diese Richtung." Tyler räuspert sich. „Das erste Mal fällt es dir schwer, eine Grenze zu überschreiten. Je öfter du es jedoch tust, desto einfacher wird es. Meine Hemmschwelle zuzuschlagen ist verdammt niedrig, wenn sie überhaupt noch existiert."

„Dann bist du doch gefährlich." Diese Erkenntnis erschreckt mich. Mein Puls beschleunigt sich und ein beklemmendes Gefühl lässt meinem Magen rumoren.

„Jein. Ich würde nie handgreiflich werden, wenn mich jemand doof anquatscht oder beleidigt. Das ignoriere ich." Er seufzt. „Ich fürchte mich davor, dass ich die Beherrschung verliere, wenn sich diese Aktionen gegen jemanden richten, der mir nahesteht. So wie es Freunde tun."

Erleichtert atme ich tief durch und mein Puls kehrt schrittweise in den Normalzustand zurück. „Na ja, jetzt bist du aber streng mit dir. In diesem Fall könnte ich verstehen, warum du einschreitest. Du machst es, um einen Freund zu beschützen."

„Ja, dennoch würde ich gegen meine Bewährungsauflagen verstoßen. Was für mich keinen Abschluss und einen längeren Aufenthalt hinter Gittern bedeutet."

„Deswegen stellst du nicht richtig, dass du niemanden getötet hast. Wenn du keine Freunde hast, besteht nicht die Gefahr, dass du für sie einstehst."

„Genau, das ist mein Plan. Hat drei Jahre lang perfekt funktioniert. Das muss es jetzt noch ein Jahr und ich bin frei."

„Ich verstehe dich, dennoch bezweifle ich, dass das die Lösung ist. Du solltest dich mit deinen Bedenken auseinandersetzen und ihnen nicht konsequent aus dem Weg gehen. Sonst wirst du nie erfahren, ob du dir selbst noch trauen kannst."

Tyler ächzt neben mir. Mit einem Ruck stoße ich mich vom Wagen ab. „Fahren wir zurück."

Nachdenklich klemme ich mich hinters Steuer. Es fühlt sich gut an zu wissen, warum Tyler sich manchmal so unausstehlich benahm.

„Kannst du mich bei der Werkstatt absetzen? Mein Bike ist repariert und steht bereit. Ich kann es gleich mitnehmen." Er spricht und tippt gleichzeitig auf das Display des Smartphones.

„Jupp." Ich starte den Motor und fahre an. Mein Klingelton hallt durch das Wageninnere.

„Kannst du nachsehen, wer es ist?"

Tylor wühlt in meiner Handtasche, die auf der Rückbank liegt. „Madison, soll ich rangehen und sie auf Lautsprecher stellen?"

„Nein, schon gut. Ich fahre nachher ohnehin gleich zurück zum Campus." Der Klingelton verstummt.

„Du hast zehn verpasste Anrufe und etliche Nachrichten von ihr", bemerkt Tyler und sieht mich besorgt an. Mist, hoffentlich ist nichts passiert.

„Soll ich ihre Nummer wählen?"

Ich nicke.

Tyler hält mein Telefon seitlich neben mir in die Höhe. Ich drehe den Kopf, um es zu entsperren.

„Ava, du glaubst nicht, was passiert ist", kreischt Madison, nachdem es einmal geklingelt hat. „Ich habe heute Jayden gesehen und er war alleine unterwegs. Wie ich es mir vorgenommen hatte, ging ich auf ihn zu. Nach ein paar Metern fiel mir auf, dass er mir entgegenkommt."

Beruhigt atme ich tief durch, alles in Ordnung bei ihr. „Ich bin stolz auf dich. Dann seid ihr aufeinander zugegangen?“

„Ja, genau. Ich war ganz aufgeregt. Aber das Beste kommt noch“, quiekt sie vergnügt. „Wir waren einen Kaffee trinken, er hat mich zum Wohnheim gebracht und zum Abschied geküsst.“

Tyler seufzt. Im Augenwinkel sehe ich, wie er sich mit der Hand übers Gesicht fährt.

„Wow, das ging flott. Ich bin in etwa fünfzig Minuten zurück. Du musst mir dann alles haargenau erzählen.“

„Ja, das will ich seit über einer Stunde. Bitte schau öfter auf dein Smartphone“, sagt sie vorwurfsvoll.

„Notiert, bis gleich.“ Wir verabschieden uns und Tyler drückt den roten Knopf.

„Echt jetzt? Die ist dermaßen durch den Wind, weil Jayden sie geküsst hat?“ Tyler sieht mich ungläubig an.

„Ja, sie schwärmt schon seit einem Jahr für ihn. Wo ist das Problem?“

Vor uns taucht die Werkstatt auf.

„Wenn man davon absieht, dass er vor ihr hundert andere Studentinnen geküsst hat. Dass ein Kuss rein gar nichts zu bedeuten hat.“

„Das stimmt nicht. Nicht jeder rennt durch die Gegend und steckt wer weiß wem die Zunge in den Hals.“ Ich erinnere mich an seine Bedingungen, als er mich fragte, ob ich flachgelegt werden will, weswegen ich verächtlich schnaube.

„Meinst du damit mich?“ Tyler klingt angepisst.

Direkt neben der Werkstatt bringe ich das Auto zum Stillstand und wende mich ihm zu, um mich zu erklären.

„Weißt du was, nicht jeder ist so verklemmt wie du.“ Ein selbstgefälliges Grinsen huscht über sein Gesicht.

„Arsch“, zische ich.

„Der Mann, der dich abbekommt, tut mir jetzt schon leid.“ Er steigt aus und knallt die Tür zu.

Verdattert sehe ich zu, wie er auf das Motorrad steigt, das auf dem Vorplatz der Werkstatt steht, den Helm überstreift und davonbraust. Was soll’s. Er kann mir gestohlen bleiben. Tyler will in Ruhe gelassen werden, was mir recht ist.

***

Madison stürzt sich auf mich, kaum dass ich einen Fuß ins Zimmer gesetzt habe. Aufgeregt erzählt sie mir, wie sich alles abgespielt hat. „Jayden war so süß. Er hat mich und auch dich zu seiner Geburtstagsparty eingeladen. Er wusste nicht, dass wir schon auf der Gästeliste stehen. Ich habe ihm gesagt, ich gebe ihm noch Bescheid, ob wir kommen.“

„Du hast dich überwunden, das muss ich auch. Schreib ihm, dass wir kommen.“ Ich klinge entschlossener, als ich mich fühle. Nie mehr auszugehen, kann nicht die Lösung sein.

„Bist du dir sicher?“

„Nein, darum schreib ihm eine Nachricht, bevor ich einen Rückzieher mache.“ Ich verziehe das Gesicht und Madison kichert vergnügt.

„Abgeschickt“, sagt sie zufrieden und legt das Smartphone zur Seite.

In weniger als vierundzwanzig Stunden stelle ich mich meinen Ängsten. Das sollte Tyler auch. Warum muss ich schon wieder an ihn denken, obwohl ich ihn nicht ausstehen kann?

Tyler

Röhrend erwacht die Maschine zum Leben. Ein Geräusch, das mich normalerweise besänftigt. Jetzt nicht. Avas Anspielung, ich würde wahllos Frauen abschleppen, hat mich gekränkt. Verdammt. Ich tue es. Ich tue es, um mich zu schützen. Mein Herz verkrampft sich. Keine Freunde. Keine Freundin.

Mit überhöhtem Tempo rase ich über die Straße. Mehr als einmal ertappe ich mich bei dem Gedanken, dass ich der Mann sein will, der Ava abbekommt. Sie hat mir heute gleich zweimal den Arsch gerettet. Es ist lange her, seit mir jemand geholfen hat. Auf einmal fühle ich mich unendlich einsam und verlassen. Nur noch ein Jahr. Dann wird sich alles ändern.

Ein mir bekannter Rotschopf taucht vor mir auf. Abrupt verlangsame ich. Sie biegt ab und betritt das Irish Pub. Perfekt. Mit ihr dort weiterzumachen, wo es letztes Mal geendet hat, wird mir hoffentlich helfen, Ava aus dem Kopf zu kriegen. Ich lenke das Motorrad in die Seitengasse und ziehe den Helm aus.

Vor dem Eingang lehnt Jayden an einer Straßenlampe. Er tippt auf dem Display des Smartphones herum. Dabei lächelt er vor sich hin. Mir kommen Madisons Worte, er sei auf sie zugegangen, in den Sinn. Mein Bauchgefühl meldet sich. Eine ungute Vorahnung beschleicht mich, die mich nicht mehr loslässt.

Zeit, Informationen zu sammeln. Mit meinem Ruf ein Kinderspiel.

„Was geht?“ Einen Meter vor Jayden bleibe ich stehen.

„Hey, Mann, ich will keinen Ärger.“ Abwehrend hebt er die Hände in die Luft.

„Bekommst du nicht, wenn du mir ein paar Fragen beantwortest.“ Hastig sieht er sich um. Außer ihm und mir befindet sich niemand vor der Bar.

„Was willst du wissen?“ Er schiebt das Smartphone in die Gesäßtasche der Jeans.

„Hat Liam dir aufgetragen, Madison anzuquatschen?“

„Ja, warum?“ Er kneift die Augen zusammen.

„Hat er dir auch gesagt, dass du sie küssen sollst?“

Sein Gesichtsausdruck wandelt sich von angespannt zu entsetzt. „Nein, ich lasse mir doch nicht vorschreiben, wen ich küsse. Ich habe sie geküsst, weil ich sie küssen wollte.“

Seine Antwort gefällt mir.

„Du lässt Madison in Ruhe, sonst …“

„Sonst was?“, frage ich herausfordernd und mache einen Schritt auf ihn zu.

„Kriegst du es mit mir zu tun.“ Konzentriert beobachtet er mich und strafft die Schultern, was nicht darüber hinwegtäuscht, dass er zittert. Einer meiner Mundwinkel huscht nach oben. Zum zweiten Mal hat er richtig geantwortet. Ich fange an, ihn zu mögen.

„Madison interessiert mich nicht.“

Jaydens Körperhaltung entspannt sich.

„Was hat Liam sonst noch von dir verlangt?“

„Er wollte, dass ich Madison morgen zu meiner Geburtstagsfeier im Verbindungshaus einlade. Und dass ich ihr mitteile, dass sie Ava mitbringen soll.“

Mein Bauchgefühl hat mich nicht getäuscht. „Warum?", knurre ich.

„Keine Ahnung, das hat er nicht gesagt."

„Kommen Madison und Ava zur Party?"

„Ja, Madison hat mir vorhin geschrieben, dass sie beide dabei sind."

„Ist Liam da drin?" Ich deute mit dem Kopf zum Pub.

„Ja, aber wir sind zu sechst hier."

Fuck, dann kann ich nicht rein. Die Gefahr ist zu groß, dass ich mir Liam zur Brust nehme und die Situation eskaliert.

„Noch ein kleiner Denkanstoß für dich. Wenn dich einer deiner Freunde um etwas bittet, dir aber nicht erklären will, warum, solltest du dich fragen, ob er wirklich dein Freund ist." Das musste ich auf die harte Tour lernen.

Ich wende mich ab und verschwinde in der Seitengasse. Ob sich Jayden freut, wenn ich morgen auch auf seiner Party aufkreuze? Vermutlich nicht. Es ist mir egal.

Kapitel 9

Ava

Meine letzte Vorlesung endet vor der von Madison. Ich nutze die Zeit, um in der Bibliothek zu büffeln. Sie ist wie ausgestorben an diesem Freitagnachmittag. Diesmal habe ich einen der großen Tische nur für mich.

Mein Smartphone vibriert. Mum, wird mir angezeigt. Hastig blicke ich mich um. Weit und breit keine Aufsichtsperson in Sicht. Ich gehe ran.

„Hi, Mum", flüstere ich zur Begrüßung.

„Alles in Ordnung, Sonnenschein?" Sie klingt besorgt.

„Ja, ich bin in der Bibliothek", erkläre ich.

„Ich bin stolz auf dich. Du hast ein Stipendium bekommen und lernst immer so fleißig."

„Du hast doch immer gesagt, von nichts, kommt nichts."

Mum kichert genauso wie ich. „Hast du schon neue Freunde gefunden?"

„Ja, meine Mitbewohnerin Madison." Mum würde sie mögen. „Und Liam."

„Liam?" Die Stimme meiner Mum ist nun zwei Oktaven höher.

„Er ist nur ein Freund." Das Wort *nur* betone ich dermaßen stark, dass ich dabei krächze.

Mum kichert erneut. „Wenn du das sagst."

Ich verdrehe die Augen.

„Dann wird es so sein."

Jetzt nicke ich, obwohl sie mich nicht sehen kann.

„Was machst du am Wochenende?"

„Ich gehe auf eine Geburtstagsparty." Es kommt mir immer noch surreal vor, dass ich mich dazu durchgerungen habe.

„Wie schön." Mum räuspert sich. „Pass auf dich auf." Sie war geschockt, als ich ihr tränenüberströmt erzählt hatte, was geschehen war. Dennoch hatte sie mich ermuntert, erneut auszugehen. Was ich bis jetzt nicht konnte.

„Ava?" Mums sanfte Stimme löst mich aus meiner Starre.

„Ja?", entgegne ich eilig.

„Nur weil einmal etwas schieflief, heißt es nicht, dass es das wieder tut." Sie schluckt schwer. „Dein Vater hat uns von einem Tag auf den anderen verlassen. Obwohl ich Angst hatte, dass mir das erneut passieren könnte, habe ich Alexander eine Chance gegeben."

„Das war die richtige Entscheidung." In meinem Gesicht breitet sich ein Grinsen aus. Seit dem ersten Tag, als Mum mir Alexander vorgestellt hat, behandelt er mich so, wie ich es mir von meinem Vater immer gewünscht hätte.

Neben mir ertönt ein lautes Räuspern. Abrupt hebe ich den Kopf. Ich blicke in das Gesicht einer älteren

Frau, die ihre Haare zu einem strengen Dutt zusammengebunden hat. Sie sieht mich mahnend an und hält sich den Zeigefinger an die Lippen.

„Mum, ich muss auflegen. Wir hören uns." Reumütig verziehe ich das Gesicht.

„Junge Dame, hier wird nicht telefoniert."

„Bitte entschuldigen Sie, es wird nicht wieder vorkommen", flüstere ich schuldbewusst.

„Das will ich hoffen. Nächstes Mal bekommen Sie dafür eine Verwarnung." Sie wendet sich ab und ich packe meine Sachen zusammen.

***

Seit über einer Stunde sitze ich auf dem Bett, während Madison mir ein Outfit nach dem anderen präsentiert. Obwohl ihr alle stehen, hat sie immer etwas zu meckern.

„Sie sind alle schrecklich", murmelt sie verdrießlich und sieht auf die Uhr. „Mist, es ist zu spät, um noch shoppen zu gehen." Sie sinkt auf die Matratze und lässt den Kopf hängen.

„Stimmt nicht." Ich springe auf und greife nach dem schwarzen Lederrock, den sie in der Bar anhatte. „Zieh den an, der steht dir hervorragend."

„Eigentlich bin ich nicht so kompliziert." Madison erhebt sich und ich drücke ihr den Rock in die Hand. „Ich will nur gut aussehen für Jayden."

Als wäre mir das nicht aufgefallen. „Was hattest du an, als er dich angesprochen hat?"

„Sportleggins und einen Hoodie." Es dauert einen Moment, bis sie lächelt. Sie bückt sich und greift wahllos nach einem Top. „Du hast recht, außerdem will ich keinen Freund, der nur mit mir zusammen ist, weil ich heiß aussehe." Sie wackelt mit den Augenbrauen. „Obwohl ich das eindeutig bin."

Ich pruste los.

„Was trägst du?"

„Jeans und ein T-Shirt."

Madison sieht mich streng an.

„Dann eben Jeans und ein Tanktop." Wobei das bei meiner kleinen Oberweite keinen Unterschied macht. Den Ansatz meiner Brüste sucht man vergebens.

Ihr Blick durchbohrt mich. „Du musst deine Vorzüge gekonnt in Szene setzen. Das ist bei dir der Hintern." Jetzt klingt sie genauso wie Tyler.

Madison macht sich an meiner Kommode zu schaffen und zieht ein kurzes rotes Kleid hervor. Zufrieden mustert sie es und hält es mir hin.

„Na gut." Ich ziehe mich aus und schlüpfe hinein.

„Wow, das Rot bringt deine Bräune optimal zur Geltung." Sie klatscht in die Hände. „Dreh dich um." Ich komme ihrer Aufforderung nach. „Der Stoff schmiegt sich perfekt an deinen Allerwertesten." Sie verpasst mir einen Klaps auf den Po, was mich aufkreischen lässt.

Ich wende mich ihr zu und sie erkennt offenbar die Zweifel in meinem Gesicht. „Keine Bange. Ich passe auf dich auf. Außer mir darf das niemand." Sie beißt sich auf die Lippen. „Es sei denn, du willst es."

Ich winke ab und betrachte mich im Spiegel. Madison hat recht, das Kleid steht mir. Dennoch wäre es schön, wenn ich es obenrum mehr ausfüllen würde. „Okay, ich behalte es an."

Zu Fuß erreichen Madison und ich das Verbindungshaus, aus dem laute Musik dröhnt. Wir durchqueren den Garten. Auf der rechten Seite brennt ein Feuer. Zwei Studenten stehen daneben und rauchen.

Madison greift nach meiner Hand. „Mach dir keinen Kopf, wenn Jayden dich nicht zum Anbeißen findet, verstehe ich die Welt nicht mehr", ermutige ich sie und schleife sie neben mir her zum Eingang. Die Tür steht offen, wir treten ein.

Das weitläufige Wohnzimmer ist praktisch leer. Ich erkenne im gedämpften Licht vereinzelte Grüppchen von Mitstudenten mit roten Pappbechern in der Hand. Ein Teil der Möbel wurde an die Wand geschoben, damit eine Art Tanzfläche entsteht. Neben dem monströsen Flachbildschirm an der linken Wand ist ein DJ-Pult aufgebaut. In den Ecken stehen schwarze Boxen, die beinahe so groß sind wie ich. Wir passieren die Stoffcouch und einige Sessel.

„Willkommen, meine Damen." Jayden kommt die Treppe herunter.

„Happy Birthday", erwidere ich und gehe auf ihn zu.

„Danke." Er drückt mich flüchtig. Dann sieht er an mir vorbei. Ich drehe den Kopf. Madison ist verunsichert stehen geblieben.

„Kriege ich keinen Geburtstagskuss?" Er grinst verführerisch und breitet die Arme aus. Madison lacht, geht auf ihn zu und drückt ihm die Lippen auf den Mund.

Ich gehe in die halb offene Küche, damit die beiden ungestört sind. Liam und Ryan lehnen an der Kochinsel, die mit Alkohol, Softgetränken und Pappbechern übersät ist.

Ryan winkt mir zur Begrüßung zu und Liam tritt an mich heran. „Was für eine Überraschung. Ich freue mich, dass du gekommen bist." Er legt mir eine Hand auf die Schulter. „Was kann ich dir anbieten?" Mit der anderen deutet er auf die Kochinsel.

„Eine Cola." Ich gehe neben Liam her zur improvisierten Bar. Er nimmt zwei Becher und füllt sie mit Cola.

„Mit ein wenig Whisky schmeckt es viel besser." Er greift zur Jack Daniels Flasche.

„Nein, danke. Ich trinke keinen Alkohol." Er öffnet den Verschluss und leert den bernsteinfarbenen Inhalt in einen der Becher, den er mir vor die Nase hält.

„Du hast ja keine Ahnung, was dir entgeht." Er nickt mir aufmunternd zu. Ich reagiere nicht. „Nur ein Schluck, für mich."

„Nein", fauche ich und sehe ihn verständnislos an. Ich greife nach dem Becher mit der Cola. Was ist nur in ihn gefahren?

Liam nimmt einen Schluck vom Drink, stellt ihn zurück auf die Abdeckung und schnaubt. Ich gehe zum Büfett und greife in die Schüssel mit den Chips. Dass er meine Grenzen nicht respektiert, macht mich traurig. Vor allem, weil es ihm wichtig war, dass wir Freunde sind. Ein schöner Freund ist er.

„Sorry, Ava. Ich kenne niemanden, der Nein zu Alkohol sagt, darum dachte ich, du erlaubst dir einen Spaß." Liams Gesicht taucht vor mir auf.

„Hm", murmle ich. Für mich fühlte es sich an, als wollte er mich dazu drängen.

Madison und Jayden betreten die Küche. Er hat seinen Arm um ihre Taille gelegt.

„Lasst uns Bier-Pong spielen." Madison klatsch aufgeregt in die Hände.

„Bin dabei", ruft Ryan, der immer noch am Küchenschrank lehnt.

„Ich trinke für dich, Ava, wenn du mitmachen willst", sagt Liam.

„Dann würde ich gerne mitspielen." Ich lächle ihn an und schüttle das ungute Gefühl, das er kurz zuvor in mir ausgelöst hat, ab.

Wir betreten das Wohnzimmer, das sich inzwischen gefüllt hat. Es wird getanzt, gelacht und getrunken.

Jayden und Ryan klappen den Pingpongtisch, der an der Wand steht, auseinander.

Madison und ich befüllen die Becher mit Bier und platzieren sie darauf.

„Mandy spielt auch mit", höre ich Liam hinter mir von sich geben. Muss das sein? Ich drehe mich um. Mandy steht neben ihm und lächelt gekünstelt. Na super. Mir ist die Lust, zu spielen, vergangen.

„Gut, dann geht es auf. Liam, du bildest mit Ava ein Team. Ihr dürft es mit Madison und mir aufnehmen. Die Gewinner ..." Er zieht Madison enger an sich und deutet mit einem Finger zuerst auf sie und dann auf sich. „... spielen dann gegen Ryan und Mandy."

Liam lacht spöttisch auf. „Träum weiter, Ava und ich gewinnen."

Ich stelle mich auf die Zehenspitzen und ziehe Liam zu mir heran. „Ich spiele zum ersten Mal Bier-Pong", flüstere ich ihm ins Ohr. Falls er gewinnen will, bin ich die falsche Partnerin.

„Kein Problem, dann verlieren wir eben", meint Liam und zwinkert mir zu.

„Ihr könnt anfangen", sagt Jayden, nachdem wir uns in Position gebracht haben. Liam und ich stehen auf der einen Seite des Tisches, Madison und Jayden auf der anderen.

Liam hält mir den Pingpongball hin. Ich werfe und verfehle, die Becher. Madison wirft und trifft. Sie reckt den Arm in die Luft. Liam greift nach dem Becher, fischt den Ball heraus und leert ihn in einem Zug.

Nach einer Weile habe ich den Dreh raus und mir gelingt es, die Becher zu treffen. Obwohl Liam und ich hinten liegen, macht es mir Spaß.

Jayden wirft und versenkt den Pingpongball genau in den Becher vor mir. Er und Madison klatschen sich ab.

„Vielleicht sollten wir Ava sagen, dass Bier die Brüste wachsen lässt", sagt Mandy unvermittelt. Peinlich berührt, zucke ich zusammen.

„Was soll das, Mandy?" Ryan greift nach dem Becher und trinkt ihn aus, damit Liam nicht das ganze Bier in sich hineinkippen muss.

„Ryan hat recht. Benimm dich", ermahnt Liam sie und sieht zu ihr hinüber.

„Ruft mich, wenn ich dran bin." Sie dreht sich eine Strähne ihres platinblonden Haars um den Finger und läuft zu ihren Freundinnen.

„Was fällt der ein?", blafft Madison. Ihr Blick erdolcht Mandy von hinten.

„Ignorier sie einfach. Manchmal frage ich mich wirklich, was in ihrem Kopf abgeht.“ Jayden nickt mir aufmunternd zu. „Mit deinem Busen ist alles in Ordnung.“

Meine Wangen werden warm. Er meint es nett, aber es ist mir höchst unangenehm. Madison stupst ihn energisch in die Seite.

„Was?“ Er sieht sie irritiert an.

„Das sagt man nicht“, zischt sie leise, dennoch kann ich sie hören.

„Ich wollte nur nett sein. Außerdem verstehe ich wirklich nicht, was mit ihren Brüsten ...“ Madison hält ihm die Hand vor den Mund.

„Merkst du nicht, dass es Ava unangenehm ist? Sie ist schon ganz rot im Gesicht“, brummt Ryan. Ich könnte im Boden versinken.

Jayden zieht Madisons Hand vom Mund. „Bitte entschuldige, Ava.“

Liam räuspert sich. „Spielen wir weiter.“

Ich werfe den Ball, dabei vermeide ich es aufzublicken. Es dauert eine Weile, bis ich mich wieder gefasst habe. Es ärgert mich, dass Mandy meinen wunden Punkt gnadenlos gegen mich verwendet. Es sollte mir nichts ausmachen, dass meine Brüste klein sind. Macht es meistens auch nicht, dennoch fühle ich mich manchmal unsicher.

Liam und ich verlieren. Nachdem Madisons Jubelgeschrei verebbt ist, wendet sie sich Ryan zu. „Nichts gegen dich, aber ich spiele nicht mit Mandy.“

„Passt. Darauf habe ich gerade auch keinen Bock. Ich gehe nach draußen.“ Ryan läuft los und verschwindet durch die Tür, die in den Garten führt.

„Mandy ist selbst schuld. Ich sage es ihr“, meint Liam und steuert auf sie zu. Er packt sie am Oberarm und zieht sie in eine Ecke. Ich betrachte die beiden und frage mich ernsthaft, warum Liam mit ihr befreundet ist.

„Holen wir uns Snacks.“ Madison fuchtelt mit ihrer Hand vor meinem Gesicht herum.

„Gute Idee.“ Ich löse den Blick von Mandy und Liam, die sich angeregt unterhalten.

Tyler

Es ist nach elf, als ich das Verbindungshaus erreiche. Ich betrete den Garten. Auf dem Boden liegen rote Pappbecher verstreut und der Geruch von Gras steigt mir in die Nase.

Ich laufe am Feuer vorbei, um das sich etliche Studenten drängen. Nur mit dem Mund reichen sie einander eine Spielkarte weiter. Sie fällt hinunter. Eine junge Frau kreischt auf, als sie mit ihren Lippen die ihres Gegenübers berührt. Je länger ich das Treiben beobachte, desto sicherer bin ich, nichts verpasst zu haben.

Neben der Haustür lehnt ein Paar an der Hausmauer. Er schiebt ihren Rock nach oben, bis ihr Hintern zum Vorschein kommt. Sie hantiert an seinem Reißverschluss. Mein Gefühl von vorhin verstärkt sich. Ich tippe ihm auf die Schulter.

„Verzieht euch doch in eines der Zimmer.“ Mit dem Kopf deute ich in den oberen Stock. Sie schnappt nach Luft. Er sieht mich an, als wäre ich ein Geist.

Als ich eintrete, suche ich die Menge nach Ava ab. Im Garten war sie nicht, auch Madison habe ich nicht gesehen.

Links in der Ecke erspähe ich Mandy mit ihren zwei Freundinnen, die an ihr hängen, als wäre sie der Nabel der Welt. Ava taucht auf. Sie hält einen Becher in der Hand, hinter ihr geht Liam. Ich schlucke und lecke mir über die Unterlippe. Ava sieht verdammt sexy aus in ihrem roten Kleid, das sich an ihren Körper schmiegt, wie eine zweite Haut. Am liebsten würde ich es ihr vom Körper reißen. Dafür bist du nicht hier, ermahne ich mich.

Ava und Liam bleiben vor der Treppe, die nach oben führt, stehen. Sie dreht sich zu Liam um und unterhält sich mit ihm. Den Becher stellt sie hinter sich auf den hölzernen Treppenabsatz, der ihr bis zur Hüfte reicht.

Ich beobachte ihre Bewegungen genau. Sie schwankt und taumelt nicht. Gut, sie ist nüchtern.

Auf einmal werde ich von der Seite angerempelt. Ich fahre herum.

Ein Student sieht mich mit geweiteten Pupillen an. „War ein Versehen." Er zieht den Kopf ein und geht hastig rückwärts. Dabei prallt er in eine Gruppe.

„Pass doch auf", lallt einer von ihnen und schubst ihn von sich. Angewidert rümpfe ich die Nase.

Erneut schweift mein Blick durch die Menge. Liam und Ava stehen immer noch am Fuße der Treppe, wo sie sich unterhalten. Ava lacht und greift nach dem Becher.

Kapitel 10

Ava

Madison umfasst meinen Arm und zieht mich zur Seite.

„Jayden hat gefragt, ob wir uns noch einen Film ansehen wollen." Sie presst die Lippen zusammen.

„Und willst du?" Ich nippe an der Cola.

„Ja, aber ich möchte dich nicht allein lassen."

Jayden taucht hinter Madison auf und schlingt die Arme um sie. Sein Kinn stützt er auf ihrem Kopf ab.

„Kein Ding. Ich wollte ohnehin bald gehen."

„Allein?" Madison legt ihre Stirn kraus.

„Besser, wir begleiten sie", meint Jayden.

„Ich bringe Ava zurück." Liams Stimme ertönt direkt hinter mir.

„Passt das für dich?", fragt mich Madison.

„Absolut." Ich trete näher an sie heran. „Viel Spaß, aber tu nichts, was du nicht willst", flüstere ich ihr ins Ohr.

„Keine Bange, ich lasse mich nicht drängen." Sie räuspert sich. „Ich wäre ja bereit, aber Jayden meinte, er wolle es langsam angehen." Madison zieht einen Flunsch.

„Bist du so weit?", fragt Liam. Nickend stelle ich den Becher auf dem Treppenabsatz ab. Madison winkt mir zum Abschied, während sie mit Jayden die Stufen hochgeht.

„Wir haben keine Eile." Liam hebt den Pappbecher hoch und hält ihn mir hin. Ich nehme ihm den Becher ab und leere ihn in einem Zug.

Tyler

Händchenhaltend gehen Madison und Jayden die Treppe hoch und verschwinden im Flur. Ava und Liam setzen sich in Bewegung. Sie kommen auf mich zu. Ich schlage den Kragen der Lederjacke hoch und drehe mich zur Seite. Im Spiegel an der Wand, sehe ich, wie sie an mir vorbeilaufen und das Verbindungshaus verlassen. Eine Minute warte ich, dann folge ich ihnen. Als ich ins Freie trete, biegen sie am Ende des Gartens nach rechts ab, Richtung Studentenwohnheim. Liam wird sie zu ihrem Zimmer begleiten.

Langsam durchquere ich den Garten, damit ich nicht bemerkt werde. Auf dem Gehweg bleibe ich stehen und blicke ihnen nach. Ava läuft neben Liam. Gelegentlich dreht sie den Kopf in seine Richtung und er seinen in ihre. Nichts daran wirkt verdächtig. Dennoch breitet sich in meinem Magen ein ungutes Gefühl aus. Es frisst sich regelrecht durch meine Eingeweide.

Mit gesenktem Kopf folge ich ihnen. Sie unterhalten sich. Was sie sagen, kann ich nicht verstehen.

Plötzlich bleibt Ava stehen und wendet sich Liam zu. Ich verlasse den Gehweg, der von den Straßenlaternen spärlich erhellt wird, und verschwinde in der Dunkelheit der Nacht.

Aus mir unerklärlichen Gründen fummelt Ava am Oberteil ihres Kleides herum. Was tut sie da? Sie streift sich die Träger über die Schultern. Augenblicklich spanne ich mich an.

„Benimm dich", bellt Liam und sieht sich hastig um. Sein Arm schnellt nach vorn. Er packt Ava am Oberarm.

„Aua."

Meine Rechte verkrampft sich. Liam zieht Ava hinter sich her. Ich bin kurz davor, die Beherrschung zu verlieren.

„Zick hier nicht rum", knurrt Liam. Wieder dreht er den Kopf in alle Himmelsrichtungen, als wollte er sich vergewissern, dass niemand etwas mitbekommt.

Wider besseres Wissen sprinte ich los. Direkt vor ihnen trete ich schwer atmend aus der Dunkelheit auf den schlecht beleuchteten Gehweg. Liam bemerkt mich zuerst. Er gibt Ava frei und weicht hastig einen Meter zurück.

Ich setze meinen Ich-mache-dich-kalt-Blick auf, den ich, seit ich auf dem College bin, perfektioniert habe. Es ist der beste Weg, eine Konfrontation zu vermeiden. Wenn dein Gegenüber glaubt, du hast nichts zu verlieren und bist bereit, bis zum Äußersten zu gehen, zieht er in der Regel den Schwanz ein. Panisch schnappt Liam nach Luft.

„Tu ... mir ... nichts." Verteidigend hält er die Hände vor sich. Sie zittern. Bedächtig nähere ich mich ihm.

Schritt für Schritt. Liam dreht sich um und rennt davon. Die Luft weicht aus meinen Lungen, mein Herzschlag beruhigt sich allmählich.

Nicht auszudenken, was hätte passieren können, wäre er nicht so ein elender Hosenscheißer. Gerade habe ich meine Bewährung aufs Spiel gesetzt.

„Tyler", säuselt Ava und tänzelt auf mich zu. Irritiert sehe ich sie an. Sie benimmt sich merkwürdig. Ava krallt die Finger in meine Lederjacke. Ruckartig zieht sie mich zu sich heran.

„Küss mich", wispert sie mit samtweicher Stimme, reckt ihr Kinn, spitzt die Lippen und schließt die Lider. Für den Bruchteil einer Sekunde bin ich geneigt, ihrer Aufforderung nachzukommen. Bis ich realisiere, sie würde sich nie so verhalten.

„Geht es dir gut?" Ich umfasse ihre Handgelenke und drücke sie nach unten, was sie nur widerstrebend zulässt.

Sie öffnet die Augen und strahlt mich an. „Ja, es ging mir nie besser."

Zögerlich löse ich den Griff um ihre Handgelenke. Sie schiebt mich von sich weg und fängt an zu tanzen. Dabei streckt sie die Arme in die Luft. Das ist der Moment, in dem ich erkenne, dass sie high ist. Sie hat die Kontrolle über ihren Körper verloren.

„Ava, was hast du genommen?", brumme ich. Sie reagiert nicht. Ich fahre mir mit der Hand übers Gesicht. Dass sie Drogen nimmt, hätte ich nicht erwartet. Warum tut sie sich das an? Der Scheiß ist höchstgefährlich. Hautnah habe ich mitbekommen, wie Drogen Existenzen zerstörten. Ich war ein kleines Zahnrad in einem großen System, das dazu beigetragen hat.

Ich gehe zu ihr hinüber und lege ihr vorsichtig die Hände auf die nackten Schultern. „Ava, ich muss wissen, was du eingeworfen hast?"

Sie blinzelt. „Nichts."

„Du kannst es mir sagen, ich will dir nur helfen." Ich spreche mit sanfter Stimme und sehe sie eindringlich an.

„Nichts", summt sie vergnügt.

Fuck! Jemand hat ihr Drogen verabreicht. Ohne dass sie es mitbekommen hat. Meine Kiefer mahlen. Damit, wer das gewesen sein könnte, beschäftige ich mich später. Jetzt muss ich mich um Ava kümmern.

„Zieh dich richtig an." Ich lasse sie los und zupfe an den Trägern ihres Kleides, damit sie hineinschlüpfen kann.

„Warum?" Sie lächelt mich an. „Ich liebe dich. Ich liebe dich. Ich liebe dich", schreit sie aus vollem Hals und wiegt sich hin und her.

„Sei leise", ermahne ich sie streng. Nicht auszudenken, wenn uns jemand zusammen sieht. Ich atme tief ein und aus. „Na gut, dann eben nicht. In welchem von diesen Gebäuden wohnst du?" Ich deute mit dem Kopf auf die Häuser, die zur Studentenunterkunft gehören.

Ava hält abrupt in ihren Bewegungen inne und zieht eine Schnute. „Ich will nicht nach Hause."

„Doch, ich bringe dich zu deinem Zimmer." Und bleibe dort, bis die Wirkung der Droge nachlässt.

„Nein." Trotzig verschränkt sie die Arme vor der Brust.

„Ava." Ich lege den Zeigefinger unter ihr Kinn und drücke es sanft nach oben, damit sie mir in die Augen sehen muss. Ihre Pupillen sind so groß wie Untertassen. „Du kannst nicht hier bleiben. Das geht nicht." Früher oder später wird sie das Bewusstsein verlieren.

„Das will ich auch nicht." Erleichterung durchströmt mich. „Ich will zu dir." Sie beißt sich verführerisch auf die Unterlippe.

Ich löse den Finger von ihrem Kinn und trete zurück, um Abstand zwischen uns zu bringen.

„Nein, ausgeschlossen." Bei mir im Loft hat sie nichts verloren.

„Warum?"

„Weil ..." Scheiß darauf. Ob ihr Trip in ihrem Zimmer oder bei mir endet, spielt keine Rolle. Hauptsache, ich bekomme sie weg von der Straße. „Gehen wir."

Ich laufe los. Ava geht brav neben mir her. Welche Menge wurde ihr verabreicht und wie lange hält die Wirkung noch an? Innerlich bereite ich mich auf eine lange Nacht vor.

Fünf Minuten später schließe ich die Metalltür zum Loft auf. Kaum habe ich die Tür einen Spalt geöffnet, schlüpft Ava hindurch. Ich folge ihr und schalte das Licht an.

Während Ava mitten im Raum steht und sich neugierig umsieht, laufe ich in die Küche, hole ein Glas und kehre zu ihr zurück.

„Geh auf die Toilette und erleichtere dich hier rein." Ich drücke ihr das Glas an die Brust und deute auf den einzigen Raum, der eine Tür hat. „Dort ist das Badezimmer."

„Ich muss aber nicht."

Ein verzweifelter Seufzer löst sich aus meiner Brust. „Bitte, Ava, geh ins Bad und versuch es wenigstens."

„Wenn du darauf bestehst. Und was soll ich dann damit machen?"

„Stell das Glas aufs Waschbecken, okay?"

Ava nickt und läuft los. Ich ziehe die Jacke und die Boots aus. Abermals gehe ich in die Küche und fülle ein Glas mit Wasser, das ich zum Bett hinübertrage und auf den Nachttisch stelle.

„Erledigt", trällert Ava stolz hinter mir. Wenigstens das hat geklappt. Zufrieden drehe ich mich zu ihr um und reiße die Augen auf. Nur in weißer Unterwäsche, die ihre sonnengebräunte Haut betont, steht sie vor mir. Angespannt kratze ich mich am Hinterkopf. Mit ihrem irrationalen Verhalten bringt sich mich zum Verzweifeln.

„Warum hast du das Kleid ausgezogen?"

„Mir war warm." Sie kommt auf mich zu. Ich konzentriere mich darauf, ihr nur ins Gesicht zu sehen. Obwohl ich sie ausgiebig betrachten möchte, widerstehe ich diesem Drang. Ava erreicht mich. Ihre Hände wandern unter mein T-Shirt. Blitzschnell umfasse ich ihre Handgelenke.

„Deine Haut fühlt sich so weich an."

Kurz genieße ich, wie ihre Fingerspitzen über meine Bauchmuskulatur gleiten. Es fühlt sich verlockend an, weckt in mir den Wunsch nach mehr. Ich presse die Lippen aufeinander und ziehe ihre Hände unter dem Shirt hervor.

„Zieh es aus", säuselt sie und klimpert neckisch mit den Wimpern.

„Nein, du legst dich jetzt hin und versuchst zu schlafen", entgegne ich streng.

„Spielverderber", murmelt Ava und geht zum Bett. Anstatt sich hinzulegen, fasst sie an den Saum ihres Slips. „Dann ziehe ich mich aus."

„Nein, den behältst du an." Die Schärfe in meiner Stimme überrascht nicht nur mich. Ava zuckt zusammen. Dann lächelt sie und greift sich in den Rücken. Ihr BH gleitet zu Boden, gequält stöhne ich auf.

Ich ziehe mir das Shirt über den Kopf, werfe es aufs Bett und drehe ihr den Rücken zu. „Anziehen, sofort!"

Ein leises Schluchzen ertönt, das immer lauter wird. Verdammt, das wollte ich nicht.

Ava sitzt mit verschränkten Beinen auf der Matratze. Das Gesicht hat sie in den Händen vergraben. Ihre Arme verdecken größtenteils ihren nackten Oberkörper. Ich gleite neben ihr aufs Bett.

„Ava?", wispere ich.

„Dir gefallen meine Brüste nicht, weil sie zu klein sind." Sie schnieft aufgelöst.

„Das stimmt nicht." Ich streiche ihr beruhigend übers Haar.

„Dann würdest du sie anfassen?" Sie sieht zu mir herüber. Ihre Augen sind gerötet, die Wangen nass.

„Ja." Ich greife nach meinem Shirt und wische ihr mit dem Ärmel die Tränen aus dem Gesicht.

Sie lässt die Arme sinken und entblößt die Brüste. Ava zuliebe wende ich mich nicht ab. Ihr Busen ist klein und straff. Die Nippel rosa. Mir gefällt, was ich sehe. Sie bringt mich echt in Versuchung.

„Wenn du morgen immer noch willst, dass ich deine Brüste anfasse, tue ich es. Aber nicht heute." Meine Stimme klingt heiser. Ich räuspere mich. „Bitte schlüpf nun in mein T-Shirt."

Endlich, Ava zieht sich das Shirt über. Sie fasst sich an die Stirn. Leicht schwankt ihr Oberkörper hin und her. „Mir ist schwindlig.“

„Leg dich hin.“ Ich erhebe mich und schlage die Decke zurück, damit Ava darunterkriechen kann. „Musst du dich übergeben?“

„Nein, ich bin auf einmal so unendlich müde.“ Sie gähnt. „Ich kann die Augen nicht mehr offen halten.“

„Schon gut, du kannst sie schließen.“ Ava dreht den Kopf zur Seite und fällt in einen tiefen, komatösen Schlaf.

Erschöpft plumpse ich auf die Matratze. Ich habe es überstanden. Erleichtert streiche ich ihr die Haare aus dem Gesicht und lausche konzentriert ihren stetigen Atemzügen. Sie klingen normal.

Ich gehe zur Couch, nehme ein Kissen und werfe es neben dem Bett auf den Boden. Dann lege ich mich hin. Falls etwas sein sollte, bin ich in ihrer Nähe.

Kapitel 11

Ava

Flatternd schlage ich die Lider auf, kann sie aber nicht offen halten. In meinem Kopf hämmert es. Ein fahler Geschmack liegt mir auf der Zunge. Ich fühle mich schwach und gerädert, als wäre ich von einem Laster überrollt worden.

Erneut öffne ich die Augen. Diesmal gelingt es mir. Schemenhaft nehme ich die Umgebung wahr, erkenne sie jedoch nicht. Schlagartig bin ich hellwach. Mein Puls schießt durch die Decke. Wo bin ich?

Hastig richte ich mich auf und blicke an mir hinunter. Das schwarze T-Shirt, das ich trage, ist mir viel zu groß. Ich greife mir an die Brüste. Anstatt meines BHs ertaste ich die Nippel. Panisch schlage ich die Decke zurück. Entsetzt schreie ich auf, als ich meine nackten Beine erblicke. Ich ziehe den Saum des Shirts nach oben und erspähe den weißen Slip. Sein Anblick beruhigt mich nicht. Was ist passiert?

Verzweifelt versuche ich mich zu erinnern. Aber da ist nichts. Keine Bruchstücke, die mir die Angst nehmen, ungewollt berührt worden zu sein. Meine Atmung beschleunigt sich. Schweiß bricht mir aus. Ich beginne zu hyperventilieren.

„Endlich bist du wach, es ist schon später Nachmittag", vernehme ich Tylers Stimme. Mein Kopf schnellt nach oben. In Jogginghosen und einem Shirt steht er vor mir. Ich rutsche ans Kopfende des Bettes und umklammere die Knie. Die Knöchel der Finger werden weiß, so fest drücke ich zu.

„Ava?" Tyler setzt sich langsam in Bewegung, dabei sieht er mich besorgt an.

„Komm ja nicht näher", schreie ich, so laut ich kann. Tyler zuckt zusammen, augenblicklich bleibt er stehen. Ich lasse ihn nicht aus den Augen.

„Ich tue dir nichts." Er hält die Hände in die Luft.

„Hast du mich angefasst?" Meine Stimme zittert und mir wird übel bei dem Gedanken, was er mir angetan haben könnte.

„Nein." Sein Gesicht hat einen entsetzten Ausdruck angenommen. Kann ich ihm glauben?

Ich horche in mich hinein. Mein Unterleib fühlt sich an wie immer. Das ist ein gutes Zeichen, oder? Ich weiß es nicht, ich hatte noch nie Sex. Leise wimmere ich.

„Ich habe es nicht nötig, eine Frau zu begrapschen, die nicht mehr Herr ihrer Sinne ist." Tyler seufzt. „Ich befürchte, jemand hat dir gestern auf der Party Drogen eingeflößt. Du warst ziemlich neben der Spur."

„Was?" Meine Unterlippe zuckt. Die letzte klare Erinnerung ist die, dass ich mit Liam das Verbindungshaus verlassen habe. Er wollte mich zum Studentenwohnheim bringen.

„Du warst high." Tyler kommt auf mich zu und greift nach der Decke, die er mir über die Beine legt. Ich ziehe das Laken hoch bis zu den Hüften. „Beruhige dich zuerst einmal." Er hebt ein Wasserglas hoch, das auf dem Nachttisch steht, und hält es mir hin.

Ich greife danach und nehme einen Schluck, dennoch verschwindet der schlechte Geschmack in meinem Mund nicht.

„Was ist passiert?", frage ich verunsichert.

„Ich erzähle es dir gleich." Tyler setzt sich neben mich auf die Matratze. „Hast du die Drogen freiwillig genommen?"

Empört schnappe ich nach Luft. „Nein." Dass er denkt, ich sei ein Junkie, verletzt mich. Noch nie in meinem Leben habe ich Rauschgifte genommen. Ich würde mich nicht einmal getrauen, an einem Joint zu ziehen. Beleidigt drehe ich den Kopf zur Seite.

„Du musst nicht gleich eingeschnappt sein. Ich wollte nur sichergehen." Er schnalzt missbilligend mit der Zunge. „Außerdem hast du mir vorgeworfen, ich hätte deine Hilflosigkeit ausgenutzt und mich an dir vergangen. Was noch viel schlimmer ist. Ist dir eigentlich bewusst, was für Gefühle das in mir ausgelöst hat?" Tyler klingt gereizt und enttäuscht zugleich.

„Es tut mir leid, aber versetz dich doch in meine Lage. Ich wache in einem Raum auf, den ich nicht kenne. Trage außer meinem Slip nur ein Shirt, das nicht mir gehört. Weder weiß ich, wie ich hierhergekommen bin, noch, was vorgefallen ist." Wenn er das nicht nachvollziehen kann, ist das sein Problem. „Du kannst mir keinen Vorwurf dafür machen, dass ich vom Schlimmsten ausgegangen bin."

„Das ist nicht der Punkt. Du hast es mir zugetraut“, knurrt er wütend.

Ich schulde ihm eine Erklärung. „Aber doch nur …“ Meine Stimme droht zu versagen. „Weil mir das schon einmal passiert ist.“ Ich ziehe das Laken, das mich bedeckt, enger um mich.

„Fuck, Ava.“ Er legt die Hand an meine Schulter. „Soll ich dich in den Arm nehmen?“

Kaum merklich nicke ich. Er zieht mich an sich und ich spüre seine Körperwärme an meinem Rücken. Ein Gefühl von Geborgenheit durchströmt mich.

„Willst du darüber reden?“ Sein feuchtwarmer Atem gleitet über meinen Hals, worauf ich angenehm erschaudere. Die Reaktion meines Körpers erschreckt mich. „Du musst nicht, wenn es dir unangenehm ist. Ich mache uns Kaffee.“ Tyler löst sich von mir und ich vermisse seine Nähe.

„Das ist es nicht.“ Ich wende mich ihm zu. Er steht neben dem Bett. „Aber Kaffee klingt toll.“

Tyler verlässt den Raum. Ich starre auf meine verschränkten Hände. Krampfhaft versuche ich mich zu erinnern. Bilder flackern vor mir auf. Ich, wie ich mir die Träger meines Kleides über die Schultern streife. Liam, der mich daran hindert, indem er mich am Arm packt. Tyler, der vor uns auftaucht. Liam, der davonrennt. Egal wie sehr ich mich bemühe, ab da herrscht Dunkelheit in meinem Kopf.

„Hier.“

Ich blicke auf.

Tyler hält mir eine dampfende Tasse vor die Nase. „Achtung, heiß.“ Vorsichtig nehme ich sie ihm ab.

„An gewisse Dinge kann ich mich erinnern, aber sie verwirren mich", murmle ich gedankenverloren.

Tyler greift nach dem Holzstuhl, der neben dem Bett steht, und zieht ihn zu sich heran. Er befreit ihn von den Kleidern, die über der Lehne hängen und setzt sich.

„Ich erzähle dir, was ich weiß. Du brauchst keine Angst zu haben, niemand hat dich angefasst."

„Danke." Endlich gelingt es mir, mich etwas zu entspannen. Er nahm mir gerade meine schlimmsten Befürchtungen.

„Ich war auf der Party und habe gesehen, wie Liam und du das Verbindungshaus verlassen habt. Unauffällig bin ich euch gefolgt."

„Du hast mich gestalkt." Mit aufgerissenen Augen sehe ich ihn an. Die Tasse in meiner Hand schwankt gefährlich.

„So könnte man es auch nennen, aber ich hatte einen triftigen Grund."

„Der da wäre?"

„Warum hörst du mir nicht einfach zu?" Tyler bedenkt mich mit einem strengen Blick.

„Okay."

„Kannst du dich noch an die Rothaarige von der Bar erinnern?" Ich nicke nur, anstatt zu fragen, was sie mit der ganzen Geschichte zu tun hat. „Nachdem du mich bei der Werkstatt abgesetzt hast, habe ich gesehen, wie sie das Irish Pub betrat. Ich wollte sie abschleppen, weil …"

„Weil?", frage ich nach, da er nicht weiterspricht. Warum stört es mich, dass er erneut mit ihr rummachen wollte? Das sollte es nicht. Vor allem, da ich ihn eigentlich nicht leiden kann.

„Das ist nicht wichtig." Er knirscht mit den Zähnen. „Vor der Bar hatte ich ein interessantes Gespräch mit Jayden. Auf meine Nachfrage hin, hat er mir erzählt, dass Liam ihm aufgetragen hat, Madison nicht nur anzusprechen, sondern sie zusammen mit dir zu seiner Party einzuladen. Ziemlich schräg, nicht?" Tyler lehnt sich zurück und sieht mich erwartungsvoll an.

„Nein, ist es nicht." Ich nippe am Kaffee. „Gegenüber Liam ist mir rausgerutscht, dass Madison ein Auge auf Jayden geworfen hat. Eigentlich hatte ich ihn gebeten, ihm nichts zu sagen. Er hat sich offenbar nicht daran gehalten."

„In dem Fall hat es wirklich nichts zu bedeuten." Tyler trommelt mit den Fingern auf der Armlehne.

„Dann warst du auf der Party, weil du dich um mich gesorgt hast?" Mir wird warm ums Herz.

Das monotone Geräusch, das seine Fingerspitzen auf dem Holz erzeugen, verstummt. „Ja."

Seine Antwort schmeichelt mir. Ich bin ihm wichtig. „Zurück zu gestern", brummt Tyler. „Warum hat dich Liam begleitet?"

Ich presse die Lippen zusammen. Irgendetwas hat er gegen Liam.

„Eigentlich wollte ich allein zurücklaufen." Ein unzufriedenes Schnauben ertönt. „Aber Jayden hielt das für unklug, darum wollten Madison und er mich begleiten. Da die beiden aber Pläne hatten, bot Liam an, mit mir zu gehen." Ich stocke. Was jetzt kommt, ist mir unangenehm. „Unterwegs, wollte ich auf einmal mein Kleid ausziehen."

„Die Wirkung der Droge hat eingesetzt", sagt Tyler sachlich, was meine Befangenheit schwinden lässt.

„Liam hat mich gottlob davon abgehalten und mich gedrängt, weiterzugehen. Dann bist du aufgetaucht und Liam ist davongerannt. An mehr kann ich mich nicht erinnern." Abermals nehme ich einen Schluck Kaffee. „Warum ist er eigentlich davongelaufen?"

Tylers Miene nimmt einen schuldigen Ausdruck an. „Ich habe ihn eingeschüchtert, was nicht nötig gewesen wäre." Er kratzt sich am Kinn. „Seine Bemühungen, dich dazu zubringen weiterzugehen, wirkten aus der Ferne etwas grob. Auch wusste ich da noch nicht, dass du high bist." Er leert seine Tasse in einem Zug und stellt sie auf den Boden. „Sein schräges Verhalten ergibt durchaus Sinn. Er war mit der Situation überfordert, hat nicht erkannt, dass du high bist, und hat sich Hilfe suchend umgesehen. Scheiße, ich habe ihm unrecht getan." Tyler zuckt mit den Schultern. „Er wird es überleben."

„Verstehe und was ist dann passiert?" Mich überkommt ein ungutes Gefühl. Mitten auf dem Gehweg wollte ich mich entkleiden. Was habe ich mir sonst noch geleistet?

„Machen wir es kurz und schmerzlos." Es ist noch schlimmer, als ich befürchte. „Es wird dir peinlich sein, muss es aber nicht, du warst nicht du selbst. Vergiss das nicht."

„Hm." Ich atme einmal tief durch.

„Du wolltest mich küssen und hast mir gesagt, dass du mich liebst."

Ich schiebe mir die Hände vors Gesicht.

„Dann hast du mich begrabscht, dein Kleid und deinen BH ausgezogen." Die Liste meiner Verfehlungen wird immer länger und meine Selbstachtung zusehends kleiner.

„Und dann wolltest du, dass ich deine Brüste anfasse."

Ich schlucke. Wie erniedrigend.

„Kurz darauf bist du eingepennt." Tyler räuspert sich. „Ich habe dich weder geküsst noch angefasst."

Schweigend verharre ich. Meine Wangen glühen und mir fehlen die Worte, um mich angemessen bei Tyler zu bedanken, dafür, dass er mein unmögliches Verhalten ertragen hat.

„Hast du Fragen?" Ich bringe es nicht über mich, ihn anzusehen. Tyler ist gar nicht so übel, wie ich angenommen hatte.

„Nein." Ich zupfe am Saum des Shirts, das ich trage. „Es tut mir leid ... Danke, dass du dich ... um mich gekümmert hast." Verlegen kaue ich an einem meiner Nägel.

„Muss es nicht. Ich würde es wieder tun." Ein Rascheln verrät mir, dass er sich erhebt. „Ich besorge uns, was zu essen. Wenn du willst, kannst du in der Zwischenzeit duschen."

Ich nicke. Erst als die Haustür ins Schloss fällt, hebe ich den Kopf. Vom Bett aus sieht man direkt zum Eingang. Links ist eine offene Küche, rechts das Wohnzimmer. Ich schlage die Decke zurück und erhebe mich. Auf der Suche nach meinen Klamotten umrunde ich das Bett. Mein Kleid entdecke ich nicht, dafür meinen BH und ein Zierkissen. Beides liegt auf dem Boden. Hat Tyler hier geschlafen? Ich bücke mich und hebe die Sachen auf. Weil ich mein Kleid nicht finden kann, öffne ich den Schrank, der neben dem Bett steht. Wahllos greife ich mir eines der Shirts.

Auf dem Weg ins Wohnzimmer passiere ich den Esstisch. Er ist übersät mit Büchern für das College und Papieren. Mir sticht ein Blatt ins Auge, auf dem in Rot A+ steht. Tyler ist ein Musterschüler. Warum benimmt er sich oft wie ein Arsch, wenn er so blitzgescheit ist?

Ich lege das Kissen auf die Couch und lasse den Blick durch den Raum schweifen. Er bleibt an der einzigen Tür hängen. Das muss das Badezimmer sein.

Ich öffne sie und ein unangenehmer Geruch steigt mir in die Nase. Auf dem Waschbecken steht ein Glas, dessen Inhalt wie Urin aussieht. Angewidert rümpfe ich die Nase. Dennoch hebe ich es hoch, um daran zu schnuppern. Es sieht nicht nur so aus, es ist es auch. Das ist eklig. Ich kippe den Urin in die Toilette und betätige die Spülung. Bei der Vorstellung, dass Tyler seinen eigenen Urin trinkt, dreht sich mir der Magen um, auch wenn das angeblich gesund sein soll.

Ich ziehe mich aus, stelle mich unter die Dusche und seife mich mit Tylers Duschgel ein. Das warme Wasser lässt mich entspannen und das Pochen in meinem Kopf verschwindet. Plötzlich kann ich mich an etwas erinnern.

Mit Tyler habe ich über die Größe meiner Brüste diskutiert. Er musste mich trösten und hat meine Tränen mit seinem Shirt getrocknet. Auch wenn mir dieses Bruchstück die Schamesröte ins Gesicht treibt, zeigt es mir, wie liebevoll er sich um mich gekümmert hat. Mein Herz pocht heftig und meine Abneigung ihm gegenüber bröckelt.

Ein Klopfen an der Tür lässt mich zusammenzucken.

„Ich bin zurück." Tylers Stimme dringt gedämpft ins Bad.

„Komme gleich“, rufe ich.

Tyler

Ich stelle die zwei Kartons vom Chinesen auf den Esstisch und schiebe die Bücher und Blätter achtlos zur Seite. Ava kommt aus dem Badezimmer. Sie hat sich an meinem Kleiderschrank bedient. Ihr Körper wird von einem grauen T-Shirt verhüllt, das ihr bis zur Mitte ihrer Oberschenkel reicht, und ihre Wangen leuchten rosig. Verhalten lächelt sie mich an. Es freut mich, dass es ihr besser geht. Ich ziehe einen Stuhl hervor, damit sie sich setzen kann und nehme ihr gegenüber Platz. Sie nimmt sich einen der Kartons und ich reiche ihr eine Gabel. Ava fängt gierig an zu essen. Sie schaufelt sich eine Portion nach der anderen in den Mund.

„Nach dem Essen sollten wir zur Campuspolizei gehen, damit du Anzeige gegen Unbekannt erstatten kannst.“

Ava hält in ihrer Bewegung inne. „Was soll ich denen sagen? Ich habe nicht mitbekommen, dass mir jemand Drogen verabreicht hat. Du?“

„Nein, aber sie können die Substanz, die dir vermutlich in dein Getränk gekippt wurde, in deiner Urinprobe nachweisen.“

„In meiner Urinprobe?“ Sie sieht mich an, als wüsste sie etwas, was ich nicht weiß.

„Ja, sie steht im Bad.“

Ava wird blass um die Nasenspitze und presst die Lippen zusammen. „Die habe ich das Klo runtergespült.“

„Warum hast du das getan?“ Ich schlage mit der Gabel, die ich in der Hand halte, gegen den Kopf.

„Es stank fürchterlich und ich dachte, der Inhalt des Glases gehört dir.“ Sie sieht mich entschuldigend an.

„Zu mir?“ Jetzt kratze ich mich mit der Gabel am Kopf. „Warum sollte ich meinen Urin in einem Glas aufbewahren?“

„Ist doch egal.“ Sie springt auf. „Eigentlich muss ich nicht, aber ich versuche es trotzdem.“

„Dafür ist es zu spät. K.-o.-Tropfen können maximal zwölf Stunden lang im Blut nachgewiesen werden.“ Ava hat das einzige Beweisstück, unwissentlich, vernichtet.

Langsam sinkt sie auf den Stuhl zurück. „Was jetzt?“ Die Verzweiflung in ihrer Stimme ist mit den Händen greifbar. Sie ist mit der Situation überfordert. Wäre ich auch, wenn ich mich nicht auskennen würde.

„Du solltest dennoch zur Campuspolizei gehen. Da es nun nicht mehr eilt, würde ich es vorziehen, du machst das mit Madison, wenn du nicht alleine gehen willst. Ich bin auf Bewährung und nicht scharf darauf, in irgendeinem Polizeibericht namentlich aufzutauchen.“ Ava nickt und kaut schon wieder gedankenverloren an einem ihrer Nägel.

„Du hast recht. Ich rufe Madison an.“ Abermals erhebt sie sich.

„Deine Handtasche und dein Kleid liegen neben dem Fernseher.“ Ich deute mit dem Kopf zur Wand links von mir. „Ich gehe eine rauchen, damit du ungestört bist.“

Ich nehme die Lederjacke, streife sie mir über und trete ins Freie. Es ist windig und ich schlage den Kragen der Jacke nach oben. Dann taste ich nach dem Zigarettenpack in der Tasche und ziehe es heraus. Angewidert betrachte ich es. Diesem Laster wollte ich abschwören. Entschlossen gehe ich auf den nächstgelegenen Abfalleimer zu und versenke die Zigaretten darin. Neben der Eingangstür trete ich auf der Stelle. Ava soll sich in Ruhe mit Madison austauschen können. Sie hat ihr einiges zu berichten.

Kapitel 12

Ava

Die Eingangstür schwingt auf und Tyler kommt zurück.

„Und?", fragt er und zieht die Jacke aus.

„Madison ist noch bei Jayden im Verbindungshaus, wo sie bis morgen bleibt." Ich seufze. „Ich habe ihr nicht erzählt, was passiert ist. Sie ist gerade so glücklich, da will ich sie nicht mit meinem Problem belasten. Außerdem denkt sie, ich sei im Wohnheim."

Tyler lehnt sich an die Wand neben der Tür und überkreuzt die Beine. „Erstens glaube ich nicht, dass du sie belastest. Sie ist deine Freundin. Vermutlich wird sie enttäuscht sein, wenn sie erfährt, was du ihr verschwiegen hast."

Ich befürchte, damit liegt er richtig.

Er kommt zur Couch, auf der ich im Schneidersitz lümmle. „Zweitens kann ich mir nicht vorstellen, dass du jetzt allein sein willst." Er setzt sich neben mich.

„Will ich auch nicht." Dennoch brachte ich es nicht über mich, Madison zu bitten, ins Studentenwohnheim zu kommen. Sie schwärmte ununterbrochen von Jayden. Madison wird mir schon nicht den Hals umdrehen, wenn ich ihr erst morgen beichte, was mir widerfahren ist. „Denkst du, jemand hat die Drogen absichtlich in meine Cola geschüttet?" Ich malträtiere die Unterlippe mit den Zähnen. Daran hatte ich zuvor gar nicht gedacht. Auf einmal will ich noch weniger allein sein.

„Puh, schwierige Frage." Tyler streckt sich. „Könnte sein, dass jemand die Wirkung von den K.-o.-Tropfen ausnutzen wollte, um an dich heranzukommen. Wärst du nicht ununterbrochen von deinen Freunden umgeben gewesen, hätte es ihm gelingen können." Geschockt schnappe ich nach Luft. „Genauso gut kann es sein, dass es versehentlich in deinem Becher gelandet ist. Die sehen alle gleich aus. Oder irgendein Idiot hat sich einen makabren Scherz erlaubt und die Substanz wahllos in irgendwelche Drinks gekippt."

Ich gehe die drei Optionen in Gedanken durch, sie verstören mich alle gleichermaßen. Schon wieder knabbere ich an einem meiner Fingernägel. Tyler greift zu mir hinüber und drückt sanft meine Hand nach unten.

„Lassen wir den Abend noch einmal Revue passieren." Ich nicke, das ist eine gute Idee.

„Von wem hast du alles Drinks entgegengenommen?"

„Liam hat mir die erste Cola eingeschenkt, als ich danebenstand. Die zweite hat mir Madison gebracht und die dritte, habe ich mir selbst geholt."

„Gut. Hast du von irgendeinem Becher getrunken, der nicht deiner war?"

Angestrengt denke ich nach. „Nein."

„Hast du dein Getränk unbeaufsichtigt stehen lassen?"

Ich schließe die Augen, reiße sie wieder auf und ärgere mich über mich selbst. „Ja, aber nur ganz kurz. Ich habe es hinter mich auf den Treppenabsatz gestellt." Hätte ich es doch bloß in der Hand behalten.

„Das habe ich mitbekommen, da habe ich dich beobachtet." Tyler streift sich die Boots ab.

„Das ergibt doch keinen Sinn. Wie ist die Droge dann in meinem Drink gelandet?"

„Dafür gibt es nur eine Erklärung. Die Droge war in einer der Colaflaschen." Das klingt plausibel. Irgendein beschränkter Idiot hat vermutlich die Cola mit Drogen versetzt.

„Dann hatte ich wohl einfach Pech." Immerhin weiß ich nun, dass es niemand auf mich abgesehen hatte. Erleichtert sinke ich nach hinten ins Polster der Couch.

„Wenn du nicht ins Studentenwohnheim willst, kannst du hierbleiben."

„Wirklich?" Er hat schon so viel für mich getan und jetzt auch noch das. Mich beschleicht das Gefühl, dass er mich mag, auch wenn er eine komische Art hat, das zu zeigen.

„Ja, aber das heißt noch lange nicht, dass wir Freunde sind."

Ich schmunzle und er sieht mich streng an. „Selbstredend. Ich verspreche dir, nichts in die Sache hineinzuinterpretieren." Ehe ich es mich versehe, pruste ich los.

„Ava", zischt Tyler und erhebt sich. Ich sehe ihm nach, wie er zur Küche läuft.

„Wäre es denn so schlimm, mit mir befreundet zu sein?", rufe ich ihm hinterher.

Tyler schnaubt und nimmt eine Flasche Wasser aus dem Kühlschrank. „Nein, eigentlich nicht."

„Siehst du, du willst mit mir befreundet sein." Ich tänzle auf ihn zu.

Er öffnet den Verschluss und nimmt einen Schluck. „Wenn du jetzt noch sagst, dass ich dich küssen soll und du mich liebst, habe ich ein Déjà-vu." Dann knallt er die Flasche neben sich auf die Küchenabdeckung.

„Dass ich dich liebe, sage ich nicht, es wäre glatt gelogen."

„Und Ersteres?" Er taxiert mich mit seinem Blick.

„Das willst du doch gar nicht." Ich starre auf seine geschwungenen Lippen. Sie sind die pure Versuchung.

Tyler überwindet die Distanz zwischen uns. Ich atme seinen Duft ein und meine Knie werden weich.

„Und wenn doch?" Zur Salzsäule erstarrt stehe ich vor ihm. Er fährt mir mit den Fingerspitzen zärtlich über die Wange und ich schließe die Lider.

„Küss mich", hauche ich so leise, dass ich befürchte, er hört es nicht. Tyler vergräbt eine Hand in meinem Haar. Mit der anderen umfasst er meine Hüfte. Angespannt warte ich darauf, seine Lippen auf meinen zu spüren. Doch nichts passiert. Ich öffne die Augen. Sein Gesicht ist direkt vor mir. So nahe, dass sich unser Atem vermengt.

Tyler zieht mich ruckartig zu sich heran. Endlich spüre ich, wonach ich mich gesehnt habe: seine weichen, warmen Lippen. Sanft legt er sie auf meine. Es fühlt sich unglaublich an. Leise wimmernd gewähre ich ihm Zugang und bereue es nicht. Mit der Zunge erforscht er meinen Mund und tastet behutsam nach meiner, was mir ein Stöhnen entlockt. Mir wird warm und in meinem Unterleib kribbelt es angenehm. Ich fahre ihm durchs kurze Haar, nur um mich dann darin festzukrallen.

Er seufzt und schiebt die Hand, die an meiner Taille ruht, nach unten auf meinen Hintern. Kräftig drückt er zu. Das Ziehen in meinem Unterleib verstärkt sich. Noch nie habe ich etwas Vergleichbares empfunden. Instinktiv presse ich die Hüften fest an ihn.

Abrupt beendet Tyler den Kuss. Schwer atmend gleiten seine Hände an mir hinunter. Ich sehe ihn enttäuscht an.

„Das reicht." Er drückt mich bestimmt von sich weg, läuft zur Couch, wo er sich die Boots anzieht, und geht zur Haustür.

„Wo willst du hin?", frage ich irritiert.

„In die Stadt. Du brauchst frische Kleider", sagt er, ohne sich zu mir umzudrehen. Die Tür fällt geräuschvoll hinter ihm ins Schloss.

Warum will er mir Kleidung besorgen? Die kann ich genauso gut aus dem Wohnheim holen. In meinem Gesicht breitet sich ein Grinsen aus. Nicht nur in mir hat unser Kuss den Wunsch nach mehr erweckt, sondern auch in ihm. „Feigling", rufe ich erheitert, schlendere zum Sofa und falle darauf.

Ich bereue unseren Kuss nicht. Er hat all das in mir ausgelöst, was ich mir immer gewünscht hatte. Dennoch behagt es mir nicht, dass ich es getan habe, ohne zu wissen, was Tyler verbrochen hat.

Ich greife nach dem Smartphone. Es zeigt mir eine neue Nachricht von Liam an.

Alles in Ordnung bei dir?

Kann ich Liam schreiben, dass ich bei Tyler bin? Vermutlich würde das Tyler nicht gefallen. Angestrengt, denke ich nach und entscheide mich dagegen.

Ja, mir geht es gut.

Liam antwortet sogleich.

Gut, wir quatschen am Montag.

Tyler

Ich sehe mich in der Damenabteilung um. Was habe ich mir nur dabei gedacht, Ava zu küssen? Ich habe sie herausgefordert. Weil ich sie küssen wollte. Ich laufe Gefahr, alles zu riskieren, und das für eine Jungfrau. Das mit ihr würde kompliziert und anstrengend werden, das will ich nicht. Ich muss sie auf Abstand halten. Zu vieler meiner Regeln habe ich ihretwegen schon gebrochen. Alles wäre bedeutend einfacher, wenn ich ihr nicht angeboten hätte, bei mir im Loft zu bleiben.

Ich greife nach einer Jogginghose und einem Shirt, wird schon passen. Das Problem ist, Ava gefällt mir und ich habe sie gerne um mich. Sie ist ein richtiger Sonnenschein. Die Einsamkeit der letzten Jahre hat mich ausgelaugt und tiefe Spuren in meinem Inneren hinterlassen. Mir fehlt der soziale Kontakt zu anderen Menschen, der über eine schnelle Nummer hinausgeht. An manchen Tagen fühle ich mich unendlich verloren.

Vor der Unterwäscheabteilung bleibe ich stehen. Die weißen Dessous ziehen mich an. Die Farbe steht Ava hervorragend. Ich nehme einen Slip. Welche Größe hat der perfekte Hintern? Ich ziehe am Stoff. Er ist elastisch. Sollte auch passen.

Mein Blick wandert nach oben, zu den BHs. Ich ziehe einen hervor und betrachte die Körbchen. Zu voluminös. Neben mir steht eine Frau. Unauffällig schiele ich auf ihre Oberweite. Etwas mehr als bei Ava. Zu wissen, welche Maße die Frau hat, würde mich ein gutes Stück weiterbringen. Nein, das kann ich nicht bringen.

Ich laufe am Gestell entlang. Jede einzelne Körbchengröße hängt an einer Metallstange. Sortiert von klein nach groß. Fangen wir bei der Kleinsten an. Wenn ich die nehme und sie passt Ava nicht, verletzte ich ihre Gefühle. Ihre Sorge, ihr Busen sei zu klein, ist mir im Gedächtnis geblieben.

Frauen und ihre vermeintlichen Problemzonen. Frustriert stöhne ich auf. Ohnehin bin ich der Typ Mann, der einen knackigen Hintern mehr zu schätzen weiß als üppige Brüste.

Fuck. Dann nehme ich einfach verschiedene Größen. Bei der zweitkleinsten fange ich an und arbeite mich weiter, bis ich fünf Stück in der Hand habe. Ich gehe zur Kasse, bezahle und verlasse das Geschäft.

***

Ich parke vor dem Loft und steige von der Maschine. Mit der Einkaufstüte in der Hand betrete ich die Wohnung. Ava lümmelt auf der Couch und sieht fern.

„Hi", sagt sie und macht den Ton leiser. Ich ziehe die Jacke und die Boots aus und laufe zu ihr hinüber.

„Ich wasche die Sachen, die ich dir gekauft habe. Soll dein Kleid auch in die Maschine?"

„Ja, gerne. Was hast du denn besorgt?" Sie sieht zu mir auf und lächelt. Sonnenschein.

„Jogginghose, Shirt, Unterwäsche."

„Unterwäsche?" Ava kichert. „Danke, das wäre nicht nötig gewesen."

Ich hebe ihr rotes Kleid vom Sideboard auf.

„Kannst du das, was ich anhabe, auch waschen?" Sie steht auf. „Ich möchte dir nicht zu nahe treten, aber ich bezweifle, dass du die richtige Größe erwischt hast."

„Ja, klar." Na super. Und dafür stand ich dreißig Minuten vor den BHs. „Bring ihn ins Badezimmer, die Waschmaschine steht dort", erwidere ich über die Schulter hinweg.

Neben den Dingen, die ich für Ava besorgt habe, landet auch meine Schmutzwäsche in der Maschine.

„Darf ich mir eine Hose von dir borgen?", fragt Ava, als sie das Badezimmer betritt.

„Ja, ist dir kalt?"

Auf einmal wirkt sie verlegen. „Nein, aber ich habe jetzt kein Höschen mehr an."

Ich schlucke. Fuck. Ich dachte, bei unserer Unterhaltung ging es um ihren BH. Sie streckt sich, um ihre Unterwäsche in die Maschine zu legen.

Ava dreht sich um und verlässt das Bad. Ich fasse mir in den Schritt. Denk an deine verdammten Regeln. Kein Sex mit Studentinnen. Egal wie perfekt ihr Hintern auch sein mag. Ich schütte zu viel Waschmittel in die Maschine und starte sie.

„Darf ich dich etwas fragen?" Ava lehnt an der Rück-
lehne der Couch. Meine kurzen Hosen lassen sie unförmig erscheinen. Gut.

„Wenn ich jetzt Nein sage, lässt du es dann bleiben?",
antworte ich gereizt. Zeit, ihr zu verstehen zu geben,
dass wir keine Freunde sind.

„Nein."

Ihre Antwort überrascht mich nicht. Ich laufe an ihr
vorbei und setze mich an den Esstisch. Demonstrativ
ziehe ich ein Buch vor mich und fange an zu lesen.

„Du bist sehr klug", vernehme ich ihre Stimme direkt
neben mir.

„Kann sein", murmle ich gleichgültig. Ihre Hand erscheint in meinem Blickfeld. Ava klappt das Buch einfach zu.

„Was hast du dir zuschulden kommen lassen?"

Ich hebe den Kopf.

Sie mustert mich aufmerksam. „Und sag jetzt nicht,
deine Lebensgeschichte geht mich nichts an."

„Ist aber so."

Wir liefern uns ein Blickduell, das ich gewinne.

„Warum benimmst du dich auf einmal so unausstehlich?" Ihre Stimme hat einen traurigen Unterton angenommen.

„Weil ich es bin", entgegne ich kühl und fühle mich
beschissen dabei.

„Das stimmt nicht." Ava setzt sich mit hängenden
Schultern auf die Tischplatte.

Wir drehen uns im Kreis. Seufzend lehne ich mich im
Stuhl zurück und wechsle die Strategie. „Du wolltest
mir auch nicht verraten, was dir passiert ist." Kurz

halte ich inne, um die Worte auf sie wirken zu lassen. „Ich habe das respektiert.“

„Du hast recht, es geht mich nichts an.“ Sie hüpft von der Tischplatte. „Ich würde es dir aber erzählen, wenn du mich darum bitten würdest.“ Gekränkt sieht sie mich an, dreht sich um und läuft zum Bett.

Erneut schlage ich das Buch auf. Denselben Absatz muss ich zweimal lesen und habe ihn immer noch nicht verinnerlicht. Was, wenn Ava froh wäre, wenn sie mit jemandem darüber sprechen könnte? Hat sie sich überhaupt irgendjemandem anvertraut? Dass mir ihr Wohlbefinden so wichtig ist, behagt mir nicht. Verstohlen sehe ich zu ihr hinüber. Sie liegt auf dem Bett und starrt die Decke an.

Ich erhebe mich und gehe zu ihr.

„Nun erzähl schon“, sage ich und setze mich auf die Matratze.

Ava richtet sich auf und fummelt am Saum des Shirts herum. Es dauert eine Weile, bis sie mir offenbart, was ihr passiert ist. Als sie endet, bin ich erleichtert, dass ihre Freunde damals so besonnen gehandelt haben.

„Es tut mir leid, dass du diese Erfahrung machen musstest.“

Sie lehnt den Kopf an meine Schulter. Ich kann dem Drang, den Arm um sie zu legen, nicht widerstehen.

„Geheimnisse sind bei mir sicher.“ Ich weiß genau, worauf sie hinauswill.

„Daran zweifle ich nicht.“ Der Duft meines Duschgels steigt mir in die Nase. Noch nie empfand ich ihn als so verlockend. Unvermittelt drehe ich den Kopf in ihre Richtung und drücke ihr die Lippen auf die Stirn. Ava lächelt, sinkt auf die Matratze und dreht sich auf die Seite.

„Nun erzähl schon." Diesmal ist sie es, dich mich dazu auffordert, sich ihr anzuvertrauen. Mit der Hand klopft sie neben sich auf die Matratze.

Ich lege mich hin und verschränke die Arme hinter dem Kopf. „Na gut." Sie hat es mit ihrer Offenheit irgendwie geschafft, in mir das Bedürfnis zu wecken, ihr einen kleinen Teil meiner Vergangenheit anzuvertrauen. „Ich war gemeinsam mit einem Kumpel mit dem Auto unterwegs. Wir hielten an einer Tankstelle. Während ich auf die Toilette ging, tankte er das Auto. Auf einmal hörte ich einen markerschütternden Schrei. So schnell ich konnte, rannte ich nach draußen und sah, wie mein Kumpel am Boden lag. Er hielt sein rechtes Bein umklammert, in dem ein Messer steckte."

„Oh mein Gott", ruft Ava. Sie rutscht näher an mich heran und legt die Hand auf meine Brust.

„Ich sprintete los. Einer der Angreifer war dabei, in unser Auto zu steigen. Von hinten packte ich ihn am Nacken und rammte seinen Kopf mit voller Wucht gegen die Autotür. Er ging augenblicklich zu Boden." Durch den Stoff meines Shirts spüre ich Avas Nägel auf meiner Haut. Sie krallt sich daran fest. „Dem zweiten Angreifer gelang es, meine Schulter zu fassen. Ich riss mich los und holte aus. Meine Rechte landete krachend in seinem Gesicht. Er taumelte rückwärts und fiel hin. Aus seiner Nase lief Blut." Jetzt kommt der Teil der Geschichte, den ich mir nie verzeihen werde. „Obwohl er schon am Boden lag, ging ich auf ihn zu und trat ihm mit dem Schuh ins Gesicht."

Ava schreit entsetzt auf und stemmt sich hoch.

„Der Mann ist auf einem Auge blind. Meinetwegen."

„Warum hast du das getan?", fragt sie mit zitternder Stimme. Ich starre zur Decke. Die Verachtung in ihrem Gesicht will ich nicht sehen.

„Ich weiß es nicht. Durch meine Venen pumpte Adrenalin, mein ganzer Körper war in Alarmbereitschaft. Ich befand mich in einer Art Rauschzustand." Geräuschvoll schlucke ich. „Ich hasse mich dafür."

Stille.

Ich höre, wie Ava auf ihren Nägeln kaut.

Meine Augen sind feucht. Ich blinzle. Avas Ablehnung schmerzt. Ich hätte damit rechnen müssen, dass sie sich von mir abwendet. Das ist es doch, was ich die ganze Zeit über wollte.

Sie streicht mir mit den Fingerspitzen über die Wange. Auf einmal stoppt sie und drückt meinen Kopf zu sich hinüber.

„Würdest du es wieder tun?", fragt sie überraschend sanft.

„Nie wieder werde ich einen Mann attackieren, der schon am Boden liegt." Ich atme tief durch und sehe dabei in ihr hübsches Gesicht. „Es wäre schön, ich könnte das auch übers Zuschlagen generell behaupten."

„Das wirst du nie herausfinden, wenn du niemanden an dich ranlässt." Ava gähnt und hält sich hastig die Hand vor den Mund. „Ich verstehe ja, dass du, solange du auf Bewährung bist, extrem vorsichtig sein musst. Aber es ist genauso schlimm, wenn du danach jemanden verprügelst. Es hat nur nicht die gleichen Konsequenzen."

Wie richtig sie damit liegt.

Es gibt einiges, was ich angehen muss. Aber ich habe Angst. Angst davor zu versagen und erneut im Gefängnis zu landen.

„Willst du schlafen?", frage ich, um das Thema zu wechseln.

„Ja."

Ich stehe auf und Ava kriecht in meinem Bett unter meine Decke, als wäre es das Normalste der Welt. Sie schüttelt eines meiner Kissen zurecht und legt den Kopf darauf. Ihr Verhalten und der Anblick, der sich mir bietet, gefällt mir. Er weckt tief in mir ein Verlangen, dem ich nicht erliegen darf.

„Ich penne auf der Couch", murmle ich mit belegter Stimme und gehe davon.

„Warum? Das Bett ist doch groß genug für uns beide", ruft sie mir hinterher. Etwas in meiner Hose ist gerade auch ziemlich groß und hart, damit will sie bestimmt keine Bekanntschaft schließen.

„Es ist erst acht und ich will noch lernen."

„Ach so, bis morgen."

Kapitel 13

Ava

Leise husche ich ins Badezimmer und dusche. Tyler schläft noch. Ich fische die Wäsche aus dem Trockner. Außer meinem BH ziehe ich noch fünf weitere heraus. Mir wird ganz warm ums Herz. Tyler wollte sichergehen, dass er mir Unterwäsche kauft, die mir passt. Die Sachen, die er für mich besorgt hat, ziehe ich an und seine Kleider lege ich zusammen und verstaue sie im Schrank.

Ich schreibe Madison, weil ich möchte, dass sie mich zur Campuspolizei begleitet, um Anzeige zu erstatten.

Gib mir Bescheid, wenn du dich von Jayden losreißen kannst und ins Wohnheim zurückkommst.

Plötzlich knurrt mein Magen. Ich gehe in die Küche und öffne den Kühlschrank. Er ist bis auf einige Getränke und die Reste von gestern leer. Mir bleibt nichts anderes übrig, als einzukaufen.

Tyler liegt immer noch auf der Couch und pennt. Seine Gesichtszüge wirken entspannt. Je länger ich ihn betrachte, desto weniger kann ich mir vorstellen, dass er gewalttätig ist. Mir gegenüber hat er kein einziges Mal die Beherrschung verloren. Vorsichtig fahre ich ihm mit den Fingerspitzen über Stirn und Wange. Seine Haut ist weich. Tyler seufzt. Hastig ziehe ich die Hand zurück. Ich wünschte, er hätte mehr Vertrauen in sich selbst.

Ich nehme mir vom Esstisch einen Stift und ein Blatt, um ihm eine Nachricht zu hinterlassen, damit er weiß, wo ich bin. Den Zettel lege ich auf den Couchtisch und gehe zur Tür.

„Wo willst du hin?", ertönt Tylers Stimme. Abrupt halte ich inne.

„Frühstück besorgen." Ich drehe mich zu ihm um. Er ist aufgestanden. Mit zerzausten Haaren und einem schiefen Grinsen sieht er mich an. Er trägt ein Shirt und Boxershorts.

„Gib mir fünf Minuten."

Ich hefte den Blick auf Tylers knackigen Hintern und lasse ihn nach unten gleiten, als er aufs Badezimmer zusteuert. An seinem Fußgelenk erkenne ich einen kleinen Apparat. Eine Fußfessel. Die muss er bestimmt tragen, weil er auf Bewährung ist. Mit einem dumpfen Geräusch fällt die Tür ins Schloss. Ich stiere sie an und habe das Gefühl, Tyler hat mir noch lange nicht alles erzählt.

Als er fertig angezogen wieder vor mir steht, verlassen Tyler und ich das Loft. Er hält mir einen Motorradhelm hin.

„Wir nehmen besser meinen Wagen", sage ich, weil ich noch nie zuvor Motorrad gefahren bin.

„Wie du willst. Dann treffen wir uns beim Auto."

„Du willst nicht wirklich mit deiner Maschine zum Wagen fahren? Das sind höchstens zehn Minuten zu Fuß."

„Nein." Er läuft los. „Ich will nicht, dass man uns zusammen sieht."

Und ich dachte, wir hätten uns darauf geeinigt, befreundet zu sein. So kann man sich täuschen.

Genervt gehe ich zu den Parkplätzen und bin froh, heute ins Wohnheim zurückzukehren. In meinem Kopf pocht es, was ich Tylers wankelmütigem Verhalten zu verdanken habe. Er ist ein Arsch mit dem Aussehen eines Gottes. Der unglaublich gut küssen kann.

Ich erreiche das Auto, steige ein und schließe die Fahrertür.

Fünf Minuten später, in denen ich mir überlegt habe, einfach davonzufahren, öffnet sich die Beifahrertür und Tyler fällt neben mir in den Sitz. „Gehen wir frühstücken. Ich lade dich ein." Er grinst mich gut gelaunt an

Ich massiere mir die Schläfen. „Gewagt. Was, wenn wir einem Mitstudenten begegnen? Versteckst du dich dann unter dem Tisch oder springst aus dem Fenster?"

Tyler lacht auf. „Keine Bange. Dort, wo wir hingehen, gibt es keine Studenten."

Vor meinem geistigen Auge sehe ich eine Biker-Bar, in der tätowierte Männer schon zum Frühstück harten Alkohol in sich hineinkippen.

„Ich weiß nicht."

„Jetzt fahr schon los. Es wird dir gefallen."

Obwohl ich das stark bezweifle, starte ich den Motor.

Tyler dirigiert mich durch den mäßigen Verkehr. Anstatt in die Stadt hinein geht es ins Grüne. Nach einer halben Stunde erreichen wir einen Coffeeshop.

Ich parke und wir betreten das Lokal. Es duftet herrlich nach frischen Pancakes und mir läuft das Wasser im Mund zusammen. Ein junger Mann weist uns einen Tisch zu.

„Bist du oft hier?" Mir gefällt es. Es ist die Art von Restaurant, in dem Familien zusammen essen.

„Ja, jeden Sonntag." Tyler nimmt Platz. „Hier behandelt man mich nicht wie einen Ausgestoßenen."

Es liegt allein an ihm, diesen Missstand zu beheben.

Ich setze mich ihm gegenüber auf den Stuhl. „Warum denken denn alle, dass du jemanden umgebracht hast?"

„Nachdem ich dem Angreifer am Boden den Fuß ins Gesicht gerammt habe, hörte ich einen Schuss. Mein Kumpel, in dessen Bein immer noch das Messer steckte, hatte eine Pistole dabei. Er hat einen weiteren Typen, der sich von hinten auf mich stürzen wollte, mit einer Kugel niedergestreckt." Tyler stoppt. Die Bedienung reicht uns die Speisekarte. Mit einem mulmigen Gefühl nehme ich sie entgegen.

„Dein Kumpel hat ihn erschossen", flüstere ich, als der Kellner außer Hörweite ist.

Tyler nickt.

„Und nun denken alle am College, du seist derjenige gewesen, der den Abzug betätigte."

„Ja. Das Gerücht hat die Runde gemacht, bevor ich das erste Semester verspätet begonnen hatte, weil ich im Gefängnis war. Zuerst empfand ich die Reaktionen der anderen Studenten mir gegenüber als zu übertrieben. Ich war ein Schläger, aber sich deswegen bei meinem

Anblick gleich einzuscheißen, erschien mir echt schräg. Ich hörte, wie sie hinter meinem Rücken tuschelten und da wurde mir klar, dass sie davon ausgehen, ich hätte den Typen umgebracht. Zuerst war ich geschockt. Doch dann erkannte ich, dass sie mich nicht nur in Ruhe lassen, sondern mir auch aus dem Weg gehen." Er räuspert sich. „Das kam mir sehr gelegen."

Weil er sich selbst nicht traut.

„Verstehe." Wenn ich von dem Gerücht gewusst hätte, wäre ich nie und nimmer in der Seitengasse neben der Bar auf ihn zugegangen. „Du könntest es immer noch richtigstellen." Ermutigend sehe ich ihn an.

„Einen Teufel werde ich tun." Die Vehemenz in seiner Stimme lässt keinen Zweifel daran. Dann eben nicht.

Ich stecke die Nase in die Speisekarte. Er ist alt genug, um zu wissen, was er tut, und es ist nicht an mir, ihm zu zeigen, dass er auf dem Holzweg ist. Tyler muss von allein zur Erkenntnis gelangen, dass er sich selbst vertrauen kann.

Erneut kommt die Bedienung an unseren Tisch. Tyler bestellt für uns Pancakes und Kaffee.

„Sind deine Eltern geschieden?" Ihm ist nicht entgangen, dass ich nur von Mum gesprochen habe, als er seinem Bewährungshelfer gegenüber behauptete, er würde meine Eltern bald kennenlernen.

„Nein, sie waren nie verheiratet. Mein Vater hat uns verlassen, als ich noch ein Baby war." Ich klinge traurig, obwohl ich es nicht will.

„Was für ein Idiot", brummt Tyler und beugt sich nach vorn. „Er hat es verpasst, mitzuerleben, zu was für einer bemerkenswerten Frau du herangewachsen bist." Er greift nach meiner Hand und drückt sie liebevoll.

Diese Geste und seine Worte berühren mich. Hastig blinzle ich.

Uns wird das Essen serviert und Tyler lässt mich los.

„Was ist mit deinen Eltern?" Ich gieße Ahornsirup über die Pancakes.

„Die haben mich mit knapp siebzehn vor die Tür gesetzt. Ich war ein schwieriges Kind. Hatte Mühe mit Grenzen und Autorität. Mein Vater war viel auf Geschäftsreisen und meine Mutter heillos überfordert mit meinem aufmüpfigen Verhalten." Er zuckt vielsagend mit den Achseln. „Irgendwann geriet ich an falsche Freunde und dann auf die schiefe Bahn. Daraufhin hat mich mein Vater aus dem Haus geworfen. Er dachte wohl, ich würde zur Besinnung und reumütig angekrochen kommen. Tat ich aber nicht." Tyler schneidet ein Stück Pancake ab und schiebt es sich in den Mund.

„Tut mir leid, dass sie dich aufgegeben haben."

„Ich glaube, das haben sie nicht. Sie wussten sich einfach nicht anders zu helfen." Er sagt das ohne Groll, so als hätte er sich mit ihrer Entscheidung von damals abgefunden.

Bedrückt esse ich. Ich weiß nicht, was schlimmer ist: sein Kind zu verlassen oder es sich selbst zu überlassen.

***

Ich parke auf dem großen Parkplatz des Collegegeländes. Tyler steigt aus und geht davon. Echt jetzt? Er will immer noch nicht mit mir zusammen gesehen werden? Auch wenn mir bewusst ist, dass er das nicht nur für sich macht, sondern auch meinetwegen, verletzt mich sein Verhalten. Vor allem nach unserem Gespräch. Es war das erste Mal, dass er mir von sich erzählt und nicht darauf gepocht hat, es gehe mich nichts an.

Gemütlich schlendre ich zum Loft zurück. Ich klopfe an die Metalltür. Keine Reaktion. Energisch hämmere ich mit der Faust dagegen. Wieder passiert nichts. Unbehagen breitet sich in mir aus. Ignoriert mich Tyler?

Ich drücke die Klinke nach unten. Es ist nicht abgesperrt und ich trete ein. Weit und breit kein Tyler in Sicht.

„Hallo?", rufe ich unsicher. Meine Stimme hallt durch den Raum und wird von den kahlen Backsteinwänden zurückgeworfen. Tyler sollte bereits hier sein.

Die geschlossene Badezimmertür sticht mir ins Auge. Ich gehe darauf zu und drücke das Ohr dagegen. Leise vernehme ich das Rauschen von Wasser, das plötzlich verstummt. Habe ich mich verhört? Angestrengt verharre ich und lehne mich fester dagegen.

Die Tür wird geöffnet. Ich verliere das Gleichgewicht und falle nach vorn. Mein Sturz wird von etwas Hartem und Feuchtem gebremst. Tylers Brust.

„Was machst du da?" Er sieht mich mit zusammengekniffenen Brauen an.

„Nichts, ich ..." Tyler umrundet mich und verlässt das Bad. Bis auf das Frottiertuch um seine Hüften ist er nackt. Seine Schultern sind breit und sein Rücken definiert. Ich schaue an ihm hinunter und mein Blick bleibt erneut an dem schwarzen Gerät an seinem Knöchel hängen.

„Warum trägst du eine Fußfessel?", frage ich und folge ihm zum Bett hinüber.

Tyler öffnet den Schrank und holt eine Boxershorts hervor.

„Weil ich das muss." Er dreht sich zu mir um. „Damit mein Bewährungshelfer immer weiß, wo ich mich gerade aufhalte."

Interessiert betrachte ich sein Tattoo. Es fängt am Hals an und zieht sich über die linke Seite bis nach unten zu seiner Hüfte. Dort verschwindet es unter dem Duschtuch. Wo es wohl endet?

„Ava, du starrst mich an", bemerkt Tyler mit rauer Stimme. Ich fühle mich ertappt, dennoch kann ich den Blick nicht abwenden. Er zieht mich in seinen Bann und ich brenne darauf, zu erfahren, wie sich seine Haut unter meinen Fingerkuppen anfühlt.

Ich gehe auf ihn zu und lege den Zeigefinger auf seinen Hals. Gemächlich ziehe ich die Linien des Tribals auf seiner noch feuchten Haut nach. Sie fühlt sich warm und hart zugleich an.

„Das ist keine gute Idee und das weißt du", knurrt er angespannt, als ich bei seiner definierten Brust angelangt bin. Ich beiße mir auf die Unterlippe. Wie recht er hat. Aber mein Verlangen, ihn zu berühren, ist größer als meine Vernunft. Sachte lasse ich den Finger weiter nach unten wandern.

„Was, wenn du das Duschtuch erreichst?" Tyler lässt die Boxerhorts, die er in der Hand hält, los und legt die Finger auf meinen Handrücken. Langsam, Zentimeter für Zentimeter drückt er meine Hand an seinem muskulösen Oberkörper entlang nach unten, bis ich den rauen Stoff des Frottiertuches unter den Fingerkuppen spüre. Stille. Nur unsere schweren Atemzüge sind zu hören. „Ziehst du es dann weg?"

Ich schlucke. Und tue es. Dabei blicke ich ihm in die Augen, weil ich mich nicht traue, nach unten zu sehen.

Seine Pupillen weiten sich und ich halte den Atem an. Tyler platziert die Hände auf meinem Hintern. Mit einem Ruck zieht er mich zu sich heran. Nur um mich Sekunden später aufs Bett zu werfen. Erschrocken schreie ich auf.

Sein Gesicht taucht in meinem Blickfeld auf. Langsam, wie ein Raubtier, schiebt er sich über mich und drückt mich mit seinem Körpergewicht in die Matratze. Die Wärme, die von ihm ausgeht, kann ich deutlich spüren. Er presst die Lippen fest auf meine. Da ist es wieder. Dieses intensive Ziehen in meinem Unterleib und es wird immer stärker. Ich öffne den Mund für ihn. Ich will ihn küssen, ich will mehr als das. Ich will, dass er meine erhitzte Haut berührt. Sein Kuss ist drängend und fordernd. Ganz anders als unser erster, was mich erschreckt und dennoch eine nie gekannte Sehnsucht in mir weckt. Dieses berauschende Gefühl benebelt mir die Sinne. Es fällt mir zusehend schwerer, einen klaren Gedanken zu fassen.

Ich strecke die Arme und vergrabe die Finger in seinem Haar. Stöhnend richtet er sich ein Stück auf. In seinen Augen erkenne ich Begierde. Verunsichert mustere ich ihn. Was hat er vor? Mit der Zunge leckt er sich über die Unterlippe. Er hakt die Finger nicht nur in den Bund meiner Jogginghose, sondern auch in den meines Slips. Augenblicklich verspanne ich mich. Das ist nicht das, was ich will. Es geht mir zu schnell.

„Stopp." Ich keuche.

Ohne seine Finger zu lösen, sie stecken immer noch im Bund meiner Jogginghose, beugt sich Tyler nach vorn. „Wusste ich's doch", raunt er mir ins Ohr. Erst dann lässt er mich los. Er schwingt die Beine übers Bett und bückt sich. Als er sich wieder aufrichtet, hält er die Boxershorts in der Hand. Er zieht sie an, erhebt sich und geht zum Kleiderschrank hinüber. Perplex beobachte ich ihn. Mit seinem Verhalten macht er mich sprachlos. Während er ein Shirt hervorholt und es sich überzieht, setze ich mich auf. Er dreht sich zu mir um und verschränkt die Hände vor der Brust. „Wenn du keinen Sex willst, reize mich nicht", sagt er streng und warnend zugleich.

„Du bist ein Arsch", fauche ich.

„Nein, bin ich nicht. Ich habe dir gesagt, es ist eine saudumme Idee." Er lehnt sich gegen den Schrank.

„Du weißt, dass ich noch nie mit einem Mann geschlafen habe. Dachtest du ernsthaft, ich tue es jetzt mit dir?" Aufgebracht springe ich vom Bett. „Ich wollte dich nur küssen und mit dir rummachen."

„Ja, das war mir von Anfang an klar. Aber ich bin nicht der Typ dafür."

Dass ich nicht lache. Er könnte es sein, er will es nur nicht.

„Du bist erbärmlich, dir geht es nur um Sex." Angewidert schüttle ich den Kopf. Wie dumm ich war. Es wäre bedeutend einfacher, ihm zu widerstehen, wenn er nicht diese mir unbekannten Gefühle in mir wecken würde.

Ernüchtert gehe ich zur Couch hinüber und hole das Smartphone aus der Handtasche. Madison hat geantwortet.

Ich bin in einer Stunde im Wohnheim.

„Ich gehe", sage ich zu Tyler, der immer noch am Schrank lehnt und mich mit ausdrucksloser Miene betrachtet, während ich meine Sachen zusammensuche.

Er taucht neben mir auf. „Erwähne nicht, dass du bei mir warst."

„Ich lüge Madison nicht an."

„Musst du nicht. Vermutlich weiß sie ohnehin schon, dass ich nach der Party vor Liam und dir aufgetaucht bin. Sie denkt aber auch, dass du anschließend in eurem Zimmer gelandet bist. Belasse es einfach dabei." Tyler öffnet die Haustür. „Ich will keinen Ärger. Das kann ich mir nicht leisten." Er seufzt. „Wenn irgendjemand behaupten sollte, ich hätte deinen Zustand ausgenutzt, bin ich geliefert."

„Das hast du nicht." Ich trete ins Freie. „Na gut, ich behalte es für mich." Es wäre unfair, wenn er Probleme bekommen würde, weil er mir geholfen hat. Das hat er nicht verdient, auch wenn er sich einmal mehr wie ein riesengroßer Arsch aufgeführt hat. Dummerweise fühle ich mich von diesem Arsch unheimlich angezogen. Ich gehe, ohne mich von ihm zu verabschieden.

Tyler

Die Tür fällt hinter Ava ins Schloss. Ich sinke auf die Couch und schließe die Lider. Mit purer Absicht habe ich es drauf angelegt, dass sie mir Einhalt gebietet. Ich wollte, dass es ihr zu schnell geht. Was, wenn ich anders gehandelt hätte? Wie weit wäre sie mit mir gegangen?

Meine rechte Hand verkrampft sich. Sie wäre es wert zu warten. Das steht außer Frage. Ich bin es nur nicht wert, der zu sein, der auf sie wartet.

Kapitel 14

Ich erreiche vor Madison unser Zimmer und ziehe mich um.

Die Tür schwingt auf und meine Mitbewohnerin kommt herein.

„Hey, was geht?", trällert sie gut gelaunt und setzt sich aufs Bett.

„Kommst du mit mir zur Campuspolizei?"

„Was ist passiert?" Madison steht neben mir, bevor ich auch nur einmal blinzeln kann.

„Irgendjemand hat die Cola, von der ich getrunken habe, mit Drogen versetzt."

„Was?", schreit sie entsetzt.

Abermals öffnet sich die Tür und Jayden betritt den Raum. „Madison, dein Wagen steht …" Er hält inne und sieht zwischen Madison, die erblasst ist, und mir hin und her. „Was ist?"

„Jemand hat Ava Drogen verabreicht." Madison stemmt die Hände in die Hüften und wendet sich wieder mir zu. „Wieso erfahre ich erst jetzt davon?" Der Vorwurf in ihrer Stimme trifft mich hart.

„Scheiße", ruft Jayden. „Liam hat das nicht erwähnt."

„Er hat es nicht realisiert", sage ich. „Sonst wäre er nicht gegangen, als Tyler aufgetaucht ist." Ich will nicht, dass sie schlecht über Liam denken. Tyler meinte, Liam hätte es vermutlich nicht bemerkt und sei deswegen mit meinem schrägen Verhalten überfordert gewesen.

„Tyler?" Jayden schluckt und Madisons Pupillen weiten sich. Scheiße, das wussten sie nicht. Offensichtlich schämt sich Liam dafür, dass er abgehauen ist.

„Ja, aber wie ihr seht, ist mir nichts passiert. Ich lebe noch." Es schmerzt zu sehen, wie entsetzt sie darüber sind, dass ich Tyler begegnet bin.

„Er ist gefährlich." Madison tritt noch näher an mich heran. „Du hattest unheimliches Glück. Nicht auszudenken, was hätte geschehen können."

Jayden nickt seufzend. „Ich muss ein ernstes Wort mit Liam wechseln. Was fällt ihm ein, dich mit Tyler alleine zu lassen?" Unruhig geht er im Zimmer auf und ab. „Klar, er hatte Angst, aber einfach zu gehen ..." Er sieht zu Madison hinüber. „Ich hätte das niemals gemacht. Auch auf die Gefahr hin, dass mir etwas zugestoßen wäre."

Betreten senke ich den Kopf. Tyler wird unrecht angetan und ich schweige. Er ist gemein und unverschämt, aber das hat er nicht verdient.

„Würdest du mich nun begleiten?"

„Sicher, du musst mir unterwegs genau erzählen, was passiert ist."

Ich nicke. Lügt man, wenn man gewisse Dinge einfach nicht erwähnt? Für mich schon, denn ich fühle mich schrecklich.

***

Die Anzeige ist schnell aufgegeben. Ich erzähle dem Beamten, dass ich Cola getrunken habe, in die einer Drogen geschüttet hatte, und beantworte seine Fragen. Er informiert mich darüber, dass sich außer mir noch niemand gemeldet hat und ich mir nicht allzu große Hoffnungen machen darf, dass der Schuldige geschnappt wird. Madison sitzt die ganze Zeit neben mir und hält meine Hand.

Wir verlassen die Wache.

Jayden wartet davor auf uns und telefoniert. „Mir egal. Das war falsch von dir und das weißt du", brüllt er ins Smartphone. Kurze Pause. „Ja, sie ist hier." Erneute Stille. „Keine Ahnung, ob sie mit dir reden will." Jayden sieht zu mir hinüber. „Liam möchte mit dir quatschen." Er hält mir das Telefon hin.

Ich nehme es ihm ab. „Hi."

„Es tut mir leid. Ich hatte Panik bekommen, als Tyler aufgetaucht ist." Er räuspert sich. „Falls du es noch nicht weißt, er ist ein kaltblütiger Killer. Er hat mich angesehen, als wollte er mich umbringen." Liam krächzt. „Man munkelt, er hätte schon etliche unter die Erde befördert."

Oh mein Gott. Die Gerüchte über Tyler werden immer absurder. Jetzt ist er schon ein Massenmörder.

„Schon gut, ich bin dir nicht böse", erwidere ich beruhigend. Liam nimmt die Sache ziemlich mit.

„Gott sei Dank hat er dich in Ruhe gelassen."

„Ja, er hat mir nichts getan. Danke, dass du mich davon abgehalten hast, in der Öffentlichkeit mein Kleid auszuziehen."

„Selbstredend. Jayden hat mir erzählt, was dir passiert ist. Du hast richtig erkannt, dass ich es nicht gecheckt hatte. Wer rechnet auch damit, dass einer auf unserer Party Drogen in die Cola mischt?“

„Ja, wem sagst du das.“

„Wir sehen uns morgen“, sagt Liam und wir legen auf. Ich gebe Jayden das Telefon zurück.

„Gehen wir einen Kaffee trinken.“ Madison legt mir eine Hand auf die Schulter.

„Ja“, antworte ich. Das ist genau das, was meine angespannten Nerven brauchen.

„Ich lasse euch alleine“, meint Jayden und drückt meiner Mitbewohnerin einen flüchtigen Kuss auf den Mund.

Wir erreichen das kleine Bistro, das zum Campus gehört. Ich gehe zur Theke und bestelle zwei Pumpkin Latte, während es sich Madison auf einem der abgewetzten Sessel bequem macht.

Mit den zwei Tassen gehe ich zu ihr.

„Wie fühlst du dich?“, fragt sie und mustert mich kritisch. Ich setze mich in den Sessel ihr gegenüber.

„Auf die Erfahrung, unter Drogen zu stehen, hätte ich gerne verzichtet.“ Vorsichtig nippe ich an der Latte. „Aber es geht mir besser als gestern.“

„Warum hast du nichts gesagt, als wir uns gesprochen haben?“ Madison neigt sich nach vorn. „Du kannst mir alles erzählen. Wir sind Freundinnen.“ Der Schmerz in ihrer Stimme geht mir nahe. Ich fühle mich hundeelend, weil ich ein Geheimnis vor ihr habe.

„Ja, sind wir.“ Daran soll sie nicht zweifeln. „Du klangst so glücklich. Ich wollte nicht, dass du meinetwegen von Jayden wegmusst.“

„Es wäre mir egal gewesen. Wenn du mich brauchst, bin ich für dich da." Sie drückt meine Hand.

„Danke, ich auch für dich." In ihr habe ich eine Freundin fürs Leben gefunden. „Apropos Jayden. Nun erzähl schon."

„Ich dachte schon, du fragst nie." Madison kichert. „Er ist großartig und wir verstehen uns ohne Worte." Ihr Gesicht hat einen verträumten Ausdruck angenommen. „Ich mag ihn sehr gerne." So wie sie aussieht, ist es mehr als das.

„Dann seid ihr jetzt zusammen?" Ich würde es ihr von Herzen gönnen.

„Denke schon. Jayden hat bis jetzt nicht versucht, mit mir zu schlafen. Leider." Sie zieht einen Flunsch und meine Mundwinkel zucken. „Das werte ich als ein gutes Zeichen."

„Ich auch." Es gefällt mir zu hören, dass es noch Männer gibt, die nicht nur an Sex denken. Tyler sollte ich vergessen. Er ist nicht der Richtige für mich. Der ist noch irgendwo da draußen. Irgendwann werde ich ihn finden oder er mich.

Tyler

Die Tage vergehen. Tage, in denen ich Ava aus dem Weg gehe. Wenn sich unsere Wege zufällig kreuzen, ignoriere ich sie. Nur um sie dann aus der Ferne zu beobachten. Wie erbärmlich. Jedes Mal, wenn ich sie lachen sehe, fühle ich mich noch einsamer, als ich es ohnehin schon bin. Und sie lächelt oft. Sonnenschein.

Ava verbringt ihre Freizeit mit ihren Freunden, Liam, Jayden, Ryan und Madison. Sie essen zusammen zu Mittag oder hängen am Wochenende im Irish Pub ab. Was dazu geführt hat, dass ich selten dort aufkreuze.

Mandy lässt Ava in Ruhe. Wenn ich mitbekommen würde, wie Mandy Ava fies anmacht, würde ich einschreiten. Diese Tatsache gefällt mir nicht. Zu viele meiner Regeln habe ich schon wegen Ava missachtet. Das darf nicht noch einmal passieren. Für mich steht entschieden zu viel auf dem Spiel. Es ist an der Zeit, Ava ein für alle Mal aus meinem System zu kriegen.

Ich verlasse das Loft und steige aufs Motorrad. Laut heult der Motor auf, als ich Gas gebe. Ich schlängle mich durch den üblichen Abendverkehr, brettere am Irish Pub vorbei und stoppe vor der nächsten Bar. Eigentlich halte ich mich nicht an Orten auf, an denen Alkohol ausgeschenkt wird. Das verleitet einige Deppen dazu, sich aufzuspielen. Darauf, dass einer davon auf mich losgeht, kann ich verzichten. Ich steige ab und betrete das Lokal.

Die Bar ist für einen Montag gut besucht und das Klientel ist älter als im Irish Pub. Gut, da lässt sich bestimmt jemand finden. An der hölzernen Theke bleibe ich stehen.

„Ein Bier", rufe ich der brünetten Bardame zu.

„Ausweis."

Ich halte ihn ihr hin.

„Kommt sofort, Süßer."

Ich lasse den Blick durch den Raum schweifen, er bleibt aber an keiner der anwesenden Frauen hängen.

„Hier." Die Bardame stellt ein Bier vor mich hin. Ich greife danach und nehme einen Schluck. Es schmeckt fahl. Ein dumpfer Laut ertönt, als ich das Glas auf die Theke knalle. Es liegt nicht am Bier. Es liegt an mir. Nein, es liegt an Ava.

„Hi", ertönt es hinter mir.

Ich drehe mich nicht um.

„Dich habe ich hier noch nie gesehen." Eine blonde Frau setzt sich neben mir auf einen der Barhocker. Leicht drehe ich den Kopf in ihre Richtung. Sie ist hübsch und knapp gekleidet. Genau das, was ich suche.

„Zu dir oder zu mir?" Entweder sie ist dabei oder nicht. Es ist mir egal.

„Du hast es aber eilig." Sie wickelt eine Haarsträhne um ihren Finger. Dabei sieht sie keck zu mir auf.

„Damit liegst du richtig, hast aber meine Frage nicht beantwortet." Ich habe keine Lust auf Spielchen. Erneut greife ich nach dem Glas und leere es in einem Zug. Der Inhalt schmeckt noch beschissener als zuvor.

„Zu dir." Sie erhebt sich und tritt an mich heran. Fuck. Ich will nicht, dass sie in meinem Bett liegt. Dort hat Ava geschlafen.

„Nein, zu dir." Wieder landet mein Glas mit einem dumpfen Knall auf der Theke.

„Na, gut." Die Blondine legt ihre Hand auf meinen Hintern und schmiegt sich an mich. Ihre prallen Brüste drücken gegen meinen Oberkörper und ein blumiger, zu süßer Duft steigt mir in die Nase. Es fühlt sich falsch an. Frustriert stöhne ich auf. Sex mit dieser Frau zu haben, ist sinnlos. Wenn ich jetzt schon weiß, dass ich es nicht genießen werde.

„Ich muss los", sage ich und löse ihre Hand von meinem Körper, damit ich einen Schritt zurücktreten kann. Verwirrt sieht sie mich an. „Es tut mir leid."

„Geht's noch?", ruft sie mir hinterher. Ich reagiere nicht.

Mit langen Schritten durchquere ich die Bar, steige auf das Motorrad und brause davon. So bekomme ich Ava nicht aus dem Kopf. Will ich das überhaupt?

***

Am nächsten Tag schiebe ich unbemerkt einen Zettel mit meiner Nummer und der Nachricht, dass wir reden müssen, durch einen der Schlitze in Avas Spind. Anschließend checke ich stündlich das Smartphone. Keine Nachricht von ihr. Verdammt. Ich habe es verbockt. Sie wird sich nicht melden.

Jetzt habe ich meine Regeln bewusst für sie überschritten und nun das. Meine Stimmung ist dahin. Mit finsterem Blick bewege ich mich über den Campus. Reihenweise weichen die Studenten vor mir zurück.

Kapitel 15

Ava

Erneut falte ich den Zettel von Tyler auseinander, den ich heute Morgen im Spind fand, und starre ihn an. Was will er mit mir bereden?

„Du wirst nie erraten, was gerade passiert ist." Madison lehnt sich direkt neben mir an die Tischplatte. Unauffällig lasse ich das Stück Papier unter einem aufgeschlagenen Buch verschwinden.

„Leise", flüstere ich. Schon einmal wurde ich verwarnt, weil ich zu laut war in der Bibliothek.

Madison zieht eine Schnute. Ich greife sie am Arm und bugsiere sie zwischen die nahe gelegenen Bücherregale.

„Schieß los."

Sofort breitet sich ein Lächeln auf ihrem Gesicht aus. „Jayden hat mich gefragt, ob ich das lange Wochenende mit ihm bei seinen Eltern verbringen will." Ihre Stimme überschlägt sich, so aufgeregt ist sie.

„Wow, jetzt möchte er dich schon seinen Eltern vorstellen", sage ich leise und halte den Daumen in die Luft. „Hast du zugesagt?"

„Ja", kreischt sie.

„Madison", forme ich lautlos mit den Lippen.

„Entschuldigung." Nun spricht auch sie gedämpft. „Ich bin so aufgeregt."

„Sie werden dich bestimmt mögen." Dass jemand Madison mit ihrer positiven Art nicht leiden kann, ist ausgeschlossen.

„Davon ist Jayden auch überzeugt." Madison atmet ein paarmal tief durch. „Fährst du nach Hause?"

„Nein, es ist einfach zu weit. Für drei Tage lohnt sich das nicht." Ich vermisse Mum und würde sie und Alexander unglaublich gerne sehen.

„Ja, da hast du recht." Madison legt den Kopf schief. „Hast du Angst davor, alleine im Wohnheim zu sein?"

„Nein, kein bisschen." Den Vorfall mit den Drogen habe ich verdaut. „Ich freue mich darauf. Die Zeit kann ich prima nutzen, um den Stoff zu repetieren."

„Streber." Sie lacht. „Ich muss zur nächsten Vorlesung. Wir sehen uns." Madison winkt mir zum Abschied und verschwindet.

Ich lehne mich an eines der Bücherregale. Warum Tyler mit mir reden will, ist mir nun sonnenklar. Er hat seinem Bewährungshelfer vorgelogen, er und ich würden das lange Wochenende, das in etwas mehr als einer Woche anfängt, bei meinen Eltern verbringen. Vermutlich will er, dass ich dies Miller gegenüber erneut bestätige.

Das kann er knicken. Ich kehre an meinen Platz zurück, hole die Nachricht hervor und zerreiße sie. Noch einmal lüge ich nicht für ihn. Tyler wird nichts anderes übrig bleiben, als Miller mitzuteilen, dass wir uns getrennt haben.

***

Für den Rest der Woche rechne ich damit, von Tyler in ein Gebüsch oder hinter eine Hausecke gezerrt zu werden. In der Absicht, mich zu überreden, abermals einen Staatsbeamten anzuschwindeln. Doch nichts dergleichen geschieht.

Am Mittwoch treffe ich im Flur auf Tyler. Er sieht durch mich hindurch, als würde ich nicht existieren. Seine kalten, ausdruckslosen Augen frösteln mich. Obwohl er mit mir reden will, bringt er es nicht fertig, mich anzulächeln. Denkt er wirklich, seine Ignoranz bewegt mich dazu, mich bei ihm zu melden?

***

Es ist Freitagnachmittag und ich verlasse das Collegegebäude.

„Hast du einen Moment?" Liam lehnt an der Wand neben der Tür, durch die ich ins Freie trete.

„Sicher doch."

Er stößt sich ab und geht neben mir her. „Ich wollte mich noch persönlich unter vier Augen bei dir entschuldigen." Angespannt kratzt er sich an der Schläfe. „Dass ich einfach abgehauen bin, ist unentschuldbar." Seine Stimme klingt gepresst.

Augenblicklich bleibe ich stehen. „Ich bin dir nicht böse, wirklich nicht." Aufmunternd lächle ich ihn an. Liam ist mir ein guter Freund. Daran soll er nicht zweifeln.

„Mir fällt ein Stein vom Herzen." Liams Gesichtszüge entspannen sich. „Hast du etwas von der Campuspolizei gehört?" Wir setzen uns erneut in Bewegung.

„Nein, leider nicht." Ich mache mir keine allzu großen Hoffnungen. Dennoch wünsche ich mir, dass der Idiot, der die Drogen in die Cola geschüttet hat, geschnappt wird. Wenn er ungeschoren davonkommt, tut er es womöglich wieder.

„Denkst du, sie würden sich bei dir melden, wenn sie einen Verdächtigen haben?" Flüchtig sieht Liam zu mir hinüber.

„Keine Ahnung." Dazu hat sich der Beamte nicht geäußert. „Hast du denn einen Verdacht?" Ich stoppe und fasse Liam am Ellbogen, damit ich ihn zu mir drehen kann.

„Nein", erwidert er entsetzt. „Wenn ich etwas wüsste, hätte ich es dir erzählt." Wäre auch zu schön gewesen. „Die Vorstellung, was dir hätte passieren können, macht mich krank."

Langsam lasse ich meinen Arm nach unten sinken und blicke mutlos zu Boden. „Der Campuspolizist meinte, sie würden den Schuldigen vermutlich nicht finden."

Liam legt mir die Hände auf die Schultern. „Das tut mir leid."

„Kommst du?" Ryan taucht neben uns auf. „Der Coach wird sauer, wenn wir abermals zu spät beim Training auftauchen."

„Sorry, ich muss gehen." Liam lässt mich los und ich hebe den Kopf.

„Viel Spaß euch", rufe ich ihnen zu, während sie davoneilen.

Kann es sein, dass Tyler etwas herausgefunden hat? Will er deswegen mit mir reden? An der Lüge seinem Bewährungshelfer gegenüber kann es nicht liegen. Ansonsten hätte er mich erneut kontaktiert.

Entschlossen schlage ich den Weg zum Loft ein. Mit einem mulmigen Gefühl im Magen erreiche ich es. Ich klopfe und trete von einem Bein aufs andere.

Die Tür wird aufgerissen und mein Herz setzt einen Schlag aus. Tyler gegenüberzustehen und seinen unverkennbaren Duft einzuatmen, tut mir nicht gut. Meine Gefühle für ihn haben sich nicht in Luft aufgelöst. Aber ihnen noch einmal nachzugeben, kommt nicht infrage. Ich straffe die Schultern.

„Ava", krächzt Tyler überrascht und macht einen Schritt zur Seite.

„Hi." Ich trete ein und bleibe zwischen dem Esstisch und der Küche stehen.

„Willst du etwas trinken?" Tyler schließt die Tür und geht in die Küche.

„Nein."

Er lässt den Türgriff des Kühlschranks los, den er eben erst umfasst hat.

„Worüber willst du reden?" Ich setze mich auf den Esstisch und halte mich an der Tischkante fest, weil sein Anblick widersprüchliche Gefühle in mir weckt. Der Drang, ihn zu berühren, wird von dem überschattet, ihm eine zu knallen. Die Art, wie er mir gezeigt hat, dass er sich nur mit mir einlässt, wenn ich mit ihm schlafe, stößt mir immer noch sauer auf.

„Du hattest recht. Ich habe mich wie ein Arsch benommen."

Ich horche auf.

Tyler kommt auf mich zu.

„Das kannst du laut sagen." Ich schnaube.

„Wie ich mich dir gegenüber verhalten habe, war nicht korrekt." Er ist nur noch wenige Schritte von mir entfernt.

„Ja, so was von." Ich löse die Hände von der Tischplatte und verschränke die Arme vor der Brust.

„Ava." Tyler stoppt direkt vor mir. „Falls es dir nicht aufgefallen ist, ich will mich gerade bei dir entschuldigen. Wärst du so freundlich, mich nicht andauernd zu unterbrechen?"

Den Kommentar, dass er das ziemlich oft tun muss, verkneife ich mir. „Warum willst du das?", sage ich stattdessen.

„Weil ..." Tyler kratzt sich am Hinterkopf.

Argwöhnisch fixiere ich ihn mit meinem Blick. Also doch. Meine erste Vermutung war richtig. Es geht um seine Bewährungsauflagen.

„... ich mit dir befreundet sein will."

Sprachlos sehe ich ihn an. Ist das eine Masche, mit der er mich dazu bringen will, erneut für ihn zu lügen?

„Nun sag doch etwas."

„Befreundet?", murmle ich ungläubig.

„Ja, das habe ich doch gerade gesagt." Seine Stimme hat einen verärgerten Unterton angenommen.

„Du musst nicht gleich angepisst sein." Ich springe von der Tischplatte. „Es fällt mir nun mal schwer, das zu glauben, so wie du dich mir gegenüber verhältst."

„Ich weiß." Er seufzt, zieht einen der Stühle hervor und sinkt darauf. „Ava, ich fühle mich einsam und das schon länger. Seit ich dich kenne, hat sich dieses Gefühl verstärkt. Es frisst mich innerlich auf."

Die Traurigkeit, die er ausstrahlt, erweicht mein Herz. Behutsam lege ich den Arm um ihn. Tyler lehnt den Kopf an meine Brust und ich atme seinen vertrauten Geruch ein, wie ich den vermisst habe.

„Es liegt alleine an dir, das zu ändern", flüstere ich an seinem Haar.

„Ich kann nicht." Er richtet sich auf. „Mit dir gehe ich schon ein Risiko ein", wispert er.

Das schrille Geräusch eines Weckers lässt mich zusammenzucken. Tyler springt auf und greift nach dem Smartphone, das auf dem Tisch liegt. Das Gebimmel verstummt.

„Ich muss zu einem Termin mit einem der Professoren. Es dauert maximal eine Stunde." Er sammelt die Bücher und Blätter zusammen, die über den Tisch verteilt sind und stopft alles in den Rucksack. „Wartest du hier auf mich?" Ich nicke.

„Danke." Er verzieht sein Gesicht zu einem unwiderstehlichen Grinsen, was mir ein angenehmes Ziehen im Unterleib beschert. Es fühlt sich an, als würden Schmetterlinge in meinem Bauch hin und her fliegen. Er hat *befreundet* gesagt, nicht Freundin, weise ich mich selbst zurecht.

Die Tür fällt ins Schloss. Ich öffne den Rucksack, hole die Seminar- und Vorlesungsunterlagen hervor und breite mich an Tylers Esstisch aus. Höchst konzentriert studiere ich eine der alten Prüfungen, die Liam mir gegeben hat. Den größten Teil der Fragen hätte ich richtig beantwortet.

Neben mir vibriert es. Mist, Tyler hat sein Telefon vergessen. Ich schiele auf das Display. *Miller* steht da. Er wird auf die Mailbox sprechen. Das Summen endet und ich widme mich der nächsten Prüfung. Nach zwei Fragen vibriert Tylers Smartphone erneut. Wieder ist es Miller. Es muss wichtig sein, wenn er erneut anruft.

Obwohl es falsch ist, nehme ich das Telefon in die Hand und gehe ran.

„Guten Tag, Mr. Miller. Hier spricht Ava. Tyler hat sein Telefon vergessen. Soll ich ihm etwas ausrichten?" Tyler wird ausflippen, wenn er erfährt, dass ich an sein Telefon gegangen bin.

„Hallo, Ava, schön Ihre Stimme zu hören. Nein, das ist nicht nötig, Sie können mir weiterhelfen."

Ich schlucke schwer, was habe ich mir nur dabei gedacht? Ich will doch nicht mehr lügen.

„Wo wohnen Ihre Eltern?"

„In Los Angeles, warum?"

„Tyler darf den Bundesstaat nicht ohne Genehmigung verlassen und die muss ich noch beantragen, was immer ein paar Tage dauert. Sonst wird er verhaftet. Wir wollen doch nicht, dass er deswegen Ihre Familie nicht kennenlernen kann."

„Ah, verstehe." Von wegen befreundet sein. Er hat mir etwas vorgemacht. Meine Finger schließen sich enger ums Telefon.

„Alles in Ordnung bei Ihnen?" Miller räuspert sich. „Das geht mich im Prinzip nichts an, aber Tyler war gestern bei unserem monatlichen Termin mies gelaunt."

Ich schweige, was soll ich schon erwidern?

„Ich kann mir gut vorstellen, dass es nicht einfach für Sie ist. Sie müssen nachsichtig mit ihm sein. Er wurde von seinen sogenannten Freunden hintergangen. Es fällt ihm schwer, sich zu öffnen. Deswegen sträubt er sich so dagegen, Anschluss zu finden."

„Kann sein." Was er genau damit meint, verstehe ich nicht. Aber es liegt wohl eher daran, dass Tyler sich selbst nicht traut.

„Es ist auf jeden Fall schön, dass er Ihnen seine Vergangenheit anvertraut hat." Hoffentlich ist das Gespräch bald beendet. „Bitte lassen Sie Tyler wissen, dass Ihrer Reise nichts im Wege steht. Eigentlich ist es nicht meine Art, aber ich habe vergessen, ihn darauf anzusprechen, und da er den Bundesstaat, seit er auf dem College ist, noch nie verlassen hat, hat er bestimmt auch nicht daran gedacht. Zum Glück ist es mir noch rechtzeitig in den Sinn gekommen."

„Mache ich." Ich verabschiede mich von Miller und atme tief durch.

Nachdenklich starre ich auf Tylers Smartphone. Er wusste das mit der Genehmigung nicht. Die Tatsache, dass Tyler mich nicht angelogen hat, erleichtert mich. Er will doch mit mir befreundet sein und das ohne Hintergedanken. Es wäre schön, ihn zu meinen Freunden zu zählen. Tief im Herzen wünsche ich mir noch weit mehr als das.

Meine gute Stimmung endet abrupt, als ich realisiere, dass Tyler in der Klemme steckt. Miller geht immer noch davon aus, dass Tyler meine Mum kennenlernt. Er hat nicht richtiggestellt, dass wir nicht zusammen sind. Ich fasse einen Entschluss, den ich hoffentlich nicht bereuen werde. Er war da, als ich ihn brauchte, nun kann ich mich erkenntlich zeigen. Mein Herz pocht und meine Handflächen werden feucht. Aber zuerst muss er mir noch ein paar Fragen beantworten.

Und was mir besonders auf den Magen schlägt: Ich muss ihm gestehen, dass ich an sein Telefon gegangen bin.

Tyler

Ich stoße die Tür zum Loft auf. Ava ist noch da. Meine Sorge, sie könnte gegangen sein, war unbegründet. Sie sitzt am Esstisch, die Nase in einem Buch vergraben. Ava hebt den Kopf, aber anstatt eines Lächelns, zeichnet sich Reue auf ihrem hübschen Gesicht ab.

„Ich muss dir dringend etwas sagen." Ava beißt sich auf die Unterlippe. Was meine Sinne in Alarmbereitschaft versetzt. „Aber zuerst will ich wissen, warum du ausgerechnet mit mir befreundet sein willst."

„Ist das wichtig?" Ich gehe auf sie zu und nehme ihr gegenüber Platz.

„Ja, für mich schon." Sie schlägt das Buch zu und sieht mich schuldbewusst an.

Fuck, was ist passiert?

„Weil ich dich mag." Sonnenschein. Es überrascht mich, dass sie nicht von allein darauf gekommen ist. Ich lehne mich nach vorn. „Was musst du mir so Dringendes erzählen?"

„Bitte nicht sauer werden. Ich weiß, was ich getan habe, war falsch."

FUCK! Meine Augen verengen sich. Wut jagt durch meine Venen. Sie hat mich verraten. Mein Geheimnis mit Madison und ihren Freunden geteilt. Ich war unvorsichtig und habe sie an mich herangelassen, nun kriege ich die Quittung dafür.

„Was hast du getan?", poltere ich ungehalten.

Ava weicht zurück. „I...ch bin an dein Smartphone ... gegangen, als es geklingelt hat."

„Das wolltest du mir sagen?" Augenblicklich entspanne ich mich und lehne zurück. Sie hat mein Vertrauen nicht missbraucht. Wie einfältig von mir, davon auszugehen.

„Ja", erwidert sie irritiert.

„Du hast mir einen gewaltigen Schrecken eingejagt." Beruhigt atme ich aus. „Halb so wild. Wer war dran?"

Ich stehe auf, gehe in die Küche und nehme eine Cola aus dem Kühlschrank.

„Was hast du gedacht, was ich getan habe?" Ich höre, wie ein Stuhl über den Boden schabt.

„Dass du mit deinen Freunden über mich geplaudert hast."

Ava schnaubt hinter mir und ich drehe mich zu ihr um.

„Interessant. Du denkst, das würde ich tun und willst dennoch mit mir befreundet sein." Sie verschränkt die Arme vor der Brust.

„Du hast ausgesehen, als hättest du ein Schwerverbrechen begangen und keine Bagatelle. Verzeih, dass ich vom Schlimmsten ausgegangen bin." Ich öffne den Verschluss und nehme einen Schluck.

„Doch nur, weil ich deswegen ein schlechtes Gewissen hatte." Sie lässt die Arme sinken.

„Ja, das war nicht zu übersehen. Würdest du mir nun sagen, wer angerufen hat?" Viele Optionen gibt es nicht. Nur mein Bewährungshelfer und ein paar flüchtige Frauenbekanntschaften haben meine Nummer.

„Miller.“

„Was wollte er?“ Mit der freien Hand reibe ich mir über die Stirn. Ich war erst gestern bei ihm.

„Er wollte wissen, wo meine Eltern wohnen. Damit er sich darum kümmern kann, dass du kein Problem bekommst, wenn du den Bundesstaat verlässt.“

Fuck. Das lange Wochenende naht. In einer Woche ist es. Das hatte ich nicht mehr auf dem Schirm. Ich stecke bis zum Hals in der Scheiße.

„Ich werde Miller Anfang nächster Woche sagen, dass wir uns getrennt haben.“ Eine andere Möglichkeit gibt es nicht. Ich knalle die Coladose auf die Arbeitsplatte und sinke dagegen.

Ava tritt an mich heran. „Willst du mich etwas fragen?“

„Nein.“ Erneut fahre ich mir mit der Hand übers Gesicht. „Ich habe gerade ganz andere Probleme.“

„Was, wenn ich die Lösung bin?“ Ihre Mundwinkel zucken.

„Weil ich dachte, du bist die Lösung, stecke ich nun mehr denn je in der Klemme.“ Ich seufze.

„Willst du nächstes Wochenende mit mir meine Mum besuchen?“ Ich schließe die Lider. Sie ist ein herzensguter Mensch.

„Danke für die Einladung.“ Ich strecke den Arm nach ihr aus und streiche mit den Fingerspitzen über ihre Wange. „Aber ich kann sie unmöglich annehmen.“

„Warum?“ Avas Blick verschmilzt mit meinem.

„Weil du dann deiner Mum meinetwegen etwas vorspielen müsstest. Das will und kann ich nicht von dir verlangen." Ich ziehe die Hand zurück. Ava bedeutet mir so unendlich viel. Sie soll nicht erneut meinetwegen lügen müssen.

Ava lacht. „Muss ich doch gar nicht. Wir sind Freunde und diese sind bei Mum immer herzlich willkommen. Sie wird nichts dagegen haben, wenn du mich begleitest."

Freunde. Mein Herz schmerzt. Ich wäre so gerne mehr als das.

„Bist du dir absolut sicher?", frage ich und fühle mich schlecht dabei.

„Ja, denn ich vertraue dir."

Volltreffer. Ich mir selbst immer noch nicht.

„Es wird aber eine lange Fahrt", sagt sie.

„Wir fliegen, so lange sitze ich nicht im Auto." Ich umarme Ava und drücke sie dabei fest an mich. „Danke", flüstere ich ihr ins Ohr. Ihr Duft steigt mir in die Nase. Mit den Fingerspitzen streiche ich ihren Rücken hinunter. Kurz bevor ich ihren Hintern zu fassen kriege, schiebt sie sich abrupt von mir weg.

„Ich muss los", krächzt sie und räuspert sich. Sie hat sich schon einmal an mir die Finger verbrannt. Jetzt lässt sie mich abblitzen. Ich wünsche mir, sie würde mir noch eine Chance geben, um ihr zu beweisen, dass es mir nicht nur um Sex geht.

Sie ist schon fast bei der Tür, als sie sich noch einmal nach mir umdreht. „Kannst du mir nochmals deine Nummer geben?"

Ich will gar nicht wissen, warum sie die nicht mehr hat. Mit schnellen Schritten erreiche ich sie und nehme ihr das Telefon ab, das sie mir hinhält. Ich speichere

meine Nummer und wähle sie. Mein Smartphone auf
dem Tisch vibriert.

„Wir hören uns." Ava öffnet die Tür und geht.

Ich habe mehr Glück als Verstand und schwöre mir,
Miller nie wieder anzulügen. Ohne Ava wäre ich geliefert.

Kapitel 16

Ava

Madison und ich schlendern durch die Mall. Es herrscht Gedränge wie immer samstags. Ich wäre nicht hier, wenn Madison mich nicht gebeten hätte, sie zu begleiten. Sie möchte sich ein paar neue Teile besorgen, die schwiegerelterntauglich sind.

Madison packt meine Hand und zieht mich, durch die Menschenmasse, hinter sich her in eines der Geschäfte. Zielstrebig läuft sie auf die Unterwäscheabteilung zu. Ich habe mich getäuscht, offenbar will sie Jayden einheizen.

„Das ist heiß", meint sie und hält eine schwarze Corsage mit Spitzen in die Höhe.

„Ja, die gefällt mir", antworte ich. Was ich mir hätte sparen können. Madison ist um die Ecke in den nächsten Gang eingebogen. Ich folge ihr.

„Vielleicht doch besser dieses hier? Es ist nicht ganz so offensiv." Diesmal schwenkt sie einen weißen BH und ein dazu passendes Höschen in der Luft. Ich schlucke. Genau das hat Tyler für mich gekauft.

„Hervorragende Wahl", erwidere ich bedrückt und hoffe, sie bemerkt es nicht. Es stimmt mich traurig, dass Tyler mich nie darin zu Gesicht bekommen wird. Und das nur, weil ich nicht bereit bin, gleich mit ihm in die Kiste zu hüpfen.

„Ich könnte auch beide nehmen."

„Ja, warum nicht. Willst du sie noch anprobieren?"

Madison nickt, worauf wir in der Umkleide verschwinden.

Ich setze mich in die freie Kabine ihr gegenüber. Sie zieht den Vorhang zu und ich schlage die Beine übereinander.

„Nächstes Wochenende besuche ich nun doch meine Mum." Dass Tyler mich begleitet, verschweige ich. Vorerst. Aber wenn er ernsthaft mit mir befreundet sein will, muss er akzeptieren, dass ich unsere Freundschaft nicht vor Madison geheim halte.

„Ich bin erleichtert, das zu hören." Madison streckt ihren Kopf heraus.

„Ja, das weiß ich." Langsam stehe ich auf und husche zu ihr in die Kabine. „Du musst wirklich kein schlechtes Gewissen haben, weil ich am Abend nach der Party Tyler begegnet bin."

„Doch, habe ich. Jayden und ich hätten dich nie und nimmer allein zurückgelassen." Sie schlüpft aus der Hose, den Pullover hat sie schon ausgezogen. „Stell dir vor, er hätte dir etwas zuleide getan. Das könnte ich mir nie verzeihen."

„Hat er aber nicht." Ich löse die Corsage vom Bügel und reiche sie Madison, die ihre Unterwäsche abgelegt hat.

Sie probiert sie an.

„Das steht dir hervorragend." Ihr volles Dekolleté hätte ich auch gerne. Ich ziehe am Ausschnitt meines Shirts und schiele hinein. Nicht zu vergleichen.

Meine Mitbewohnerin prustet los. „Dein Blickfang ist dein Hintern." Sie wackelt mit ihrem.

Nun muss auch ich lachen. „Die musst du unbedingt kaufen. Wenn Jayden dich da drin sieht, stürzt er sich auf dich."

„Genau, was ich will." Madison klimpert mit den Wimpern.

„Ist es in Ordnung für dich, wenn ich vor dem Geschäft auf dich warte? Ich muss Mum noch Bescheid geben, dass ich komme." Ich möchte Madison nur ungern in der Unterwäsche sehen, die Tyler für mich besorgt hat. Ihr wird sie vermutlich viel besser stehen. Wieder einer dieser Momente, in denen ich unzufrieden über meine Oberweite bin.

„Geh nur", erwidert Madison und ich schlüpfe aus der Kabine.

Vor dem Geschäft setze ich mich auf eine Bank und wähle Mums Nummer. Es klingelt, aber niemand geht ran. Dann schreibe ich ihr eben.

Hey, Mum. Ich komme euch nächstes Wochenende besuchen. Ist es in Ordnung, wenn ich Tyler mitbringe?

Obwohl sie den Anruf nicht entgegengenommen hat, ploppt umgehend eine Nachricht von ihr auf.

Sonnenschein, wie ich mich freue, dass du kommst. Sicher doch, Tyler kann gerne auch kommen.

Während ich mich noch frage, warum sie nicht einfach zurückruft, erscheint schon die nächste Nachricht.

Ich bin gerade beim Coiffeur, wir hören uns.

Ah ..., deswegen ist sie nicht rangegangen.

„Brauchst du noch etwas?" Madison taucht mit einer Tüte in der Hand neben mir auf.

„Nein, wir können zurück." Ich erhebe mich und wir verlassen die Mall.

***

Am Sonntagnachmittag, nachdem ich mit Madison in der Bibliothek war, kehre ich ins Studentenwohnheim zurück. Wie so oft ist die Tür zu unserem Zimmer nicht abgesperrt. Ich seufzte, als ich sie aufstoße. Madison ist manchmal echt verpeilt.

Ich nutze ihre Abwesenheit, sie trifft sich mit Jayden, um Tyler anzurufen.

„Hi, Sonnenschein."

„Du hörst dich schon an wie meine Mum", entgegne ich entsetzt. Obwohl es aus seinem Mund irgendwie süß klingt.

„Das liegt daran, dass du fortwährend lächelst. Muss deiner Mutter auch aufgefallen sein", bemerkt er amüsiert.

„Würdest du mich bitte dennoch nicht so nennen? Wenn ich dieses Wort höre, fühle ich mich wie zehn."

„Sicher doch, Babe."

Ich verdrehe die Augen. „Noch schlimmer." So hat er mich bei seinem Bewährungshelfer genannt.

„Gut, dann bleiben wir bei Ava." Er betont jeden einzelnen Buchstaben. Mein Name klingt auf einmal unglaublich verlockend.

„Perfekt", kommt es mir erstickt über die Lippen. „Meine Mum weiß, dass du kommst."

„Und das macht ihr nichts aus?"

„Nein, absolut nicht." Warum hat er so Mühe damit, das zu glauben?

„Am Freitagnachmittag um drei geht ein Flug, soll ich den für uns buchen?"

„Ja, gerne." Obwohl ich dann meine letzte Vorlesung verpasse. Den Stoff werde ich im Flugzeug durchgehen. „Dann kümmere ich mich um den Mietwagen."

„Nein, kommt nicht infrage. Du bist schon so nett und nimmst mich mit. Ich übernehme das Organisatorische." Er klingt auf einmal bestimmend.

Genervt falle ich aufs Bett. „Musst du nicht", sage ich gereizter als beabsichtigt, lege mich hin und strecke mich aus.

„Ich möchte aber. Bitte lass mich die Flüge und den Mietwagen bezahlen." Tyler räuspert sich. „Du machst schon so viel für mich. Ich möchte mich nur erkenntlich zeigen."

„Okay", antworte ich, obwohl es mir nicht recht ist. Ich schiebe eine Hand unters Kopfkissen und schreie entsetzt auf. Etwas Kaltes, Glitschiges hat meine Finger berührt. Angewidert springe ich auf, dabei fällt mein Telefon zu Boden.

Mit dem Pinzettengriff packe ich eine Ecke des Kissens, um es hochzuheben. Mir dreht sich der Magen um. Vor mir liegt eine tote, hässliche Kröte.

Mandy. Dieses Miststück muss sie dort platziert haben. Wenn ich die in die Finger kriege. Gnade ihr Gott. Meine Rachefantasien werden vom Klingelton des Smartphones jäh beendet. Tyler. Ich bücke mich und gehe ran.

„Alles in Ordnung?" Er klingt, als würde er einen Marathon laufen.

„Ja, wenn man davon absieht, dass jemand einen toten Frosch unter mein Kopfkissen gelegt hat." Den fasse ich nicht an. Nach einem Gegenstand suchend, den ich zweckentfremden könnte, lasse ich den Blick durch den Raum streifen.

„Mandy", zischt Tyler mit kühler Stimme. „In welchem Gebäude ist dein Zimmer?"

„Haus C, Zimmer zweihundertzwölf. Warum?" Ich erspähe Madisons Einkaufstüte, die unter ihrem Bett hervorlugt und ziehe sie heraus. Das sollte gehen.

„Bin gleich da", höre ich Tyler sagen, bevor er einfach auflegt. Prima, dann kann er die Kröte entsorgen. Erleichtert sinke ich auf Madisons Matratze. Erst jetzt bemerke ich den fauligen Geruch, der in der Luft liegt.

Es klopft an der Tür. Ich eile hin und öffne sie. Tyler steht davor, die Kapuze seines Hoodies hat er tief ins Gesicht gezogen.

Wortlos halte ich ihm die Tüte hin. Tyler nimmt sie, geht aufs Bett zu und hebt den Frosch auf. Er verknotet den Beutel und verlässt damit den Raum. Keine fünf Minuten später ist er zurück.

„Warum hat es Mandy auf dich abgesehen?", fragt er, während ich das Bett neu beziehe.

„Keine Ahnung. Aus irgendeinem Grund kann sie mich nicht leiden." Ich kralle die Finger in die Bettwäsche. „Ich werde sie zur Rede stellen." Das hätte ich schon längst tun sollen.

Ich will zur Tür stürmen, doch Tyler stellt sich mir in den Weg. „Verschieb das auf morgen. Wenn du ihr jetzt begegnest, springst du ihr noch an die Gurgel." Er hat recht. Frustriert stöhne ich auf, worauf er mir beruhigend die Hand auf die Schulter legt. „Wenn du willst, bleibe ich, bis Madison zurück ist. Dann bist du nicht allein."

„Apropos Madison, ich würde ihr gerne sagen, dass wir befreundet sind." Gespannt sehe ich in sein Gesicht. Es verfinstert sich und er zieht die Hand blitzschnell zurück, als hätte er sich an mir verbrannt.

Mein Telefon klingelt erneut. Es ist Madison. Ich gehe ran, Tyler lehnt sich an den Türrahmen. Lässig zieht er das rechte Bein an und verschränkt die Arme.

„Ist es in Ordnung für dich, wenn ich die Nacht im Verbindungshaus verbringe?", fragt sie, kaum dass die Verbindung steht. Mit der freien Hand massiere ich mir die Schläfe.

„Du musst mich doch nicht um Erlaubnis bitten." Ich drehe Tyler den Rücken zu und senke die Stimme. „Jayden und du müsst euch nicht schuldig fühlen. Mir geht es gut."

„Ich tue es aber", sagt Madison zerknirscht. „Oh mein Gott, ich habe dich bemuttert." Sie kichert.

„Ja, ein klein wenig", erwidere ich lachend. Wir verabschieden uns und ich wende mich wieder Tyler zu.

„Warum haben Jayden und Madison Schuldgefühle?"

„Weil Liam es war, der mich nach der Party zum Wohnhaus begleitet hat, und nicht sie. Sie wären nicht vor dir davongerannt."

Tyler lacht überheblich. Es hört sich grauenhaft an. „Doch das wären sie." Er klingt überzeugt von seiner Aussage. Zu überzeugt. Was mir sauer aufstößt.

„Gefällt es dir, wenn Menschen Angst vor dir haben und panisch das Weite suchen?" Ich fixiere ihn mit meinem Blick. „Du solltest ohnehin dringend etwas richtigstellen."

„Was bin ich, dein Sozialprojekt?" Wie ein Tier, das auf der Lauer liegt, stößt er sich vom Rahmen ab. Geräuschlos und geschmeidig. „Wann begreifst du endlich, dass ich gefährlich bin?" Tyler kommt auf mich zu und legt den Kopf schief. „Es ist besser, wenn ich mich von meinen Mitmenschen fernhalte." Er stoppt direkt vor mir. „Weil ich nicht weiß, wie weit ich gehen würde."

„Schon wieder diese Leier?" Frustriert stöhne ich auf. Langsam zweifle ich daran, ob er überhaupt bereit ist, an sich zu arbeiten. Seine Taktik, jeder Konfrontation auszuweichen, wird nicht für immer aufgehen.

„Das sind keine Ausflüchte." Er kneift die Augen zu zwei schmalen Schlitzen zusammen. „Willst du unbedingt, dass ich jemanden krankenhausreif prügle, wie ich es schon oft getan habe?"

„Nein, mach dich nicht lächerlich." Langsam reißt mir der Geduldsfaden.

„Dann misch dich nicht in meine Angelegenheiten ein. Sie gehen dich einen verdammten Scheiß an. Wer denkst du, wer du bist, mir vorzuschreiben, was ich tun soll?" Tylers Stimme ist nicht nur kalt, sondern emotionslos. Die Feindseligkeit, die er mir gegenüber ausstrahlt, ist zu viel für mich.

„Es war ein Fehler anzunehmen, wir könnten befreundet sein", fauche ich aufgebracht.

Tyler verzieht das Gesicht. „Als Nächstes sagst du, ich kann dich nicht nach L. A. begleiten." Er macht zwei Schritte rückwärts und betrachtet mich mit Abscheu. In seinen Augen funkelt etwas Dunkles, das mir das Blut in den Adern gefrieren lässt.

„Nein, das ist nicht meine Art. Du kannst mitkommen, aber danach, gehen wir getrennte Wege." Ich deute zur Tür. Obwohl ich es nicht will, zittert mein Arm. Tyler dreht sich um, zieht sich die Kapuze über den Kopf und geht. Die Tür knallt er ins Schloss.

Ich reibe mir übers Gesicht. Den habe ich geküsst? Wie konnte ich nur? Ich bin von mir selbst angewidert. Was immer mich dazu bewogen hat, ihn zu küssen, er hat es erfolgreich zerstört. Gott sei Dank habe ich Madison noch nicht erzählt, dass wir befreundet sind.

Tyler

Wütend stampfe ich zum Loft. Ich bin nicht wütend auf Ava. Ich bin wütend auf mich, meine Unfähigkeit, mir selbst zu vertrauen und an mich zu glauben.

Zu lange habe ich Konfrontationen mit Gewalt gelöst. Wenn es schwierig wurde, schlug ich zu. Mit meinen falschen Freunden bin ich durch die Straßen gezogen. Kam uns jemand dumm, setzten wir dem mit unseren

Fäusten ein Ende. Nachdem mich mein Vater vor die
Tür gesetzt hat, ging es noch weiter bergab. Mein Verhalten wurde unkontrollierbar. Moral wurde für mich
zu einem Fremdwort. Der Weckruf kam beinahe zu
spät. Die harte Realität hat mich eingeholt und in die
Knie gezwungen. Der Aufenthalt im Gefängnis hat
mich nicht nur geläutert, sondern dazu bewogen, darüber nachzudenken, wie die Zukunft aussehen soll.
Meine Zukunft.

Kapitel 17

Ava

Mit Madison an meiner Seite steuere ich am Montag auf Mandy zu, die mit ihren beiden Freundinnen an einem Tisch in der Mensa sitzt.

„Danke für dein Geschenk, dass du mir unters Kopfkissen gelegt hast." Ich stemme die Hände in die Hüften. Würde sie so aussehen, wie sie sich benimmt, wäre sie potthässlich.

„Schön, dass es dir gefallen hat." Sie versucht gar nicht, es abzustreiten. „Kröten will nämlich auch keiner anfassen, genauso wie dich." Sie verzieht den Mund zu einem spöttischen Lächeln. „Du wirst als alte Jungfer sterben." Mandys Freundinnen kichern und ich spüre die neugierigen Blicke von den anwesenden Studenten auf mir.

In meinem Magen rumort es, meine Kiefer mahlen. Madison legt mir die Hand auf die Schulter. Was mich daran erinnert, warum ich hier bin.

„Lass das meine Sorge sein", zische ich und trete einen Schritt näher an Mandy heran. „Warum lässt du mich nicht einfach in Ruhe?"

Schweigen. Mandy presst die Lippen zusammen. Darauf war sie nicht vorbereitet. „Das kannst du vergessen. Ich werde mich an deinem Untergang weiden." Sie reckt ihr Kinn. „Du kriegst genau das, was du verdienst."

„Und das wäre?" Warum spuckt sie nicht einfach aus, was ihr Problem ist?

„Das wirst du noch früh genug erfahren." Ich balle die Fäuste. „Mandy, sag mir jetzt sofort, warum du mich schikanierst." Meine Stimme dröhnt laut durch den Essenssaal.

„Es reicht", brüllt Liam. Dann vernehme ich Schritte, die näher kommen. „Tut mir leid, Ava", sagt er und sieht mich entschuldigend an. Liam packt Mandy an den Schultern und bugsiert sie vor sich her. Während ich ihnen nachblicke, frage ich mich zum x-ten Mal, warum er mit ihr befreundet ist.

„Wir wissen nun, dass es Mandy war, wie wir vermutet haben", meint Madison.

Seufzend drehe ich mich zu ihr um. „Ja, aber abgesehen davon, sind wir keinen Schritt weiter gekommen." Resigniert schüttle ich den Kopf. „Sie kann nichts, außer leere Drohungen auszustoßen und Streiche zu spielen, die nicht einmal Kleinkinder witzig finden."

Madison lacht und hakt sich bei mir ein. „Die ist vermutlich nur angepisst, weil du ihr Parole geboten hast, als sie einen Spind mit Müll gefüllt hat. Ihr Ego hat einen Knacks erlitten. Das ist sie sicher nicht gewohnt." Wir schlendern zur Essensausgabe. „Liam wird ihr schon die Meinung geigen. Wenn sie merkt, dass sie bei dir auf Granit beißt und du dich nicht von ihr provozieren lässt, wird sie bald das Interesse verlieren."

Vermutlich hat Madison recht. Ich darf einfach nicht klein beigeben. Zur Not wende ich mich an die Schulleitung. Ob Mandys Vater weiß, wie abscheulich sich seine Tochter benimmt?

Ich nehme mir ein Tablett und betrachte das Essensangebot, während ich mich langsam vorwärtsbewege. Plötzlich packt mich jemand fest an der Schulter.

„Pass auf", flüstert mir Madison von hinten ins Ohr. Ich hebe den Kopf. Hätte sie mich nicht zurückgehalten, wäre ich in Tyler hineingelatscht. Er lehnt mit dem Rücken an der Essensausgabe und starrt zu der Stelle, an der ich vorhin lautstark mit Mandy diskutiert habe. Die Hände hat er in den Hosentaschen der Jeans vergraben. Missbilligend schnalzt er mit der Zunge und geht davon. Wie üblich, würdigt er mich keines Blickes. Diesmal stört es mich nicht. Der Schmerz in meiner Brust bleibt beinahe aus. Nur ein leichtes Ziehen an der Stelle, wo sich mein Herz befindet. Mir graut es davor, das lange Wochenende mit ihm zu verbringen. Wenn er sich bei Mum und Alexander nicht benimmt, mache ich ihm die Hölle heiß.

„Das war knapp", bemerkt Madison erleichtert. Ich sehe sie über die Schulter hinweg an. Eine lange Schlange Studenten wartet darauf, weitergehen zu können. Niemand hat sich getraut, Tyler zu überholen.

Madison und ich setzen uns an unseren üblichen Tisch im Freien. Es ist immer noch warm genug, um draußen zu essen, wenn die Sonne scheint.

„Was ist nur in Mandy gefahren?", murmelt Jayden vor sich hin, der sich zwischen Madison und mir auf die Bank setzt. Er küsst Madison und legt ihr die Hand auf die Wange.

Mein Handy vibriert und ich ziehe es hervor. Tyler hat mir geschrieben. Zögerlich tippe ich die Nachricht an.

Ich würde dich jederzeit anfassen.

Die Zeiten, als ich mir dies sehnlichst gewünscht habe, sind vorbei. Ich starre auf diesen einen Satz, ein gequältes Lachen löst sich aus meiner Brust.

„Hast du einen Verehrer?" Jayden beugt sich zu mir herüber und schielt auf den Bildschirm. Hastig lege ich das Telefon mit dem Display nach unten auf den Tisch.

„Nein, zwei", flunkere ich lässig. Jayden grinst.

Tyler

Ich liege auf der Couch und sehe fern. Alle paar Minuten wechsle ich den Sender. Meine innere Unruhe zwingt mich, aufzustehen. Es ist Donnerstagabend. Morgen sollten Ava und ich zu ihrer Mutter nach L. A. fliegen. Die Flüge und den Mietwagen habe ich vor Tagen gebucht. Unablässig gehe ich im Loft auf und ab. Ava hat sich nicht gemeldet.

Das Smartphone summt auf der Couch. Ich hechte hinüber und nehme es in die Hand. Erleichterung durchströmt mich. Eine Nachricht von Ava wird mir angezeigt. Ich tippe sie an und überfliege die wenigen Worte, die sie mir geschrieben hat.

Wir treffen uns morgen um zwei am Flughafen.

Es trifft mich unerwartet hart, dass sie nicht mit mir gemeinsam dorthin fahren will. Obschon es das Beste ist, weil wir so nicht zusammen gesehen werden. Bis jetzt war sie noch nie so abweisend zu mir. Es war immer ich, der darauf achtete, dass niemand bemerkt, dass wir uns kennen.

Wenn ich nicht anfange, mir Mühe zu geben und Ava respektvoller zu behandeln, werde ich sie verlieren. Wenn ich das nicht bereits habe. Unser Ausflug nach L. A. ist die Chance, ihr zu zeigen, was ich wirklich für sie empfinde. Die Mauern, die ich um mein Herz errichtet habe, um es zu schützen, hat sie schon lange durchbrochen. Ich bin es leid, mich einsam zu fühlen.

***

Ich stehe vor einer halb leeren Stuhlreihe, den Eingang zum Check-in im Blick. Endlich erspähe ich Ava, die eine Tasche über der Schulter trägt. Ich gehe auf sie zu.

„Hi", sage ich und greife nach ihrer Tasche.

„Hallo, Tyler", erwidert sie und umfasst den Schulterriemen. „Sie ist nicht schwer, ich kann sie tragen." In ihrer Stimme vermisse ich die Wärme und in ihrem Gesicht ihr anziehendes Lächeln. Sonnenschein – Fehlanzeige.

Ich räuspere mich. „Willst du die Tasche aufgeben?"

„Nein, wir können direkt zum Gate." Sie vermeidet es, mich länger als nötig anzusehen.

Es war ein Fehler gewesen, ihr zu schreiben, dass ich sie jederzeit anfassen würde. Jetzt denkt sie, ich will ihr nur an die Wäsche. Dieses Gefühl habe ich ihr schon mehr als einmal erfolgreich vermittelt. Es ist nicht so, dass ich das nicht will. Das will ich, seit ich ihren wohlgeformten Hintern gesehen habe. Der Anblick ihrer kleinen, festen Brüste hat es noch verstärkt. Aber ich will weit mehr als das. Was mich erschreckt. Verstößt es doch gegen alle meine Regeln.

Ava setzt sich in Bewegung. Ich folge ihr und schließe zu ihr auf.

„Wie geht es dir?", frage ich, weil ich die Stille, die uns umgibt, nicht aushalte.

„Gut, ich freue mich darauf, Mum zu sehen." Der Anflug eines Lächelns breitet sich auf ihren Lippen aus. Sonnenschein, strahle für mich. Ava bleibt abrupt stehen. „Tyler, bitte verhalte dich anständig gegenüber Mum und Alexander." Eindringlich sieht sie mich an.

„Werde ich, versprochen." Etwas anderes hatte ich nicht vor. „Sind sie verheiratet?"

Sie nickt.

„Schon lange?"

„Nein." Sie schüttelt den Kopf und geht weiter. Abermals folge ich ihr. „Aber ich mag ihn, er behandelt mich so, als wäre ich wirklich seine Tochter."

„Sollte er auch, du hast das verdient." Ich kann mich noch genau daran erinnern, wie traurig sie war, als sie mir erzählte, dass sie ihren Vater nicht kennt. Wir erreichen das Gate und setzen uns.

„Muss er aber nicht", erwidert Ava und zieht eine Zeitschrift aus der Handtasche. Demonstrativ blättert sie darin. Scheiße, es läuft überhaupt nicht so, wie ich es gerne hätte.

Unser Flug wird aufgerufen. Wir erheben uns und betreten das Flugzeug. Ava schnappt sich den Fensterplatz, ich den mittleren. Kurz bevor wir abheben, kommt eine Stewardess mit einem Kind, das sich auf den Platz neben mir setzt.

Ava steckt die Nase in ein Buch. Ich unterhalte mich mit dem kleinen Mädchen, das alleine zu ihren Großeltern fliegt. Ihr Name ist Emma und jedes Mal, wenn sie lächelt, kommt eine Zahnlücke zum Vorschein. Sie wird nicht viel älter als acht oder neun sein. Aufgeregt erzählt sie mir, wie sie sich darauf freut, am Strand zu spielen und im Meer zu baden.

Der Flieger hebt ab. Emma klammert sich an mir fest.

„Sie hat Angst", bemerkt Ava.

Tröstend fahre ich der Kleinen über die braunen Locken.

„Lass uns die Plätze tauschen." Ava fummelt an ihrem Gurt herum.

„Nein, ich habe alles im Griff."

„Wirklich?" Ava lässt den Sicherheitsgurt los, dennoch klingt sie, als würde sie es mir nicht zutrauen, mich angemessen um ein Kind zu kümmern.

„Absolut." Ich wende mich Emma zu, die angespannt neben mir sitzt und sich mit ihren kleinen Händen an meinem Unterarm festhält. „Was denkst du?"

„Ja."

„Keine Angst, sobald wir die Flughöhe erreicht haben, ruckelt es nicht mehr."

Sie lächelt mich an, wieder blitzt ihre Zahnlücke auf.

„Gut, sag Bescheid, wenn du Hilfe brauchst", meint Ava.

„Die brauchen wir nicht, oder?" Ich stupse Emma liebevoll mit dem Zeigefinger auf die Nase, worauf sie nickt. Sie lässt mich aber erst los, nachdem wir die Flughöhe schon eine Weile erreicht haben.

„Hier für dich", sagt die Stewardess und legt dem Kind ein Zeichenheft und Buntstifte hin.

„Soll ich etwas für dich zeichnen?", frage ich die Kleine und schlage das Heft auf.

„Ja, eine Prinzessin in einer Kutsche."

Auch wenn meine Malkünste nicht die besten sind, sollte ich das hinbekommen.

Während ich zeichne, bemerke ich, wie Ava Emma und mich beobachtet. Dabei wirkt sie überraschend zufrieden.

„Ich muss mal." Das Mädchen rutscht unruhig auf ihrem Sitz hin und her.

„Ich begleite dich", sagt Ava umgehend. Bevor ich etwas erwidern kann.

„Stell dir vor, das kann ich auch." Zuerst schnalle ich das Kind und dann mich ab. Wir erheben uns und gehen zur Toilette. Ich warte davor, bis Emma wieder herauskommt. Dann kehren wir zu unseren Plätzen zurück.

„Spielen wir ein Spiel." Emma kichert vergnügt.

„Schere-Stein-Papier", entgegne ich. Sie nickt begeistert.

Nach drei Runden, die ich absichtlich verloren habe, hämmert von hinten jemand gegen meinen Sitz. Ich ignoriere es.

„Nicht so laut", mault dieser Jemand.

Ava reißt empört den Kopf hoch und Emma zuckt zusammen.

Mit einer Handbewegung gebe ich Ava zu verstehen, dass ich mich darum kümmere. Langsam drehe ich mich um und fixiere den Mann hinter mir mit zusammengekniffenen Augen. Es ist mein Leg-dich-nicht-mit-mir-an-wenn-dir-dein-Leben-lieb-ist-Blick. „Wie war das?“

„Nichts … Alles gut.“ Er zieht das Bordmagazin aus dem Sitz und hält es sich vors Gesicht. Zufrieden sinke ich zurück ins Polster.

„Der ist wohl schon erwachsen auf die Welt gekommen“, murmelt Ava und widmet sich wieder ihrem Buch.

„Idiot“, flüstere ich an Ava gewandt, damit es das Mädchen neben mir nicht hört. Ich will nicht dafür verantwortlich sein, dass sie ein Schimpfwort lernt, dass sie vermutlich noch nicht kennt.

Der Rest des Fluges verläuft friedlich. Bei der Landung klammert sich Emma erneut an mich, woraufhin ich beruhigend auf sie einspreche.

Das Flugzeug kommt zum Stillstand. Dieselbe Stewardess wie vorhin kommt und nimmt das Mädchen an der Hand. Emma winkt mir zum Abschied zu und verschwindet zwischen den Passagieren, die schon aufgestanden sind. Ava und ich verlassen als Letzte schweigend den Flieger.

Kapitel 18

Ava

„Du kannst fahren“, meint Tyler, nachdem uns der Mietwagen übergeben wurde.

„Okay.“ Ich steige ein und wende mich Tyler zu, der neben mir Platz genommen hat.

„Du hast dich echt lieb um das Mädchen gekümmert.“ Mir ist warm ums Herz geworden, als ich die beiden heimlich beobachtet habe. Die Seite, die mir Tyler von sich gezeigt hat, gefällt mir. Wenn er denn will, kann er unheimlich nett und fürsorglich sein.

„Ach, das hätte doch jeder getan.“ Er winkt unbeeindruckt ab und streckt die Beine aus.

Ich fädle mich in den starken Verkehr ein, der in L. A. immer herrscht, und komme ins Grübeln. Es gefällt mir nicht, dass meine Gefühle für Tyler wieder auflodern. Sie waren nie erloschen. Wie bei einem Buschbrand haben sie unter dem Dickicht gezüngelt, nun neue Nahrung gefunden und flammen wieder auf. Ich malträtiere die Lippen mit den Zähnen.

„Alles in Ordnung?“ Tyler sieht mich besorgt von der Seite an. „Ich werde deiner Mum und Alexander sagen,

dass ich vorbestraft bin. Wenn sie darauf bestehen sollten, übernachte ich im Hotel. Du musst dir keine Sorgen machen."

„Was?", rufe ich. Daran hatte ich gar nicht gedacht.
Aber er hat recht. Ich muss das Mum unbedingt erzählen. „Nicht nötig."

„Hast du es ihnen schon mitgeteilt?" Auf Tylers Stirn
bilden sich tiefe Furchen, die mich an den Grand
Canyon erinnern. „Krass, dass ich dennoch mitkommen durfte." Er zuckt mit den Achseln, schließt die Lider und sinkt in den Sitz.

„Nein", antworte ich zögerlich.

Tyler schnellt hoch. „Das kannst du ihnen nicht verheimlichen."

„Werde ich nicht." Ich setze den Blinker und biege in
die Siedlung ein, in der ich kurz gewohnt habe, bevor
ich aufs College ging. Ein Haus gleicht dem anderen.
Vor jedem befindet sich ein überschaubarer Garten mit
Pool. Alexander hat das Haus für uns gekauft. Mir gefällt es, auch wenn es spießig wirkt. Zuvor hatte ich mit
Mum in einem anderen Stadtteil in einem Haus, das
seine besten Tage hinter sich hatte, gewohnt. Die Gegend war sicher, das war das Wichtigste für Mum.

Ich parke und drehe mich zu Tyler um. „Ich werde es
ihnen sagen. Das hätte ich tun müssen, als ich Mum
fragte, ob ich dich mitnehmen kann." Wäre sie bloß an
ihr Telefon gegangen, dann hätte ich es bestimmt nicht
verschwitzt.

„Tu das, am besten gleich", erwidert er streng und öffnet die Wagentür.

Ich steige aus und gehe voran. Freudig betätige ich die
Klingel.

Die Tür öffnet sich. Mum trägt eines ihrer bunten Sommerkleider und ihre blonden Haare hat sie zu einem Zopf geflochten. Alexander hat Shorts und ein geblümtes Hawaiihemd an, was mir ein Grinsen entlockt.

„Ich habe ihm schon gesagt, dass es schrecklich aussieht, als er es gekauft hat. Leider hat er nicht auf mich gehört", sagt Mum und umarmt mich innig.

„Wer ist denn dieser junge Mann?", fragt Alexander. Mum gibt mich frei, nun betrachtet auch sie Tyler neugierig.

„Tyler." Ich blicke ungläubig zwischen Mum und Alexander hin und her. „Du hast mir geschrieben, dass es in Ordnung ist, wenn ich ihn mitbringe. Schon vergessen?"

„Deine Mum und Alexander dachten wohl, ich sei eine Frau", bemerkt Tyler, ohne dabei gekränkt zu wirken. „Tyler ist ein Frauen- und Männername."

„Ja, davon gingen wir aus." Mum lächelt und hält Tyler die Hand hin. Er ergreift und schüttelt sie. „Das macht aber überhaupt nichts, kommt doch herein." Alexander geht zur Seite, damit wir eintreten können. Im Wohnzimmer bleiben wir stehen.

„Schön, dich kennenzulernen", sagt Alexander und klopft Tyler auf die Schulter. „Wir sind gleich zurück." Alexander legt Mum den Arm um die Hüften und führt sie zur offenen Küche.

Tyler und ich setzen uns auf die beigefarbene Couch.

„Denkst du, es ist ein Problem, dass ich ein Mann bin?" Tyler ist nicht entgangen, dass sich Mum und Alexander merkwürdig verhalten.

„Nein." Mum hätte nie und nimmer Nein gesagt, nur weil Tyler keine Frau ist.

„Du solltest das Gästezimmer für Tyler vorbereiten. Jetzt, wo wir wissen, dass er ein Mann ist, sollten sie nicht gemeinsam in Avas Zimmer schlafen." Alexanders Stimme dringt gedämpft ins Wohnzimmer. Ob die beiden wissen, dass wir sie hören können?

„Warum denn nicht?", erwidert Mum, gibt aber Alexander keine Möglichkeit zu antworten. „Wenn Ava will, darf sie sich mit ihrem Freund ein Zimmer teilen. Ich vertraue ihr vollkommen." Oh Gott, sie denken, Tyler und ich sind ein Paar. Verstohlen schiele ich zu Tyler hinüber. Ein Lächeln umspielt seine Lippen.

„Nein, das ist keine gute Idee. Erstens kennen wir den jungen Mann nicht und zweitens ist er vermutlich vier Jahre älter als Ava. Das macht in diesem Alter einen großen Unterschied." Alexander klingt besorgt.

„Auch wenn er zweiundzwanzig ist, geht es in Ordnung." An Mums Stimmlage erkenne ich, dass sie gereizt ist. „Wir können sie nicht davon abhalten, miteinander zu schlafen."

Meine Wangen stehen in Flammen. Das ist mir jetzt echt unangenehm.

„Vielleicht haben sie das ohnehin schon." Ich vergrabe das Gesicht in den Händen.

„Meinst du?" Alexander räuspert sich. „Wir sollten uns mit Ava darüber unterhalten, wie man korrekt verhütet."

Das weiß ich doch. Hat Mum mir alles haarklein erklärt.

„Wir sind nicht zusammen", rufe ich Richtung Küche. Noch ein Wort von den beiden und ich versinke im Erdboden.

Alexander taucht als Erster wieder auf. „Perfekt, dann schläft Tyler im Gästezimmer." Zufrieden nickend nimmt er im Sessel uns gegenüber Platz.

„Das passt für mich. Ich möchte ohnehin noch etwas erzählen, bevor ich meine Sachen auspacke."

Energisch stupse ich Tyler mit dem Ellbogen in die Seite. Das wollte ich doch tun.

„Was denn?", fragt Mum, die mit einem Tablett, auf dem sich Limonade befindet, hereinkommt.

Tyler öffnet den Mund. Finster sehe ich ihn an. Er klappt ihn wieder zu.

„Ich wollte euch noch mitteilen, dass Tyler auf Bewährung ist." Ich atme tief durch. „Bitte entschuldigt. Ich hätte euch das im Vorfeld sagen müssen." Die Sekunden verstreichen quälend langsam. Unsicher hüpft mein Blick zwischen Mum und Alexander hin und her.

Räuspernd fährt sich Alexander mit der Hand durchs braune, schon leicht ergraute Haar. „Ja, hättest du", sagt er schließlich. Nachdenklich mustert er Tyler. Nach weiteren bangen Sekunden seufzt er. Was, wenn Alexander darauf besteht, dass Tyler geht? Ein flaues Gefühl breitet sich in meinem Magen aus.

„Jetzt verurteile ihn nicht gleich." Mum stellt das Tablet auf den Tisch und verteilt die Limonade. „Mit sechzehn wurde ich erwischt, als ich einen Lippenstift klaute." Sie schüttelt den Kopf. „Und das bloß, weil Grandma sich weigerte, mir einen zu kaufen."

Ich entdecke gerade eine ganz neue Seite an Mum. Hätte ich mir das geleistet, hätte ich für längere Zeit mein Zimmer nicht mehr verlassen.

„Das kannst du doch nicht vergleichen. Wegen eines entwendeten Beauty-Produkts ist man nicht auf Bewährung." Alexander greift nach einem Glas. „Ich möchte lediglich wissen, was er sich zuschulden kommen ließ."

„Ja, das möchte ich auch. Ich denke, wir haben ein Anrecht darauf, es zu erfahren, wenn er in unserem Haus schläft."

Erleichtert sinke ich ins Polster. Mum hat nicht vor, Tyler vor die Tür zu setzen.

„Ava, geh doch schon hoch in dein Zimmer", meint Mum an mich gewandt.

Abrupt richte ich mich wieder auf. „Warum?"

„Deine Mutter und ich möchten gerne mit Tyler allein sprechen. Das ist nicht böse gemeint." Alexander spricht und Mum nickt. Widerwillig erhebe ich mich. Warum sie mich nicht dabeihaben wollen, wo ich die Geschichte doch kenne, ist mir schleierhaft. Aber ich respektiere ihren Wunsch. Es ist mein Fehler, dass ich es ihnen nicht eher gesagt habe.

„Was ist geschehen?", höre ich Mum fragen, als ich die Treppe nach oben steige.

„Ich wurde wegen schwerer Körperverletzung verurteilt und saß daraufhin sechs Monate im Jugendknast", antwortet Tyler mit fester Stimme, während ich mein Zimmer erreiche.

„Oh mein Gott", ruft Mum bestürzt aus. Ich öffne die Tür, betrete den Raum und schließe sie wieder.

Unablässig gehe ich auf und ab, darauf wartend, dass Tyler oder Mum auftaucht und mir mitteilt, wie das Gespräch geendet hat. Es klopft. In zwei Sätzen bin ich an der Tür. Noch bevor ich die Klinke herunterdrücken kann, schlüpft Mum ins Zimmer. Erwartungsvoll sehe ich sie an.

„Tyler kann bleiben", sagt sie. „Er ist sehr offen und beschönigt nicht, was er getan hat. Auch denke ich, dass er erkannt hat, dass er solch eine Chance nie wieder bekommt, sollte er es vermasseln."

Genau den gleichen Eindruck habe ich auch.

„Danke." Ich lächle Mum an. Sie erwidert es nicht.

„Das heißt nicht, dass du es uns nicht hättest sagen müssen." Mum verschränkt die Arme vor der Brust. „Ava, ich gebe viel auf deine Menschenkenntnis, aber wenn du dich mit Personen umgibst und sie auch noch mit nach Hause nimmst, die vorbestraft sind, will ich das wissen." Sie macht einen Schritt auf mich zu und legt die Hände auf meine Schultern. „Was, wenn du dich täuschst? Ich will nicht, dass dir irgendwann etwas zustößt, weil du dich auf jemanden eingelassen hast, der dir nicht guttut."

Ich nicke. Mein Hals fühlt sich auf einmal wie zugeschnürt an. Es dauert einen Moment, bis ich das ungute Gefühl los bin. „Wenn ich ihn für gefährlich halten würde, würde ich ihm aus dem Weg gehen." Eindringlich blicke ich sie an.

„Auch wenn du ihn für attraktiv hältst?". Noch immer ruhen ihre Hände auf meinen Schultern und sie drückt leicht zu.

„Ja, auch dann. Davon lasse ich mich nicht blenden." Nur wenn der Rest auch stimmt, füge ich in Gedanken an. Was es bei Tyler erschreckenderweise tut.

„Gut." Mum lässt mich los. „Tyler sollte bald hochkommen, Alexander bestand darauf, unter vier Augen mit ihm zu sprechen." Au Backe. Sie dreht sich um und verlässt den Raum.

Ich warte einen Moment und husche ins Gästezimmer. Es ist leer. Deswegen setze ich mich aufs Bett und warte.

Die Tür schwingt auf und Tyler kommt herein.

„Und?", frage ich gespannt.

„Wusstest du, dass Alexander bei den Navy Seals war?" Er stellt die Tasche vors Bett und plumpst neben mir auf die Matratze.

„Nein, das hat er mir gegenüber nie erwähnt. Er hat dir doch nicht gedroht?" Ich rutsche etwas nach hinten und ziehe die Beine an.

„Nope, aber so wie ich den Leg-dich-nicht-mit-mir-an-Blick beherrsche, hat er den Mach-mir-keinen-Ärger-Blick perfektioniert. Ich musste kurz schlucken." Tyler dreht sich zu mir um und kratzt sich am Kinn. „Mit ihm will ich definitiv nicht aneinandergeraten."

Ich kann mir ein Schmunzeln nicht verkneifen. Tyler musste gerade ein Schluck seiner eigenen Medizin zu sich nehmen. „Immerhin darfst du bleiben." Erleichtert lächle ich.

„Ja, sie haben mein Vergehen erstaunlich gut aufgenommen, ohne mich zu verurteilen. Das hat mich überrascht." Tyler starrt ins Leere.

„Siehst du. Das würden andere auch, wenn du ihnen die Chance dazu geben würdest."

„Fängst du schon wieder damit an?" Er seufzt und erhebt sich.

Kopfschüttelnd stehe ich auf. Er ist nicht bereit, an sich zu arbeiten. Somit ist die Unterhaltung für mich beendet. Ich bin es leid, ihn dazu zu animieren, die Unwahrheiten über ihn, aufzuklären. Ich habe die Tür beinahe erreicht, als er mir von hinten die Hand auf die Hüfte legt und mich zu sich umdreht.

„Ich habe mich dir gegenüber geöffnet, zählt das denn gar nicht?" Sein Duft steigt mir in die Nase, so nahe steht er vor mir. „Ich brauche Zeit, Ava", flüstert er. Dabei streicht sein warmer Atem über meinen Hals. Ein wohliger Schauer läuft mir den Rücken hinunter.

„Doch, für den Anfang ist es nicht schlecht, aber es reicht nicht." Ich trete einen Schritt zurück, um dem Verlangen, ihn zu küssen, nicht nachzugeben. Der Punkt ist, wir wollen unterschiedliche Dinge: ich eine Beziehung und er bloß Sex.

„Ich mag dich", raunt er und überbrückt die Distanz zwischen uns. Mir wird augenblicklich warm.

„Mögen oder nicht." Angespannt atme ich aus. „Du willst etwas von mir, was ich dir nicht geben kann. Dazu bin ich nicht bereit. Mein erstes Mal will ich nicht mit jemandem erleben, mit dem ich nicht zusammen bin." Körperliche Anziehung hin oder her. Darauf lasse ich mich nicht ein. Vermutlich sieht man das weit pragmatischer, wenn man schon Erfahrung hat.

„Verstehe." Tyler zieht ein Blatt Papier aus der Tasche und kritzelt etwas darauf. Er faltet es zusammen und drückt es mir in die Hand.

Tyler

Ava betrachtet den Zettel. Auf einmal kommt mir meine Idee bescheuert vor. Es klopft und Avas Mutter streckt den Kopf ins Zimmer.

„Ich gehe in die Mall, möchtet ihr mitkommen?"

„Ja." Ava jauchzt und strahlt übers ganze Gesicht.

„Ich passe." Ava hat sich so gefreut, ihre Mutter wiederzusehen, da will ich die beiden nicht stören. Sollen sie die Zeit zusammen ohne mich genießen.

„Sicher?" Ava sieht mich irritiert an.

„Ja, du hast im Flieger gebüffelt. Ich sollte das jetzt nachholen."

„Okay, bis später." Die Tür fällt hinter Ava ins Schloss.

***

Zwei Stunden später klappe ich das Buch zu. Ava ist noch nicht zurück. Ob sie meine Nachricht schon gelesen hat? Ich prüfe das Smartphone. Keine neue Mitteilung.

Ich stehe auf und gehe ins Wohnzimmer hinunter. Es ist leer. Von draußen dringt Country-Musik herein. Den Klängen von Honky-Donkey folgend, lande ich im Garten. Alexander werkelt mit nacktem Oberkörper auf der Veranda. Er wechselt einzelne Holzdielen aus. Während ich ihn genauer betrachte, erkenne ich, dass ich es mir mit Ava nicht verscherzen sollte. Der Mann ist kräftig gebaut und im Nahkampf ausgebildet.

„Brauchst du Hilfe?", frage ich und ziehe mir das Shirt über den Kopf.

„Immer doch." Lächelnd reicht er mir ein Paar Hand-
schuhe.

Kapitel 19

Ava

Endlich bin ich ungestört in meinem Zimmer. Ich ziehe Tylers Zettel aus der Hose und falte ihn auseinander.

In der Mall habe ich nicht mehr daran gedacht, ich war zu beschäftigt damit, Mum zu berichten, wie es im College läuft. Ich habe ihr erzählt, was für tolle neue Freunde ich gefunden habe. Meine Auseinandersetzungen mit Mandy ließen Sorgenfalten auf ihrer Stirn erscheinen. Ich versicherte ihr, dass ich alles im Griff hätte.

Mein Blick huscht übers Papier.

Willst du meine Freundin sein?

Mein Herz macht einen Satz.

Ja. Nein. Vielleicht.

Meint er das ernst oder erlaubt er sich einen üblen Scherz?

Ich schnappe mir einen Stift und kreuze *vielleicht* an, obwohl es eindeutig *Ja* ist. Für den Fall, dass er mich veräppeln will. Dann falte ich das Papier wieder zusammen und gehe zum Gästezimmer. Aufgeregt wie ich bin, trete ich ein, ohne anzuklopfen.

Tyler ist gerade dabei, sich auszuziehen. Das Shirt und die Hose hat er schon abgelegt. Er sieht verboten heiß aus.

„Komm ruhig herein, ich bin noch nicht ganz nackt, aber bald."

„Oh … Ent…schuldige." Eilig wende ich mich ab.

„Warte, was hast du da in der Hand?" Tyler kommt auf mich zu und verschränkt die Arme vor der Brust. „Wie hast du dich entschieden?", fragt er.

„Nicht so hastig." Ich schließe die Tür. „Ist das ein Scherz?" Ich halte ihm das Stück Papier genau vor die Nase. Blitzschnell hat er es mir abgenommen.

„Sage ich dir, wenn ich deine Antwort gesehen habe." Er faltet den Zettel auseinander, dabei lässt er mich nicht aus den Augen.

„Echt jetzt?" Er zerknüllt das kleine Stück Papier und wirft es hinter sich. „Bin ich nun etwa dein Freund auf Bewährung?"

Unweigerlich muss ich schmunzeln. „Warum nicht? Passt doch."

„Wie lange läuft meine Probezeit?" Mit ernster Miene legt er mir die Hände auf die Hüften.

„Kann ich noch nicht abschätzen." Wie selbstverständlich fahre ich mit den Fingern an seinen Armen entlang nach oben. Bei den Schultern angekommen, stoppe ich. „Warum willst du auf einmal nicht nur mit mir befreundet, sondern sogar zusammen sein?"

„Habe ich doch bereits gesagt. Ich mag dich." Liebevoll streicht er mir über die Wange. Dort, wo er mich berührt, kribbelt meine Haut.

„Bist du dir sicher, dass es nicht daran liegt, dass du bloß mit mir schlafen willst?", frage ich argwöhnisch. Kaum habe ich ihm erzählt, dass ich nur mit meinem festen Freund Sex habe, steckt er mir diesen Zettel zu.

„Ja, bin ich." Er schnaubt gereizt und lässt mich los. „Mann, Ava, warum machst du es mir so schwer?" Tyler presst die Lippen zusammen. „Ich mag dich schon eine ganze Weile, wollte aber meine Regel, niemand an mich heranzulassen, nicht brechen." Abrupt setzt er sich in Bewegung und geht eine Runde im Kreis. „Jetzt habe ich erkannt, dass ich dich viel zu anziehend finde, um mich noch länger von dir fernzuhalten." Direkt vor mir bleibt er stehen. „Gib mir eine Chance, auch wenn ich auf den ersten Blick nicht wirklich Boyfriend-Material bin, kann ich es durchaus sein."

Weil ich über seine Worte, die mich berühren, nachdenke, antworte ich nicht gleich.

„Ich wusste es, zum Knutschen und Betatschen bin ich gut genug, für mehr aber auch nicht. Du willst dich nicht auf einen vorbestraften Typen einlassen und das bin ich nun mal." Getroffen dreht er mir den Rücken zu.

Mein Herz macht einen Salto. Tyler meint es ernst. Von hinten lege ich vorsichtig die Arme um ihn und das Kinn auf seine rechte Schulter. Er ist gar nicht so abgebrüht, wie er immer tut.

„Du unterstellst mir ziemlich viel."

Tyler knurrt, entzieht sich mir aber nicht.

„Was gar nicht stimmt." Ich senke den Kopf und drücke die Lippen auf sein Schulterblatt. Seine Haut schmeckt salzig.

„An deiner Stelle würde ich das unterlassen. Ich habe Alexander mit der Veranda geholfen und gehöre unter die Dusche." Schweiß, wie appetitlich. Mit dem Handrücken wische ich mir über den Mund. „Sobald ich geduscht habe, komme ich zu dir."

Lächelnd nicke ich und verlasse den Raum.

In meinem Zimmer hüpfe auch ich unter die Dusche und putze mir die Zähne. Nur für den Fall, dass Tyler und ich uns küssen. Was ich mir sehnlichst wünsche. Weil es schon spät ist, ziehe ich kurze Pyjamahosen und ein Tanktop an. Den BH behalte ich an, so fühle ich mich wohler. Dann flechte ich die Haare zu einem Zopf. Gerade als ich den Haargummi befestige, klopft es an der Tür.

„Herein", rufe ich und erblicke Tyler im Spiegel, der vor meinem Schminktisch angebracht ist.

„Im Flur bin ich deiner Mutter begegnet. Sie hat gefragt, was wir vorhaben. Ich habe ihr gesagt, wir sehen uns einen Film an, weil wir müde von der Reise sind."

Das heißt, sie wird in Kürze mit einer Schüssel Popcorn auftauchen. Ein erneutes Klopfen bestärkt mich in meinen Hellseher-Fähigkeiten.

„Snacks für euch", trällert Mum und stellt eine Schüssel Popcorn auf den Nachttisch. „Ich wünsche euch viel Vergnügen." Kaum hat sie geendet, ist sie schon wieder verschwunden. Ob sie bemerkt hat, dass ich Tyler mag? In der Mall hat sie mich nicht darauf angesprochen.

Tyler liegt ausgestreckt auf der Matratze. Die Schüssel hat er neben sich platziert.

„Komm her“, raunt er verführerisch, dabei klopft er auf die Decke.

Ich stehe auf und habe das Bett schon fast erreicht, als ich umkehre.

„Was ist?“, höre ich Tyler sagen.

„Ich hole nur rasch den Laptop, damit wir uns einen Film ansehen können.“

Ein amüsiertes Lachen ertönt. Was mich dazu verleitet, mich umzudrehen.

„Das habe ich doch nicht ernst gemeint. Deiner Mutter konnte ich doch schlecht sagen, was ich mit dir vorhabe.“ Tyler richtet sich auf und sieht mich herausfordernd an.

„Und das wäre?“ Schlagartig bin ich nervös und zupfe am Saum meines Oberteils.

„Um das herauszufinden, musst du deinen knackigen Hintern aufs Bett manövrieren.“

Ich knabbere an der Unterlippe. Wie angewurzelt stehe ich mitten im Raum.

„Ava, jetzt komm schon.“ Tyler grinst schelmisch. „Es ist nichts, was dich überfordert.“

Beruhigt atme ich aus, klettere aufs Bett, nehme die Schüssel mit dem Popcorn und greife hinein, um meine Unsicherheit zu kaschieren. Während ich mir das Popcorn in den Mund schiebe, stellt Tyler die Schüssel zurück auf den Nachttisch. Abermals legt er sich hin und ich mich neben ihn. Mein Herz hämmert in der Brust. Es knallt regelrecht gegen meinen Brustkorb.

Er zieht mich auf sich und legt die Arme um mich. Das Gesicht vergräbt er an meinem Hals. Ich genieße seine Körperwärme und dass ich ihm so nahe bin. Es fühlt sich nicht nur himmlisch, sondern auch richtig an.

Sachte streichelt er mit den Fingerspitzen an meinem Rückgrat entlang, was wohlige Schauer durch meinen Körper jagt.

Die Minuten verstreichen, in denen er unablässig mit seiner Hand meinen Rücken hinauf- und hinunterfährt. Seufzend hebe ich den Kopf. Tyler hat die Lider geschlossen. Ich strecke mich, damit ich ihn küssen kann. Er erwidert den Kuss und packt mich am Hintern.

„Sonnenschein", murmelt er an meinen Lippen, worauf ich mit den Augen rolle.

„Das habe ich gesehen", brummt Tyler. Ich richte mich auf und schiebe sein graues Shirt nach oben, damit ich sein Tattoo besser betrachten kann. Es gefällt mir, wie sich die schwarze Tinte über seine eine Körperhälfte schlängelt. Tyler zieht das T-Shirt komplett aus und greift nach dem Saum von meinem. Eigentlich war das nicht das, was ich beabsichtigt habe, dennoch lasse ich es zu. Denn ich wünsche mir, dass er mich anfasst. Richtig anfasst. Tylers Blick, der über meinen Oberkörper gleitet, nehme ich intensiv wahr. Instinktiv verkrampfe ich mich, als er am BH hängen bleibt. Wenn er ihn mir auszieht, wird ihm nicht viel für sein Auge geboten.

Wie erwartet, macht er sich am Verschluss zu schaffen. Der BH fällt aufs Bett und ich halte die Luft an. Mit dem Gedanken, dass er meinen Busen bereits gesehen hat, versuche ich mich zu beruhigen. Trotzdem komme ich nicht gegen den Drang an, die Arme vor der Brust zu verschränken.

„Geht es dir zu schnell?" Tyler legt mir zwei Finger unters Kinn und drückt es nach oben, damit er mir ins Gesicht sehen kann.

Kurz bin ich geneigt, ihn anzulügen. Wenn ich jetzt Ja sage, muss ich mich nicht mit meinen Bedenken, meine Oberweite könne ihm nicht üppig genug sein, auseinandersetzen. „Nein", wispere ich.

„Warum sitzt du dann, in abwehrender Haltung, steif wie ein Holzbrett auf mir?" Tyler legt die Hände auf meine Oberschenkel und mustert mich. „Du musst ehrlich zu mir sein. Ich will nicht, dass du dich gedrängt fühlst." Er räuspert sich. „Es ist lange her, seit ich einer Frau körperlich nahe war, die unerfahren ist."

Seine Aussage verletzt mich, auch wenn ich mir sicher bin, dass dies nicht seine Absicht war. Ich komme mir dumm vor und habe das Gefühl, er müsse sich meinetwegen zusammenreißen. Es wird nicht lange dauern und es wird ihn nerven, dass ich nicht gleich mit ihm schlafe, wie all die anderen Frauen vor mir. Eilig greife ich nach dem Tanktop, ziehe es über und stehe auf.

„Benimmst du dich so komisch, weil du Angst hast, deine Brüste gefallen mir nicht?"

Kaum merklich zucke ich zusammen. Mein Blick schweift durch den Raum und bleibt am Popcorn auf dem Nachttisch hängen.

„Ava?"

Immer noch starre ich die Schüssel an. Es ist mir unangenehm, zuzugeben, dass er mit seiner Vermutung richtigliegt.

Tyler packt mich an den Hüften und hebt mich hoch. Erschrocken schnappe ich nach Luft. Er lässt mich aufs

Bett plumpsen und greift abermals nach dem Saum meines Tops. Bevor ich reagieren kann, hat er es mir mit einer fließenden Bewegung ausgezogen und hinter sich geworfen.

Blitzschnell umfasse ich mit den Händen meinen Busen und kneife warnend die Augen zusammen. Was ihn nicht beeindruckt. Tyler umfasst meine Handgelenke und zieht meine Hände zur Seite. Ich presse die Lider fest zusammen. Die Enttäuschung in seinem Gesicht will ich nicht sehen.

Es fühlt sich unverschämt gut an, wie Tyler die Fingerspitzen langsam über meine Brüste gleiten lässt. Kurz darauf spüre ich seinen Atem und dann seine Zunge. In meinem Unterleib zieht es gewaltig. Verlangen durchströmt mich und breitet sich in mir aus. Er widmet sich zuerst der linken und dann der rechten. Ich stöhne, als er meine aufgerichteten Nippel umkreist. Plötzlich ist es mir egal, was er über meine Oberweite denkt. Alles, was mich interessiert, ist, dass er nicht aufhört. Tyler fährt mit der Zunge nach oben, über das Schlüsselbein und dann meinen Hals entlang.

„Dein Busen ist perfekt, so wie er ist. Zweifle nie daran", haucht er. Liebevoll drückt er mir die Lippen auf die Stirn.

„Danke", erwidere ich verlegen und ziehe ihn an mich.

„Falls dir ein Kerl je etwas anderes gesagt hat, war er ein Schwein." Tyler hebt den Kopf und lächelt mich an. Ich nicke, obwohl sich außer Mandy noch nie jemand über meine Oberweite lustig gemacht hat. Wie auch? Tyler ist der Erste, der meine Brüste zu Gesicht bekommen und sie auch angefasst hat.

„Wir sehen uns morgen“, meint Tyler mit erstickter Stimme und steht auf. Er angelt nach seinem Shirt auf dem Boden, zieht es an, läuft zur Tür und verlässt das Zimmer.

Erleichtert kuschle ich mich in die Decke. Meine Sorge war unbegründet. Ich könnte mich in den Arsch beißen für meine Unsicherheit. Normalerweise bin ich nicht so selbstkritisch. Mein Körper ist, wie er ist, ändern kann ich es nicht. Dennoch möchte ich, dass Tyler mich attraktiv findet. Er ist es nämlich.

Kapitel 20

Ava

Ich gehe die letzten paar Stufen hinunter und ein wohlriechender Duft steigt mir in die Nase. Aus der Küche vernehme ich Gelächter.

Mum lehnt am Küchenschrank und verzieht das Gesicht, bevor sie abermals kichert. Tyler und Alexander stehen am Herd, um sie herum türmen sich dreckiges Geschirr, Kochutensilien und Lebensmittel. Auf dem Boden liegt ein zerbrochenes Ei.

Mum stößt sich ab. „Kann ich wenigstens die Dinge, die ihr nicht mehr braucht, in den Geschirrspüler räumen?" Sie seufzt verzweifelt.

„Nein." Alexander dreht sich zu ihr um und wedelt mit dem Schneebesen, den er in der Hand hält. Der Teig daran fliegt in alle Himmelsrichtungen. Mum schlägt sich die Hand vors Gesicht.

„Nach dem Frühstück machen wir alles sauber", meint Tyler, der eine Eierspeise zubereitet. Er sieht über die Schulter nach hinten, erblickt mich und zwinkert mir zu.

„Deck doch mit Ava den Tisch." Alexander rührt in der Schüssel, die vor ihm steht. „Sie denkt, wir bekommen das nicht hin", sagt er zu Tyler. Suchend dreht Alexander den Kopf in alle Richtungen. „Wo ist die zweite Bratpfanne?"

Nun huscht auch Tylers Blick durch die Küche. „Sie stand bis vor Kurzem noch hier."

Mum stöhnt, geht zu ihnen herüber und hebt ein Geschirrtuch hoch. Et voilà, die Bratpfanne kommt zum Vorschein.

Lachend öffne ich den Geschirrschrank und decke den Tisch. Es gefällt mir zu sehen, wie gut sich Tyler mit Mum und Alexander versteht.

„Tyler ist wirklich nett", bemerkt Mum und stellt Orangensaft auf den Tisch.

„Ja, das ist er." Selig lächelnd summe ich vor mich hin, bis ich in das Gesicht meiner Mum blicke. Es hat einen wissenden Ausdruck angenommen.

„Setzt euch", sagt Alexander, der mit Tyler den Esstisch erreicht.

Tyler stellt ein Teller mit Rührei, gebratenem Speck, Avocado und einem Pfannkuchen vor mich. Es sieht überraschend lecker aus. Ich greife nach dem Besteck und schiebe mir eine Gabel der Eierspeise in den Mund. Sie ist köstlich.

„Ich habe hier etwas für dich." Alexander hält mir einen Umschlag hin. Ich nehme ihn entgegen. Plötzlich wirkt Alexander nervös. Mum und Tyler sehen mich gespannt an, als ich mehrere Papiere aus dem Couvert ziehe.

Antrag zur Adoption, steht in dicken, schwarzen Buchstaben zuoberst auf dem ersten Blatt. Mein Mund klappt auf. Ich springe auf, umrunde den Tisch und werfe mich in Alexanders Arme. Er möchte mich adoptieren, damit wir eine richtige Familie sind. Das sind wir schon, zumindest für mich, aber dann wäre es amtlich.

„Ja." Ich schniefe aufgelöst an seiner Brust. Eine Freudenträne benetzt meine Wange. Nur meine Lippen bewegen sich, als ich den Wunsch ans Universum, meinen leiblichen Vater zu treffen, zurückziehe. Jetzt habe ich einen Dad und der will mich auch.

„Du machst mich gerade unheimlich glücklich", murmelt Alexander an meinem Haar. Wir lösen uns voneinander und Mum seufzt laut. Ihre Augen sind wässrig.

„Das müssen wir feiern." Sie steht auf und verschwindet in der Küche.

„Hast du es gewusst?", frage ich Tyler, der sanft meine Hand unter dem Tisch drückt, nachdem ich mich wieder neben ihn gesetzt habe.

„Ja, Alexander, nein, dein Vater hat es mir gestern erzählt, als wir die Veranda reparierten."

Mum kehrt zurück, in der Hand hält sie eine Flasche alkoholfreien Sekt und vier Gläser. Alexander entkorkt sie und befüllt die Champagnerflöten. Wir stoßen an.

„Bevor du die Dokumente unterschreibst, muss ich dir noch etwas sagen." Mum wirkt bedrückt und angespannt.

„Du kannst das", ermuntert Dad sie und legt ihr die Hand auf die Schulter. Ich werfe einen Blick zu Tyler hinüber. Er schüttelt den Kopf. Somit ist er genauso ahnungslos wie ich.

„Als du vier Jahre alt warst, hat sich dein Vater unerwartet bei mir gemeldet. Er wollte, dass wir wieder
Kontakt haben. Ich habe abgelehnt.“

Ich reiße die Augen auf. Mein leiblicher Vater wollte
mich sehen und das schon vor Jahren. Abermals drückt
Tyler meine Hand. Diesmal kräftiger und er lässt sie
nicht mehr los.

„Warum?“, frage ich aufgebracht. Wie konnte Mum
mir das verheimlichen?

„Wie du weißt, waren dein Vater und ich nie verheiratet. Er befand es nicht für nötig, für ihn zählte nur,
dass wir uns liebten. Das behauptete er jedenfalls immer. Als ich schwanger wurde, wuchs in mir der
Wunsch, dass wir heiraten, was ich deinem Vater auch
sagte. Er war einverstanden, wollte jedoch warten, bis
du zur Welt gekommen bist. Er fand die Vorstellung,
wie du uns, wenn du dann laufen kannst, die Ringe
zum Altar bringst, bezaubernd. Dieser Gedanke gefiel
auch mir und so beschlossen wir, zu warten.“ Mum
räuspert sich. „Leider war das gelogen. Dein Vater
wollte mich nicht heiraten, weil er es schon war.“

„Oh mein Gott“, rufe ich bestürzt. Meine Unterlippe
bebt. Tyler neben mir schluckt schwer.

„Das hat er mir bei unserem Telefonat gestanden. Er
konnte sich von seiner Frau nicht scheiden, weil er in
der Firma ihres Vaters arbeitete. Sie war sehr vermö-
gend. Ich denke, er wollte den Luxus und das viele Geld,
dass er durch sie bekommen hatte, nicht verlieren.“

„Was für ein Schwein“, murmelt Tyler.

Stumm pflichte ich ihm bei.

„Er erklärte mir dann auch, warum er uns von einem
Tag auf den anderen verlassen hatte. Immer wenn er

auf Geschäftsreise war, war er in Wahrheit bei seiner Frau. Und wenn er ihr erzählte, er müsse geschäftlich verreisen, war er bei uns." Mein Vater hat ein Doppelleben geführt. Arme Mum, was sie alles durchmachen musste. Ich stehe auf, gehe zu ihr hinüber und lege den Kopf auf ihren Schoß.

„Seine Frau hat sein Spiel, im Gegensatz zu mir, eines Tages durchschaut und ihm gedroht, sie würde sich umbringen, wenn er uns nicht verlässt." Die Stimme meiner Mum wird immer brüchiger. „Er hat sie nicht ernst genommen, doch sie litt schon seit geraumer Zeit an Stimmungsschwankungen. An dem Tag, als er uns verließ, hat sie ihre Drohung wahr gemacht."

Ungläubig sehe ich zu Mum hoch, die sich mit der Serviette, die ihr Alexander reicht, die Wangen trocknet.

„Das Schlimmste ist, dass ich das alles nicht wusste. Sonst hätte ich ihn zum Teufel gejagt. Meinetwegen hat sein Sohn, der knapp zwei Jahre älter ist als du, seine Mutter verloren."

„Heilige Scheiße. Er hatte schon ein Kind", knurrt Tyler.

„Das ist nicht deine Schuld", sagt Alexander mit fester Stimme und legt den Arm erneut um Mums Schulter.

Sie nickt. „Dennoch fühle ich mich schrecklich." Abermals wischt sie mit der Serviette über die Wangen. Ihre Augen sind gerötet.

„Mum, wirklich. Du kannst nichts dafür. Das ist ganz allein seine Schuld." Das Wort *Vater* will ich nicht aussprechen. Er hat es nicht verdient, so genannt zu werden.

„Wie dem auch sei. Ich hatte mich gerade erst von der Trennung erholt und war dabei, ein geordnetes Leben für dich und mich aufzubauen. Ich wollte nicht, dass er kommt und womöglich alles wieder zerstört, was ich mühsam aufgebaut hatte. Deswegen habe ich auch die finanzielle Unterstützung, die er mir angeboten hat, abgelehnt. Auch wenn es für uns vieles vereinfacht hätte." Mum legt mir die Hände auf den Kopf, sie sind eiskalt. „Es tut mir leid, dass ich dir dadurch deinen Vater vorenthalten habe."

Ruckartig richte ich mich auf. „Ich wäre enttäuscht, hättest du ihn ein Teil von meinem Leben sein lassen, nach allem, was er dir angetan hat." Fest sehe ich ihr in die verquollenen Augen. „Wir haben ihn nicht gebraucht. Mum, du hast einen großartigen Job gemacht." Ich umarme sie. „Ich liebe dich", flüstere ich.

***

Erschüttert beseitige ich die Unordnung in der Küche. Tyler hilft mir. Mum muss sich nach dem Frühstück zuerst einmal hinlegen. Mir zu erzählen, was sich mein Erzeuger geleistet hat, hat sie schwer mitgenommen.

Immerzu muss ich an meinen Halbbruder denken, der seine Mutter auf solch tragische Weise verloren hat. Ihm gehört mein Mitgefühl und ich hoffe, dass ihn das nicht traumatisiert hat.

„Sie ist jetzt eingeschlafen."

Ich drehe mich um. Dad steht im Türrahmen und reibt sich übers Kinn. „Aus unserem Ausflug ans Meer wird wohl nichts." Er kommt auf mich zu. „Geh du doch mit Tyler allein, das wird dir bestimmt guttun." Zaghaft lächelt er mich an, es erreicht seine Augen nicht.

„Nein, ich fühle mich nicht danach." Ich bücke mich und klaube die Eierschale vom Boden auf. Tyler kniet sich neben mich und wischt mit einem Lappen über den Boden.

„Komm, wir gehen", meint er und streckt die Hand nach mir aus. Abrupt senkt er sie wieder und sieht verstohlen zu Alexander hinüber. Tyler räuspert sich. „Es ändert nichts an dem, was geschehen ist. Aber es ist nicht gut für dich, wenn du dich deprimiert in eine Ecke verkriechst."

Er hat recht. Ich erhebe mich und entsorge die Eierschale im Abfall. „Okay, ich ziehe mich nur rasch um."

Tyler

Ava parkt den Wagen beim Santa Monica Pier. Wir steigen aus und schlendern über den Jahrmarkt. Sie gibt kein einziges Wort von sich, starrt nur ins Leere.

Ich fasse sie an den Hüften und drehe sie zu mir um. „Wie fühlst du dich?"

„Schrecklich", sagt sie leise und wirkt müde.

„War schon echt hart, was deine Mutter uns erzählt hat." Ich drücke meine Stirn an ihre. Wie es ihr geht, kann ich nur erahnen.

„Ja, ich dachte immer, es gäbe einen entschuldbaren Grund, weswegen er einfach gegangen ist, als ich noch ein Baby war. Zumindest hatte ich es gehofft." Ava schnieft.

Mein Herz wird schwer, es behagt mir nicht, sie so niedergeschlagen zu sehen. Mein Sonnenschein leidet und ich mit ihr.

„Dass ihm nichts zugestoßen ist, wusste ich. Mum hat mir erzählt, wie sie panisch alle Krankenhäuser in der Umgebung angerufen hat, weil sie befürchtete, er könne in einen Unfall verwickelt worden sein. Gerade als sie die Polizei alarmieren wollte, hat er ihr geschrieben, dass es aus ist und er nie mehr zurückkommt."

Ich schlucke. Wie konnte er das Avas Mutter, die er angeblich liebte, antun? In meiner Familie war ich das schwarze Schaf, in Avas ist es ihr leiblicher Vater. Auf einmal muss ich an meine Eltern denken. Was müssen sie meinetwegen gelitten haben. Ich schüttle den Kopf, um den beklemmenden Gedanken loszuwerden. Wenn ich den Abschluss in der Tasche habe, werde ich mich bei ihnen melden. Dann haben sie einen Grund, stolz auf mich zu sein.

„Woran denkst du?" Avas Frage holt mich in die Wirklichkeit zurück. Sie legt mir die Hände auf die Schultern.

„Dass ein Kuss doch etwas bedeuten kann." Sie hat mir gezeigt, dass es so ist. Ein Hauch von einem Lächeln umspielt ihre Mundwinkel. Ich senke den Kopf und küsse sie. Es fühlt sich an, als würde ich nach Hause kommen. Vertraut und wärmend zugleich. Mit jedem Kuss von ihr weicht die Einsamkeit Schritt für Schritt aus meinem kalten Herzen. Und ich erinnere mich verschwommen daran, was es heißt zu leben. Zu vertrauen. Zu lieben.

Ava löst sich von mir und lächelt verschmitzt. „Leihen wir uns Fahrräder und fahren am Meer entlang." Nickend ziehe ich sie noch enger an mich.

***

Nach dem Essen sitze ich mit Alexander auf der Veranda. Ava und ihre Mutter sind schon zu Bett gegangen. Er stellt ein Bier vor mich hin. Ich hebe es hoch und proste ihm zu.

„Du magst Ava", sagt er und streckt die Beine aus.

„Ja, ist das ein Problem?" Ich richte mich im Stuhl auf.

Alexander blickt flüchtig zu mir hinüber. „Nicht, wenn du es nicht zu einem werden lässt." Er nimmt einen Schluck aus der Flasche und stellt sie auf den Tisch vor sich. „Ich will nicht, dass sie verletzt wird." Er fixiert mich mit seinem Blick. „Solange du nicht erneut straffällig wirst, habe ich nichts dagegen. Es liegt ganz bei dir." Unverhofft klopft er mir kräftig auf die Schulter. Dann drückt er zu. Seine Finger bohren sich in meine Muskeln und Sehnen. Es schmerzt, doch ich lasse mir nichts anmerken. „Haben wir uns verstanden?"

„Ja, ich will nicht zurück ins Gefängnis", knurre ich.

„Gut." Zufrieden greift er erneut nach seinem Bier.

Wir plaudern noch eine Weile über seine Zeit in der Army und meinem Aufenthalt im Knast. Wir beide haben eine längere Zeit an einem Ort verbracht, der nicht schön war. Irgendwie verbindet uns das.

Ich stehe auf und verabschiede mich von Alexander. Im oberen Stock angekommen, schiele ich zu Avas Zimmertür. Leise klopfe ich, für den Fall, dass sie schon schläft. Keine Reaktion. Verdammt, ich hätte mich gerne an sie gekuschelt zum Einschlafen. Etwas, was ich die letzten Jahre über nie gemacht habe. Genau deswegen finde ich den Gedanken so reizvoll. Missmutig betrete ich das Gästezimmer und betätige den Lichtschalter.

„Mach das aus", kreischt Ava, die auf dem Bett liegt und offensichtlich schon geschlafen hat. Hastig drücke ich den Schalter erneut.

„Was machst du hier?", frage ich, während ich mich dem Bett nähere und zuerst das Shirt und dann die Hose ausziehe.

„Ich wollte nicht allein sein", murmelt sie schläfrig und drückt den Kopf tiefer ins Kissen.

Ich lege mich hinter ihr auf die Matratze und schlinge die Arme um sie.

„Schlaf gut." Sie gähnt.

„Du auch, Sonnenschein." Ein leises Schnauben dringt an mein Ohr. Wie ich es liebe, sie zu necken. Ich drücke die Lippen auf die empfindliche Stelle an ihrem Hals. Morgen muss ich ihr dringend etwas erzählen. Das hätte ich schon längst tun sollen.

Kapitel 21

Ava

„Weißt du, wo Ava ist? Sie ist nicht in ihrem Zimmer."
Mums Stimme dringt gedämpft ins Gästezimmer.
Schlagartig reiße ich die Lider auf. Mist. Ich wollte doch
zurück in mein Zimmer huschen, bevor sie wach ist.

„Sie wird bei Tyler sein." Dad klingt überraschend
entspannt. Vorsichtig richte ich mich auf, um Tyler
nicht zu wecken.

„Du wirst recht haben", höre ich Mum sagen, dann
vernehme ich Schritte. Erleichtert atme ich aus.

„Guten Morgen."

Ich zucke zusammen. Tyler liegt mit verschränkten
Armen auf dem Rücken.

„Morgen", krächze ich, reibe mir die Augen, sinke zurück auf die Matratze und lege den Kopf auf seine
Schulter. Mit dem Zeigefinger zeichne ich das Tattoo,
dass seinen Körper ziert, nach.

„Hat es eine Bedeutung?", frage ich und bin beinahe
beim Bund der Boxershorts angelangt.

„Nein, dieses nicht. Ich habe es mir in meiner rebelli-
schen Phase stechen lassen, um meine Eltern zu scho-
cken."

„Du hast noch mehr Tattoos?" Die wären mir bestimmt aufgefallen. Abrupt verharre ich. Ich fühle Stoff unter den Fingerkuppen.

„Nur noch eins." Tyler hebt den Kopf. „Wenn du noch etwas weiter nach unten fährst, hast du die Stelle erreicht, wo es ist." Unverhohlen starre ich ihm in den Schritt. Hätte ich mich getraut, dort hinzusehen, als er nackt war, wüsste ich nun, ob es stimmt. Er räuspert sich und ich blicke zu ihm hoch. „Soll ich es dir zeigen?" Seine Mundwinkel zucken.

„Ähm ..." Ich bin mir nicht sicher, ob ich gerade verarscht werde.

„Dann eben ein andermal." Tyler sinkt zurück aufs Kissen.

„Das ist nicht dein Ernst, oder?" Ich setze mich auf und schiele diesmal unauffälliger in seinen Schritt. Wer um Himmels willen lässt sich dort ein Tattoo stechen? Ist das ein erbärmlicher Versuch, mich dazu zu animieren, sein Ding anzufassen? Auch wenn es mich reizt, es zu tun, empfinde ich seine plumpe Aufforderung als geschmacklos.

„Wenn du ihm zu viel Aufmerksamkeit schenkst, regt er sich." Tyler entfährt ein dreckiges Lachen.

Ich bohre ihm den Zeigefinger in die Brust. „Da ist schon eine Beule." Er legt es wirklich darauf an, was mich ärgert.

„Tja, das kann ich nicht ändern. Ist bei jedem Mann morgens so."

Ich schüttle den Kopf, als wüsste ich das nicht.

Tyler richtet sich auf und legt mir die Hand auf den Oberschenkel. Mit den Fingern beschreibt er kleine Kreise auf meiner nackten Haut. „Es ist nicht gelogen.

Dort befindet sich ein Totenkopf, das Erkennungszeichen der Gang, in der ich war. Es sieht beschissen aus. Ich war blau, der Tätowierer auch. Er hat es echt versaut." Tyler presst die Lippen zusammen. „Es ist mir jedes Mal unangenehm, wenn eine Frau vor mir auf die Knie geht."

Diese Information hätte er sich sparen können. Getroffen wende ich den Kopf ab.

„Sorry, das hätte ich nicht sagen sollen."

Ich seufze. Damit, dass er vor mir ein Sexleben hatte, muss ich umgehen können. Ich wende mich ihm zu. „Du warst in einer Gang?" Warum hat er mir das verheimlicht?

„Ja, nachdem mich meine Eltern auf die Straße gesetzt hatten, bin ich in eine Gang hineingerutscht." Zähneknirschend fällt er zurück auf die Matratze. „Was schlussendlich zum Vorfall bei der Tankstelle geführt hat. Mein Kumpel und ich wurden angegriffen, weil sich Drogen im Geländewagen befanden."

„Du hast gedealt?" Besorgt betrachte ich Tyler, der die Lider geschlossen hat. Mit Drogen ist nicht zu spaßen und ich verstehe nicht, wie man das Zeug verkaufen kann, wenn man doch genau weiß, wie gefährlich es ist. Ich musste das am eigenen Leib erfahren.

„Nicht direkt." Gequält stöhnt er auf. „Ich war für die Logistik zuständig. Die Drogenpakete von einem Ort zum anderen zu bringen, war meine Aufgabe. Außerdem trieb ich die Schulden ein, wenn sich einer weigerte zu zahlen. Aber vertickt habe ich das Zeug nie." Das macht es nicht wirklich besser.

„Warum hast du das getan?", frage ich geschockt.

„Die ersten paar Nächte bin ich bei Freunden unter-
gekommen. Irgendwann ging das nicht mehr. Ich war
kurz davor, auf der Straße zu pennen, da meinte einer
meiner falschen Freunde, er kenne jemanden, der einen Job für mich hätte." Tyler schnaubt. „Ich bin nicht
dumm, ich wusste gleich, worum es ging, als man mir
sagte, ich müsse Pakete von A nach B transportieren.
Dennoch habe ich mitgemacht. Es war leicht verdientes
Geld und ich konnte mir einiges leisten. Mein Gewissen
beruhigte ich damit, dass nicht ich es bin, der den
Scheiß an die Jugendlichen vertickt. Ich redete mir ein,
jeder, der Drogen nimmt, ist selbst dafür verantwortlich, denn man hat immer eine Wahl."

„Du hast es dir ziemlich einfach gemacht", bemerke
ich streng.

„Ja, ich konnte mich nicht beklagen. Ich fuhr ein teu-
res Auto und gewisse Frauen waren angetan von mir
und meinem Bad-Boy-Image, das mich umgab." Abrupt
richtet er sich auf. „Vermutlich wäre ich immer noch
Teil der Gang, wenn ich nicht verhaftet worden wäre.
Das ist die traurige Wahrheit."

Lange sehe ich ihm ins Gesicht, ohne etwas zu sagen.

„Ich hätte es dir schon noch erzählt", meint er bedrückt. Ich reagiere nicht. „Wirklich, du kannst mir
glauben."

Kann ich das? Mein Herz zieht sich schmerzhaft zusammen.

Fahrig fährt sich Tyler durchs Haar. „Ich hätte es dir
sagen müssen, bevor ich dich fragte, ob du mit mir zusammen sein willst." Ich nicke. „Aber ich hatte Angst,
dass du uns dann keine Chance gibst." Wäre möglich
gewesen.

„Dann bist du nicht unschuldig daran, dass dein Freund und du angegriffen wurdet." Diese Erkenntnis trifft mich wie ein Schlag in die Magengrube. Jegliche Luft weicht aus meinen Lungen. Ich dachte, Tyler hätte einem Mann das Augenlicht geraubt, um sich zu verteidigen. Ich würge den Kloß in meinem Hals hinunter. Er tat es, um eine Ladung Drogen zu beschützen, wie erbärmlich.

„Das stimmt nicht ganz. Ich wusste nicht, dass sich im Geländewagen Drogen befanden. Mir wurde aufgetragen, den Wagen in die Werkstatt zu bringen. Ich empfand es als verdächtig, dass dieser Betrieb in einem anderen Bundesstaat lag und dass mich hierfür jemand begleiten sollte. Vor allem, weil ich wusste, dass der Typ immer eine Knarre mit sich herumschleppt. Mehrmals habe ich nachgefragt, es hieß nur, dies sei die einzige Autowerkstatt, die dieses spezielle Teil, das gebraucht wird, auf Lager hat." Tyler räuspert sich. „Mein Misstrauen war geweckt, also habe ich den Geländewagen durchsucht, aber nichts gefunden. Ich wusste nicht, dass die Drogen in der Innenverkleidung versteckt waren. Als wir angegriffen wurden, dachte ich mir schon, dass ich belogen worden war. Es ist eine Sache, ein Paket Drogen zu überbringen. Eine andere, mehrere Hundert Kilo meilenweit zu fahren. Darauf hätte ich mich nie und nimmer eingelassen, das wäre mir zu riskant gewesen. Nichtsdestotrotz hatte ich keine Wahl, ich musste mich verteidigen, die hätten mich ansonsten kaltgemacht."

Es fröstelt mich und ich ziehe die Bettdecke über die nackten Beine. „Woher willst du das wissen?"

„Die wären über Leichen gegangen. Ich wäre bloß ein Kollateralschaden gewesen. Genau darum habe ich diese Aufträge immer rigoros abgelehnt. Ich hatte keine Todessehnsucht." Seine Argumentation leuchtet mir ein, dennoch lässt das schmerzhafte Ziehen in meinem Herzen, das mich schwer atmen lässt, nicht nach.

„Hast du selbst Drogen konsumiert?"

„Nein, ich habe gesehen, was dieses Teufelszeug aus Menschen macht." Er schüttelt bestimmt den Kopf.

Gedankenverloren schwinge ich die Beine übers Bett und stehe auf. Was ich gerade gehört habe, muss ich zuerst verdauen, vor allem die Tatsache, dass er es mir nicht schon eher mitgeteilt hat.

„Ava, komm schon", ruft er, doch ich wende mich ihm nicht zu. „Ich hätte dir nicht sagen müssen, dass das zweite Tattoo ein Gang-Tattoo ist. Doch ich tat es, weil ich keine Geheimnisse vor dir haben will. Bitte verurteile mich nicht für meine Vergangenheit, ich kann sie nicht ändern. Meine Zukunft hingegen schon." Er umfasst meine Hüften und dreht mich schwungvoll zu sich herum. „Und ich möchte, dass du ein Teil davon bist." In seinen Gesichtszügen spiegeln sich Hoffnung und Bekümmernis zugleich.

„Ich denke darüber nach", sage ich müde, obwohl der Tag erst begonnen hat.

„Willst du, dass ich gehe?" Tylers Blick bohrt sich in meinen.

„Nein, ich brauche nur etwas Zeit." Ich wende mich der Tür zu und verlasse den Raum.

In meinem Zimmer betrete ich das Bad und stelle mich unter die Dusche. Das warme Wasser lässt mich entspannen. Was für ein Wochenende. Zuerst die Enthüllung meiner Mum und nun auch noch Tyler. Ich nehme das Shampoo, drücke einen Klecks hinaus und verteile es in den Haaren. Dass Tyler an sich arbeitet, ist unverkennbar. Noch nie war er so offen zu mir. Er gibt sich Mühe und hält mich nicht mehr auf Abstand.

Tyler und seine absurden Regeln. Kräftig massiere ich mir die Kopfhaut. Obwohl ich sie dämlich finde, zeigen sie mir, wie wichtig es ihm ist, auf dem rechten Weg zu bleiben. Er will nicht mehr straffällig werden und gibt sein Bestes, sich nichts zuschulden kommen zu lassen. Ich drücke das Wasser aus den Haaren und trage die Pflegespülung auf. Damit, dass er seine Vergangenheit nicht ändern kann, hat er recht. Darum versuche ich nachsichtig mit ihm zu sein. Nachdem der Conditioner ein paar Minuten eingewirkt hat, spüle ich ihn aus und stelle das Wasser ab.

***

Tyler krault im Pool eine Länge nach der anderen. Sein Gesicht blitzt kurz auf, wenn er Luft holt. Ich betrachte fasziniert, wie sich seine Rückenmuskulatur bei jeder Armbewegung anspannt. Oh Gott, ist er heiß.

Er schwimmt zum Rand und sieht zu mir auf. „Bist du noch böse auf mich?", fragt er und klettert aus dem Becken. Wassertropfen glänzen in der Sonne auf seiner Haut.

„Nein, das war ich nie. Ich war enttäuscht, dass du mir die Sache mit der Gang nicht von dir aus erzählt hast." Ich greife nach dem Frottiertuch, das auf einer der Sonnenliegen liegt und halte es ihm hin.

„Ich wollte es dir gestern sagen." Er nimmt mir das Tuch ab und trocknet damit das Gesicht. „Aber nachdem ich dich geweckt hatte, bist du gleich wieder eingeschlummert."

Verhalten nicke ich. „Wo sind meine Eltern?"

„Zu Besuch bei den Nachbarn, sie wollten uns nicht mitnehmen. Deine Mum meinte, es würde uns nur langweilen."

„Wann kommen sie zurück?"

Tyler lacht. „Dein Dad meinte, so schnell wie möglich. Er schien sich nicht darauf zu freuen." Der Arme. Mum legt viel Wert auf einen freundlichen Umgang mit der Nachbarschaft.

Ich streife die Flip-Flops ab, setze mich und halte die Füße ins Becken. Tyler lässt das Badetuch fallen und springt in den Pool. Wasser spritzt mir entgegen. Meine kurzen Hosen und das Tanktop sind nass.

„Hey", rufe ich und reibe mir mit den Händen übers Gesicht, um es zumindest ein wenig zu trocknen. Genau vor mir taucht Tyler wieder auf. Er packt mich an den Hüften, sieht mich herausfordernd an und zieht mich in den Pool. Meine Protestschreie enden abrupt, als ich untertauche.

„Na warte, wenn ich dich zu fassen kriege", zische ich, kaum dass ich wieder aufgetaucht bin.

„Was dann?", raunt Tyler und leckt sich über die Unterlippe.

„Das wirst du noch früh genug herausfinden." Auf meinem Gesicht breitet sich ein schadenfrohes Lächeln aus. Ich stoße mich vom Rand ab, bekomme seinen Kopf zu fassen und drücke ihn unter Wasser. Tyler geht unter und ein zufriedenes Gefühl breitet sich in mir aus, das jedoch keine drei Sekunden anhält. Er packt mich am Knöchel und zieht mich in die Tiefe. Abermals tauche ich prustend auf. Tyler hat die Zeit genutzt und den Pool verlassen.

„Feigling", rufe ich ihm zu und schwimme zum Beckenrand, den ich in zwei Zügen erreiche. Er hält mir die Hand hin, damit ich hinausklettern kann.

„Gehen wir duschen." Tyler reicht mir ein Frottiertuch, dass ich mir um den Körper wickle.

„War ich schon. Jetzt kann ich mir erneut die Haare waschen."

„Dafür entschuldige ich mich nicht." Er nimmt meine Hand und läuft los. „Bei dir oder bei mir?", fragt er mich über die Schulter hinweg.

Ich stoppe. „Ähm … Du willst mit mir duschen?" Ich räuspere mich. „Nur duschen?"

„Ich habe duschen gesagt, dann meine ich auch genau das." Tyler läuft weiter und zieht mich hinter sich her. Meine Handflächen werden feucht. Es darf auch etwas mehr sein.

„Zu mir", sage ich mit belegter Stimme. Tyler gibt ein zufriedenes Summen von sich und geht vor mir die Stufen hoch. Kurz darauf stehen wir in meinem Zimmer. Er gibt meine Hand frei und läuft ins Bad. Kurz darauf geht das Wasser an.

Die Vorstellung, wie Tyler nackt unter der Dusche steht, während das Wasser über seinen definierten Körper rinnt, beschert mir ein angenehmes Ziehen im Unterleib. Die Vorstellung, wie ich nackt neben ihm stehe, weniger. Dennoch gebe ich mir einen Ruck, ziehe meine durchnässten Kleider aus und strecke den Kopf ins Badezimmer.

Tyler hat mir den Rücken zugewandt. Mein Blick bleibt an seinem Hinterteil hängen. Es ist wohlgeformt und knackig. Der Drang, ihn dort zu berühren, lässt mich das Bad betreten. Bevor ich dazukomme, dreht sich Tyler um. Mein Blick schnellt nach oben, ihm offensichtlich in den Schritt zu starren, traue ich mich nicht. „Da bist du ja, ich dachte schon, du hast es dir anders überlegt." Erleichtert bemerke ich, dass er mir ins Gesicht sieht. „Soll ich dir die Haare waschen?"

„Ja, gerne. Sehr lieb von dir." Ich schließe die Tür und stelle mich neben ihn unter die Brause.

Tylers Finger bohren sich angenehm in meine Kopfhaut. Der Druck, den er ausübt, lässt mich zufrieden seufzen.

„Fertig", haucht er mir von hinten ins Ohr.

Langsam drehe ich mich um und platziere die Hände auf seiner Brust. „Danke."

Er legt die Arme um mich und zieht mich an sich. Augenblicklich fühle ich die Hitze, die von ihm ausgeht. Das Gefühl von seiner nackten Haut an meiner ist unbeschreiblich. Noch nie war ich einem Mann so nahe.

Er drückt mir die Lippen auf die Stirn und ich wünschte mir, es wäre mein Mund, den er küsst. Mit halb geschlossenen Lidern hebe ich den Kopf.

„Vergiss es, Ava." Seine strenge, aber dennoch überraschend raue Stimme übertönt das Rauschen des Wassers. Er tritt einen Schritt zurück. „Wir duschen nur."

Ich öffne die Augen. In seinem Blick lodert es. Er ist genauso erregt wie ich.

„Fass meine Brüste an." Der Befehlston in meiner Stimme überrascht nicht nur mich.

Tylers Pupillen weiten sich. Gequält beißt er sich auf die Unterlippe. Was in mir den Wunsch, dass er mit seiner Zunge um meine Brustwarzen kreist, nur noch verstärkt. Mein Körper glüht. Ich presse die Schenkel zusammen, um gegen das beinahe unerträgliche Gefühl in meinem Unterleib anzukommen. Es hilft nur bedingt.

„Nicht jetzt. Wir sollten es langsam angehen." Er klingt nicht sonderlich überzeugt von dem, was er gesagt hat. Während ich frustriert aufstöhne, nimmt er eines der Duschtücher von der Halterung, schlingt es sich um die Hüften und stürmt aus dem Bad, als wäre er auf der Flucht.

Tyler

Ich hechte förmlich aus Avas Zimmer. Ihrem Wunsch, sie zu berühren, nicht nachzukommen, kostete mich unglaublich viel Kraft.

„Tyler?" Fuck. Avas Vater. Den Kopf hebend erkenne ich, dass nicht nur er, sondern auch Avas Mutter im Gang stehen. „Stimmt etwas mit der Dusche im Gästezimmer nicht?" Arsch. Seine Mundwinkel zucken.

„Nein." Ich ziehe das Frottiertuch, das tief auf meiner Hüfte sitzt, etwas nach oben. „Wir wollten nur Wasser sparen."

Avas Mutter kichert belustigt.

„Wie war es bei den Nachbarn?"

Das Grinsen auf Alexanders Gesicht verschwindet. „Frag nicht", brummt er und dreht sich zu Avas Mutter um. „Vielleicht sollten auch wir etwas zur Rettung des Planeten beitragen?"

Das ist meine Chance, leise überquere ich den Flur und betrete mein Zimmer.

Erleichtert falle ich aufs Bett und schließe die Augen. Nächstes Mal halte ich mich nicht zurück. Denn ich kann es kaum erwarten, Avas Körper zu erkunden. Herauszufinden, was sie vor Sehnsucht erzittern und vor Verlangen um den Verstand bringt. Aber zuerst wollte ich ihr beweisen, dass es mir nicht nur um Sex geht. Denn genau davon ging sie aus.

Kapitel 22

Ava

Der Aufenthalt bei meinen Eltern – ich kann es kaum fassen, dass Alexander ab jetzt mein Dad ist – endet.

„Ihr müsst bald wieder vorbeikommen", sagt Mum, als sie mich zum Abschied drückt. Dass sie „ihr" gesagt hat, macht mich unheimlich glücklich.

„Werden wir", erwidere ich und lege die Arme um Dad.

„Falls dir Mandy weiterhin Probleme bereitet, will ich das wissen." Er drückt mich eine Armlänge von sich ab und sieht mich ernst an.

„Ich passe auf Ava auf." Tyler legt die Hand auf Alexanders Schulter.

„Gut, dennoch wollen wir es wissen."

„Ich gebe euch Bescheid, versprochen", sage ich. Wobei ich hoffe, dass Mandy mich in Ruhe lässt.

Tyler und ich steigen in den Mietwagen, diesmal fährt er. Ich winke, bis ich meine Eltern nicht mehr sehen kann.

„Als dein Dad Mandy erwähnt hat, musste ich wieder daran denken, wie komisch das Ganze ist", murmelt Tyler gedankenverloren.

„Ja, das finde ich auch." Genervt schüttle ich den Kopf. Ich freue mich, ans College zurückzukehren, aber Mandy und ihre Feindseligkeit liegen mir auf dem Magen.

„Warum hat sie es auf dich abgesehen?"

Ich schweige. Die Antwort auf diese Frage hätte ich auch gerne.

„Wir sollten es herausfinden."

Erschrocken sehe ich Tyler an. Er geht davon aus, dass es einen Grund dafür gäbe. „Du denkst also nicht, dass es reine Willkür ihrerseits ist?"

„Nein, mein Bauchgefühl, sagt mir, da ist etwas. Sie mobbt andauernd irgendwelche Studenten. Aber eigentlich nur, wenn sie sich mit ihr anlegen oder nicht tun, was sie will. Das ist dann aber eine einmalige Sache." Er trommelt mit den Fingern aufs Lenkrad. „Bei dir wirkt es, als würde sie einen Rachefeldzug gegen dich planen. Ich habe genau gesehen, wie sie an deinem ersten Tag in dich reingelatscht ist. Es war nicht deine Schuld."

Beklommen blicke ich aus dem Fenster. Der Flughafen taucht in der Ferne auf. Es fröstelt mich und ich schlucke schwer. Mandy will mich offensichtlich fertigmachen, und ich weiß nicht einmal warum.

***

Nachdem wir gelandet sind, begleitet mich Tyler zum Wagen. Er öffnet die Beifahrertür und legt meine Tasche hinein.

„Sehen wir uns morgen?", frage ich unsicher. Wir sind jetzt zurück am College, wo er es vermeidet, mit mir gesehen zu werden.

„Nicht nur morgen", erwidert er und umfasst meine Taille. Beruhigt atme ich auf.

„Kann ich Madison erzählen, dass wir zusammen sind?"

Tylers Griff verstärkt sich. Seine Fingernägel bohren sich schmerzhaft in meine Haut. Ich verziehe das Gesicht.

„Entschuldige." Augenblicklich lässt er mich los. Seine Miene nimmt einen reservierten Ausdruck an. „Nein."

„Kann ich ihr wenigstens erzählen, dass wir befreundet sind?" Ich möchte Madison, die ich sehr mag, nichts vormachen.

„Können wir das in Ruhe diskutieren?" Tyler kratzt sich am Kinn. „Ich muss mir das überlegen. Bis dahin sollten wir uns in der Öffentlichkeit aus dem Weg gehen."

Ich nicke. Aber nur, weil ich weiß, dass er das nicht sagt, weil er sich für mich schämt, sondern triftige Gründe dafür hat, die ich zwar verstehe, aber nicht ganz nachvollziehen kann. Dennoch verletzt es mich.

„Wenn die Umstände anders wären, könntest du es in die Welt hinausschreien und ich würde das Gleiche tun." Liebevoll fährt er mir mit den Fingern über die Wange.

„Bis morgen." Bedrückt steige ich ins Auto. Tyler klopft an die Fensterscheibe, die ich daraufhin herunterlasse.

„Ich mag dich. Ich mag dich wirklich."

Daran zweifle ich nicht.

Er beugt sich zu mir herunter und küsst mich zärtlich. Wärme durchströmt mich. Unser Kuss endet und ich sehe Tyler nach, wie er das Parkdeck verlässt.

Mein Smartphone klingelt und ich greife in die Handtasche. Madison ruft an.

„Hey, ich bin in dreißig Minuten im Wohnheim", sage ich freudig, weil ich mich darauf freue, sie wiederzusehen. „Ich will alles wissen, auch die schmutzigen Details." Dass sie mir die erzählen will, weiß ich. Madison ist offen, was ihr Liebesleben angeht.

„Ich aber nicht", quiekt sie aufgeregt. „Stell dir vor, Jaydens Familie fährt spontan in die Hamptons und ich soll sie begleiten."

„Aber morgen sind doch Vorlesungen."

„Ja, aber Jaydens Vater ist ganz dicke mit dem Rektor. Deswegen geht es in Ordnung."

„Wow, dann mögen dich Jaydens Eltern. Das freut mich so für dich." Wobei ich daran nie gezweifelt habe.

„Ja, seine Mutter ist ein Goldschatz und sein Vater einfach nur toll, genauso wie seine beiden Schwestern." Sie seufzt. „Ich könnte vor Glück die ganze Welt umarmen." Gerne würde ich das Gleiche behaupten. „Am Freitagabend bin ich zurück."

„Viel Spaß", sage ich und wir legen auf.

Gedankenverloren drehe ich das Smartphone in der Hand. Die Beziehung mit Tyler funktioniert so für mich nicht. Das wurde mir durch das Gespräch mit Madison klar. Ich habe mich in ihn verliebt und ich will meinen Freund weder verstecken noch verheimlichen. Tyler muss sich zu mir bekennen. Zumindest muss er mir versprechen, es in absehbarer Zeit zu tun. Ich starte den

Wagen. Es hat keinen Sinn, das Gespräch mit ihm auf-
zuschieben, auch wenn ich Angst davor habe, wie es enden wird.

***

Energisch klopfe ich an die Tür von Tylers Loft, die sogleich geöffnet wird.

„Vermisst du mich schon?“ Tyler steht mit einem breiten Grinsen im Gesicht und nacktem Oberkörper vor
mir.

„Nein, so schnell bestimmt nicht.“

Er setzt einen bestürzten Gesichtsausdruck auf und
ich muss schmunzeln. „Was verschafft mir dann die
Ehre?“ Er zieht eine Augenbraue hoch und senkt die
Stimme. „Es wäre eine gute Gelegenheit, mich deinem
Busen zu widmen.“

„Das ist es auch nicht“, murmle ich überrumpelt und
ignoriere das Kribbeln auf der Haut.

„Ich will nicht, dass wir uns verstecken müssen. Und
dass ich unsere Beziehung vor meinen Freunden verheimlichen muss, geht nicht. Damit komme ich nicht
klar. Warum können wir nicht einfach offen dazu stehen?“

Kaum habe ich geendet, verfinstert sich Tylers Miene.
„Ich habe dir doch gesagt, ich brauche Zeit.“ Er klingt
ungehalten. „Warum bedrängst du mich?“ Tue ich das?
„Wie würdest du dich fühlen, wenn ich dir andauernd
sagen würde, du sollst endlich mit mir schlafen?“

Ich beiße mir auf die Zunge. Das würde ich nicht wollen. Es wäre falsch und gemein von ihm. Dennoch
hinkt der Vergleich.

241

„Das ist nicht ganz das Gleiche“, erwidere ich und setze mich auf einen der Stühle am Esstisch.

„Warum denn nicht?“ Tyler zieht den Stuhl mir gegenüber hervor und lässt sich darauf nieder. „Du hast klargestellt, dass du Zeit brauchst, was ich akzeptiere. Ich habe klargestellt, dass ich Zeit brauche, und du bedrängst mich.“

„Aber …“ Weiter komme ich nicht.

„Ich weiß, dass du Madison nichts vormachen willst und ich möchte auch nicht, dass du das meinetwegen musst.“ Er klingt auf einmal todernst.

Tyler räuspert sich und faltet die Hände. Mein Herz rutscht mir in die Hose. Macht er jetzt Schluss? Angespannt schließe ich die Lider. Wenn er nicht bereit ist, weiter an sich zu arbeiten, hat unsere Beziehung keine Zukunft. Dabei ist es egal, wer von uns beiden Schluss macht. Ich warte darauf, die Worte zu hören, die mir das Herz brechen werden. Aber alles, was ich vernehme, sind meine unregelmäßigen Atemzüge.

„Ava?“

Langsam öffne ich die Augen.

Tyler kniet nun vor mir. „Fangen wir mit Madison an, du kannst ihr vorerst sagen, dass wir befreundet sind.“

Mein Gesicht erhellt sich und ich öffne den Mund.

„Sie darf es aber nicht weitererzählen.“

Ich klappe ihn wieder zu. Dann muss ich von ihr verlangen, es vor Jayden geheim zu halten. Was mir auch nicht recht ist.

„Das geht nicht“, rufe ich aus.

Tyler erhebt sich. „Mehr kann ich dir im Moment nicht anbieten. Wie gesagt, ich brauche Zeit. Du drängst mich in die Ecke.“ Unablässig geht er vor mir im Kreis und ich fühle mich schlecht. „Ich habe Angst, dich zu verlieren, wenn ich nicht nachgebe. Aber ich muss sicher sein, dass ich mir selbst trauen kann, bevor du deinen Freunden erzählst, dass wir zusammen sind." Abrupt hält er an. „Wenn ich die Mauern um mich herum fallen lasse, werde ich angreifbar. Wie ich dann reagiere, weiß ich nicht." Sein gequälter Gesichtsausdruck erschreckt mich und ich fühle mich wie eine miese Erpresserin.

Ich springe auf und lege ihm die Hände auf die Schultern. „Madison reicht für den Anfang. Solange du mir versprichst, es nicht dabei zu belassen."

Tyler nickt und ich lächle.

Er gibt sich für mich einen Ruck und verlässt seine Komfortzone. Das reicht mir vorerst. Ich kann es kaum erwarten, Madison von Tyler zu berichten. Es wird das Erste sein, was ich am Freitagabend mache.

„Schläfst du hier?", fragt Tyler, der mittlerweile die Hand auf meine Wange gelegt hat, und drückt seine Stirn an meine.

Anstatt zu antworten, küsse ich ihn. „Steht dein Angebot von vorhin noch?", murmle ich an seinen Lippen. Die Vorstellung, wie er mit der Zunge meine Brüste liebkost, reicht aus, um mein Verlangen zu wecken.

Tyler

Avas Antwort lässt mich augenblicklich hart werden. Sie ist so viel besser als ein schlichtes Ja. Ich bohre die Fingerspitzen in ihren perfekten Hintern, nur um sie sogleich hochzuheben. Sie schlingt die Beine um meine Hüften. Zielstrebig laufe ich aufs Bett zu. Diesmal werde ich mich nicht zurückhalten. Ich will wissen, wie weit sie bereit ist, zu gehen. Erwartungsvoll lecke ich mir über die Lippen und klettere auf die Matratze. Ava keucht auf, als ich ihr das Shirt über den Kopf ziehe, den BH öffne und sie anschließend vor mir aufs Bett drücke.

Diesmal ist sie es, die sich die Träger des BHs über die Schultern streift und ihn zu Boden wirft. Es gefällt mir, dass sie selbstsicherer geworden ist.

Ungehalten zieht sie meinen Kopf nach unten, bis meine Nase ihre rechte Brust erreicht. Sie weiß nicht nur, was sie will, sie nimmt es sich auch. Mein Schwanz drückt unangenehm gegen den Jeansstoff. Ihr Verhalten erregt mich dermaßen.

„Einen Moment", sage ich gepresst, erhebe mich und entledige mich der Hose. Schon viel besser.

Ich strecke den Arm und fahre mit den Fingerspitzen über Avas flachen Bauch, bis zum Bund ihrer Jeans. Sie erschaudert. Mit einer Hand öffne ich den Knopf.

„Ist bequemer." Ich ziehe ihr die Hose aus, dabei beobachte ich ihre Reaktion. Sie presst die Lippen zusammen, wirkt aber dennoch entspannt.

Abermals klettere ich auf die Matratze. Diesmal lege ich mich auf Ava und schiebe ihre blonden, langen Haare zur Seite, damit ich ihren Hals küssen kann.

„Das kitzelt." Sie kichert und legt die Hände auf meine Brust. Mit der Nasenspitze fahre ich über ihre Wange, bis mein Mund ihren erreicht. Sie öffnet ihn und ich gleite mit der Zunge hinein. Meine rechte Hand wandert hinunter zu ihrer Brust. Sie fühlt sich straff und weich zugleich an. Wie konnte Ava nur denken, ihre kleine Oberweite wäre ein Problem für mich? Ich schüttle den Kopf. Alles an Ava macht mich scharf. Ich ertaste ihren aufgerichteten Nippel. Sie stöhnt auf, als ich zudrücke, und mein Kuss wird drängender.

Ich löse mich von ihr, damit ich ihre Brüste mit dem Mund verwöhnen kann. Ava krallt mir die Finger in die Schultern und atmet schwer.

„Wo soll ich dich sonst noch anfassen?", frage ich und umkreise mit der Zunge einen ihrer Nippel. Es ist einfacher, wenn sie das Tempo vorgibt. Weil sie nicht gleich antwortet und es ihr womöglich unangenehm ist, es auszusprechen, fahre ich fort: „Zeig es mir."

Ava legt ihre linke Hand, die leicht zittert, auf meine und schiebt sie langsam nach unten. Ich rutsche nach oben, damit ich sie innig küssen kann.

„Alles in Ordnung?", frage ich, während sie meine Hand über ihren Bauch weiter nach unten dirigiert. Ihre Haut ist weich und samtig.

„Ja", haucht sie, klingt aber nervös.

Scharf ziehe ich die Luft ein. Ich fühle Avas Erregung an den Fingerspitzen. Sie hat meine Hand in ihren Slip geschoben. Demnach ist sie einiges erfahrener, als ich angenommen hatte. Sehr gut. Ein zufriedenes Knurren löst sich aus meiner Kehle und ich benetze die Finger mit ihrer Nässe.

Sie stöhnt und windet sich unter meinen Berührungen. Dennoch hält sie mein Handgelenk fest umklammert. Mit sanftem Druck fahre ich über ihre Klitoris, dabei blicke ich ihr ins Gesicht. Ihre Haut hat eine rosige Farbe angenommen. Die Augen hat sie beinahe geschlossen und ihr Brustkorb hebt und senkt sich zügig. Sie ist kurz davor, zu kommen. Mein Schwanz zuckt.

Vorsichtig schiebe ich zuerst einen und dann einen zweiten Finger in sie. Ava ist eng und klitschnass. Nur schon die Vorstellung, mein Glied in sie zu versenken, pumpt noch mehr Blut in meinen Unterleib. Sie wimmert auf und ihre Hand löst sich von meinem Handgelenk. Umgehend presst sie die Fingerspitzen ins Laken.

Unablässig gleite ich in sie hinein und hinaus. Ein Schweißfilm legt sich auf ihre Haut und ihre abgehackten Atemzüge sind zu hören. Worauf ich das Tempo steigere und meinen Daumen auf ihren Kitzler drücke. Ava verkrampft sich. Ihre Lider flattern, als sie ihren Höhepunkt erreicht. Abgesehen davon ist nur ein leises, genüssliches Stöhnen zu hören, das für mich, wie Musik klingt. Ich kann es nicht leiden, wenn Frauen beim Sex schreien, als würden sie misshandelt.

„Nächstes Mal leck ich dich", raune ich ihr ins Ohr und knabbere daran. Wie süß sie wohl schmeckt?

„Hm", gibt sie selig von sich.

Mit einer fließenden Bewegung drehe ich uns. Nun liege ich auf dem Rücken und Ava auf mir. Abermals zuckt mein Schwanz in freudiger Erwartung. Er lechzt darauf, von ihrer Hand berührt und verwöhnt zu werden. Wenn ich Glück habe, nimmt sie ihn sogar in den Mund. Ihrem bestimmenden Verhalten nach müsste sie sich auskennen. Zielstrebig hat sie meine Fingerkuppen an ihre Scham geführt und sich genommen, was sie wollte.

Ich umfasse ihr Handgelenk und presse ihre Hand auf meine harte Erektion. Avas Augen weiten sich und ich seufze.

„Willst du nicht?", frage ich unsicher. Von ihrem energischen Auftreten ist nichts mehr zu sehen.

„Doch", haucht sie und Verlegenheit überzieht ihre feinen Gesichtszüge. Erleichtert atme ich aus, sie ist nur schüchtern und vermutlich auch etwas nervös.

„Es wird mir gefallen." Ich will nicht, dass sie sich deswegen sorgt.

Dann lasse ich Avas Handgelenk los und ziehe sie an den Schultern zu mir heran. Unsere Münder finden sich, sie küsst mich leidenschaftlich und raubt mir kurz den Atem. Es dauert einen Moment, bis ihre Hand in meiner Boxershorts verschwindet. Als sie den Schaft umfasst, stöhne ich auf und verschränke die Arme hinter dem Kopf. Meine Lider fallen zu. Ich will es genießen. Seit ich ihren perfekten Hintern das erste Mal gesehen habe, habe ich diesen Moment herbeigesehnt, diesen und noch Dutzend andere.

Avas Bewegungen sind zögerlich, der Druck, den sie ausübt, ist nicht stark genug.

„Fester", murmle ich erregt mit rauer Stimme. Ihr Griff verstärkt sich. Abermals stöhne ich auf. Ruckartig, mit abgehackten Bewegungen gleitet sie an meinem Schaft hinauf und hinunter. Es fühlt sich unangenehm an. Mir dämmert es: Sie macht das zum ersten Mal. Dieser Eindruck verstärkt sich, als ich die Augen öffne. Höchst konzentriert sieht mich Ava mit zusammengezogenen Augenbrauen an. Dabei wirkt sie verkrampft, was ich bei jeder ihrer Bewegungen zu spüren bekomme.

„Ava", flüstere ich liebevoll. Sie versucht, mich anzulächeln, was ihr nur halbherzig gelingt. Behutsam ziehe
ich ihre Hand aus meiner Unterhose. Ich will ihre Gefühle nicht verletzen. „Hast du das schon einmal gemacht?"

Augenblicklich erstarrt sie. Nach einer Weile schüttelt sie den Kopf. „Ich hab's versaut", murrt sie und setzt
sich auf. Sie zieht die Beine an und hält sie mit den Armen umschlungen.

„Nein, hast du nicht." Ich richte mich ebenfalls auf
und fasse ihr ans Knie. „Es ist meine Schuld, wenn ich
es gewusst hätte, wäre ich es anders angegangen. Ich
hätte dir gesagt, wie ich es mag und es dir auch gezeigt."
Avas Schultern entspannen sich und sie lässt die Arme
an ihren Beinen entlang nach unten sinken. „Ich wollte
dich nicht unter Druck setzen."

„Hast du nicht. Nachdem du mich zum Höhepunkt
gebracht hast, wollte ich das Gleiche für dich tun." Ava
lächelt, diesmal erreicht es ihre Augen. Sie funkeln beinahe.

Beruhigt streichle ich ihren Oberschenkel. Plötzlich
halte ich inne. Abermals beschleicht mich ein ungutes
Gefühl.

„War meine Hand die erste und einzige, die je in deinem Höschen war?" Ich halte den Atem an. Ohne sie zu
fragen, ob sie das überhaupt will, habe ich einfach
meine Finger in sie geschoben. Weil ich dachte, sie
wäre erfahrener.

„Nein, ist sie nicht." Ava grinst wie ein Honigkuchen-
pferd und ich stoße geräuschvoll den Atem aus. „Das
war meine." Zufrieden sieht sie mich an und ich schlage
mir mit der Handfläche auf die Stirn.

Fuck. „Warum hast du nicht gesagt, dass ich der erste Mann bin, der dich dort berührt?“

„Na ja, das ist irgendwie dumm gelaufen. Ich wollte deine Hand nach unten schieben, aus Versehen ist sie dann im Slip anstatt auf ihm gelandet.“ Ava verzieht entschuldigend das Gesicht.

„Aus Versehen?“ Entgeistert blicke ich sie an. Meine Hand ist bis jetzt noch nie aus Versehen irgendwo gelandet, schon gar nicht in einem Frauenhöschen. Wenn, dann aus purer Absicht.

„Ja, reg dich jetzt bloß nicht auf.“ Beschwichtigend umfasst sie meine Schultern. „Ich wollte ja etwas sagen, aber dann war da dieses unglaubliche Gefühl. Viel besser und intensiver, als wenn ich mich selbst berühre. Ich wollte mehr davon, ich wollte nicht, dass es endet.“ Ava rutscht näher an mich heran. „Bitte entschuldige, dass ich es dir nicht gesagt habe.“ Sie fährt mir liebevoll über die Wange und ich fasse ihr ins Haar.

„Willst du es nochmals spüren?“, frage ich an ihren Lippen und küsse sie gierig.

„Ja.“ Avas Stimme trieft vor Verlangen. „Aber zuerst zeigst du mir, wie du es magst.“ Sofort werde ich erneut hart und ziehe sie mit mir auf die Matratze.

Kapitel 23

Ava

Am nächsten Morgen haste ich über den Campus. Ich bin viel zu spät aufgestanden; es war mir schwergefallen, mich von Tyler zu lösen. In seinen Armen zu liegen und seine Wärme zu spüren, macht mich glücklich. Verdammt. Die erste Vorlesung beginnt in drei Minuten, auch wenn ich jetzt renne, werde ich es nicht pünktlich schaffen. Dennoch beschleunige ich die Schritte. Das Hauptgebäude taucht vor mir auf. Ich eile hinein und hechte zum Schließfach. Im Augenwinkel sehe ich Zettel, die an den Spinden hängen. An meinem ist auch einer. Neugierig betrachte ich ihn, mein Magen zieht sich zusammen und mir wird schlecht. Ich starre auf das Blatt und lese die Zeilen darauf immer wieder. Das darf nicht wahr sein.

Flachbrüstige Studentin sucht einen Mann, Alter egal, der sie entjungfert.

Darunter steht meine Handynummer.

Ich reiße das Blatt vom Schließfach. Diesmal ist Mandy zu weit gegangen. Entschlossen drehe ich mich um. Zeit, ihrem Vater, einen Besuch abzustatten. Mein Smartphone vibriert in der Tasche des Hoodies. Ich getraue mich nicht, es hervorzuholen. Ruft mich gerade irgendein Kerl an, der den Zettel gelesen hat und den Scheiß ernst nimmt?

Kalter Schweiß benetzt meinen Nacken. Zitternd lehne mich an die Wand und atme tief durch. Tränen brennen mir in den Augen. Nicht heulen, Ava, genau das will Mandy. Diese Genugtuung werde ich ihr nicht geben. Ich straffe die Schultern. Bei der Treppe angekommen, nehme ich immer zwei Stufen auf einmal. Abermals merke ich die Vibrationen meines Telefons. Ich würge den Kloß in meinem Hals hinunter. Beinahe habe ich das Büro des Rektors erreicht, als ich von hinten an der Schulter gepackt werde. Ich kreische auf und drehe mich panisch um.

Liam steht vor mir, seine Pupillen sind vor Schreck geweitet, er hält abwehrend die Hände in die Luft. In einer erkenne ich den gleichen Zettel, den ich fest umklammere.

„Ich wollte dich nicht erschrecken, ich habe dich gesucht." Er umfasst meine Oberarme. „Gott sei Dank habe ich dich gefunden."

Hinter ihm taucht Tyler auf. Mit zu Schlitzen verengten Augen beobachtet er uns. Auch er hat einen Zettel in der Hand. Beschämt wende ich den Blick ab. Zu wissen, dass Tyler, den ich liebe, es auch gelesen hat, empfinde ich als die größte Demütigung überhaupt.

Ein dumpfes Geräusch ertönt, gefolgt von einem schmerzhaften Ächzten. Liam fährt herum und ich sehe Tyler an. Er reibt sich die Knöchel der rechten

Hand. Hat er gerade in die Wand geschlagen? Er zerknüllt das Blatt Papier, wirft es hinter sich und geht davon.

„Was ist denn in den gefahren?“ Liam sieht Tyler nach, der die Treppe hinunterläuft. „Egal.“ Er wendet sich mir zu. „Wir müssen uns um wichtigere Dinge kümmern.“

„Ich gehe zum Rektor. Mandy wird für diese Aktion bezahlen.“ Wütend schnaube ich. Das ist kein Scherz, über den man hinwegsieht. Sie hat eine Grenze übertreten und dafür muss sie bestraft werden.

„Warte, sie war es nicht. Ich habe sie gefragt.“

„Und du glaubst ihr?“ Es kann doch nur Mandy gewesen sein.

„Ja, bis jetzt hat sie immer zugegeben, wenn sie dich gemobbt hat. Hoch und heilig, hat sie mir geschworen, dass sie nichts damit zu tun hat.“

Gedankenverloren kaue ich auf der Unterlippe. Mir schwirrt der Kopf. Wer war es dann? „Ich gehe dennoch zum Rektor.“ Die Person, die dafür verantwortlich ist, muss gefunden werden.

„Genau deswegen habe ich dich gesucht. Ich möchte dich begleiten.“ Er lässt meine Arme los und umfasst meine Hand. „Gehen wir. Ich lasse dich nicht alleine. Das habe ich einmal getan und bereue es immer noch.“ Er spricht davon, wie er davongerannt ist, als ich unter Drogen stand und Tyler aufgetaucht ist.

„Danke.“ Ich schniefe. Liam ist ein Goldschatz.

Abermals vibriert mein Telefon. Was meinen Puls umgehend beschleunigt. Ich greife in die Tasche des Hoodies, ertaste den Ausschaltknopf und betätige ihn.

Wie viele Nachrichten ich von unbekannten Nummern erhalten habe, will ich nicht wissen.

„Unten habe ich alle Zettel entfernt." Ryan nähert sich uns, unter seinem Arm klemmt ein dickes Bündel Blätter.

„Danke", murmle ich beschämt.

„Nicht doch, wer immer dafür verantwortlich ist, hat sie nicht mehr alle." Ryan kratzt sich am Kinn. „Das ist einfach nur noch krank." Er räuspert sich. „Ich bin kein Unschuldslamm und habe auch die eine oder andere fragwürdige Aktion abgezogen, aber das?" Kopfschüttelnd läuft er davon.

Dass meine Freunde geschlossen hinter mir stehen, bedeutet mir enorm viel. Ich habe echt Glück, dass ich sie gefunden habe.

Mandy kommt den Gang entlanggeschlendert. Demotiviert entfernt sie die Zettel, die sie dabei passiert. Vereinzelt vergisst sie einen. Sie geht an Liam und mir vorbei und würdigt mich keines Blickes. Wir zwei werden nie Freundinnen, aber dass auch sie sich daran beteiligt, die Blätter einzusammeln, überrascht mich.

Liam läuft los und zieht mich hinter sich her. Wir betreten den Vorraum, der zum Büro des Rektors führt.

„Guten Tag, Mrs. Smith", sagt Liam zur älteren Frau am Empfang. Ihr Haar hat sie zu einem strengen Dutt zusammengebunden. „Ist der Rektor zu sprechen? Es wäre dringend und wichtig."

„Ich frage nach." Sie greift zum Hörer und wir setzen uns auf die Stühle an der Wand.

„Mein Vater spendet dem College jährlich einen fünfstelligen Betrag. Ich werde dem Rektor klarmachen, dass der oder die Schuldigen um jeden Preis gefunden werden müssen." Während Liam spricht, knackst er mit den Knöcheln und wippt mit den Füßen auf und ab.

Ich starre auf den glänzenden Boden, in dem ich mich praktisch spiegle, und nicke. Mir graut es davor, den Zettel dem Rektor zu präsentieren. Anschließend wissen nicht nur die Studenten Bescheid, sondern auch alle Lehrkräfte. Was werden meine Professoren denken? Ich kann darauf verzichten, während der Vorlesungen mitleidig von ihnen angesehen zu werden.

„Der Rektor hat nun Zeit." Die feste Stimme der Empfangsdame reißt mich aus meinem Gedankenkarussell. Liam und ich erheben uns. Er öffnet die Tür und hält sie mir auf. Ich fülle die Lungen mit Luft und trete ein.

Der Rektor sitzt hinter einem wuchtigen Schreibtisch aus Holz. Er hat ein rundliches Gesicht mit spitzen Wangenknochen. Wache, braune Augen blicken mir entgegen. Sein lederner Bürostuhl knarzt, als er sich nach vorn beugt.

„Liam, worum geht es?", fragt er, zieht sich die Brille von der etwas zu langen Nase und reinigt die Gläser mit einem Tuch.

Liam legt den Zettel vor ihm auf den Tisch. Ich bleibe in der Mitte des Raumes stehen. „Das ist Avas Nummer, die da unten steht. Die Spinde waren übersät mit dieser Nachricht." Der Rektor schiebt die Brille zurück auf die Nase und hebt das Blatt hoch.

„Ich will wissen, wer das getan hat", sage ich mit fester Stimme, kann aber nicht verhindern, dass sie zittert.

„Setzen Sie sich", erwidert der Rektor und legt das Blatt zur Seite. Die Stirn hat er in Falten gelegt. „Ava, haben Sie denn eine Idee, wer es gewesen sein könnte?"

Einen Moment bin ich geneigt, Mandys Namen auszusprechen, tue es aber nicht. Stattdessen schüttle ich den Kopf.

„Es tut mir leid und diese Aktion gegen Sie ist nicht tolerierbar, aber wenn niemand gesehen hat, wie die Blätter angebracht wurden, wird es schwierig den Schuldigen zu finden."

Ich sacke in mich zusammen und meine Schultern sinken nach unten.

„Sie werden herausfinden, wer das einer meiner besten Freundinnen angetan hat." Liam springt auf. „Oder ich erwähne meinem Vater gegenüber, dass es Ihnen nicht möglich ist, am College für Recht und Ordnung zu sorgen."

„Setzen Sie sich wieder", ruft der Rektor im strengen Tonfall. „Es ist bewundernswert, wie Sie sich für Ava einsetzten, aber mir zu drohen, geht entschieden zu weit." Während er spricht, massiert er sich die Schläfen. „Wir haben hier keine Überwachungskameras, die wir uns ansehen könnten. Aber wir werden alles Mögliche unternehmen, um aufzuklären, wer es war." Der Rektor wendet sich mir zu. „Das muss ein Schock für Sie gewesen sein. Sie müssen die Vorlesungen heute nicht besuchen."

Mir fällt ein Stein vom Herzen. Die Vorstellung, mit Studenten in einem Hörsaal zu sitzen, die den Zettel gelesen haben, ließ mich fast verzweifeln.

„Danke", sage ich dennoch bedrückt und stehe auf. Liam geht voran und hält mir die Tür auf. Schweigend verlassen wir das Büro und durchqueren das Gebäude. Im Freien nimmt Liam meine Hand.

„Komm mit mir ins Verbindungshaus. Ich will nicht, dass du alleine bist."

„Danke, aber ich brauche Zeit für mich." Meine Augen werden feucht. Am liebsten möchte ich den Kopf im Kissen vergraben und ungeniert schluchzen. Die Aktion mit den Plakaten hat mir mehr zugesetzt, als ich mir eingestehen will. Der Gedanke daran, wie viele Typen mittlerweile meine Nummer gewählt haben, lässt mich erzittern. Schon wieder rumort es in meinem Magen. Galle kämpft sich meiner Speiseröhre entlang nach oben. Ich würge sie hinunter.

„Komm schon." Liam verstärkt den Druck um meine Hand und zieht daran. Ich gehe einen Schritt auf ihn zu. „Es ist nicht gut für dich, wenn du im Wohnheim in deinem Zimmer hockst. Außerdem ist Madison nicht da. Ich kümmere mich um dich."

„Das ist lieb von dir, aber ich möchte ins Wohnheim. Wenn etwas sein sollte, rufe ich dich an." Vor Liam in Tränen auszubrechen, wäre mir unangenehm, auch wenn wir befreundet sind. Ich wünschte, Madison wäre hier.

„Wie du willst." Er lässt abrupt meine Hand los und wirkt genervt. Bravo, jetzt habe ich seine Gefühle verletzt, weil ich seine Hilfe nicht angenommen habe.

„Es hat nichts mit dir zu tun. Aber ich muss mich zuerst einmal sammeln." Vorsichtig umarme ich ihn zum Abschied. Es dauert einen Moment, bis er die Arme um mich legt.

„Schon gut. Wenn du es dir anders überlegst, komm einfach vorbei."

„Werde ich." Ich lasse ihn los und er geht zurück ins Gebäude.

Im Wohnheim laufe ich mit gesenktem Kopf durch die Flure. Den wenigen Studenten, denen ich begegne, will ich nicht ins Gesicht sehen. Vermutlich haben die alle die Zettel gelesen. Erleichtert erreiche ich mein Zimmer, es ist wieder einmal nicht abgesperrt, und betrete es.

„Wo warst du?", vernehme ich Tylers angespannte Stimme. Er lehnt an der Kommode und mustert mich. Ich gehe auf ihn zu, werfe mich in seine ausgebreiteten Arme und vergrabe den Kopf an seiner Schulter. Kaum berührt meine Haut sein Shirt, rinnen brennend heiße Tränen meine Wangen hinunter.

„Nicht weinen." Sanft streichelt er mir über den Rücken.

„Ich bin das Gespött des Colleges. Jeder, der die Zettel gesehen hat, wird sich hinter meinem Rücken das Maul darüber zerreißen." Ich schniefe aufgelöst.

Tyler schiebt mich vorsichtig von sich weg und blickt mir ins Gesicht. Behutsam streicht er mir eine nasse Haarsträhne hinters Ohr, bevor er meine feuchten Wangen umfasst. „Das stimmt nicht."

„Oh doch", entgegne ich und schließe die Lider. Auch morgen will ich nicht zur Vorlesung. Nie mehr will ich einen Fuß in einen der Hörsäle setzen.

„Sieh mich an."

Ich reagiere nicht. Normalerweise lasse ich mich nicht so schnell unterkriegen, aber die Aktion mit den Plakaten war selbst für mich zu viel. Tyler drückt meinen Kopf grob nach oben, sodass ich die Augen öffne und ihn erschrocken anstarre.

„Du bist nicht die einzige Jungfrau auf dem Campus, die kein Doppel D vor sich herschleppt. Außerdem kennt doch niemand deine Nummer. Ergo wissen die Studenten nicht, dass du damit gemeint bist."

So etwas wie ein Lächeln huscht über mein Gesicht. Tyler hat absolut recht. Nur er, Madison und Liam kennen meine Telefonnummer. Erleichtert sehe ich ihn an. Tyler lässt mein Gesicht los und reicht mir ein Taschentuch.

„Warum bist du eigentlich hier?", frage ich und nehme es ihm ab, um meine Wangen damit zu trocknen. Ich bin froh, dass er da ist, auch wenn es mir unangenehm ist, dass er meine Demütigung mitbekommen hat.

„Ich war außer mir vor Sorge und habe dich gesucht, weil ich dich nicht erreichen konnte. Hast du dein Smartphone ausgemacht?"

„Ja, plötzlich hat es ununterbrochen vibriert." Abermals wird mir übel und mein Magen verkrampft sich schmerzhaft. Wie krank muss man sein, um meine Nummer zu wählen? Denken die Typen wirklich, das ist ernst gemeint und ich würde mit ihnen schlafen? Die Beine geben unter mir nach. Tyler stützt mich und führt mich zum Bett, damit ich mich setzen kann.

„Gib mir dein Telefon." Tyler streckt mir die Hand hin. Ich greife in den Hoodie und ziehe es hervor. Er nimmt es entgegen, stellt es ein und hält es mir vors Gesicht, um es zu entsperren.

„Was machst du?" Will er sich ansehen, wie viele Nachrichten und Anrufe eingegangen sind?

Tyler bleibt stumm und tippt auf das Display. Je länger er liest, desto mehr rümpft er die Nase. Ein angewidertes Knurren nach dem anderen stößt er aus. Es muss schlimmer sein, als ich angenommen habe.

Meine Unterlippe zittert und meine Augen werden abermals feucht. Tylers Nasenflügel sind gebläht, als er die SIM-Karte entfernt.

„Wir besorgen dir eine neue“, meint er mit Furchen auf der Stirn. Ich nicke, es wird das Beste sein.

„Wenn ich Mandy in die Finger bekomme.“ Die Vene an Tylers Hals zuckt gefährlich und seine linke Hand verkrampft sich. „Frauen sollte man nicht schlagen, aber bei ihr ...“ Er beendet den Satz nicht.

„Sie war es nicht“, murmle ich. „Sie kennt meine Nummer nicht.“

Auf der Unterlippe kauend geht Tyler im Raum auf und ab. „Das heißt nicht, dass sie es nicht gewesen sein könnte. Ihr Vater ist der Rektor. Irgendwie würde sie an deine Nummer kommen.“ Abrupt bleibt er stehen. „Hat Liam deine Nummer?“

„Ja, aber er würde so etwas niemals tun.“ Entgeistert sehe ich Tyler an.

„Das habe ich auch nicht behauptet, aber er könnte Mandy, deine Telefonnummer verraten haben.“ Tyler verschränkt die Arme vor der Brust.

„Das würde er nie machen. Er weiß doch, dass Mandy mich mobbt. Liam hat sich mehr als einmal für mich eingesetzt und Mandy Einhalt geboten. Er ist ein anständiger Kerl.“ Tyler schnalzt missbilligend mit der Zunge. „Außerdem war er mit mir beim Rektor und hat sich für mich eingesetzt, was ihm einen Rüffel bescherte.“

Abermals entfährt Tyler ein unzufriedener Laut.

Ich erhebe mich und gehe auf ihn zu. „Du kannst mir glauben, Liam ist vollkommen in Ordnung. Er ist ein enger Freund von mir und ich vertraue ihm.“

Tyler verdreht die Augen und wendet sich von mir ab. Verwirrt betrachte ich seine Kehrseite. Was ist nur in ihn gefahren?

„Ich habe es kapiert, Liam ist der Beste."

Sosehr ich es auch versuche, ich kann mir ein Kichern nicht verkneifen. Tyler ist neidisch auf Liam. Wohlgemerkt grundlos. „Tyler?" Ich schlinge von hinten die Arme um ihn.

„Hm", ist alles, was er missmutig erwidert.

„Bist du eifersüchtig?"

„Ja, bin ich." Er dreht sich zu mir um. „Ich wollte für dich da sein. Nein, stattdessen war es Liam. Immer ist es Liam, der dir hilft. Der Typ geht mir auf den Sack."

Tyler so erzürnt zu sehen, gefällt mir auf eine abartige Weise. Würde ihm nicht so viel an mir liegen, würde es ihn kaltlassen. Mein Herz macht einen Salto.

„Muss er nicht. Liam ist nur ein Freund." Mit Absicht betone ich das Wort nur und schmiege mich an ihn.

Tyler zieht mich enger an sich. „Zurück zu Mandy", murmelt er an meinem Haar.

„Liam hat mir versichert, sie war es nicht. Außerdem hat sie geholfen, die Blätter einzusammeln, was mich wirklich überrascht hat."

„Aber wer war es dann?"

„Der Rektor hat gesagt, sie gehen der Sache nach", flüstere ich. Dass er auch meinte, die Chancen seien verschwindend gering, macht mich mutlos. „Ich will wissen, wer es war." Entschlossen sehe ich zu Tyler hoch. „Wenn der Rektor nichts herausbekommt, werde ich selbst nach Antworten suchen." Tyler nickt.

„Ich bleibe hier, bis Madison zurückkommt." Er drückt mir die Lippen auf die Stirn.

„Dann musst du bis Freitag bleiben." Es gelingt mir, Tyler ein zaghaftes Lächeln zu schenken.

Er bückt sich und zieht meine Tasche unter dem Bett hervor. „Dann kommst du zu mir, bis sie wieder da ist." Ohne meine Antwort abzuwarten, packt er. Wahllos wirft er Klamotten in die Tasche.

Kapitel 24

Ava

Gedankenverloren sitze ich in Tylers Loft auf dem Sofa und starre auf sein Telefon, das er mir dagelassen hat, damit ich Mum anrufen kann. Er ist in die Stadt gefahren, um eine neue SIM-Karte zu besorgen.

Dad habe ich versprochen, mich zu melden, falls ich nochmals gemobbt werde. Meinem Versprechen muss ich Taten folgen lassen, auch wenn es mir nicht behagt, Mum zu erzählen, was geschehen ist. Sie und Dad werden entsetzt sein. Hoffentlich nehmen sie mich nicht vom College.

Ich tippe Mums Nummer ein und drücke den grünen Knopf.

„Hallo", ertönt es.

„Mum, ... Ich muss dir etwas erzählen." Meine Stimme ist brüchig. Aufgewühlt, aber dennoch gefasst, berichte ich, was geschehen ist und lasse kein Detail aus.

„Du wechselst das College", brummt Dad, der die Unterhaltung offenbar mit angehört hat. Verzweiflung erfasst mich.

„Nein, das will ich nicht. Ich habe hart gearbeitet, um hier angenommen zu werden. Sie vergeben nur zehn

Stipendien, und ich habe eins davon erhalten. Das lasse ich mir von niemandem kaputt machen." Ich richte mich auf der Couch auf.

„Ich verstehe dich, aber so kann es nicht weitergehen. Mir bricht es das Herz, zu hören, wie du öffentlich gemobbt wirst." Mum schnieft.

„Ich werde damit fertig", sage ich bestimmt, auch wenn ich mir nicht sicher bin, ob es der Wahrheit entspricht.

„Dann kommen wir vorbei. Ich will mit dem Rektor sprechen." Ich falle zurück aufs Polster. Immerhin besteht Dad nicht mehr darauf, dass ich das College wechsle.

„Ihr könnt ihn doch anrufen." Wenn meine Eltern am College auftauchen, gibt es ein Drama. Im Anschluss wissen alle, dass es meine Nummer war.

„Du willst nicht, dass wir kommen." Auf einmal klingt Dad verletzt.

„Ja, aber nur, weil ich nicht will, dass um die Aktion ein Theater gemacht wird. Es ist jetzt schon schwer genug für mich." Mit dem Handrücken wische ich mir über die wässrigen Augen.

„Verstehe, wir rufen den Rektor an, aber es ist nicht ausgeschlossen, dass wir kommen", meint Mum.

Beruhigt atme ich aus. „Danke, ich melde mich, sollte nochmals etwas sein."

„Ava." Dads Stimme hat einen strengen Unterton angenommen. „Wenn das der Fall sein sollte, komme ich, ob du willst oder nicht."

„Okay." Ich ziehe die Beine an und umfasse sie mit der freien Hand.

„Kümmert sich Tyler gut um dich?", fragt Mum nach einem Moment der Stille.

„Ja und wie, ich bin bei ihm. Er ist gerade in der Stadt und kauft mir eine neue SIM-Karte. Ich schicke euch die Nummer, wenn ich sie habe."

Die Tür des Lofts geht auf, Tyler kommt herein und ich verabschiede mich von meinen Eltern. Er kommt auf mich zu, setzt sich neben mich und legt den Arm um mich. Dann zieht er mich fest an sich und vergräbt die Nase in meinem Haar. Innerlich komme ich endlich zur Ruh. In seinen Armen fühle ich mich beschützt und geborgen.

„Geht es dir besser?" Er lehnt sich nach hinten, damit er mir ins Gesicht sehen kann.

„Ja. Danke, dass du mir eine neue SIM-Karte besorgt hast."

Tyler drückt mir flüchtig die Lippen auf die Stirn. Dann greift er nach meinem Smartphone. Anstatt die neue SIM-Karte einzulegen, schiebt er die alte hinein.

„Was machst du?" Mir wird mulmig zumute.

„Ich will mir die Nachrichten ansehen und anhören, die du bekommen hast. Eventuell geben sie uns einen Hinweis darauf, wer dahintersteckt."

Unruhig rutsche ich auf dem Sofa hin und her. Ich will nicht, dass er das tut, auch wenn es durchaus einen Sinn hat. Dennoch schlucke ich meinen Stolz hinunter und nicke zögerlich.

Tyler erhebt sich, geht zur Küche und lehnt sich an den Schrank. Wenigstens bekomme ich nicht mit, wie schlimm die Nachrichten sind.

Mein Klingelton ertönt, erschrocken fahre ich zusammen. Tyler kommt angelaufen und hält mir das Telefon hin.

„Ich gehe nicht ran", kreische ich. Denkt er, ich will mit den Typen sprechen, die mich entjungfern wollen? Bestimmt drücke ich seinen Arm nach unten.

„Es ist Madison", sagt er und hält mir das Smartphone direkt vor die Nase. Tatsächlich, ihr Name steht auf dem Display.

„Hallo", murmle ich.

„Ava, warum um Himmels willen, muss ich über Jayden von Liam erfahren, was passiert ist?"

„Entschuldige, ich bin noch nicht dazugekommen, dich anzurufen. Ich musste das Telefon ausmachen, es sind ununterbrochen Nachrichten eingegangen."

„Du Arme." Madison atmet geräuschvoll aus und ein. „Ich habe mit Jayden gesprochen, wir kommen eher zurück, damit du nicht allein bist." Madison ist so ein lieber Mensch, sie will für mich da sein. Diesmal werden meine Augen feucht vor Dankbarkeit.

„Bitte tut das nicht. Ich bin nicht allein. Liam und Ryan sind hier." Gerne hätte ich auch Tylers Name genannt, aber zuerst muss ich ihr von ihm erzählen.

„Bist du dir sicher?"

„Absolut", sage ich mit Nachdruck. Wir verabschieden uns und legen auf.

Ava schläft unruhig, immer wieder zuckt sie zusammen, worauf ich sie an mich ziehe und ihr ins Ohr flüstere, dass alles gut wird. Ich liege wach. Die Frage, wer dafür verantwortlich ist, lässt mich kein Auge zutun.

In den obszönen Nachrichten auf Avas Telefon, die mich beinahe dazu gebracht haben, ihr Smartphone zu schrotten, war kein Hinweis zu finden.

Liam, dieser aufgeblasene Lackaffe liegt mir auch im Magen. Immer, wenn Ava in Not ist, ist er zur Stelle. Dass die beiden sich einst geküsst haben, gefällt mir gar nicht. Bei dem Gedanken, wie seine Lippen die von Ava berühren, wird mir übel. Ich habe einen Hass gegen ihn entwickelt, der an mir nagt und in mir den Wunsch weckt, ihm die Faust mit voller Wucht ins Gesicht zu rammen. Ich lechze danach zu hören, wie seine Nase unter dem Aufprall meiner Faust mit einem leisen Knacken bricht. Es ist eine Mischung aus Eifersucht und Hilflosigkeit, die mich dazu treibt und für die ich selbst verantwortlich bin. Würde ich endlich mit den Gerüchten über mich aufräumen und zu Ava stehen, könnte ich, wann immer ich will, in ihrer Nähe sein und sie beschützen. Ich muss einen Weg finden, mir selbst zu trauen. Fuck, das muss ich wirklich.

***

In den nächsten Tagen beobachte ich Ava aus der Ferne. Wie ein Schatten folge ich ihr, bereit einzuschreiten, falls es nötig ist. Ava erholt sich zusehends von der Attacke. Sie hat gemerkt, dass niemand vermutet, sie könne damit gemeint sein. Ihre Zeit auf dem Campus verbringt sie mit Liam und Ryan. Ersterer lässt mir die Galle hochsteigen, obwohl ich ihm dankbar sein sollte. Er ist für Ava da, wo ich es nicht kann. Es gelingt mir nicht und ich will ihm auch gar nicht dankbar sein.

Das Einzige, was mich halbwegs besänftigt, ist die Tatsache, dass Ava Liam jedes Mal absagt, wenn er sich nach Vorlesungsschluss einen Film mit ihr ansehen will. Die Zeit nach den Vorlesungen verbringt sie mit mir. Ich genieße es, mit ihr herumzualbern, zu lernen und mich in der Nacht an sie zu kuscheln. Die Einsamkeit in meinem Herzen ist beinahe verschwunden. Das verdanke ich Ava. Sie hat mich zurück ins Leben geführt, heraus aus der Dunkelheit, in die ich mich selbst verbannt habe.

***

„Morgen kannst du wieder im Wohnheim schlafen", sage ich zu Ava, die neben mir liegt, und ziehe das Laken über uns.

„Ja, ich freue mich darauf." Sie dreht sich zu mir und stützt sich mit dem Ellbogen auf der Matratze ab. „Es ist nur schade, dass wir dann weniger Zeit miteinander verbringen." Traurigkeit trübt ihre Gesichtszüge. Sie spricht mir aus der Seele.

Ich berühre ihre Wange und küsse sie zärtlich, wie ich es in den letzten Tagen so oft getan habe. Sie legt sich auf mich und ich die Hände auf ihren perfekten Po. Ava seufzt, als ich zudrücke. Seit dem Vorfall mit den

Zetteln habe ich bewusst darauf verzichtet, ihr körperlich zu nahezukommen, damit sie sich nicht gedrängt fühlt. Jetzt kann ich mich nicht mehr beherrschen. Ruckartig drehe ich uns, sodass Ava, der ein überraschtes Keuchen entfährt, nun unter mir liegt.

Unsere Blicke verschmelzen und mein Herz in der Brust schwillt an vor Liebe, die ich für Ava empfinde. Eigentlich sollte es mich abschrecken, denn es macht mich noch angreifbarer, als ich es durch Ava ohnehin schon geworden bin. Aber das tut es nicht.

Ava schiebt die Hand zwischen uns nach unten. In ihrem Gesicht zeichnet sich ein verschmitztes Grinsen ab. Mein Schwanz wird hart und ich lecke mir über die Unterlippe.

„Du zuerst." Ich umfasse ihr Handgelenk und ziehe ihre Hand zurück nach oben. Ava lässt es bereitwillig zu und schenkt mir ein Lächeln. Sonnenschein. Mein Sonnenschein. Ich will sie schmecken, fühlen, wie sie unter meinen Zungenschlägen erzittert. Meinen Namen soll sie stöhnen, wenn sie ihre Erlösung findet, die ich ihr gebe. Wenn sie wüsste, wie sehr mich dieser Gedanke erregt.

Ich hake die Finger in ihr Höschen und ziehe es ihr aus. Ava schließt die Lider und ihr Kopf sinkt aufs Kissen. Dann schiebe ich ihr Shirt nach oben und lege ihre Brüste frei. Sie wimmert, als ich ihren Busen mit dem Mund liebkose. Langsam arbeite ich mich nach unten. Küsse jeden Zentimeter ihrer erhitzten Haut. Als ich beinahe ihre Scham erreicht habe, krallt mir Ava die Finger ins Haar.

„Was machst du da?" Sie keucht und atmet schwer. Ich löse ihre Hände vom Kopf und fixiere sie neben ihr.

„Das wirst du gleich merken." Während ich spreche, streicht mein Atem über ihr Geschlecht. Das Wissen, dass ich der erste Mann bin, der sie leckt und ihr zeigt, was für ein unbeschreibliches Gefühl das ist, lässt meinen Schwanz zucken.

„Hm …" Ava seufzt, als meine Zungenspitze ihre Klitoris umkreist. Gefolgt von einem leisen Stöhnen. Sachte, aber mit Druck, schnellt meine Zunge darüber. Avas Nässe breitet sich auf meinen Lippen aus. Sie schmeckt gut, leicht süßlich.

Ich hebe den Kopf und sehe zu ihr hoch. Ihr Brustkorb senkt und hebt sich in raschen Abständen.

„Nicht aufhören." Ava wirft den Kopf hin und her und drückt mir dabei ihr Becken entgegen.

„Das habe ich auch nicht vor", murmle ich direkt über ihrem empfindlichsten Punkt. Abermals erschaudert Ava und versucht ihre Hände zu befreien. Ich lasse sie gewähren. Umgehend fühle ich ihre Fingerkuppen am Hinterkopf. Sie drückt mich bestimmt nach unten. Ihre Selbstsicherheit macht mich an. Ich wünschte mir, sie wäre auch so gewesen, als ich ihre Brüste das erste Mal anfassen wollte. Ihr Körper ist perfekt, zumindest für mich. Darum sollte er es auch für sie sein.

Erneut streift meine Zunge ihre Klitoris. Mit den Händen drücke ich ihre Schenkel weiter auseinander, damit ich die Finger in sie schieben kann. Ava keucht. Unablässig lecke ich sie gierig, während meine Finger in sie hinein- und hinausgleiten. Der Gedanke, es könnte mein Schwanz sein, lässt mich beinahe kommen.

Avas Körper zuckt unkontrolliert unter mir. Ich fühle, wie sie sich zusammenzieht. Fuck, ich wünschte, es wäre meine Erektion, die ihre Kontraktionen spürt.

„Oh ... mein Gott ... Ty...ler ...“ Abgehackt kommt ihr mein Name über die Lippen. Er hat noch nie verheißungsvoller geklungen als in diesem Moment.

Ich rutsche nach oben und lege mich neben sie. Blut rauscht mir in den Ohren, der Drang, mit ihr zu schlafen, wird übermächtig. Tief will ich mich in ihr versenken.

„Ich habe Kondome.“ Ich fixiere ihr gerötetes Gesicht. Ihre Pupillen weiten sich und sie schluckt schwer. Scheiße, das hätte ich nicht sagen sollen. Bevor ich noch etwas hinzufügen kann, richtet sich Ava auf, greift nach der Bettdecke und zieht sie über sich.

„Hast du keine Lust mehr zu warten?“ Ava fummelt am Saum der Decke herum. Es dauert einen Moment, bis sie den Kopf hebt. In ihren Gesichtszügen erkenne ich Enttäuschung. Fuck.

„So habe ich es nicht gemeint. Aber ich würde lügen, wenn ich behaupten würde, ich würde es nicht wollen. Ich will es. Verdammt und wie ich es will.“

Ava presst die Lippen zusammen und ich massiere mir die Schläfen. Zuerst denken, dann reden. Ich habe es nicht verbessert, sondern verschlimmert.

„Verstehe“, ist alles, was sie sagt, bevor sie sich hinlegt. Kurz bin ich geneigt, das Gespräch weiterzuführen. Aber in Anbetracht der Umstände ist es besser, das zu verschieben. Ava ist verletzt und ich bin frustriert. Ich bin es nicht gewohnt, auf Sex zu verzichten und darauf zu warten, bis mein Gegenüber so weit ist. Wenn ich nur wüsste, wie lange ich noch warten muss. Aber das kann ich sie unter keinen Umständen fragen. Ich habe sie bedrängt, auch wenn es nicht meine Absicht war.

Morgen werde ich mich mit ihr an den Tisch setzen
und sie fragen, wie sie sich fühlt und wozu sie bereit ist.
Nicht jetzt, wo wir praktisch nackt im Bett liegen und
ich dermaßen geil bin.

Kapitel 25

Ava

Die letzte Vorlesung für heute ist zu Ende. Ich freue mich darauf, dass Madison zurückkommt, denn ich muss mich dringend mit ihr über ein paar Dinge unterhalten. Was ich übrigens auch mit Tyler tun muss.

Als ich heute Morgen aufgewacht bin, war er schon weg. Seine Vorlesungen begannen eher. Je länger ich darüber nachdenke, desto mehr komme ich zum Entschluss, dass ich womöglich überreagiert habe. Er hat nur erwähnt, dass er Kondome hat, schließlich hat er keines herausgeholt und sich einfach übergezogen. Warum mich das gestern so mitgenommen hat, kann ich mir wirklich nicht mehr erklären. In dem Moment hat es sich für mich angefühlt, als hätte er mich nur geleckt, damit er im Anschluss mit mir schlafen kann. Das hat die wunderschöne Erfahrung, die er mir geschenkt hat, zunichtegemacht.

Eigentlich kann ich mir nämlich sehr gut vorstellen, bald mit ihm Sex zu haben. Der Gedanke schreckt mich nicht ab, er gefällt mir. Ich liebe Tyler und bin mir sicher, er mich auch. Das gibt er mir mit jeder Berührung und jedem Kuss zu verstehen.

„Ava." Madison reißt mich aus den Gedanken. Sie steht mit einer Tasche über der Schulter vor dem Wohnheim. Ich eile auf sie zu und umarme sie.

„Wie geht es dir?", fragt sie, nachdem wir uns losgelassen haben.

„Nicht schlecht", erwidere ich und hake mich bei ihr unter.

„Hat der Rektor schon etwas herausgefunden?" Sie spricht, während wir zum Zimmer gehen.

„Nein, leider nicht. Ich muss es selbst in die Hand nehmen."

Abrupt bleibt meine Mitbewohnerin stehen. „Du hast recht, das werden wir. Zusammen mit Liam, Jayden und Ryan wird es uns gelingen." Sie umfasst meine Schultern. „Ich bewundere dich dafür, dass du dich nicht unterkriegen lässt." Ich lächle verhalten und öffne die Zimmertür. Dass ich wenig Hoffnung habe, dass wir erfolgreich sein werden, verschweige ich.

Madison stellt die Tasche aufs Bett und ich setze mich daneben.

„Ich muss dir noch etwas erzählen. Es geht um Tyler."

Madison hält in ihren Bemühungen inne, den Reißverschluss der Tasche zu öffnen, und sieht mich erschrocken an. „Tyler?" Besorgt legt sie den Kopf schief und plumpst auf die Matratze. „Hat er dir etwas angetan?", flüstert sie.

„Nein." Ich winke ab und versuche mit einem neutralen Gesichtsausdruck zu verbergen, dass mich ihre Frage verletzt hat. „Ich hätte es dir schon eher beichten sollen, bitte sei jetzt nicht böse, aber ..."

Es klopft an der Tür.

Madisons Freund mit der Brille betritt den Raum und winkt mir zu.

„Bist du so weit?", fragt er Madison, die angespannt zwischen ihm und mir hin und her sieht.

„Ich komme gleich, kannst du draußen auf mich warten?" Entschuldigend sieht sie ihn an.

„Sicher doch." Die Tür schließt sich und Madison rutscht näher an mich heran.

„Ich habe ihn, seit ich mit Jayden zusammen bin, vernachlässigt, darum habe ich mich für heute mit ihm verabredet." Sie kaut auf der Unterlippe. „Ich werde ihm absagen, dann können wir über Tyler reden. Auch wenn ich echt Muffensausen davor habe, was du mir sagen willst."

„Musst du nicht. Wir können ein andermal quatschen." Ob ich ihr heute oder morgen berichte, dass Tyler und ich befreundet sind, spielt keine Rolle. Nachdem ich sie so lange im Dunkeln habe tappen lassen, kommt es auf einen Tag mehr oder weniger nicht mehr an. Vielleicht kann ich Tyler in der Zwischenzeit doch noch davon überzeugen, ihr sagen zu können, dass wir ein Paar sind.

„Okay, aber nur, wenn es wirklich in Ordnung ist." Ich nicke und Madison steht auf. „Wir treffen uns alle um acht im Pub, du musst kommen. Es gibt so viel, was ich dir erzählen möchte." Sie sieht mich aufgeregt an und wackelt mit den Augenbrauen.

„Ich kann es kaum erwarten, zu hören, wie Jayden dich durchs Bett gejagt hat", erwidere ich lachend.

„Wer sagt denn, dass nicht ich es war, die ihm eingeheizt hat?" Jetzt lachen wir beide. Madison drückt mich zum Abschied.

Ich schreibe Tyler eine Nachricht.

Hey, kann ich bei dir vorbeikommen? Wir müssen reden.

Seine Antwort, die mir nicht gefällt, kommt umgehend.

Geht leider nicht, ich habe einen Termin bei Miller.

Missmutig setze ich mich an die Hausaufgaben.

***

Pünktlich treffe ich zu Fuß im Pub ein und erspähe meine Freunde an einem der Tische, nicht unweit vom Dartkasten. Madison sitzt auf Jaydens Schoß, er hat die Arme um sie geschlungen. Bei ihrem Anblick werde ich neidisch. Gerne würde auch ich mich mit Tyler so in der Öffentlichkeit zeigen. Madison kichert, während Ryan wild mit den Armen fuchtelt. Nun lacht auch Jayden. Ich trete näher an den Tisch heran und begrüße die Gruppe, bevor ich Madison gegenüber Platz nehme.

„Was willst du trinken?", fragt Liam, der gerade erst ankommt, sich die Jacke auszieht und sie über den freien Stuhl neben mir hängt.

„Eine Cola, danke", erwidere ich und greife in das Glas mit den Nüssen vor mir auf dem Tisch.

Kaum ist Liam weg, kommt Mandy angerauscht. Sie lehnt sich direkt neben mir an die Tischkante. Ich widerstehe dem Verlangen, sie abermals zu fragen, warum sie mich drangsaliert. Es würde ohnehin nichts bringen, deswegen ignoriere ich sie.

Mandy beugt sich zu mir hinunter, bis ihr Mund direkt neben meinem Ohr ist. „Und? Hat sich schon jemand für den Job, dich zu entjungfern, gemeldet, oder will keiner deine mickrige, verkümmerte Oberweite anfassen?" Hörbar schnappe ich nach Luft und funkle sie wütend an. Mein Puls schießt durch die Decke. Ich bin kurz davor, ihr die Augen auszukratzen.

„Was hat sie gesagt?", ruft mir Madison zu.

Ich kralle mich an der Tischplatte fest und zähle innerlich bis zehn, damit mir nicht die Hand ausrutscht.

„Ich habe Ava nur darauf hingewiesen, dass sie, falls sie je einen Freund haben sollte, was in ihrem Fall vermutlich nie eintreffen wird, nicht zu lange damit warten sollte, die Beine für ihn breit zu machen, sonst ist er schnell wieder weg", trällert sie mit zuckersüßer Stimme.

„Mandy, verschwinde, sofort", poltert Liam, der an den Tisch zurückkehrt, wütend mit geblähten Nasenflügeln. Er knallt die zwei Gläser, die er in der Hand hält, auf den Tisch und packt Mandy grob am Oberarm, um sie hinter sich herzuziehen. Sie verschwinden in der Menge.

„Abartig, wie sie sich auf dich eingeschossen hat." Ryan schüttelt den Kopf. „Aber sie hat nicht ganz unrecht. Wenn ich innerhalb einer Woche nicht zum Zug komme, sehe ich mich nach etwas anderem um." Er greift nach seinem Getränk und nimmt einen Schluck.

Ryans Aussage irritiert mich. Eigentlich mag ich ihn, aber dieses Verhalten finde ich daneben.

„Quatsch doch keinen Scheiß, eine Woche ist nun wirklich nicht lang", sagt Jayden. Er bestärkt mich in meiner Ansicht.

„Meine Meinung. Wie lange würdest denn du warten?", fragt Ryan. Interessiert sehe ich zu Jayden hinüber.

„Schwierig zu beantworten." Er räuspert sich. „Käme vermutlich darauf an, was mir geboten wird, während ich warte." Ein dreckiges Lachen löst sich aus seiner Kehle, woraufhin Madison mit den Augen rollt.

„Stimmt, also wenn ich täglich einen Blowjob bekomme, warte sogar ich länger als eine Woche." Ryan hebt sein Glas und prostet Jayden zu. Madison stupst beide in die Seite und deutet mit dem Kopf auf mich.

„Du solltest dich natürlich nie zu etwas drängen lassen, Ava", sagen beide beinahe gleichzeitig.

Ich kratze mich am Kopf. Wie widersprüchlich ist denn das? Bevor ich weiter darüber sinnieren kann, kommt Liam zurück und nimmt neben mir Platz.

„Ich habe Mandy nun zum letzten Mal gewarnt, wenn sie dich nicht ein für alle Mal in Ruhe lässt, bin ich mit ihr befreundet gewesen." Wow, Liam hat erkannt, wie niederträchtig sie ist. Dennoch will ich nicht schuld am Ende ihrer Freundschaft sein. Dafür kennen sie sich zu lange.

„Das wäre mir nicht recht", flüstere ich, damit nur er es hören kann.

„Schon gut, wenn sie nicht akzeptieren kann, dass du zu unserem Freundeskreis gehörst, ist sie selbst schuld. Ich habe es ihr, weiß Gott, oft genug gesagt."

„Danke." Ich greife zur Cola und wir stoßen an.

Im Augenwinkel sehe ich, wie Tyler die Bar betritt. Er setzt sich in die Nische, die sich direkt hinter Madison befindet. Ich widerstehe dem Drang, ihm zuzuwinken.

„Ava hatte eine geniale Idee. Wenn der Rektor nicht herausfindet, wer die Zettel aufgehängt hat, werden wir aktiv." Begeistert klatscht Madison in die Hände.

Unauffällig schiele ich an ihr vorbei. Tyler unterhält sich mit einer Frau. Als ich die roten Haare erkenne, breitet sich ein fahler Geschmack in meinem Mund aus. Vor meinem geistigen Auge sehe ich, wie Tyler und sie vor nicht allzu langer Zeit rumgemacht haben.

„Du bist ein Genie." Ryan lehnt sich nach vorn. „Ich habe kein Problem damit, handgreiflich zu werden, damit wir herausfinden, wer es war." Stille breitet sich am Tisch aus. Alle Blicke sind auf ihn gerichtet.

„Ich hoffe doch, das wird nicht nötig sein", murmle ich schließlich.

„War nur ein Vorschlag." Ryan lehnt sich zurück.

Verstohlen lasse ich meinen Blick zur Nische schweifen. Mist, die Sicht darauf wird mir von einer Gruppe Studenten versperrt, die Dart spielen. Unruhig rutsche ich auf dem Stuhl hin und her. Ich will doch nur wissen, ob sich die Rothaarige zu Tyler gesetzt hat.

„Ich weiß nicht, ob es nicht gefährlich ist, wenn du selbst anfängst nachzuforschen." Liam klingt besorgt. Auf seiner Stirn tauchen Falten auf.

„Wir sind ja da, Ava ist doch nicht allein." Jayden legt seine Hand auf meine. „Ich passe auf dich auf."

Ich lächle ihn an und forme mit den Lippen ein lautloses „Danke."

Endlich, die Studentengruppe wechselt an die Bar. Mein Herz setzt einen Schlag aus. Die Nische ist leer.

Ich kann der Unterhaltung am Tisch nicht mehr folgen. In meinem Kopf rattert es. Ist Tyler mit der Frau verschwunden? Nein, das würde er niemals tun. Oder doch? Ich muss an Ryans und Jaydens Bemerkungen denken. Sie würden nicht lange warten, wenn sie nicht auf ihre Kosten kommen. Ein ungutes Gefühl breitet sich in mir aus. Je länger ich darüber grüble, desto unsicherer werde ich. Tyler hat mich oral befriedigt, ich ihn aber nicht.

„Ich muss zur Toilette." Unvermittelt stehe ich auf und eile aus der Bar. Keine Spur von Tyler oder der Rothaarigen. Ich schleiche auf Zehenspitzen zur Seitengasse. Geräuschlos drücke ich mich an die Mauer und spähe um die Ecke. Die Frau mit den roten Haaren lehnt an der Hausmauer. Ihr Rock ist bis zu den Hüften hochgeschoben. Vor ihr steht ein Mann, der eine schwarze Lederjacke trägt, seine Hose steht offen. Das Gesicht hat er in ihrem Haar vergraben. Das darf nicht wahr sein. Ein nie gekannter Schmerz durchzuckt mich, mein Herz bricht entzwei.

„Ava, das macht man nicht", vernehme ich Tylers strenge Stimme direkt neben mir.

Erschrocken, aber um Welten erleichtert, drehe ich mich zu ihm um. Er packt meinen Ellbogen und zieht mich von der Gasse weg.

„Warum bist du allein hier draußen?" Er stoppt an einer dunklen Stelle, die nicht von den Straßenlaternen beleuchtet wird.

„Wo warst du denn?", frage ich, weil ich nicht antworten will. Ich fühle mich erbärmlich, dass ich dachte, er würde sich mit der Frau vergnügen, weil ich ihn abgewiesen hatte.

„Auf der Toilette, warum willst du das überhaupt ..." Tyler sieht mich verletzt an. „Du dachtest, ich wäre mit der Rothaarigen für einen Quickie in der Seitengasse verschwunden.“

Ich sehe überallhin, nur nicht in sein Gesicht.

„Ava, so funktioniert das nicht.“ Tyler schüttelt fassungslos den Kopf.

„Das dachte ich doch nur ...“ Ich umfasse seine Oberarme und atme tief durch. Tylers Miene vermag die Kränkung, die ich ihm zugefügt habe, nicht zu verbergen. Es schmerzt mich zu sehen, wie sehr ich ihn mit meinem Verhalten getroffen habe. Er hat die Lippen zusammengepresst und sein Blick ist leer. „... weil Ryan und Jayden meinten, sie würden nicht lange darauf warten, bis eine Frau mit ihnen schläft.“

Tyler stöhnt gequält auf, dabei schließt er die Lider.

„Bist du mit Ryan oder Jayden zusammen?“

„Nein, mit dir. Aber du hast mir zu Anfang einmal gesagt, dass du dir eine Jungfrau nie antun würdest. Außerdem hast du gestern nicht gerade liebevoll reagiert, als ich nicht mit dir schlafen wollte.“ Frustriert schnaube ich. „Es ist nicht einfach für mich und ich kann mit niemandem über uns sprechen, wenn ich unsicher bin.“

Seufzend macht Tyler einen Schritt rückwärts. „Das habe ich doch gesagt, bevor ich mich in dich verliebt habe.“

Ein Strahlen breitet sich in meinem Gesicht aus, gegen das ich nicht ankomme. Er hat es gerade ausgesprochen. Auch wenn es kein Ich-liebe-Dich war, werden meine Knie weich wie Pudding und mein Puls beschleunigt sich.

„Was?“, fragt Tyler und mustert mich. Dann fängt er an zu grinsen. „Echt jetzt, du strahlst wie die Sonne zur

Mittagszeit und das nur, weil ich gesagt habe, dass ich dich liebe?" Er schüttelt den Kopf. „Komm her." Tyler legt die Hände um meine Hüften und zieht mich zu sich heran. „Zweifle nie daran, dass ich dich liebe. Ich werde so lange auf dich warten, bis du bereit bist. Es tut mir leid, dass ich dich gestern zum Einschlafen nicht in den Arm genommen habe. Es war zu viel Blut in meinem Unterleib, da hatte mein Gehirn einen kurzen Aussetzer."

Ich kichere und verkneife mir einen dummen Kommentar. Stattdessen stelle ich mich auf die Zehenspitzen, damit ich Tyler küssen kann. Wärme durchströmt mich, als unsere Münder aufeinandertreffen. Es ist ein Kuss voller Emotionen. Ein Kuss, der an Intensität nicht zu überbieten ist. Als wir uns voneinander lösen, brennen meine Lippen.

„Gehen wir rein. Ich möchte deine Freunde kennenlernen", murmelt er an meinem Mund.

Ich schiebe ihn eine Armlänge von mir. „Du willst was?" Meine Stimme überschlägt sich.

„Dass wir Madison, Jayden, Ryan und, wenn es sein muss, auch Liam erzählen, dass wir befreundet sind."

„Sicher?" Angespannt kaue ich auf der Unterlippe. Wie werden meine Freunde reagieren?

„Ja, und jetzt komm, bevor ich es mir noch anders überlege." Tyler umfasst meine Hand und läuft los. „Ich will nicht, dass du nicht mit deinen Freunden reden kannst, wenn dich etwas beschäftigt. Ich kann mir vorstellen, dass es Dinge gibt, die du womöglich lieber nicht mit mir besprichst."

Tyler betritt die Bar mit einer Entschlossenheit, die mich beeindruckt. Keine Sekunde wirkt es, als würde er die Entscheidung, die er vorhin gefällt hat, bereuen. Er fängt gerade an, sich selbst zu trauen. Ein Stück weit tut er das für mich, was mir im Moment gerade so viel mehr bedeutet als ein Ich-liebe-Dich.

Wir nähern uns dem Tisch. Ryan ist der Erste, der uns kommen sieht. Er lässt Tyler nicht aus den Augen. Mich bemerkt er nicht. Kurz bevor wir den Tisch erreichen, springt Ryan auf. Nun schnellen alle Köpfe in unserer Richtung. Auch Jayden und Liam erheben sich, genauso wie Mandy. Madison ist nicht zu sehen.

„Was willst du hier?" Jayden ist der Erste, der sich gefasst hat. Er strafft die Schultern.

Tyler erwidert nichts, sondern setzt sich auf den Stuhl, auf dem zuvor Liam saß.

„Mach uns keinen Ärger", meint Ryan mit leicht zitternder Stimme.

„Steht ihr immer in einer Bar, oder warum setzt ihr euch nicht?" Tyler nimmt sich eine Handvoll Nüsse und wirft sie sich in den Mund.

„Wo warst du? Ich konnte dich auf der Toilette nicht finden", höre ich Madisons Stimme direkt hinter mir. Ich drehe mich zu ihr um. Sie ist ganz bleich im Gesicht und starrt Tyler über meine Schulter hinweg mit großen Augen an.

„Wir müssen uns wirklich dringend unterhalten", sagt sie nachdenklich.

„Ja, müssen wir", erwidere ich und nehme neben Tyler Platz. Madison sinkt auf den freien Stuhl links von mir.

„Ich erkläre es dir später", flüstere ich ihr zu. Jayden, Ryan und Mandy setzen sich. Angespannt beobachten sie Tyler, der erneut zu den Nüssen greift.

„Du sitzt auf meinem Platz." Liam sieht Tyler verunsichert an. Er ist der Einzige, der noch steht.

„Pech für dich." Tyler entblößt seine weißen Zähne und lehnt sich im Stuhl zurück. „Es überrascht mich, dass du nicht längst davongerannt bist."

„Benimm dich, bitte", erwidere ich an Tyler gewandt und stupse ihn mit dem Ellbogen in die Seite. Auch wenn er Liam nicht leiden kann, soll er ihn mit Anstand behandeln.

„Nächstes Mal", raunt Tyler, worauf ich die Augen verdrehe. Er hat sich mit Absicht auf Liams Stuhl gesetzt.

Stille breitet sich aus. Das Einzige, was man hört, sind die angestrengten Atemzüge meiner Freunde und die Geräusche, die Tyler beim Essen der Nüsse von sich gibt, was mir ein mulmiges Gefühl im Magen beschert.

„Ihr seid aber unterhaltsam", sagt Tyler nach einer Weile und erhebt sich. „Soll ich dich mitnehmen?", fragt er mich.

„Auf deinem Motorrad?"

„Ja, womit sonst?" Tyler kratzt sich am Kinn.

„Ich weiß nicht, ich habe noch nie auf einem Bike gesessen."

„Es gibt für alles ein erstes Mal." Grinsend zieht Tyler eine Augenbraue hoch.

„Ja, besonders für Ava", keift Mandy gehässig und kichert.

Tylers eisiger Blick bringt sie zum Verstummen. „Du bist ein Miststück. Der Mann, der dich entjungfert hat, bereut es vermutlich heute noch, dass er den Schwanz nicht in der Hose lassen konnte."

Mandy springt auf, dabei kippt ihr Stuhl nach hinten und poltert auf den Boden. Ohne ein Wort rauscht sie davon.

„Der hat gesessen." Ryans Mundwinkel huschen nach oben. Jayden nickt und Madison hält den Daumen hoch. Mit offenem Mund sehe ich Tyler an. Das war gemein, auch wenn sie es verdient hat. Tyler geht und Liam sinkt umgehend auf den frei gewordenen Stuhl neben mir.

„Was zur Hölle war das?" Jayden stellt diese Frage stellvertretend für alle meine Freunde.

Tyler

Fuck, ich habe es getan! In der Seitengasse neben dem Pub, fülle ich meine Lungen gierig mit Luft, steige auf die Maschine und ziehe mir den Helm über den Kopf. Hoffentlich war es kein Fehler, mich angreifbar zu machen. Der Motor röhrt auf, mit überhöhter Geschwindigkeit brettere ich davon.

Die Erkenntnis, dass ich für Ava alles tun würde, trifft mich unvorbereitet. Vor dem Loft halte ich an. Ich hätte sie mit zu mir nehmen sollen. Was, wenn ihre Freunde, es nicht akzeptieren? Die Vorstellung, dass sie sich meinetwegen von ihr abwenden, macht mich krank.

Mit quietschenden Reifen stoppe ich vor dem Loft und hole das Smartphone hervor und schreibe ihr eine Nachricht.

Alles in Ordnung bei dir?

Sie antwortet nicht.

Kapitel 26

Vier Augenpaare sind auf mich gerichtet. Krächzend räuspere ich mich und kläre meine Freunde auf.

„Dann bist du mit Tyler befreundet, seit er sich um dich gekümmert hat, als dir jemand Drogen verabreichte?", fragt Jayden, nachdem ich geendet habe. Dass wir ein Paar sind, habe ich verschwiegen, wobei mir Madisons wissender Blick klarmacht, dass sie es erkannt hat.

„Ja, genau. Ich wollte es schon eher sagen, aber Tyler war besorgt. Er fürchtete, dass ich darunter leiden würde, wegen seines schlechten Rufes." Entschuldigend sehe ich jeden meiner Freunde der Reihe nach an. Ihnen diese Information vorzuenthalten war nicht korrekt von mir.

„Da hat er nicht unrecht. Ich meine, hallo, er hat jemanden kaltgemacht." Ryan zuckt vielsagend mit den Achseln. Dieses Missverständnis kläre ich nicht auf, das muss Tyler selbst tun. Es ist an ihm, mit den Gerüchten aufzuräumen. Mein Bauchgefühl sagt mir, dass er das bald angehen wird.

„Ja, Ryan hat recht. Tyler ist kein Umgang für dich",
ruft Liam energisch und klopft mit der Hand auf den
Tisch.

Ich werfe ihm einen verständnislosen Blick zu. Kein
einziges Mal habe ich ihm seine Freundschaft zu
Mandy verübelt oder mich darin eingemischt. Und er
tut es bei der erstbesten Gelegenheit.

„Ich bin auch kein Fan von Tyler", sagt Jayden. „Und
ich halte ihn für gefährlich, aber dass er sich um Ava
gekümmert hat, war voll korrekt. Vielleicht ist er gar
nicht so übel, wie wir angenommen haben. Immerhin
lebt Ava noch." Als er endet, nickt Madison.

„Hätte er nicht müssen, ich war schließlich da, um ihr
zu helfen." Liam schnaubt und verschränkt die Arme
vor der Brust.

„Ja, aber du bist davongerannt." Ryan hält sich rasch
eine Hand vor den Mund, um sein Grinsen zu kaschieren. Es nutzt nichts, seine Augen verraten ihn.

„Ist doch egal", erwidere ich, bevor die zwei noch anfangen zu streiten. „Ich bin nur froh, dass ich nicht allein high über den Campus gelaufen bin." Leise schniefe
ich. Die Vorstellung, was mir hätte passieren können,
kämpft sich zurück in mein Bewusstsein und lässt
mich frösteln. Immer noch hat die Campuspolizei
nichts herausgefunden. Sie haben den Fall ungelöst geschlossen.

„Das ist alles, was zählt." Madison legt ihre Hand auf
meine, leicht drückt sie zu. Ich blinzle die Träne weg,
die mir droht die Wange herunterzurollen.

„Ava", meint Ryan und trommelt mit den Fingern auf
die Tischplatte.

„Ja?"

„Nichts gegen dich, aber ich möchte nicht unbedingt etwas mit Tyler zu tun haben. Der Typ ist mir echt unheimlich."

Ich schlucke schwer, kann ihn jedoch verstehen.

„Aber es stört mich nicht, wenn du mit ihm abhängst." Ryan schenkt mir ein zauberhaftes Lächeln. Er weiß genau, wie er seinen Charme einzusetzen hat, damit Frau ihm nicht böse sein kann.

„Kein Ding", erwidere ich. Auch wenn es mich traurig macht, dass er Tyler gegenüber so skeptisch ist, kann ich es ihm nicht verübeln. Dennoch wäre es schön, wenn meine Freunde Tyler besser kennenlernen würden.

„Madison, kannst du mich ins Studentenwohnheim fahren?", frage ich sie und ziehe sie zu mir heran. „Ich möchte mit dir reden."

„Sicher."

Madison und ich verlassen das Pub und steigen in ihr Auto. Anstatt den Motor zu starten, sieht sie mich mit tiefen Furchen auf ihrer sonst so glatten Stirn an.

„Bist du sauer auf mich?" Das ist das Letzte, was ich will.

„Nein, überhaupt nicht. Ich kann es verstehen und du wolltest es mir vorhin sagen, aber ich war zu beschäftigt."

Mir fällt ein Stein in der Größe von einem Felsbrocken vom Herzen.

„Aber ich habe Angst um dich." Auf ihrer Stirn tauchen noch mehr Falten auf. „Du liebst ihn. Was, wenn er dich verarscht?" Sie hält einen Moment inne. „Hat er wirklich jemanden umgebracht?"

„Das kann ich dir nicht sagen. Ich weiß, dass er viel Mist gebaut hat, aber er hat sich verändert", sage ich mit Nachdruck.

„Das behaupten sie doch immer. Sei nicht so dumm, zu glauben, du könntest ihn retten."

Getroffen wende ich den Kopf ab. Dumm bin ich nicht und Tyler muss auch nicht gerettet werden. Alles, was er braucht, ist ein kräftiger Tritt in den Allerwertesten, damit er endlich mit den Gerüchten über sich aufräumt.

„Ich wollte dich nicht verletzen." Madison legt mir die Hand auf die Schulter. „Aber du bist noch so unerfahren."

„Ich weiß, was ich tue." Langsam wende ich mich ihr zu. „Wenn du Tyler kennen würdest, wüsstest du, dass er nicht gefährlich ist und es ernst meint. Er hat gesagt, dass er mich liebt."

Madison lacht gequält. „Das hat mein erster Freund auch beteuert, genau so lange, bis ich mit ihm geschlafen hatte. Mache nicht den gleichen Fehler, wie ich. Du musst Tyler vergessen."

„Was, wenn nicht?" Es widerstrebt mir, dass sie mir Vorschriften macht. „Muss ich mich dann zwischen ihm und dir entscheiden?" Meine Stimme bebt, das will ich nicht. Zu so einer Entscheidung lasse ich mich nicht drängen.

„Rede doch keinen Unsinn. Das würde ich nie von dir verlangen." Madison zieht ihre Unterlippe zwischen die Zähne. Sie ist verletzt, genau wie ich.

Schweigen breitet sich zwischen uns aus. Madison startet den Wagen und fährt an. Zehn Minuten später erreichen wir den Parkplatz des Colleges.

„Ich wollte dich vorhin nicht anschnauzen. Aber du verurteilst Tyler, ohne ihn zu kennen." Ich drehe mich im Autositz zu ihr um.

„Das kannst du mir doch nicht verübeln?" Meine Mitbewohnerin legt die Hände aufs Lenkrad und umklammert es. „Na gut, ich behalte meine Hunderte von Bedenken für mich, bis ich ihn besser kenne. Weil er dir geholfen hat, obwohl er dich auch einfach hätte stehen lassen können. Aber bitte versprich mir, vorsichtig zu sein."

„Das bin ich. Du wirst ihn mögen, sobald du etwas Zeit mit ihm verbracht hast." Erleichtert lächle ich sie an.

„Ich hoffe es, ich hoffe es für dich." Madison tätschelt meine Hand.

Tyler

Unruhig wälze ich mich im Bett hin und her. Ava hat mir bis jetzt nicht geantwortet. Ich bin kurz davor, aufzustehen und zum Wohnheim zu gehen, um mich zu vergewissern, dass alles in Ordnung ist. Noch bevor ich das linke Bein über den Bettrand geschwungen habe, ertönt ein Summen. Hastig greife ich nach dem Telefon. Ava hat geschrieben.

Alles in Ordnung, ich komme morgen bei dir vorbei.

Beruhigt sinke ich zurück auf die Matratze. Es ist ein befremdliches Gefühl, dass sie nicht neben mir liegt.

Ich habe mich daran gewöhnt, ihren betörenden Duft einzuatmen, wenn ich mich von hinten an sie schmiege, um einzuschlafen.

Kapitel 27

Ava

Mit einer Tasche über der Schulter treffe ich am späten Samstagnachmittag bei Tyler ein. Ich bleibe bei ihm, bis am Montag die Vorlesungen wieder beginnen.

„Wie war es beim Bewährungshelfer?", frage ich, während ich ins Wohnzimmer gehe und die Tasche um einen der Stühle am Esstisch hänge.

„Sehr gut. Er war sichtlich zufrieden, als ich ihm erzählt habe, wie ich deine Eltern kennengelernt habe." Tyler grinst. „Er wird mich bestimmt nie mehr dazu drängen, mich am gesellschaftlichen Leben zu beteiligen."

„Apropos Integration." Ich gehe einen Schritt auf ihn zu. „Madison würde dich gerne kennenlernen." Erwartungsvoll sehe ich zu ihm hoch.

„Würde sie?" Tyler kratzt sich am Hinterkopf. „Woran hast du gedacht? Ein Essen mit ihr und Jayden?"

Mit offenem Mund stehe ich direkt vor ihm. Zumindest etwas Gegenwehr seinerseits hatte ich erwartet. Er legt mir einen Finger unters Kinn und drückt es nach oben.

„Ja, das wäre perfekt. Aber dann ist den beiden klar, dass wir zusammen sind.“

Tyler legt den Kopf schief. „Das hast du doch Madison längst gesteckt.“ Er legt die Hände auf meine Taille, während ich schuldbewusst nicke. „Das ist in Ordnung für mich. Madison macht einen netten Eindruck und Jayden mag ich.“

„Du magst ihn?“ Er kennt ihn doch überhaupt nicht.

„Ja, wir hatten ein kurzes, aufschlussreiches Gespräch. Seine Einstellung gefällt mir.“

„Wann hast du dich denn mit ihm unterhalten?“ Skeptisch ziehe ich die Augenbrauen zusammen. Hat Tyler ihn eingeschüchtert?

„Habe ich dir doch erzählt. Das war, bevor ich auf der Verbindungsparty aufgetaucht bin, um auf dich aufzupassen.“ Vage kann ich mich daran erinnern. „Auf jeden Fall hat er mich damit beeindruckt, dass er kein Hosenscheißer ist.“

Ich frage mich, wie die Unterhaltung zwischen ihnen wohl ablief, komme aber zum Entschluss, dass ich es lieber nicht so genau wissen will. Stattdessen strecke ich mich und drücke Tyler einen Kuss auf die Lippen.

„Danke, es bedeutet mir enorm viel, dass du dazu bereit bist.“ Verliebt lächle ich ihn an.

Tyler zieht die Hände zurück und läuft zur Küche hinüber. „Magst du Hähnchen mit Pasta?“

„Ja“, rufe ich ihm zu, während ich das Telefon aus der Tasche hole.

„Gut, etwas anders kann ich nämlich nicht kochen.“

Schmunzelnd laufe ich zur Couch und schreibe Madison eine Nachricht.

Jayden, Tyler, du und ich könnten nächstes Wochenende zusammen essen gehen. War übrigens Tylers Vorschlag.

Sie antwortet umgehend.

Uh ... Tyler hat mich gerade beeindruckt. Samstag würde gehen.

„Nächsten Samstag", schreie ich Tyler zu, der lautstark in der Küche hantiert.

„Perfekt", antwortet er und macht den Herd an.

Ich verschwinde im Badezimmer, um zu duschen.

„Ava, ich habe dir etwas zum Anziehen vors Bad gelegt." Tylers kräftige Stimme übertönt das Rauschen des Duschstrahls. Was wird es wohl sein?

Eilig stelle ich das Wasser ab, wickle mich in ein Frottiertuch und öffne die Tür. Eine braune Tüte steht davor. Ich hebe sie hoch und schließe die Badezimmertür.

Aufgeregt greife ich hinein und ziehe ein schwarzes Cocktailkleid hervor. WOW. Wie lieb von ihm. Ich stutze. Er führt etwas im Schilde und ich brenne darauf zu erfahren, was es ist.

Ich ziehe das Kleid an und schminke mich. Leider ist der Spiegel im Bad zu klein, um mich ganz darin betrachten zu können. Alles, was ich sehe, ist, dass ich, wie meistens, das Kleid obenrum nicht ganz ausfülle. Immerhin wirft der Stoff keine unschönen Falten. Früher hätte mich das verunsichert, aber seit Tyler mir gesagt hat, dass ihm meine Brüste gefallen, ist es mir egal.

Barfuß verlasse ich das Badezimmer und bleibe staunend vor dem Esstisch stehen. Er ist weiß eingedeckt, darauf brennt eine Kerze und in einer Vase stecken drei rote Rosen. Tyler steht im Anzug daneben, verführerisch lächelt er mich an. Er sieht zum Dahinschmelzen aus in den schwarzen, eleganten Stoffhosen und dem dazu passenden Hemd in der gleichen Farbe.

„Du siehst bezaubernd aus." Er greift nach zwei Champagnergläsern und hält mir eines hin.

„Danke, du aber auch", sage ich und merke, dass meine Wangen warm werden. Ich kann den Blick nicht von ihm lösen, während ich ihm eines der Gläser abnehme. „Warum der Aufwand?"

„Es gibt einen Grund zum Feiern." Er prostet mir zu.

„Uns." Kaum habe ich das Wort ausgesprochen, durchfährt mich Glückseligkeit.

„Nicht ganz." Tyler führt das Glas zu den Lippen und nimmt einen Schluck. Skeptisch sehe ich meins an. „Ist Kindersekt." Mein Herz schwillt an. Er ist so aufmerksam.

„Wenn wir nicht uns feiern, was dann?", frage ich aufgeregt und nippe am Sekt. Anschließend stelle ich es auf den Tisch.

„Dich und deine kleine Oberweite."

Ich schnaube empört. Wie kann er diesen perfekten Moment nur ruinieren? „Sie ist nicht zu klein", zische ich und stemme die Hände in die Hüften. Will er jetzt wirklich mit mir streiten?

„Genau das wollte ich hören." Tyler zieht die Mundwinkel nach oben. Liebevoll stupst er mich auf die Nase. „Deine Brüste sind perfekt und es gefällt mir, dass du deine Hemmungen abgelegt hast."

Arsch. Er hat mich mit Absicht provoziert. Theatralisch kneife ich die Augen zusammen und bohre ihm den Zeigefinger in die Brust.

„Leg dich nicht mit mir an, Freundchen." Ich verstärke den Druck, den ich ausübe. „Sonst ..." Weiter komme ich nicht.

„Freundchen? Das kannst du besser, Sonnenschein." Genervt verdrehe ich die Augen. Ich mag es nicht, wenn er mich so nennt.

Tyler lacht laut auf. „Bevor du jetzt durch die Decke gehst ..." Er räuspert sich und umfasst meine Hände. „Ich möchte dir dafür danken, dass du mich in der dunklen Seitengasse neben der Bar angesprochen hast. Die Einsamkeit drohte mich zu verschlingen, doch dann kamst du. Dich nicht zu kennen und zu lieben, ist für mich unvorstellbar geworden. Du bist alles, was ich mir gewünscht und erhofft hatte, mir aber lange Zeit nicht erlauben wollte, zu haben."

Zutiefst berührt schniefe ich. Eine einzelne Träne rinnt meine Wange hinunter.

„Ava, du hast mir gezeigt, wie stark ich sein kann, wenn ich es sein muss. Dein Vertrauen in mich hat mir die Augen geöffnet. Mir bewusst gemacht, dass auch ich anfangen muss wieder zu lernen, wie ich mir selbst trauen kann."

Die Liebe in seinem Blick und seine Worte lassen mich erschaudern. Mein Herz droht zu zerspringen und ich habe Mühe zu atmen. „Ich liebe dich", erwidere ich mit zitternder Stimme. Tief in mir spüre ich, dass Tyler der Richtige ist und es immer sein wird.

„Ich dich auch, Sonnenschein." Er senkt den Kopf und leckt mir die Träne von der Wange. Seine weiche Zunge auf der erhitzten Haut zu spüren, bringt meinen Körper zum Glühen. Es fühlt sich so intensiv an, dass ich aufstöhne. Tyler dämpft das Geräusch mit seinem

Mund. Er küsst mich leidenschaftlich, raubt mir den Verstand. Ich presse mich fest an ihn, genieße, wie seine Zunge meine ertastet. Dabei kralle ich die Finger in seinen muskulösen Hintern.

Schwer atmend löst er die Lippen von meinen. „Wir sollten zuerst essen." Sein hungriger Blick, verrät mir, dass er viel lieber mich vernaschen würde.

„Später", murmle ich erregt. Ich will, dass er mich anfasst. Ich will noch weit mehr als das. Ich will ihn. Als hätte Tyler meine Gedanken gehört, hebt er mich hoch. Mit einer Hand schiebt er das Geschirr zur Seite und setzt mich auf die Tischplatte. Er drängt sich zwischen meine Beine, drückt sie auseinander und presst seine Erektion an meine Scham. Ich wimmere. Wie es sich wohl anfühlt, ihn in mir zu spüren?

„Ava, das war nicht mein Plan." Ich spüre seinen feuchtwarmen Atem am Hals, den er mit Küssen übersät. Abermals erschaudere ich. Die unglaubliche Lust und das mich beinahe verschlingende Verlangen, das er in mir auslöst, sind zu viel für mich.

„Ich weiß." Ich keuche, die Lider halb geschlossenen. Mit den Fingerspitzen ertaste ich einen der Knöpfe vom Hemd. Ich öffne ihn und fahre nach unten zum Nächsten.

„Lass mich." Tyler richtet sich auf und zieht sich das Hemd über den Kopf.

Ich rutsche vom Tisch. Tyler öffnet den Reißverschluss des Etuikleides in meinem Nacken. Während er an meinem Ohr knabbert, schiebt er es mir über die Schultern. Es segelt an meinem Körper entlang zu Boden.

Ich horche in mich hinein. Versuche zu ergründen, ob es nur die Lust ist, die er in mir entfacht hat, die mich mit ihm schlafen lassen will. Nein, da ist mehr als dieses drängende Gefühl in mir. Eine Vertrautheit zwischen uns, die ich bis dahin noch nie gespürt habe. Meine Finger zittern vor Aufregung, als ich seine Hand umfasse.

Wortlos ziehe ich Tyler hinter mir her zum Bett hinüber. Ich fühle seinen Blick auf mir, als ich auf die Matratze steige und mich auf den Rücken lege. Tylers Gesicht taucht über mir auf. Den Mund hat er leicht geöffnet und in seinen Augen erkenne ich die pure Lust, die auch durch meine Venen rast.

„Du hast doch gemeint, du hättest Kondome." Angespannt beiße ich mir auf die Unterlippe. Tylers Pupillen weiten sich und er zieht scharf die Luft ein. Stille. Nur unsere abgehackten Atemzüge sind zu hören. Die Zeit scheint stillzustehen, Sekunden verstreichen, in denen er mich einfach nur ansieht. Ein beklemmendes Gefühl breitet sich in mir aus. Warum sagt er nichts?

Tyler streicht mir mit den Fingerkuppen über die Stirn, die Wange entlang hinab zum Hals. „Willst du das wirklich?" Seine Stimme ist rau, vermischt mit Begierde.

„Ja", hauche ich und halte seinem prüfenden Blick stand.

„Fuck, Ava." Er streckt den Arm aus, greift in die Nachttischschublade und holt ein Kondom hervor. Unerwartet richtet er sich auf. „Es soll perfekt sein." Tyler kratzt sich am Hinterkopf. „Ich hole Kerzen und mache Musik an."

Bestimmt ziehe ich ihn zu mir hinunter. „Es ist alles perfekt, weil du perfekt bist."

Er küsst mich zärtlich und meine Nervosität verschwindet allmählich.

Tyler fährt mit den Händen an meinem Oberkörper entlang nach unten. Ich schließe die Lider, genieße seine federleichten Berührungen, die meine Erregung steigern. Es pulsiert angenehm in meinem Unterleib, worauf ich wohlig seufze. Er zieht mir den BH und die Unterwäsche aus und lässt seine Fingerspitzen über meinen Bauch hinunter zur Scham wandern. Ich stöhne, als er meine Klitoris berührt. Der Drang in mir, mit ihm zu schlafen, wird übermächtig. Mein Körper steht in Flammen, verzehrt sich nach ihm. Unbeholfen versuche ich, seine Anzughose zu öffnen. Tyler schmunzelt an meinen Mund und stemmt sich auf der Matratze ab, damit ich sie ihm ausziehen kann.

Ich hake die Finger in den Bund der Boxershorts, halte dann aber inne. Zweifel bohren sich in mein Gehirn. Was, wenn Tyler den Sex mit mir nicht gut findet?

„Alles in Ordnung?" Er drückt meinen Kopf nach oben, damit er mir in die Augen sehen kann. „Wir können jederzeit aufhören, wenn du es dir anders überlegst oder dir etwas nicht gefällt." Die Wärme in seiner Stimme und sein besorgter Gesichtsausdruck nehmen mir meine Ängste. Ich nicke und streife die Boxershorts nach unten.

„Ich bin bereit", wispere ich.

Abermals zucken Tylers Mundwinkel. „Dann eben ohne ein langes Vorspiel, du bist feucht genug." Ein Knurren löst sich tief aus seiner Brust, was mich erbeben lässt. „Ich will ohnehin nicht mehr länger warten.

Du wirst es nicht bereuen, Ava." Ein süßes, lockendes Versprechen, das die Vorfreude, auf das, was kommt, noch mehr anheizt.

Tyler reißt die Verpackung des Kondoms auf und zieht es sich über.

Vorsichtig dringt er in mich ein, während ich die Luft anhalte. Ich warte auf den Schmerz, doch er kommt nicht. Zentimeter für Zentimeter schiebt sich Tyler in mich, dehnt und füllt mich aus. Dabei sieht er mir unentwegt in die Augen.

Als er sich vollständig in mir versenkt hat, wimmere ich vor Lust. Es fühlt sich ungewohnt, aber gut an. Tyler verharrt reglos, gibt mir die Zeit, die ich brauche, um mich an ihn und diese neue Empfindung zu gewöhnen.

„Tut es weh?" Er streicht mir eine Haarsträhne hinters Ohr.

Ich schüttle den Kopf, dann küsse ich ihn.

Tyler schiebt seine Hüfte vor und zurück, ohne unseren Kuss enden zu lassen. Er bewegt sich sachte, worauf ich entspanne und mich fallen lasse. Ich genieße es, ihm so nah zu sein. Wir verschränken unsere Hände, verschmelzen miteinander. Mein Körper wird von Lust und Liebe geflutet, doch ich erreiche nicht den Punkt der völligen Ekstase. Ich brauche mehr, auch wenn es sich mit jedem von Tylers Stößen besser anfühlt.

Sein Rhythmus wird kräftiger und er stöhnt. Die Lider hat er beinahe geschlossen.

„Ava, ich komme gleich." Er öffnet die Augen, auf seiner Stirn glänzen kleine Schweißtropfen. „Du?"

Ich fasse ihm an die Wange. „Nein, aber das macht nichts“, beruhige ich ihn. Ich genieße das überwältigende Gefühl, ihm nicht mehr näher sein zu können. Das reicht mir vollkommen.

Tyler schüttelt den Kopf, schiebt seine Hand zwischen uns nach unten und berührt meine Klitoris. Nun stöhne auch ich, das war genau das, was ich gebraucht habe. Ich kralle die Finger in seine Schultern, worauf Tyler den Druck erhöht. Meine Sicht verschwimmt, meine Beine zittern und ich komme. Tyler zieht die Hand zurück und verschränkt sie erneut mit meiner. Kräftig stößt er in mich und ich betrachte fasziniert sein Gesicht, als auch er seine Erlösung findet. Die Muskeln an seinem Hals spannen sich an, sein Mund ist leicht geöffnet.

Er sinkt auf mich herab und vergräbt den Kopf an meinem Hals. Ich lasse die Fingerspitzen über seinen Rücken gleiten, seine Haut ist feucht und warm. Tyler stützt sich auf dem Ellbogen ab, damit er mich besser betrachten kann.

„Hat es dir gefallen?“

„Ja, es war schön.“ Ich knabbere an der Unterlippe. „Aber, wenn du mich leckst, fühlt es sich besser an.“

Grinsend stupst er mich auf die Nase. „Du wirst schon noch auf den Geschmack kommen.“

Er zieht sich aus mir zurück, streift das Kondom ab und verknotet es, bevor er es auf den Nachttisch wirft. Kaum hat er sich wieder hingelegt, kuschle ich mich an ihn.

„Sag mir nie mehr, dass es egal ist, ob du zum Höhepunkt kommst oder nicht. Es soll dir genau so viel Spaß machen, wie mir.“

Ich hebe den Kopf. „Hat es dir denn gefallen?"

„Ja, und wie, Sonnenschein."

Ich schnaube.

„Du fühlst dich wunderbar an. Nächstes Mal nehme ich dich von hinten."

Wie schön. Das hat er mir schon bei unserem ersten Zusammentreffen angeboten. Ich lächle ihn neckisch an. Es gibt etwas, was ich viel lieber ausprobieren würde, mich bis jetzt aber nicht getraut habe.

„Nein, nächstes Mal ..." Ich stocke, suche nach den passenden Worten. Aber sie kommen mir nicht in den Sinn. „Blase ich dir einen", sage ich schließlich. Meine Wangen glühen. Habe ich das gerade wirklich gesagt?

„Noch besser", raunt Tyler. „Morgen früh hätte ich Zeit. Passt dir das?" Sein Brustkorb hebt und senkt sich ruckartig, dabei dringt ein zufriedenes Grollen an mein Ohr.

„Vielleicht", murmle ich und beiße mir fest auf die Zunge. Warum habe ich nicht einfach die Klappe gehalten?

„Wann immer es für dich stimmt." Tyler drückt mir die Lippen auf die sensible Stelle hinterm Ohr.

Kapitel 28

Ava

Gut gelaunt bereite ich summend das Frühstück vor. Tyler schläft noch. Ich schwebe auf Wolke sieben, jede Bewegung geht mir leicht von der Hand. Immer noch kann ich es nicht fassen, dass ich mit Tyler geschlafen habe. Für mich war es perfekt. Ich bereue es nicht, das werde ich nie.

Nachdem alles vorbereitet ist, hole ich die Collegeunterlagen hervor. Ich muss noch eine Arbeit für Montag zu Ende schreiben.

„Guten Morgen, Sonnenschein."

Ich rolle mit den Augen. Tyler legt von hinten die Arme um mich und gibt mir einen Kuss auf den Scheitel.

„Kannst du bitte aufhören, mich so zu nennen?" Ich drehe mich zu ihm um.

Mit nacktem Oberkörper steht er da. Sein Haar ist zerzaust, den Mund hat er zu einem süffisanten Grinsen verzogen. „Kann ich, will ich aber nicht." Er beugt sich zu mir herunter. „Komm zurück ins Bett." Mit der Zunge leckt er sich genüsslich über die Unterlippe.

„Wie wäre es, wenn wir zuerst essen?"

„Ah, du hast Hunger. Was ich dir anbieten kann, ist reich an Proteinen." Herausfordernd wackelt er mit den Augenbrauen, worauf ich kichern muss.

„So viel zum Thema, wann immer ich bereit bin."

Der Schalk in seinen Augen verrät mir, dass er mich nur neckt.

Tyler zieht den Stuhl neben mir hervor und setzt sich.

„Musst du noch lernen?" Er deutet auf die Hefte, die auf dem Tisch liegen.

„Ja, sollte nicht länger als eine Stunde dauern."

Er greift nach einer der Waffeln, die ich zubereitet habe und beißt hinein.

„Denkst du nicht, dass es eine gute Gelegenheit wäre, mit den Gerüchten über dich aufzuräumen, wenn wir mit Madison und Jayden essen gehen?" Gespannt sehe ich ihn an.

Seine Miene verdunkelt sich und er legt die Waffel zurück auf den Teller. „Mal sehen." Knapper hätte er nicht antworten können. Er erhebt sich.

„Das heißt dann wohl Nein." So viel dazu, dass er mir gestern gesagt hat, er müsse anfangen zu lernen, sich selbst zu vertrauen.

„Nein, heißt es nicht." Tyler sieht mich mit zusammengekniffenen Brauen an. „Wann hörst du endlich auf, mich unter Druck zu setzen?"

Die plötzliche Gereiztheit in seiner Stimme irritiert mich. Lautlos lache ich auf. „Wenn dir niemand einen ordentlichen Tritt in den Hintern verpasst, wirst du nie in die Gänge kommen." Ich recke das Kinn. „Ich habe kein Problem damit, dieser niemand zu sein."

„Du hast gut reden, es ist nicht deine Freiheit, die auf dem Spiel steht. Ich kann mir keine Fehler erlauben, nicht einmal den winzigsten." Geräuschvoll atmet er aus.

Ich presse die Lippen zusammen, stehe auf und lege ihm die Hand auf den Oberarm. „Ich vertraue dir, ich werde dir immer vertrauen. Du wirst nicht wieder zuschlagen."

„Ich bin mir da bis jetzt nicht sicher. Gib mir noch etwas Zeit, okay?" Flehend sieht er mich an und ich knicke ein.

Eigentlich sollte ich darauf beharren, denn ich weiß, er wird es nicht tun. Er ist so viel besser, als er denkt. Wieder habe ich mich vertrösten lassen. Resigniert sinke ich auf den Stuhl zurück. Ich greife in die Tasche, ertaste aber kein Buch darin. Mist, ich habe es in der Bibliothek vergessen, es liegt nicht auf dem Tisch. Auch das noch. Ich seufze auf.

„Alles in Ordnung?" Tyler macht einen Schritt auf mich zu.

Nein, überhaupt nicht, denke ich, verschweige es aber. „Das Buch, das ich brauche, liegt noch in der Bibliothek", sage ich stattdessen. „Ich gehe es holen."

Bedrückt erhebe ich mich. Etwas frische Luft und Abstand von ihm wird mir guttun. Tyler auch, dann kann er darüber nachdenken, warum er verdammt noch mal nicht fähig ist, an sich selbst zu glauben.

„Du kommst aber wieder?"

„Ja." Ungläubig sehe ich ihn an und mein Herz wird schwer wie Blei. „Warum fragst du das?"

Tyler macht einen Schritt auf mich zu und bleibt stehen. „Weil du zu gut für mich bist." Er blickt ins Leere. „Weil meine Eltern mich aufgegeben und vor die Tür gesetzt haben. Weil mich meine sogenannten Freunde hintergangen haben." Wie in Zeitlupe schüttelt er den Kopf. „Weil ich dir nicht geben kann, was du willst."

Ich würge den eiergroßen Kloß im Hals hinunter. Es schmerzt und ich drohe daran zu ersticken. Mein Mund ist wie ausgetrocknet. Noch nie hat sich Tyler so verletzlich gezeigt. In zwei Sätzen habe ich ihn erreicht und die Hände in seinem Nacken verschränkt.

„Ich gebe dich nicht auf, nicht so lange du gewillt bist, an dir zu arbeiten."

Tyler schließt die Lider und ringt um Fassung. „Werde ich, versprochen." Ich fühle seine weichen Lippen an der Stirn und seine Hand auf meinem Gesäß. Er versucht mich an sich zu drücken, doch ich weiche zurück.

„Ich gehe jetzt, bin in dreißig Minuten zurück." Wenn ich nicht schleunigst verschwinde, werde ich nicht mehr so schnell die Möglichkeit dazu haben.

Das angenehme, verlockende Ziehen im Unterleib verschwindet erst, nachdem ich die Bibliothek erreicht habe. Geradewegs gehe ich auf die erste Bibliothekarin zu, die ich entdecke.

„Entschuldigung, ich habe eines meiner Bücher liegen lassen. Können Sie nachsehen, ob es gefunden wurde?"

„Gleich dort drüben ..." Sie deutet auf ein massives Gestell an der Wand. „... befinden sich die herrenlosen Bücher, die wir jeden Abend einsammeln." In ihrer Stimme kann ich deutlich erkennen, dass sie nicht erfreut ist, wie unachtsam die Studenten mit ihren Büchern umgehen.

„Danke." Ich lächle sie an und gehe zum Regal, das rappelvoll ist. In der Mitte entdecke ich mein Buch. Gott sei Dank.

„Ava“, vernehme ich Liam hinter mir. Ich wende mich ihm zu, während ich das Buch in die Tasche stopfe.

„Hey“, erwidere ich und bin überrascht, dass er mich zur Begrüßung nicht umarmt, obwohl ich die Arme ausstrecke. Wie bestellt und nicht abgeholt, stehe ich vor ihm. Langsam lasse ich die Arme wieder sinken. Unangenehm berührt umfasse ich den Schulterriemen der Tasche, die ich umgehängt habe.

„Bist du mit Tyler zusammen?“, fragt er geradeheraus. Deswegen benimmt er sich so seltsam.

„Ja.“ Ob es Tyler nun passt oder nicht, über meinen Beziehungsstatus will ich nicht mehr lügen.

„Habe ich mir schon gedacht.“ Seine Stimme klingt für mich eine Spur zu vorwurfsvoll, weswegen ich eine abwehrende Haltung einnehme. „Können wir kurz reden?“

„Immer“, erwidere ich. Wir schlendern zum nächsten freien Tisch, an den ich mich lehne. Innerlich wappne ich mich, Tyler zu verteidigen. Ich werde immer hinter ihm stehen, auch wenn er bisher nicht so weit ist, mit den Gerüchten über sich aufzuräumen.

Tyler

Es poltert an der Tür. Ava ist schneller zurück, als sie angekündigt hat.

„Ist offen“, rufe ich. Nachdem sie gegangen ist, habe ich mir nicht die Mühe gemacht abzusperren. Stattdessen bin ich auf die Couch gesunken und habe lange über ihre Worte sinniert. Sie hat recht, ich muss es richtigstellen. Warum nur sträubt sich alles in mir dagegen?

Meine Gedanken schweifen zu gestern Abend ab. Ich erinnere mich daran, wie unglaublich gut sich Ava angefühlt, wie sie sich um meinen Schwanz zusammengezogen hat, als sie gekommen ist. Und an ihr Versprechen, mir einen zu blasen. Ihr dabei ins Gesicht zu blicken und zu sehen, wie sich ihre Lippen um meine Erektion schließen, lässt mich hart werden.

Ein erneutes Poltern, noch kräftiger als zuvor, reißt mich aus den angenehmen Erinnerungen.

„Es ist offen", schreie ich, atme ein paar Mal tief durch und kämpfe gegen das Verlangen in mir an. Nicht dass ich über Ava herfalle, kaum dass sie einen Fuß über die Schwelle gesetzt hat.

Die Tür fällt ins Schloss. In Erwartung, in Avas Gesicht zu blicken, hebe ich den Kopf und werde bitter enttäuscht. Vor mir steht ein sichtlich mitgenommener Jayden. Er sieht aus, als hätte er die ganze Nacht nicht geschlafen. Tiefe Ringe liegen unter seinen Augen.

„Ist dir Ava wichtig?" Diese Frage versetzt mich in höchste Alarmbereitschaft. Während ich mich erhebe, straffe ich die Schultern.

„Ja, ist das ein Problem für dich?" Langsam gehe ich auf ihn zu, taxiere ihn mit meinem Blick und bleibe direkt vor ihm stehen. Scheiße, erst jetzt erkenne ich, wie abgefuckt er wirklich aussieht.

„Ich weiß nicht, was ich tun soll." Jayden fährt sich fahrig durchs Haar. Hat ihn Madison abserviert? Er muss sie wirklich lieben, wenn ihm das so zusetzt.

„Ich bin kein Paartherapeut“, brumme ich, in der Hoffnung, dass er verschwindet.

Er greift in die Hosentasche und zieht ein braunes Fläschchen hervor. Ich reiße die Augen auf, als ich es erkenne.

„Du Schwein“, brülle ich wutentbrannt. Wie konnte ich mich dermaßen in ihm täuschen? Ich strecke den Arm aus, lege meine Finger wie einen Schraubstock um seinen Hals und drücke grob zu. „Du hast Ava die K.-o.-Tropfen verabreicht. Dafür wirst du büßen.“ Meine Stimme ist eiskalt, aber in meinem Inneren tobt ein Sturm. Meine Linke zuckt gefährlich. Blut rauscht mir in den Ohren, ich sehe rot.

Jayden umfasst mein Handgelenk, versucht es mit aller Kraft nach unten zu drücken, aber ich gebe keinen Millimeter nach. Er bringt mich nur dazu, meine Fingerkuppen noch tiefer in seiner Haut zu vergraben.

Ihm entfährt ein Röcheln, gefolgt von einem Husten. „Das war nicht ich, ich habe sie gefunden.“ Die Worte kommen ihm abgehackt über die Lippen. Ich lasse ihn los.

„Wo?“, schreie ich.

Er bleibt still.

„Verdammt noch mal, jetzt sag es schon oder ich prügle es aus dir heraus.“ Mein Puls rast, meine Gedanken kreisen.

„In Liams Badezimmer.“

Hat er die Cola, von der Ava getrunken hat, mit Drogen versetzt?

„Was?“, brülle ich entsetzt und massiere mir die Schläfen. Schließlich sinke ich aufs Sofa.

Jayden plumpst neben mich. „Gestern Abend war ich in seinem Zimmer, wir haben uns ein Football-Spiel angesehen. Ich musste aufs Klo. Der Spiegelschrank stand offen. Darin war dieses Fläschchen. Als ich erkannt habe, worum es sich dabei handelt, bin ich aus allen Wolken gefallen." Jayden stößt geräuschvoll den Atem aus. „Ich kann mir einfach nicht vorstellen, dass Liam Drogen in die Cola gekippt hat."

„Weiß er, dass du die K.-o.-Tropfen gefunden hast?"

„Nein, ich war überfordert, habe sie eingesteckt und mich mit einer Ausrede aus dem Staub gemacht." Er stellt das braune Fläschchen auf den Couchtisch. „Lange habe ich überlegt, was ich machen soll. Jemand sollte es Ava sagen."

Sein Gesichtsausdruck verrät mir, dass ich derjenige bin, der es ihr mitteilen darf. Das wird sie schockieren.

„Ich werde mit ihr sprechen. Behalte es vorerst für dich, sag es niemandem, nicht einmal Madison." Ich hebe das Fläschchen hoch und starre es an. „Wir müssen absolut sicher sein, dass er es war, bevor es die Runde macht. Vor allem will ich wissen, warum er es getan hat und ob es seine Absicht war, dass Ava davon trinkt." Ein eiskalter Schauer läuft mir den Rücken hinunter. Was, wenn Liam nur Avas Cola mit Drogen vermischt hat?

Jayden nickt. „Danke, Mann, ich wusste, bei dir bin ich an der richtigen Adresse." Er erhebt sich und läuft zur Tür.

„Sorry, dass ich dich an der Gurgel gepackt habe, das war falsch."

Er lacht trocken auf und dreht sich zu mir um. „Wäre ich an deiner Stelle gewesen, hätte ich genau so reagiert."

Erleichtert sinke ich ins Polster. Würde er mich anzeigen, wäre ich geliefert. Der Vorfall hat mir bewiesen, dass ich mir nicht selbst trauen kann. Ich winke ihm flüchtig zu, als er das Loft verlässt.

Ich muss Ava anrufen, sie muss umgehend zurückkommen.

Kapitel 29

Ava

„Tyler ist gefährlich, äußerst gefährlich“, bellt Liam aufgebracht. Die Augen hat er zusammengekniffen. Seine Lippen sind nur noch ein schmaler Strich.

„Das hast du mir schon dreimal gesagt.“ Frustriert stöhne ich auf. „Liam.“ Ich lege ihm die Hände auf die Schultern, dabei bemerke ich, dass das Telefon in meiner Hosentasche vibriert. „Ist er nicht. Ich kann dir noch nicht sagen, warum, aber du kannst mir glauben, dass er es nicht ist.“ Ich beschwöre ihn mit meinem Blick, mir zu vertrauen.

„Das wird in einer Katastrophe enden“, ruft er aus und umfasst meine Handgelenke. Abermals spüre ich, die Vibrationen des Smartphones am Hintern.

„Du wirst sehen, dass es das nicht wird.“ Ermutigend klopfe ich ihm auf die Schultern.

„Ava, warum hörst du nicht auf mich?“ Liam klingt unzufrieden, hält mich aber nicht auf, als ich die Hände zurückziehe. „Mit Tyler darfst du dich nicht abgeben.“ In seiner Stimme blitzt ein autoritärer Tonfall auf, der mich verletzt. Schon wieder maßt er sich an, mir Vorschriften zu machen. Seine Sorge kann ich nachvollziehen, er weiß nicht, dass Tyler niemanden umgebracht hat. Aber wie er sich in meine persönlichen Angelegenheiten einmischt, passt mir nicht.

Ich öffne den Mund, klappe ihn wieder zu, als mein Telefon erneut vibriert. Wer ruft mich andauernd an?

„Einen Moment", entgegne ich, während ich das Smartphone hervorhole. Drei Anrufe von Tyler sowie eine Sprachnachricht werden mir angezeigt. Ich klicke auf den Abspiel-Button.

„Wenn du das hörst, komm umgehend zurück ins Loft." Irgendetwas an der Art, wie Tyler klingt, beunruhigt mich. Sorge, aber auch Wut habe ich in seiner Stimme erkannt. Angespannt beiße ich mir so heftig auf die Unterlippe, dass es schmerzt

„Ich muss los, ich melde mich später bei dir", sage ich zu Liam und mache Anstalten mich umzudrehen.

„Warte, willst du zu Tyler?" Liam hält mich zurück.

„Ja." Jetzt wird mir Liam erneut einen Vortrag darüber halten, wie gefährlich Tyler ist.

„Gehen wir zusammen, ich muss zurück ins Verbindungshaus." Überrascht darüber, dass die Standpauke ausbleibt, nicke ich.

„Ich muss nur noch kurz ein Buch holen, dauert nicht lange. Warte bitte kurz auf mich."

„Okay", erwidere ich und bin froh, dass ich anscheinend doch zu ihm durchgedrungen bin. Er hat begriffen, dass mir Tyler niemals etwas tun würde.

Liam verschwindet. Ich setze mich auf einen der Stühle und tippe eine Nachricht an Tyler.

Alles in Ordnung???? Ich bin gleich zurück.

Die Minuten verstreichen. Ungeduldig trommle ich mit den Fingern auf die Tischplatte. Befindet sich das Buch, das Liam benötigt, in den verstaubten Katakomben unter dem Gebäude oder warum dauert das so lange?

„Wir können gehen", höre ich Liam hinter mir sagen. Endlich. Ich erhebe mich und wir verlassen die Bibliothek.

Vor dem Gebäude schlägt er sich die Hand auf die Stirn. „Mist, ich habe meine Tasche liegen lassen." Er zuckt entschuldigend mit den Schultern. „Eine Sekunde, bin gleich zurück." Liam läuft los, ohne meine Antwort abzuwarten.

Unruhig trete ich von einem Bein aufs andere. Tyler hat noch nicht geantwortet und das ungute Gefühl in meinem Magen verstärkt sich. Ich ringe mit mir, ob ich einfach ohne Liam weitergehen soll, entscheide mich aber dagegen. Unsere Freundschaft ist gerade etwas angeknackst. Auch wenn Liam sich mir gegenüber übergriffig verhalten hat, war er ansonsten immer hilfsbereit und nett.

„Jetzt habe ich alles." Liam taucht neben mir auf, worauf ich loslaufe. Mit schnellen Schritten gehe ich den Weg entlang, der über den Campus führt.

„Renne doch nicht", sagt Liam schwer atmend, während er neben mir her hechtet.

Ich verlangsame die Schritte und sehe zu ihm herüber. „Du bist doch Sportler." Ich kann mir ein Schmunzeln nicht verkneifen.

„Ja, ich spiele Football und bin kein Marathonläufer."
Er zieht das Smartphone hervor und tippt auf das Display. Schweigend geht er neben mir, während er eine Nachricht liest.

„Alles in Ordnung?", frage ich.

„Ja, alles bestens." Ein Lächeln huscht über sein Gesicht. Es ist nicht herzlich, sondern wirkt diabolisch. Worauf ich ihn irritiert ansehe. „Ryan hat mir einen dreckigen Witz geschickt, willst du ihn hören?"

Ich schüttle den Kopf. Seiner Reaktion nach ist er weit unter der Gürtellinie.

Wir erreichen die Gabelung, wo jeder von uns einen anderen Weg einschlagen muss.

„Sei vorsichtig und denke daran, dass ich dich davor gewarnt habe, dich mit Tyler abzugeben." Eindringlich blickt er mir in die Augen. Kurz darauf wendet er sich abrupt ab und geht davon, ohne sich von mir zu verabschieden.

Resigniert seufzte ich. Ich bin doch nicht zu ihm durchgedrungen. Was soll's, darum kümmere ich mich später.

Die wenigen Meter zum Loft lege ich in Windeseile zurück. Je näher ich dem Gebäude komme, desto unbehaglicher fühle ich mich. Mir ist beinahe schlecht, als ich vor der Tür stehen bleibe, die nur angelehnt ist. Bei Tyler wurde eingebrochen, durchfährt es mich. Geschockt starre ich auf den zwei Zentimeter breiten Spalt. Sind seine ehemaligen Gangmitglieder hier aufgetaucht? Haben sie Tyler verletzt?

Das unangenehme Ziehen im Bauch erreicht eine neue Dimension. Mit zitternden Fingern stoße ich die Tür geräuschlos auf und trete langsam ein.

Augenblicklich erstarre ich. Kalter Schweiß dringt durch jede meiner Poren. Tyler, der in Boxershorts vor dem Bett steht, ist nicht allein. Aber die Person, die sich in Spitzenunterwäsche an ihn schmiegt, ist kein Mann. Es ist Mandy. Ihre prallen Brüste quellen förmlich aus den Körbchen. Nein. Nein. Nein. Ich presse die Lider zusammen, das darf nicht wahr sein. Als ich die Augen wieder öffne, sehe ich, wie Mandy ihre roten Lippen auf die von Tyler drückt und ihre Finger in sein Haar krallt.

Ein entsetzter Schrei entfährt mir und wird von den Wänden zurückgeworfen. Mein Herz zersplittert in tausend kleine Stücke, die sich schmerzhaft in meine Brust bohren. Tränen strömen mir über die erhitzten Wangen. Meine Atmung droht zu versagen und ich japse nach Luft. Tyler schnellt herum und stößt Mandy kräftig von sich, worauf sie zwei Schritte zurücktaumelt.

„Ava", schreit er panisch. Fassungslos sehe ich ihn an. Wie konnte er mir das antun?

„Arsch", brülle ich wutentbrannt und zutiefst verletzt, drehe mich um und stürme davon.

Kapitel 30

Ava

Planlos irre ich über den Campus, unfähig zu begreifen, was gerade geschehen ist. Immer noch will ich es nicht wahrhaben, obwohl ich es mit eigenen Augen gesehen habe. Tyler und Mandy eng umschlungen. Was für ein Anblick hätte sich mir geboten, wenn ich später gekommen wäre?

Ich würge. Hätte ich gesehen, wie Tyler sie von hinten nimmt? Abrupt bleibe ich stehen, sinke zu Boden und schluchze. Mein Körper wird geschüttelt, Kälte kriecht mir das Rückgrat hinauf und breitet sich in mir aus, bis ich zittere wie Espenlaub.

„Alles okay?", höre ich eine mir unbekannte Frauenstimme fragen. Es klingt, als würde sie von weit her zu mir herübergetragen. Unfähig, den Kopf zu heben, stiere ich mit feuchten Augen auf den Gehweg. Ich fixiere einen Kaugummi, der darauf klebt.

„Hey, geht es dir gut?" Neben mir sinkt jemand zu Boden.

Es gelingt mir, den Kopf zu drehen. Eine junge Frau mit braunen Locken sieht mich besorgt an.

„Nein", flüstere ich gequält. Mir wurde soeben das Herz gebrochen. Laut schluchze ich auf, wische mir mit dem Ärmel des Hoodies übers Gesicht und sehe mich um. Etliche Studenten sind stehen geblieben. Sie betrachten mich mitleidig. Hastig rapple ich mich auf.

„Was ist passiert?" Die junge Frau zieht ein Taschentuch hervor und hält es mir hin.

„Danke." Ich nehme es ihr ab. „Geht schon wieder", murmle ich und setze mich in Bewegung. Mein Zusammenbruch auf offener Straße ist mir unangenehm. So schnell ich kann, begebe ich mich zum Wohnheim, um in meinem Zimmer zu verschwinden.

Ich krieche ins Bett und ziehe mir die Decke über den Kopf. Tyler hat mich betrogen. Als wäre das nicht schlimm genug, musste es ausgerechnet Mandy sein. Und das keine vierundzwanzig Stunden, nachdem ich ihm meine Unschuld geschenkt habe. Erneut dreht sich mir der Magen um. Ich würge die Galle, die sich in meinem Mund ausbreitet, dorthin zurück, wo sie hingehört. Er hat nur mit mir gespielt. Madison und Liam hatten recht, es war dumm von mir, ihm zu vertrauen. Ich leichtgläubiges Ding habe ihn auch noch in Schutz genommen. Ein verzweifelter Laut, der klingt, als wäre ein Tier angeschossen worden, verlässt meinen Mund.

„Ava?" Das Laken wird heruntergezogen. Madison beugt sich über mich. Wie sie das Zimmer betreten hat, habe ich nicht mitbekommen. Meine Zimmergenossin schürzt die Lippen und sinkt vor mir auf die Knie.

„Hat dich Mandy wieder gemobbt?"

Ich wimmere auf.

„Was hat sie sich diesmal geleistet?" Madison ballt ihre rechte Faust und schlägt damit auf die Kommode.

„Jetzt reicht's, wir gehen zum Rektor und erzählen ihm, was für ein elendes Miststück seine Tochter ist." Entschlossen reckt sie das Kinn, packt mich am Oberarm und richtet mich auf.

Die Zimmertür fliegt auf. Tyler betritt schwer atmend den Raum.

„Hier bist du, endlich habe ich dich gefunden." Er gibt ein erleichtertes Seufzen von sich und kommt auf mich zu. Was erlaubt er sich, hier aufzutauchen? Denkt er wirklich, es ist in Ordnung für mich, wenn er andere Frauen küsst und weiß Gott noch mit ihnen anstellt?

Die Verzweiflung, die mich fest in ihrem Griff hat, schlägt in blanke Wut um. Es brodelt in meinen Eingeweiden. Ich fletsche die Zähne und durchbohre ihn mit meinem Blick.

„Verschwinde, ich will dich nie wieder sehen. Du bist das Allerletzte. Mandy und du ... Ihr passt perfekt zusammen!", brülle ich, währenddessen springe ich vom Bett auf.

„Scheiße", kreischt Madison erschrocken und hält sich die Hand vor den Mund.

„Ava, bitte höre mich an." Tyler bleibt abrupt stehen.

„Da gibt es nichts zu erklären." Ich stemme die Hände in die Hüften. „Verschwinde." Meine Stimme bebt vor Zorn. Ich strecke das Rückgrat durch und hebe das Kinn an. Er soll nicht merken, wie sehr ich leide.

„Ava ..." Weiter kommt er nicht.

Madison hat einen Pfefferspray aus ihrer Handtasche geholt. Sie hält ihn Tyler vor die Nase.

„Wenn du nicht sofort gehst, benutze ich ihn." Obwohl ihr Arm leicht zittert, klingt sie bemerkenswert überzeugend.

„Fuck." Mit verengten Augen geht er einen Schritt auf Madison zu.

Erschrocken stoße ich die Luft aus. Er wird sie doch nicht angreifen? Das hätte ich nicht für möglich gehalten, genauso dass er mich hintergehen würde, aber auch da hatte ich mich getäuscht. Abermals bin ich einem Zusammenbruch nah. Meine Beine werden schwach. Tyler sieht flüchtig zu mir herüber. Erschüttert presst er die Lider zusammen, wendet sich ab und verlässt das Zimmer. Madison eilt zur Tür, schließt sie, um sie dann von innen zu verriegeln.

„Du hattest recht." Ich schluchze und kämpfe gegen die Tränen an, die meine Sicht verschwimmen lassen.

Madison kommt auf mich zu, zieht mich in ihre Arme und ich vergrabe den Kopf an ihrer Schulter.

„Ich wünschte, ich hätte es nicht", sagt sie und streichelt mir tröstend über den Rücken.

„Ich habe mit ihm geschlafen", gestehe ich leise. Ich hasse mich dafür, dass ich so blind war und nicht bemerkt habe, dass ich von Tyler bloß verarscht werde. Meine Unterlippe zuckt. Die schönen Worte, die er gestern zu mir gesagt hat, waren glatt gelogen.

Madison drückt mich behutsam von sich. Sie hat ihr Gesicht zu einer mitleidigen Miene verzogen, bleibt jedoch stumm.

„Du kannst es sagen, ich verkrafte es." Ich schlucke, es kratzt in meinem Hals. „Meine Unerfahrenheit hat mich dumm gemacht. Ich habe ihm geglaubt, als er meinte, dass er mich liebt."

„Du bist nicht dumm. Er ist ein Schwein", zischt Madison. Beschwörend sieht sie mich an. „Als du mir geschrieben hattest, dass Tyler bereit sei, mit uns essen zu gehen, damit wir uns kennenlernen, dachte auch ich, so schlimm wird er nicht sein. Sogar Jayden dachte das." Sie umfasst meine Schultern. „Man ist nicht dumm, nur weil man jemanden liebt und vertraut. Es ist nicht deine Schuld."

Ihre Worte trösten mich. Kurz schließe ich die Augen, um mich zu sammeln. Ich habe nichts falsch gemacht, bis auf den Umstand, mich in den falschen Mann zu verlieben.

„Was ist denn genau geschehen?" Madison lässt mich los. Sie reicht mir eine Packung Taschentücher. Ich ziehe eins hervor und putze mir die Nase.

„Als ich in Tylers Loft angekommen bin, war die Tür nur angelehnt. Ich dachte, es wäre etwas passiert. Aber nein, als ich eintrat, sah ich, wie sie sich küssten. Sie beide trugen nichts, außer Unterwäsche." Nie wieder werde ich diese Bilder aus meinem Kopf bekommen. Sie haben sich dort für die Ewigkeit eingebrannt.

„Oh mein Gott!", brüllt Madison angewidert. „Wie konnte er ausgerechnet Mandy küssen? Ich dachte, Tyler kann sie nicht leiden, nachdem er sie in der Bar zurechtgewiesen hat."

Das dachte ich auch.

Sie kratzt sich am Kinn. „Kann es sein, dass zwischen den beiden schon länger etwas läuft?" Madisons Pupillen weiten sich.

Ich schnappe nach Luft.

„Wie dem auch sei, das spielt jetzt keine Rolle", sagt sie hastig und tippt sich mit der Hand auf die Stirn. „Sorry."

Erschöpft sinke ich auf die Matratze. Lief die ganze Zeit etwas zwischen Tyler und Mandy? Hat er sich insgeheim krumm gelacht über die Streiche, die sie mir gespielt hat? Mir schwirrt der Kopf, das kann nicht sein. Das darf nicht sein.

„Kannst du das Licht ausmachen? Ich möchte schlafen." Ich vergrabe den Kopf noch tiefer im Kissen.

Madison streicht mir über die Haare. „Sicher doch."

Das Licht geht aus, Dunkelheit umhüllt mich. Sie ist so finster, wie ich mich fühle.

***

Sanft werde ich geschüttelt. „Ava, wenn du nicht bald aufstehst, kommst du zu spät zur Vorlesung", höre ich Madison mit liebevoller Stimme sagen.

Ich schnelle hoch, wie lange habe ich geschlafen?

„Ich habe dir einen Kaffee geholt." Meine Mitbewohnerin deutet auf die Kommode, auf der ein Pappbecher steht. Dankbar greife ich danach und nehme vorsichtig einen Schluck.

„Danke", murmle ich und ringe mir ein Lächeln ab.

„Wie fühlst du dich?"

„Verletzt, gedemütigt und unglaublich wütend." Besser hätte ich meinen emotionalen Zustand nicht zusammenfassen können.

„Wut ist gut, das hilft dir darüber hinwegzukommen." Hoffentlich.

Ich stehe auf und mache mich im Bad frisch. Es graust mir davor, Tyler oder Mandy über den Weg zu laufen. Letztere wird ihren Triumph voll auskosten. Innerlich bereite ich mich darauf vor. Ich beschwöre mich, egal, was sie sagt oder tut, mir nichts anmerken zu lassen. Nicht in der Vorlesung zu erscheinen, ist für mich ausgeschlossen. Genau das würde Mandy erwarten.

Zusammen mit Madison erreiche ich das Hauptgebäude. Im Eingangsbereich verabschieden wir uns. Während sie die Stufen hochgeht, steure ich den Spind an. Kurz bevor ich ihn erreiche, taucht Mandy vor mir auf, flankiert von ihren Busenfreundinnen. Mandy verzieht ihr Gesicht zu einem überheblichen Grinsen. Mir wird schlecht. Bilder, wie sich Tyler und Mandy küssen, flackern vor mir auf. Panisch sehe ich mich um. Auf eine Konfrontation mit ihr kann ich verzichten. Zwei Meter von mir entfernt, erspähe ich die Damentoilette. Ich beschleunige die Schritte und schlüpfe hinein.

Kurz lehne ich mich von innen an die Tür – das war knapp –, dann stelle ich mich vors Waschbecken und betrachte mich im Spiegel. Die Augen sind immer noch leicht geschwollen, weil ich stundenlang geweint habe, bevor ich endlich einschlafen konnte. Das kann auch das Make-up, das ich großzügig aufgetragen habe, nicht verbergen. Mein Gesicht wirkt abgekämpft.

Ich höre, wie die Tür aufgestoßen wird. Anstatt den Kopf zu drehen, stelle ich das Wasser an und wasche mir die Hände. Bitte, lass es nicht Mandy sein, die hereingekommen ist.

„Du hättest Tylers Gesicht sehen sollen, als ich den BH auszog." Scheiße, sie ist es. „Beinahe hätte er gesabbert. Er hat sich so darauf gefreut, meine Brüste anzufassen. Endlich hatte er etwas in der Hand." Sie stellt sich direkt neben mir ans Waschbecken. Kurz schließe ich die

Lider, öffne sie aber umgehend wieder. Genau darauf habe ich mich vorbereitet.

„Schön für ihn." Ich drehe den Wasserhahn zu und trockne mir die Hände. Mit erhobenem Kopf schreite ich an Mandy vorbei. Sie soll nicht merken, wie mir das Herz blutet. Das Bild, das sie gezeichnet hat, brennt sich schmerzhaft in mein Gedächtnis.

„Bevor wir es getrieben haben." Also doch. Mein Magen verkrampft sich, ein übler Geschmack breitet sich in meinem Mund aus. Ich würge ihn hinunter. Mandy stößt sich ab und stellt sich mir in den Weg. „Er hat mir erzählt, wie unglaublich verklemmt du bist."

Ich zucke zusammen. Er hat sich mit ihr darüber lustig gemacht, dass ich nicht gleich mit ihm geschlafen habe.

„Weißt du, was das Schlimmste für ihn war?"

Ich versuche Mandy zu umrunden, doch sie macht einen Schritt zur Seite. Keine Schwäche zeigen, ermahne ich mich. Ich straffe die Schultern und sehe ihr direkt in die Augen.

Sie verzieht die Lippen zu einem spöttischen Grinsen. „Deine verkümmerten Brüste anzufassen." Ihre Worte verletzen mich nicht, mit dieser Aussage hatte ich gerechnet.

„Komisch, warum hat er es dann immer wieder getan?"

„Weil er dich schlicht und ergreifend ficken wollte."

Zu dieser niederschmetternden Erkenntnis bin auch ich gekommen.

Wut durchzuckt mich und breitet sich in mir aus. In meinem Magen rumort es gewaltig. Es reicht. Nur weil ich mich von ihr und Tyler vorführen ließ, muss ich mir jetzt nicht auch noch auf der Nase herumtanzen lassen. Mit der Hand umfasse ich blitzschnell Mandys Handgelenk und drücke zu.

„Warum tust du das?", schreie ich sie aufgebracht an. Warum muss sie nachtreten, wenn ich doch schon am Boden liege?

Mandy antwortet nicht, sie versucht krampfhaft ihren Arm freizubekommen, doch ich denke nicht daran loszulassen.

„Reicht es dir nicht, dass du mit dem Mann geschlafen hast, den ich liebe?", brülle ich. „Hast du nicht erkannt, dass du längst gewonnen hast?"

Ruckartig ziehe ich sie zu mir heran. Mandy keucht erschrocken auf. „Wenn du mich ab jetzt nicht ein für alle Mal in Ruhe lässt, erzähle ich deinem Vater, dass du mir eine tote Kröte unters Kopfkissen gelegt hast und dass ich vermute, dass du die Plakate mit meiner Telefonnummer aufgehängt hast."

Jegliche Farbe weicht aus ihrem Gesicht. „Das war ich nicht, die Plakate habe ich nicht angebracht." Auf einmal ist von ihrer Arroganz nichts mehr geblieben. Sie hat Angst. Angst, dass ich sie verpetze. „Bitte sag meinem Vater nichts."

Ich lasse sie los, worauf sie aus der Damentoilette stürmt. Bevor auch ich in den Gang trete, atme ich tief durch. Dass Tyler mit Mandy Sex hatte, gleich nachdem wir miteinander geschlafen haben, verletzt mich zutiefst. Vermutlich hat Tyler mich nie geliebt.

Im Augenwinkel erkenne ich Tyler. Er lehnt neben der Tür an der Wand. Kaum bin ich durch den Rahmen getreten, stößt er sich ab und macht einen Schritt auf mich zu.

Wutentbrannt sehe ich ihn an. In meinem Gehirn gibt es einen Kurzschluss. „Mörder", speie ich hasserfüllt aus und ignoriere das Ziehen im Herzen, als Tyler zurücktaumelt, als hätte ich ihm gerade einen Kinnhaken verpasst. Genauso wie das Raunen, das umgehend ertönt. Die Studenten auf dem Flur stecken die Köpfe zusammen. Dabei lassen sie Tyler nicht aus den Augen. Ich mache auf dem Absatz kehrt und begebe mich zum Hörsaal, ohne zurückzublicken.

Tyler

Avas Beschimpfung hat mich unglaublich hart getroffen. Das Wort Mörder aus ihrem Mund zu hören, war beinahe mehr als ich ertragen konnte. In meinem Hals kratzt es, mein Herz verkrampft sich und ich habe Mühe zu atmen.

Ich erreiche den Hörsaal und setze mich in die hinterste Reihe. Der Professor betritt den Saal, während ich mein Notizheft und einen Kugelschreiber vor mich lege.

Ich beruhige mich damit, dass Ava das, was sie gesagt hat, nicht so meinte. Sie ist verletzt, denkt, ich hätte mit Mandy rumgemacht. Fuck. Warum ist Mandy bei mir im Loft aufgetaucht? Und was hat sie Ava in der Toilette erzählt?

Die Ausführungen des Professors dringen an mein Ohr, aber es gelingt mir nicht, das Gesagte zu speichern. Es hört sich an wie ein Rauschen.

Je länger ich über gestern nachdenke, desto mehr habe ich das Gefühl, übel gelinkt worden zu sein. Mandy wollte Ava verletzen und hat mich für ihre Zwecke benutzt. Ich hätte früher reagieren und sie vor die Tür setzen sollen. Scheiße, wenn ich nur geahnt hätte, was sie vorhat.

Mandy hatte auf einmal hinter mir gestanden, als ich gerade aus der Dusche kam. Aus großen, runden Augen hatte sie mich angesehen. Sie hatte Angst. Trotzdem ließ sie den Mantel, den sie trug, fallen. Darunter war sie praktisch nackt. Ich war mit der Situation kurz überfordert, da lag sie schon in meinen Armen. Obwohl Mandy am ganzen Körper zitterte, hat sie mich geküsst. Gerade als ich sie von mir stoßen wollte, hörte ich einen Schrei, der mir durch Mark und Bein ging. Ava ist zum schlecht möglichsten Zeitpunkt aufgetaucht.

Genervt schlage ich mein Notizbuch zu, bis jetzt habe ich ohnehin kein Wort geschrieben.

Wäre Ava nicht einfach davongerannt, hätte ich ihr die Situation erklärt. Es nagt an mir, dass sie mir zutraut, ich würde sie betrügen. Sie kennt mich besser als irgendjemand sonst. Warum denkt sie das?

Sie muss mich anhören, mir ermöglichen, mich zu erklären. Ich muss geduldig sein, den passenden Moment abwarten. Von Mandy lasse ich mir das, was Ava und ich haben, nicht zerstören. Ava ist mein Sonnenschein, der die Dunkelheit und Einsamkeit verschwinden lässt, die in mir herrschen.

***

Die Tage verstreichen. Immer wenn ich Ava sehe, ist sie in Begleitung einer ihrer Freunde. Es schmerzt, dass sie mich konsequent ignoriert. Kein einziges Mal sieht sie mich an. Dennoch gebe ich nicht auf.

Ich laufe über den Campus. In einer Stunde habe ich einen Termin mit meinem Bewährungshelfer. Ava verlässt die Bibliothek, die zehn Meter entfernt von mir ist. Erleichtert atme ich aus. Diesmal ist sie alleine. Ich gehe auf sie zu.

Ava dreht den Kopf in alle Richtungen, sie wartet auf jemanden. Unsere Blicke treffen sich und verhaken sich ineinander. Die Verzweiflung in ihren Augen nimmt mir kurzzeitig die Luft zu atmen. Stumm übermittelt sie mir eine Frage. Warum hast du mir das angetan? Ich presse die Lippen aufeinander, beschleunige die Schritte, will ihr alles erklären. Dann wird es wieder sein wie früher.

Plötzlich tauchen Madison und Jayden auf. Abrupt stoppe ich. Es hat keinen Sinn, mich mit Ava zu unterhalten, wenn die zwei dabei sind. Die denken ohnehin, ich wäre der letzte Abschaum. Das würde in einer wüsten Konfrontation enden. Falls mir Jayden Vorwürfe macht, weiß ich nicht, wie ich reagiere. Das letzte Mal bin ich ihm an die Gurgel gegangen. Meine Kiefer mahlen, während ich beobachte, wie Ava mit ihnen davongeht.

Kapitel 31

Ava

Madison und Jayden spielen eine Runde Dart. Betrübt sitze ich am Tisch und beobachte sie. Anstatt von der Cola vor mir zu trinken, drehe ich das Glas unablässig in der Hand hin und her.

Es war ein Fehler, hierherzukommen. Viel lieber würde ich mich im Bett verkriechen, um meine Wunden zu lecken. Doch Madison hat nicht lockergelassen, bis ich mitgekommen bin. Sie meinte, ich könne mich nicht für immer verkriechen.

Ich komme einfach nicht darüber hinweg, dass Tyler mich betrogen hat. Ich weiß, dass es so ist, ich habe es gesehen, dennoch kommt es mir surreal vor. Es passt nicht zu ihm. Er hat mich nicht dazu gedrängt, mit ihm zu schlafen. Ich war es, die es wollte. Deswegen nehme ich Mandy nicht ganz ab, dass es ihm nur um Sex ging. Den hätte er anderswo viel leichter bekommen können.

Als ich ihn vor zwei Tagen vor der Bibliothek gesehen habe, sah er schrecklich aus. Unter seinen Augen lagen dunkle Schatten, sein Haar war zerzaust. Der Vorfall mit Mandy nimmt ihn genauso mit wie mich. Verdammt noch mal, warum hat er es dann getan? Frustriert seufze ich auf. Das ergibt doch keinen Sinn.

„Willst du?" Madison reißt mich mit ihrer Frage aus den trüben Gedanken. Sie hält mir drei Dartpfeile hin.

„Nein, danke." Resigniert lehne ich mich im Stuhl zurück.

Madison legt die Pfeile auf den Tisch und setzt sich mir gegenüber. „Es braucht Zeit. Herzen heilen nicht von heute auf morgen. Aber irgendwann wirst du daran zurückdenken und es wird nicht mehr wehtun. Es wird zu einer Erfahrung werden, die du gemacht hast. Auch wenn es eine verdammt miese war."

„Ich werde Tyler fragen, warum er mir das angetan hat." Ich schlucke schwer. „Wenn ich das nicht tue, werde ich nicht damit abschließen können."

Madison beäugt mich kritisch.

„Du findest es eine dumme Idee."

Ihr Gesichtsausdruck spricht Bände, was mir egal ist. Ich muss das tun, was für mich stimmt.

„Nein." Weiter kommt sie nicht.

Ryan und Liam tauchen auf und begrüßen uns. Umgehend schnappt sich Ryan die Pfeile vom Tisch und geht zu Jayden hinüber. Liam nimmt neben mir Platz.

„Du musst nur aufpassen, dass er dich nicht belügt", sagt Madison und faltet die Hände. „Wer weiß, womöglich will er dich zurück und verspricht dir das Blaue vom Himmel."

„Keine Angst, darauf würde ich mich nicht einlassen. Einmal Betrüger, immer Betrüger."

„Um was geht es?", fragt Liam, während er zwischen mir und Madison hin und her sieht.

„Ich will mit Tyler reden“, antworte ich.

„Was?“, ruft er entsetzt. Er richtet sich kerzengerade auf. „Das darfst du nicht.“ Wieder spricht er in dem Autoritätston mit mir, der mir zuwider ist.

„Warum?“ Nun richte auch ich mich auf.

„Weil er dich ohnehin nur anlügen würde.“ Liam räuspert sich. „Madison hat diese Befürchtung auch.“

„Das kannst du nicht wissen und wenn dem so sein sollte, werde ich es durchschauen.“ Ich war einmal dumm und leichtgläubig gewesen, ein zweites Mal bin ich es nicht.

„Ich habe Mandy die Freundschaft gekündigt, nachdem ich gesehen habe, wie sehr du darunter leidest, dass sie etwas mit Tyler hatte und du willst jetzt wirklich mit diesem Typen quatschen?“ Liam wirft ungläubig die Hände in die Luft.

Stille breitet sich zwischen uns aus. Das wusste ich nicht. Bis jetzt hat er das nicht erwähnt.

„Das hättest du nicht tun müssen.“ Ich fühle mich schrecklich. Meinetwegen ist ihre Freundschaft Geschichte. „Mandy kann doch nichts dafür, Tyler hätte sich nicht auf sie einlassen dürfen“, murmle ich zögerlich, obwohl ich nicht ganz sicher bin. Immerhin weiß ich nicht, wie lange das zwischen Mandy und Tyler schon läuft und wie nahe sie sich stehen. Wie immer, wenn ich daran denke, wird mir schlecht. Hastig nehme ich einen Schluck Cola, um den gallenartigen Geschmack im Mund loszuwerden.

„Habe ich aber. Wir sind Freunde, Ava, da steht man füreinander ein. Ich will nicht mehr mitansehen, wie du leidest.“ Liam legt die Hand auf meine Schulter.

„Deswegen sehen wir uns morgen endlich einen Horrorfilm zusammen an. Das wollten wir schon seit Ewigkeiten machen."

„Das ist lieb von dir, aber momentan bin ich eine schreckliche Gesellschaft." Nie würde ich es laut aussprechen, aber ein Teil meines Herzens schlägt immer noch für Tyler, was mir Angst macht und mich verunsichert. Aber ich kann es nicht ändern, nur hoffen, dass es mit der Zeit verschwinden wird.

„Das macht überhaupt nichts. Du musst mich nicht unterhalten, das macht der Film", entgegnet Liam und lächelt mich an.

Nachdenklich kaue ich auf der Unterlippe. Eigentlich bin ich dafür nicht in der Stimmung. Viel lieber würde ich morgen lernen, dazu bin ich die letzten Tage nicht gekommen. Ich konnte mich einfach nicht konzentrieren. Egal wie oft ich einen Absatz gelesen hatte, nichts konnte ich mir merken.

„Mann, Ava, langsam nehme ich es persönlich." Liam schnaubt.

„Na gut, ich komme morgen Nachmittag vorbei. Am Vormittag muss ich dringend den Stoff nachholen." Und abermals meine Wunden lecken, die einfach nicht heilen.

„Passt perfekt. Dann haben wir das Verbindungshaus für uns. Alle außer mir fahren zum See. Ich kann nicht mit, da ich am Morgen einen wichtigen Termin habe."

„Sehr gut", sagt Madison, die sich sichtlich darüber freut, dass ich nicht alleine bin, wenn sie morgen auch zum See fährt. Sie hat sich auf den Kopf gestellt, um mich dazu zu bewegen, sie zu begleiten. Aber mir steht nicht der Sinn nach einem Tag voller Spaß mit etlichen Studenten aus Jaydens Verbindung.

„Auf geht's." Ryan kommt mit Jayden im Schlepptau zu uns an den Tisch. „Im Verbindungshaus warten noch ein paar Flaschen Jack darauf, geleert zu werden." Auf seinem Gesicht zeichnet sich ein verschmitztes Grinsen ab und er reibt die Hände aneinander.

„Ich passe. Ava und ich machen uns einen gemütlichen Abend", sagt Madison an Ryan gewandt. Dann sieht sie Jayden an. „Kommst du mich morgen abholen?"

„Sicher doch." Er beugt sich nach vorn und küsst Madison auf den Mund. Es ist gerade nicht leicht für mich, Pärchen zu sehen, die sich küssen. Hastig drehe ich den Kopf und schniefe.

***

Um acht wache ich auf und klemme mich hinter die Bücher. Madison ist schon weg. Es gelingt mir besser als erwartet, mir den Stoff, den ich repetiere, zu merken.

Als die Tür hinter mir ins Schloss fällt, zucke ich zusammen. Wie sie geöffnet wurde, habe ich nicht gehört. Zögerlich drehe ich den Kopf. Steht womöglich Tyler im Zimmer?

Er ist es nicht, den ich erblicke, sondern eine missmutige Madison.

„Warum bist du schon zurück?" Mit dem Stift in der Hand kratze ich mich am Kopf.

„Ryan musste sich während der Fahrt übergeben. Dummerweise saß er neben mir." Sie deutet auf einen großen, braunen Fleck auf ihrem Pullover.

„Wie eklig." Vielleicht ist es Einbildung, aber mir steigt ein säuerlicher Geruch in die Nase. Angewidert verziehe ich das Gesicht.

„Ja, er hat die Nacht durchgemacht und stieg heute Morgen torkelnd ins Auto. Auf halbem Weg ist ihm schlecht geworden." Madison zieht sich den Pullover über den Kopf. „Die Jungs holen mich ab, sobald sie das Auto gereinigt haben", sagt sie und verschwindet im Badezimmer.

Eine halbe Stunde später klopft es und die Tür wird geöffnet. Ryan und Jayden bleiben im Türrahmen stehen und winken mir zu. Madison flitzt aus dem Badezimmer.

„Kommst du auch?", fragt sie mich, während sie ihre Sneakers anzieht.

Ich blicke aufs Telefon. Kurz vor zwölf. Eigentlich ist es noch zu früh, um bei Liam vorbeizuschauen. Wir haben uns um drei verabredet. Trotzdem stehe ich auf, falls er noch nicht von seinem Termin zurück ist, warte ich auf ihn.

Tyler

Ich schlage den Kragen meiner Lederjacke hoch und vergrabe die Hände in den Hosentaschen. Es ist kühl geworden. Bis jetzt habe ich Ava immer noch nicht gesprochen. Darum schaue ich bei ihr im Wohnheim vorbei. Alle fahren heute an den See, hoffentlich ist sie nicht mitgegangen.

Um Zeit zu sparen, nehme ich die Abkürzung über den Rasen. Von Weitem erkenne ich Avas blonde Haare, die im Wind wehen. Verdammt, abermals ist sie in Begleitung ihrer Freunde. Ich trete einen Schritt zurück, hinter einen Baumstamm, damit sie mich nicht sehen.

Als sie an mir vorbeigehen, bleibe ich unbemerkt. Sie sind zu vertieft in ihr Gespräch. Überrascht stelle ich fest, dass sie Richtung Verbindungshaus laufen. Fuck! Hat Jayden ihr etwa nicht gesagt, dass er Drogen in Liams Zimmer gefunden hat? Diese Ungewissheit macht mich fertig. Ohne nachzudenken, folge ich ihnen.

Ava und ihre Freunde biegen rechts ab und betreten den Garten, vor dem Verbindungshaus.

„Ava", rufe ich. Es geht mir nicht darum, richtigzustellen, was wirklich geschehen ist, als Ava Mandy und mich im Loft zusammen gesehen hat. Ich will sicher sein, dass sie das mit den Drogen weiß. Sie soll vorsichtig sein in Liams Gegenwart. Noch besser wäre es, sie würde sich von ihm fernhalten, bis ich Klarheit darüber habe, was hier vor sich geht.

Kapitel 32

Ava

Madison, Jayden, Ryan und ich haben das Verbindungshaus fast erreicht, als ich zur Seite blicke. Mein Herz rutscht mir in die Hose. Tyler steht keinen Meter entfernt von mir. Er sieht unverschämt gut aus, wie immer.

„Du musst nicht mit ihm reden", meint Ryan, während er und Jayden sich schützend vor mich stellen und mir somit die Sicht versperren.

„Hast du es ihr schon gesagt?", höre ich Tyler fragen.

„Was gesagt?" Madison tippt Jayden von hinten auf die Schulter. Doch er reagiert nicht.

„Nein, sieh dir Ava an, sie ist schon genug durch den Wind. Daran bist du schuld." Jayden krallt die Hand ins Haar. „Verdammt, dennoch hätte ich es tun sollen. Es nicht zu tun war dumm von mir", murmelt er vor sich hin.

Ich kann der Unterhaltung nicht folgen. In meinem Kopf hämmert eine Frage: Warum hat Tyler mich betrogen?

„Selbstredend ist es meine Schuld, das passt doch perfekt." Tyler lacht auf, macht einen Schritt zur Seite, nun kann ich ihn wieder sehen.

„Bleib stehen", ruft Ryan angespannt.

„Was, wenn nicht?" Mit zu Schlitzen verengten Augen starrt Tyler Ryan herausfordernd an. Dieser strafft die Schultern, genauso wie Jayden, der neben ihm steht. Wenn das so weitergeht, endet es womöglich in einer Katastrophe. Wozu Tyler fähig ist, weiß ich und aktuell bin ich mir nicht sicher, ob er nicht zuschlagen würde.

„Ich möchte mit Tyler reden", sage ich leise, aber bestimmt.

„Oh Mann", Ryan stöhnt. „Das hat er aber nicht verdient." Er spricht, ohne sich mir zuzuwenden.

„Stimmt, dennoch möchte ich es." Ich trete nach vorn und sehe Ryan bittend an. Er schüttelt den Kopf.

„Wenn sie das wirklich möchte, sollten wir sie nicht aufhalten." Jayden legt Ryan die Hand auf die Schulter, worauf dieser schließlich nickt.

„Wir warten vor dem Eingang auf dich. Falls etwas ist, sind wir gleich da", sagt Madison und drückt flüchtig meine Hand.

Mir ist speiübel. Von Tyler zu hören, dass er mir nur etwas vorgemacht hat, wird mir den Boden unter den Füßen wegreißen. Ich werde in ein tiefes Loch fallen, aus dem ich vermutlich nie mehr herauskomme. Dennoch muss ich wissen, warum er mit Mandy geschlafen hat.

„Warum hast du mich betrogen?", fauche ich.

„Habe ich nicht", antwortet Tyler. Hysterisch lache ich auf. Will er mich für dumm verkaufen? In meinem Magen fängt es an zu brodeln.

„Dann muss es eine Fata Morgana gewesen sein, die mir gezeigt hat, wie Mandy und du euch geküsst habt." Ich schließe die Lider. Mit ihm zu reden, war ein Fehler. Er steht nicht einmal zu dem, was er getan hat. „Vergiss es", keife ich ihn wütend an und mache kehrt. Ich muss damit leben, nie eine Antwort auf meine Frage zu erhalten.

„Denkst du wirklich, ich hinterlasse dir eine Nachricht, in der ich dich bitte, schnellstmöglich zurückzukommen, wenn ich vorgehabt hätte, mich mit Mandy zu vergnügen?"

Ich halte inne. Was er sagt, ergibt durchaus einen Sinn.

„Falls du denkst, ich wäre auf einen Dreier aus gewesen und hätte gehofft, dass du mitmachst, liegst du falsch."

Langsam wende ich mich ihm zu und beäuge ihn kritisch.

„Warum war Mandy dann bei dir?"

„Das spielt jetzt keine Rolle." Oh, doch, und wie es das tut. „Wir müssen uns um wichtigere Dinge kümmern." Tyler greift nach meiner Hand und zieht mich hinter sich her. Ich stemme die Fersen in den Boden, mit aller Kraft halte ich dagegen.

„Sag mir jetzt sofort, warum du mit Mandy geschlafen hast", kreische ich außer mir.

Tyler lässt meine Hand los. „Das habe ich nicht. Behauptet sie das?" In seinem attraktiven Gesicht zeichnen sich Falten auf der Stirn ab. „Miststück", zischt er leise. Abermals ergreift er meine Hand und setzt sich in Bewegung. Diesmal lasse ich mich von ihm durch den Garten zum Hauseingang führen, wo meine Freunde stehen. Immer noch weiß ich nicht, was genau zwischen Mandy und ihm vorgefallen ist. Hat sie mich angelogen? Das würde zu ihr passen. Aber warum haben sie sich geküsst?

„Ist Liam da?", fragt Tyler Jayden.

„Keine Ahnung, er hatte heute Morgen einen Termin."

„Sehen wir doch einfach nach." Tyler stößt die Tür auf und betritt das Verbindungshaus.

„Hey", ruft Ryan ihm hinterher.

„Schon gut, er will Liam etwas fragen, worauf auch ich gerne eine Antwort hätte." Jayden klingt schuldbewusst, was mich aufhorchen lässt. Was geht hier vor sich?

„Liam, du aufgeblasener Arsch, komm sofort herunter oder ich komme hoch." Tylers laute Stimme hallt von den Wänden wider. Nichts passiert. „Letzte Warnung", knurrt Tyler.

Was um Himmels willen, will Tyler von Liam wissen? Fragend sehe ich zwischen Jayden und Tyler hin und her, während ich unruhig von einem Bein aufs andere trete und mir die feuchten Handflächen an der Jeans abwische.

„Jayden, was wird hier gespielt?", flüstert Madison.

Schritte ertönen, kurz darauf kommt Liam mit nacktem Oberkörper die Stufen hinunter. Er rümpft die Nase, als er Tyler erblickt. „Verschwinde oder ich rufe die Campuspolizei." Am Fuße der Treppe bleibt er stehen.

„Wunderbar, die können dich dann gleich verhaften", erwidert Tyler selbstbewusst.

Erschrocken ziehe ich die Luft ein. „Warum sagst du das?" Diesmal huscht mein Blick zwischen Liam und Tyler hin und her, die sich anstarren.

„Wer ist denn da?" Die Stimme kenne ich. Mir wird übel. Mandy kommt die Stufen hinunter. In der Mitte der Treppe bleibt sie stehen, als sie uns erkennt. Sie hält sich die Hand vor den Mund. Ihre Beine sind nackt, der Oberkörper wird von einem zu großen Shirt bedeckt, das ihr bis zur Mitte Oberschenkel reicht. Es gehört eindeutig einem Mann.

„Ich habe dir doch gesagt, du sollst oben bleiben", schreit Liam sie übertrieben wütend an.

„Ent... Ent...schul...dige." Schuldbewusst senkt sie den Kopf.

In meinem Hirn rattert es. Mandy und Liam. Mandy und Tyler. Was hat das zu bedeuten?

„Echt jetzt, ihr treibt es hinter unserem Rücken?" Ryan lacht amüsiert auf und schüttelt den Kopf. „Wie lange schon?"

Liam geht nicht darauf ein. Er konzentriert sich vollends auf Tyler.

Verdammt, Tyler hatte recht, als er meinte, sein Bauchgefühl sagt ihm, dass zwischen Liam und Mandy etwas läuft. Liam hat gar nicht mit Mandy gebrochen. Er hat mich gestern eiskalt angelogen.

„Hast du mit Tyler geschlafen?", frage ich Mandy und beschwöre sie mit meinem Blick, mir die Wahrheit zu sagen.

Mandy verzieht den Mund. Sie wirkt hilflos, von Überheblichkeit keine Spur. Ihr Verhalten passt nicht zu ihrer sonst zickigen Art.

„Halt jetzt einfach die Klappe, Mandy." Liam sieht sie warnend an, worauf sie unterwürfig nickt.

Hoffnung keimt in mir auf. Hat sie mich verarscht, als sie behauptete, sie hätte es mit Tyler getrieben? Etwas erleichtert, aber dennoch angespannt atme ich auf.

„Liam, was soll das?" Ich gehe auf ihn zu, stoppe aber jäh. Seine abwehrende Haltung, er hat die Arme vor der Brust verschränkt, irritiert mich.

„Gute Frage." Tyler schließt zu mir auf. „Und wenn du schon dabei bist, sag mir doch, warum du K.-o.-Tropfen im Badezimmerschrank aufbewahrst."

Ich glaube, mich verhört zu haben. Hat Liam mich unter Drogen gesetzt? Es pocht unangenehm in meinem Schädel.

„Es stimmt." Jayden steht auf einmal neben Tyler.

„Und das erfahre ich erst jetzt?" Madisons Stimme überschlägt sich.

„Sorry, ich war mit der Situation überfordert, dass einer meiner besten Freunde Drogen aufbewahrt."

„Das stimmt nicht." Liam strafft die Schultern.

„Doch, ich habe sie bei dir gefunden und mitgenommen. Tyler hat sie jetzt", sagt Jayden mit geblähten Nasenflügeln.

„Nette Geschichte, die du dir da ausgedacht hast, Jayden. Die Drogen gehören dir." Liam verengt die Augen. „Du warst von Anfang an scharf auf Ava. Aber sie wollte dich nicht, darum hast du dich mit Madison getröstet."

Meine Mitbewohnerin schnappt hinter mir empört nach Luft.

„Warum lügst du?" Jayden reibt sich die Schläfen. „Du warst es, der mich erst auf Madison aufmerksam gemacht hat. Du meintest, sie sei heiß. Nur deswegen habe ich sie angesprochen. Außerdem wolltest du, dass ich sie und Ava zu meiner Geburtstagsparty einlade. Falls du dich noch erinnerst, an diesem Abend wurden Ava Drogen verabreicht."

„Schwein", schimpft Madison. Sie baut sich vor Jayden auf und funkelt ihn böse an. Ihre Miene verrät mir, dass sie mehr verletzt als wütend ist.

„Hey, ich bin unendlich froh, dass ich dich angesprochen habe." Jayden legt ihr die Hände auf die Hüften, doch sie schlägt sie weg.

„Könnt ihr zwei das später klären?" Tyler dreht sich zu ihnen um. „Hier geht es gerade um etwas Wichtigeres als darum, wie ihr euch kennengelernt habt."

„Du hast recht." Madison nickt. „Die Drogen gehören dir, Liam. Jayden lügt nicht."

„Jaydens Wort steht gegen meins. Wird schwierig werden zu beweisen, dass sie mir gehören." Liams Miene nimmt einen überheblichen Ausdruck an. „Immerhin sind sie nicht mehr in meinem Zimmer." Seiner Kehle entweicht ein zufriedenes Glucksen, worauf Tyler neben mir knurrt wie ein wildes Tier. „Ich sage ohnehin nichts mehr ohne meinen Anwalt." Liam dreht sich um und geht die Stufen hoch. Er packt Mandy grob am Arm und sie stöhnt schmerzerfüllt auf.

Ich sprinte nach vorn, genau vor Mandy bleibe ich stehen und sehe zu ihr hoch.

„Mandy, gehören die Drogen Liam?" Die Sekunden verstreichen. „Ich muss es wissen." Die Verzweiflung in meiner Stimme ist nicht zu überhören. Sie schweigt, während Liam hämisch lacht.

„Scheiße, Mandy, man könnte echt meinen, du seist Liam hörig." Ryan kratzt sich am Kopf.

Genau das dachte ich auch gerade.

Tyler ergreift das Wort. „Hat er dich dazu gezwungen, bei mir aufzutauchen und dich an mich ranzuschmeißen?"

Vor Schreck beiße ich mir auf die Zunge. Das wirft ein ganz anderes Licht auf das, was ich in Tylers Loft gesehen habe. „Es war nicht zu übersehen, dass du Angst hattest. Du hast gezittert wie Espenlaub, trotzdem hast du mich geküsst."

„Ja, weil du ein Mörder bist", wispert Mandy.

Tyler hat mich nicht betrogen. Wären die Umstände anders, würde ich mich freuen. Aber die Ungewissheit, ob Liam mir Drogen verabreicht hat, überschattet alles. Mein Puls erreicht ungeahnte Höhen und ich atme unregelmäßig. Ich bin kurz davor zu hyperventilieren.

„Schnauze halten", bellt Liam und zieht sie mit sich.

„Wie lange willst du dich noch von ihm benutzen lassen?", ruft ihr Tyler hinterher. Mittlerweile haben sie den Absatz der Treppe erreicht.

Sie wird nicht antworten. Erschöpft sinke ich zu Boden. Die ganze Zeit über dachte ich, Liam wäre mein Freund. Ich habe mich getäuscht.

Tyler

Für mich gibt es keinen Zweifel: Die Drogen gehören Liam. Aber ohne eine Bestätigung von ihm oder Mandy, wird es schwierig. Das hat dieser Bastard richtig erkannt. Ich presse die Zähne zusammen. Es war falsch, ihn offen darauf anzusprechen. Unseren Vorteil haben wir verspielt.

„Die Drogen gehören Liam." Mandy hat den Satz kaum beendet, als ich lossprinte. Liam sieht mich aus weit aufgerissenen Augen an. Vor Schreck lässt er Mandy los, die die Treppe heruntereilt, während ich sie hinaufstürme.

„Nein", höre ich Ava panisch brüllen. „Denk an deine Bewährung, sonst musst du wieder ins Gefängnis." Abrupt stoppe ich. Adrenalin pumpt durch meine Venen. Ich will Liam eine verpassen, aber er ist es nicht wert, dafür in den Knast zu wandern. Immer wieder wiederhole ich stumm diese Worte, mögen sie mich davon abhalten zuzuschlagen.

„Interessant", säuselt Liam erfreut. Ich fletsche die Zähne. „Schlag mich doch." Er grinst und ich überbrücke die Distanz zwischen uns. Konzentriert atme ich ein und aus, fixiere einen Punkt an der Wand hinter ihm. „Ich sehe, ich muss dich motivieren."

Meine Rechte verkrampft sich. Vor meinem geistigen Auge sehe ich, wie ich ihm die Faust ins Gesicht ramme. Seine Nase bricht mit einem leisen Knacken, Blut rinnt ihm übers Gesicht und tropft auf den Boden.

„Du bist ohnehin geliefert“, knurre ich und ringe um Selbstbeherrschung. Sie hängt an einem seidenen Faden, der augenblicklich reißen kann.

„Ich bin dafür verantwortlich, dass Ava auf Jaydens Party high war.“

Von unten ertönen erschrockene Ausrufe. Mich überrascht seine Aussage nicht, darauf bin ich von ganz allein gekommen. Dennoch zittert mein Körper vor Anstrengung. Meine Muskeln sind zum Bersten gespannt.

„Willst du mich immer noch nicht schlagen?“ Herausfordernd zieht er die rechte Augenbraue hoch.

Jemand legt mir von hinten die Hand auf die Schultern. Wärme durchströmt mich. Es muss Ava sein.

„Bitte tu es nicht“, flüstert sie mir ins Ohr, dabei steigt mir ihr unverkennbarer Geruch in die Nase. Ich kann mich beherrschen. Ich muss mich beherrschen.

„Ich verrate dir, warum ich es getan habe, um dich anzuspornen.“ Liam schnalzt mit der Zunge. „Ich wollte deine Freundin ...“ Er benutzt dieses Wort mit Absicht. Sie ist mein und mein beschütze ich. „... nackt fotografieren und die Bilder dann in Umlauf bringen.“

Ich schließe die Lider. Er wollte Ava demütigen, indem er ihren hilflosen Zustand ausgenutzt hätte. Alles in mir will dem unbändigen Drang nachgeben, Liam zu verprügeln. Abgehackt atme ich konzentriert ein und aus. Es gelingt mir unter größter Anstrengung, reglos zu verharren.

Plötzlich schreit Liam auf. Ich reiße die Augen auf. Er hält sich die Wange. Ava steht vor ihm. Sie hat ihm eine gescheuert.

Liam hebt den Arm. Blitzschnell packe ich sein Handgelenk. Er wird Ava kein Haar krümmen. Es dauert einen Moment, bis Ava begreift, was vor sich geht. Erschrocken geht sie hinter mir in Deckung.

„Schlag ihn", ruft Ryan von unten herauf. „Wir behaupten dann alle, dass ich es war. Ich nehme es sehr gerne auf mich."

„Keine gute Idee." Jayden eilt die Treppe hoch, stellt sich zwischen Liam und mich. Nur zögerlich lasse ich Liam los.

„Gehen wir", sagt Jayden und sieht mich über die Schulter hinweg an. Ava nimmt meine Hand und läuft los. Ich lasse zu, dass sie mich hinter sich herzieht.

Wir durchqueren den Eingangsbereich und treten ins Freie. Gierig fülle ich die Lungen mit kalter Luft.

„Ich bin unglaublich stolz auf dich." Ava sieht zu mir hoch und schlingt die Arme um mich. Ich drücke die Lippen auf ihren Scheitel. Nicht nur sie ist stolz, ich bin es auch. Ich kann mir wieder selbst vertrauen.

Madison, Jayden, Ryan, Tyler und ich sitzen in Tylers Loft am Esstisch. Der Schock darüber, was wir gerade erfahren haben, steckt uns allen tief in den Knochen.

Schließlich halte ich die Stille, die sich zwischen uns ausgebreitet hat, nicht mehr aus. „Warum wollte Liam mir das antun?"

„Das würden wir alle gerne wissen", sagt Madison und massiert sich die Schläfen. „Er ist komplett durchgeknallt und hat sich wie ein Psychopath verhalten."

Stumm pflichte ich ihr bei. Er ist noch viel schlimmer als Mandy.

„Einen Moment lang, dachte ich wirklich, du killst Liam", meint Ryan und sieht Tyler an. „In deinem Blick lag eine Kälte, die mir das Blut in den Adern gefrieren ließ."

„Quatsch, ich habe noch nie jemanden umgebracht und werde es auch niemals tun." Tyler streckt die Beine aus.

Mir wird warm ums Herz, als Tyler meinen Freunden erzählt, dass die Gerüchte über ihn nicht stimmen.

Ohne Zögern erzählt er ihnen, wie es zu diesem Missverständnis gekommen ist. Abermals bin ich unheimlich stolz auf ihn.

Kaum hat er geendet, klopft es an der Tür. Ich erhebe mich und öffne. Mandy steht davor.

„Darf ich reinkommen?", fragt sie unsicher, vermeidet es aber, mir ins Gesicht zu sehen. Ich trete einen Schritt zur Seite, um sie hereinzulassen.

„Was will die denn hier?" Tyler springt auf. „Verschwinde sofort. Deinetwegen hätte ich Ava fast verloren."

„Tyler", entgegne ich streng. „Vergiss nicht, sie hat uns bestätigt, dass die Drogen Liam gehören."

Tyler schnaubt, setzt sich aber wieder hin.

„Ich wollte mich bei euch allen entschuldigen, vor allem bei dir, Ava." Langsam macht Mandy einen Schritt auf den Esstisch zu. „Ich habe zu spät erkannt, was für grausame Dinge Liam von mir verlangt. Als ich es begriff, steckte ich schon in der Scheiße. Er hat die Tatsache, dass ich ihn liebe, erbarmungslos ausgenutzt." Mandy schnieft leise. „Erst als Ryan heute gesagt hat, dass ich ihm hörig bin, habe ich erkannt, dass es so ist. Ich tat einfach alles, damit er glücklich und zufrieden ist. Weil ich ihm gefallen wollte, habe ich mich selbst verloren." Sie schürzt die Lippen.

Mandy hat mich nur drangsaliert, weil Liam es von ihr verlangt hat? Er hat sie dazu angestiftet und sie dann vor mir dafür zurechtgewiesen? Wie paradox.

„Was musstest du tun?" Ich bin weit davon entfernt, Mandys Entschuldigung anzunehmen. Zuerst will ich wissen, warum Liam diesen perfiden Plan ausgeheckt hat.

„Er wollte, dass ich dich mobbe und dir auf Jaydens
Geburtstagsparty in einem unbeobachteten Moment
die K.-o.-Tropfen in die Cola kippe." Schuldbewusst verzieht sie das Gesicht.

„Hast du die Plakate mit meiner Telefonnummer an
den Spinden angebracht?"

„Nein, das war Liam. Er hat die Zettel aufgehängt." Ein
einziges Mal hat sie mich nicht angelogen.

„Warum wollte er mir schaden?" Ich lehne nach vorn.
Was habe ich verbrochen, dass er mir vorgespielt hat,
mein Freund zu sein?

„Deinetwegen hat sich seine Mutter das Leben genommen."

Ich stutze und allmählich begreife ich den Sinn hinter
ihren Worten: Liam ist mein Halbbruder. Und er gibt
mir die Schuld am Tod seiner Mutter.

„Wenn ich es richtig verstanden habe, wollte sein Vater deine Mutter verlassen, um zu Liams Mutter zurückzukehren. Worauf deine Mutter ihm damit gedroht hat, dass er dich, Ava, nie mehr sehen darf. Deswegen ist er bei deiner Mutter geblieben und nicht zu
der von Liam zurückgekehrt, weil er den Kontakt zu dir
nicht verlieren wollte. Daraufhin hat sich Liams Mutter
das Leben genommen." Mandy sieht mich vorwurfsvoll
an.

„Vergiss es", rufe ich empört. „Meine Mum wusste
nicht einmal, dass der Mann, mit dem sie zusammen
war, schon eine Familie hatte. Glaube mir, hätte sie etwas geahnt, hätte sie ihn umgehend zum Teufel gejagt."
Verdammt noch einmal, Liam hat Mandy eine wirklich
rührselige Geschichte aufgetischt, in der meine Mum

die Böse ist. Dabei ist es Liams und – oh Gott – mein leiblicher Vater.

„Hm …“, gibt sie von sich und setzt sich an den Esstisch. „Liam gibt dir auf jeden Fall die Schuld dafür, er ist überzeugt davon, dass sein Vater zurückgekommen wäre, wenn du nicht gewesen wärst.“

Ich rolle mit den Augen, korrigiere sie aber nicht.

„Er wollte dich unter Drogen setzen, nackt fotografieren und die Bilder dann an alle Studenten senden, um dich zu demütigen.“

„Das hat Liam bereits gestanden“, meint Tyler und trommelt mit den Fingern auf die Tischplatte.

„Eigentlich sollte es ganz einfach sein, er wollte sich an dich ranmachen, damit du mit ihm auf sein Zimmer im Verbindungshaus gehst. Dort wollte er dir dann die Drogen verabreichen und die Bilder aufnehmen. Das hat nicht funktioniert, du hast ihn abblitzen lassen.“

Mir wird schlecht, als ich daran denke, dass ich meinen Halbbruder geküsst habe. Mit dem Handrücken wische ich mir über die Lippen.

„Deswegen musste er umplanen und hat dir vorgemacht, dein Freund zu sein, um dich in sein Zimmer zu bekommen.“

Deswegen wollte er sich immer einen Film mit mir ansehen, genau wie heute. Was für ein Arschloch! Mir stellen sich die Nackenhaare auf. Beinahe wäre es ihm gelungen.

„Den Rest der Geschichte kennen wir.“ Tyler hört auf, mit den Fingern auf die Tischplatte zu trommeln. Stattdessen umfasst er meine Hand und drückt sie mitfühlend.

„Kranker Scheiß, das hätte ich Liam nie zugetraut. Er hat komplett den Verstand verloren." Jayden schüttelt angewidert den Kopf.

„Mandy, du musst mich zu deinem Vater begleiten. Ich will ihm alles erzählen."

Sie schluckt. „Muss das wirklich sein?" Unruhig rutscht sie auf dem Stuhl hin und her.

„Ich gehe ohnehin. Wenn du mich begleitest, geht es sicher besser für dich aus." Liam hat Mandy benutzt und manipuliert. Das ist keine Entschuldigung. Aber irgendwie ist auch sie ein Opfer.

„Okay." Mandy erhebt sich und ich tue es ihr gleich.

„Ich komme mit", sagen Tyler und Madison gleichzeitig.

„Danke, aber das ist nicht nötig."

Sicher fällt es Mandy einfacher, ihrem Vater alles zu erzählen, wenn nur ich dabei bin.

„Na gut." Tyler klingt verstimmt, hält mich aber nicht auf.

***

Das Gespräch mit dem Rektor verläuft so, wie ich es erwartet hatte. Er scheut sich nicht davor, seiner Tochter bestimmt mitzuteilen, was er von ihrem Verhalten hält, und keine Sekunde lang nimmt er Liam in Schutz oder verteidigt ihn.

Es stellt sich heraus, dass Liams Vater dafür gesorgt hat, dass ich eines der Stipendien bekomme. Er hat seinen Einfluss, den er durch die finanziellen Zuwendungen ans College hat, geltend gemacht, als er erfahren hatte, dass ich mich um ein Stipendium beworben hatte. Diese Neuigkeit erschüttert mich. Ich dachte, ich wäre ausschließlich aufgrund meiner Leistung angenommen worden.

Niedergeschlagen kehre ich ins Loft zurück, wo Tyler auf mich wartet. Wortlos ziehe ich mich aus und krieche ins Bett. Er legt sich hinter mich und schlingt die Arme um mich. Ich genieße es, weil ich bis vor Kurzem dachte, dass ich ihm nie mehr so nahe sein würde. Hmm, er riecht so gut. Ich sauge seinen Duft regelrecht in mich auf.

Die widersprüchlichen Gefühle – die Liebe für Tyler und die Abneigung gegen Liam –, die mich durchströmen, sind zu viel für mich. Ich wimmere leise. Tyler zieht mich enger an sich. Was Liam vorhatte, ist an Abscheulichkeit nicht mehr zu überbieten. Alles, was er für mich tat, war reines Kalkül. Dennoch bin ich erleichtert, Liam und nicht Tyler verloren zu haben. Die klaffende Wunde in meiner Brust fängt langsam an zu heilen.

„Liam wird seine Strafe bekommen", flüstert mir Tyler ins Ohr. „Bis es so weit ist, lasse ich dich nicht aus den Augen."

Ich spüre seine Lippen an meinem Hals. Sachte streifen sie über meine Haut.

„Versuch nun zu schlafen."

Ich drehe mich um, damit ich ihm ins Gesicht sehen kann. „Mandy und du. Was wäre geschehen, wenn ich nicht aufgetaucht wäre?"

Tyler fährt mir zärtlich über die Wange. „Ich hätte sie von mir gestoßen, egal ob du aufgetaucht wärst oder nicht." Er umfasst mein Kinn mit Zeigefinger und Daumen. „Ava, ich liebe dich. Du bist die Einzige, die ich will und mit Abstand das Kostbarste, was ich besitze. Was wir haben, werde ich nie aufs Spiel setzen." Flüchtig küsst er mich. „Es tut mir leid, was du durchmachen musstest. Es muss schrecklich für dich gewesen sein, als Mandy dich anlog und behauptete, dass ich mit ihr geschlafen habe. Und das ausgerechnet, nachdem ich dich entjungfert habe."

Ich blinzle eine Träne weg.

„Bitte versprich mir, egal was geschieht, höre mich immer zuerst an, bevor du davonläufst."

Ehe ich es mich versehe, habe ich genickt. Hätte ich ihm eher die Chance gegeben, sich zu erklären, wäre mir viel Kummer erspart geblieben.

„Ich liebe dich auch", hauche ich und schmiege mich eng an ihn.

„Sonnenschein", murmelt Tyler und zum ersten Mal verdrehe ich nicht die Augen.

Tyler

In den nächsten Tagen muss nicht nur ich bei der Campuspolizei antanzen. Auch Ryan, Jayden, Madison, Ava und Mandy werden befragt. Nur Liam bleibt davon verschont. Er hat das College freiwillig verlassen, bevor er suspendiert werden konnte.

Es gefällt mir nicht, dass ich eine Aussage zu Protokoll geben muss. Egal was ich sage, es fühlt sich an, als würden mir die Polizisten nicht glauben, weil ich vorbestraft bin. Womöglich ist das nur meine subjektive Wahrnehmung, denn die beiden Beamtinnen, die sich mit mir unterhalten, stellen meine Ausführungen nicht infrage.

Ich verlasse das Gebäude und kehre zum Loft zurück. Seit Avas Freunde wissen, dass ich niemanden umgebracht habe, gehen sie bei mir ein und aus. Mein Zuhause hat sich zum neuen Treffpunkt entwickelt, was mir missfällt. Vor allem Ryan und Jayden tauchen des Öfteren unangemeldet bei mir auf, um mit mir abzuhängen, als wären wir ganz dicke.

Manchmal wünsche ich mir meinen Frieden zurück. Dass ich kein Mörder bin, hat sich wie ein Lauffeuer am College herumgesprochen. Auf einmal werde ich nicht nur beachtet, sondern auch gegrüßt und angesprochen. Auch wenn es schön ist, nicht mehr unsichtbar zu sein, gewöhne ich mich nur langsam daran.

Ich stoße die Tür des Lofts auf und siehe da, Ryan und Jayden lümmeln auf der Couch und sehen fern. Wohlgemerkt auf meiner Couch.

„Hey, wie lief's?", fragt Jayden und sieht zu mir herüber.

„War ganz okay", antworte ich, während ich in die Küche schlendere.

„Wie kannst du dir eigentlich diese krasse Unterkunft leisten? Ich liebe es, hier abzuhängen." Ryan hält einen Daumen in die Luft.

„Wirklich? Wäre ich jetzt nie drauf gekommen." Ich schließe die Kühlschranktür kräftiger als nötig.

„Stört es dich etwa, wenn wir hier sind?" Jayden klingt verunsichert.

„Nein, es ist doch toll, euch als Freunde zu haben." Ich lehne mich an den Küchenschrank.

„Genau meine Worte, du bist echt klasse. Mann, bin ich froh, dass wir uns kennengelernt haben." Ryan grinst breit.

Ryan ist ein netter Typ, aber manchmal befürchte ich, dass er beim Football einmal zu oft und zu hart umgerannt worden und dabei auf dem Kopf gelandet war.

„Er meinte das ironisch", sagt Jayden.

„Was? Dann mag er uns gar nicht?", ruft Ryan und sieht mich verdutzt an.

„Immer mit der Ruhe. Ihr seid hier willkommen, übertreibt es einfach nicht." Ich gehe zu ihnen hinüber und setze mich neben Jayden. Ihn mag ich von Avas Freunden am liebsten. Wir sind uns nicht unähnlich, denn auch er würde für seine Freundin durchs Feuer gehen.

„Jetzt sag schon, wie bist du zu diesem Loft gekommen?", fragt Ryan erneut.

„Mein Vater bezahlt die Miete. Der Richter hat ihn dazu verdonnert, für alles aufzukommen, während ich das College besuche." Ich strecke die Beine aus. „Ich nutze diesen Umstand etwas aus. Er verkraftet es."

„Ist Ava schon da?" Madison fängt an zu sprechen, kaum dass sie die Tür des Lofts auch nur einen Spalt geöffnet hat.

Ich seufze. Wie schön, jetzt sind wir komplett.

„Nein, oder kannst du sie sehen?", erwidere ich und kratze mich am Kinn.

„Charmant wie eh und je. Hast du ein Glück, dass du mit Ava zusammen bist." Sie quetscht sich zwischen Jayden und mich.

„Sag bloß, du würdest mich in Ruhe lassen, wenn ich es nicht wäre." Genervt rutsche ich zur Seite.

„Nein." Madison kichert. „Das würdest du auch gar nicht wollen. Ava hat nämlich gesagt, dass du dich darüber freust, dass du neue Freunde hast, es aber nie zugeben würdest." Sie klimpert mit den Wimpern.

„Hört sich an, als müsste ich heute Abend jemanden übers Knie legen." Warum muss Ava immer alles ausplaudern? Es muss daran liegen, dass sie unglaublich glücklich darüber ist, dass wir unsere Beziehung nicht mehr verheimlichen müssen. Ich bin es auch, wäre aber dennoch dankbar, wenn sie wenigstens gewisse Dinge für sich behalten würde. Wenn das so weitergeht, ist nicht nur mein Ruf dahin, nein, ich werde auch noch als Softie abgestempelt. Was für eine grauenhafte Vorstellung.

Erneut schwingt die Eingangstür auf. Diesmal kommt die Person, auf die wir alle gewartet haben. Ava. Mein persönlicher Sonnenschein. Liebe durchströmt mich. Fuck, ich werde sie immer lieben. Ich stehe auf, gehe auf sie zu und küsse sie zur Begrüßung zärtlich auf den Mund.

„Und?", höre ich Madison angespannt hinter mir fragen.

„Jetzt lass sie doch zuerst einmal ankommen", sage ich. Unglaublich, wie neugierig Madison ist.

„Schon gut", meint Ava.

Ich blicke ihr ins Gesicht, um die Lage zu checken. Sie war heute beim Rektor; er hat sie zu sich bestellt, weil es Neuigkeiten gab. Ava wirkt bedrückt. Sie lächelt, doch es erreicht ihre Augen nicht. Abermals nehme ich sie in den Arm.

„Wenn du willst, jage ich die Meute davon", flüstere ich ihr ins Ohr.

„Du meinst wie gestern Abend?" Ihr Atem gleitet über meinen Hals. Der Gedanke an den gestrigen Abend ruft heiße Erinnerungen in mir hervor. Ava, nackt auf allen vieren vor mir. Definitiv ein Anblick, an den ich mich gewöhnen könnte.

„Ja, das müssen wir unbedingt wiederholen." Ava kichert.

„Ich hatte gehofft, dass du das sagst." Ich weiß, dass sie auf der Unterlippe kaut, auch wenn ich es nicht sehen kann. „Du etwa nicht?" Neckisch beiße ich ihr ins Ohrläppchen, worauf sie leise wimmert.

„Hallo, wir sind auch noch da", höre ich Madison rufen.

Ava windet sich aus meinen Armen. Nur widerstrebend lasse ich es zu.

Kapitel 34

Ava

Ich blicke meine Freunde an, die darauf brennen, zu erfahren, was mir der Rektor mitgeteilt hat.

„Mandy darf auf dem College bleiben …“

„War ja nicht anders zu erwarten“, brummt Tyler und schüttelt verständnislos den Kopf.

„Sie kommt nicht ungeschoren davon.“ Ich gehe auf ihn zu und lege ihm beschwichtigend die Hand auf die Brust. „Sie muss eine Therapie machen und wurde zu zweihundert Stunden gemeinnütziger Arbeit verdonnert.“

Mit dem gefällten Urteil bin ich zufrieden. Mandy hat erkannt, wie grausam sie sich mir gegenüber verhalten hat. Heute beim Rektor hat sie sich unter Tränen abermals bei mir entschuldigt für das, was sie mir angetan hat. Ihre Entschuldigung war aufrichtig und von Reue gezeichnet. Auch wenn Mandy und ich nie Freunde sein werden, möchte ich doch, dass sie die Chance bekommt, sich zu bessern. Genauso wie Tyler vor langer Zeit eine Chance gegeben wurde. Er hat sie nicht nur genutzt, sondern das Bestmögliche daraus gemacht.

Tyler hat mir bewiesen, dass sich Menschen ändern können.

„Liam wurde in seiner Abwesenheit des Colleges verwiesen und er wird wegen versuchter Körperverletzung mit juristischen Folgen rechnen müssen." Ich mache eine Pause, um mich zu sammeln. „Liams Vater, mein Erzeuger, wollte mit mir reden. Ich habe abgelehnt." Der Rektor hatte mir gesagt, dass er im Nebenzimmer auf mich warte. Immer noch bin ich überrascht, wie leicht es mir fiel, seine Bitte abzuschlagen.

„Das war die richtige Entscheidung. Du hast einen Vater, der dich nicht nur abgöttisch liebt, sondern immer für dich da ist." Tyler zieht mich an sich. Genau das dachte ich auch. Mein leiblicher Vater ist ein grässlicher Mensch, getrieben von Geldgier. Er hat die Hilferufe von Liams Mutter ignoriert, bis es zu spät war. Eigentlich sollte ich Liam hassen, kann es aber nicht. Was er durchmachen musste, war grausam. Dennoch entschuldigt es sein Verhalten nicht.

„Verschwinden wir", höre ich Jayden sagen. Kurz darauf fällt die Tür ins Schloss.

„Woher wusste Liam eigentlich, wer du bist?" Tyler schiebt mich behutsam von sich, damit er mir ins Gesicht sehen kann.

„Er hat seinen Vater vor Jahren belauscht, als er sich mit einem Bekannten in seinem Büro über mich unterhalten hat. Er hat sich meinen Namen gemerkt. Eines Tages fand er dann meine Bewerbung auf dem Schreibtisch seines Vaters, mit dem Vermerk, dass ich ein Stipendium erhalte." Ich räuspere mich. „Dann hat er angefangen, seinen persönlichen Rachefeldzug gegen mich zu planen. Er wollte mich nicht nur fertig machen und demütigen, er wollte mich zerstören." Es fröstelt mich. Erst jetzt wird mir das ganze Ausmaß von Liams perfidem Plan vollends bewusst. Am Anfang war ich zu geschockt, um zu begreifen, was er mir genau antun wollte und wie ich darunter leiden würde. Es hörte sich so surreal an.

***

Die Wochen verstreichen und ich blühe wieder auf. Ich sauge das Gefühl regelrecht in mich auf, unbeschwert über das Campusgelände zu gehen, ohne die Sorge haben zu müssen, attackiert zu werden. Es ist schön, zu sehen, wie sich Tyler in meinen Freundeskreis integriert hat, auch wenn er mault, weil unsere Freunde nun ständig in seinem Loft abhängen. Sein Verhalten ihnen gegenüber zeigt mir, dass er es genießt. Um seine Bewährung sorge ich mich schon lange nicht mehr, er hat bewiesen, dass er sich im Griff hat, wenn es darauf ankommt.

Unsere Beziehung entwickelt sich wunderbar. Tyler ist sehr aufmerksam und hält sich nicht damit zurück, mir seine Zuneigung offen vor allen anderen zu zeigen. Wenn ich ihn ansehe, schlägt mein Herz Purzelbäume. Er ist mein Gegenstück.

Eilig überquere ich den Campus. Der Wind pfeift mir um die Ohren und ich ziehe die Jacke enger um mich. Heute ist der letzte Collegetag vor Thanksgiving. Morgen fliegen Tyler und ich zu meinen Eltern nach L. A. Alexanders Adoptionsantrag wurde bewilligt: Es ist nun amtlich, ich bin seine Tochter. Ich freue mich riesig darüber. An meinen leiblichen Vater habe ich keinen Gedanken mehr verschwendet. Gelegentlich muss ich an Liam denken. Es wäre schön gewesen, hätte ich eine Beziehung zu meinem Halbbruder aufbauen können, doch das hat er verspielt.

Mit klammen Fingern drücke ich die Klinke nach unten und husche in Tylers Loft. Staunend halt ich inne. Meine Eltern sitzen mit Tyler am Esstisch.

„Überraschung.“ Mum springt auf und umarmt mich. Ihr blumiger Geruch hüllt mich ein.

„Was macht ihr denn hier?“

„Das wird dir Tyler später erklären.“ Dad kommt auf mich zu, legt die Arme um mich und Mum. „Du kannst wirklich stolz auf ihn sein.“

Das bin ich auch. Und wie ich das bin. „Ich will es aber jetzt wissen.“ Zwischen meinen Eltern hindurch schiele ich zu Tyler hinüber, der mich mit einer undurchdringlichen Miene ansieht. Er wird es mir nicht verraten. Mist.

Nachdem mich meine Eltern losgelassen haben, setzen wir uns an den Esstisch.

Auf einmal wirkt Mum bedrückt. „Ich kann es immer noch nicht fassen, was Liam dir antun wollte.“ Jetzt fängt sie schon wieder damit an.

„Mum, ich dachte, wir seien mit diesem Thema durch.“ Stundenlang habe ich mit ihr telefoniert, dieselben Dinge immer und immer wieder durchgekaut. Ich kann nicht mehr. Wenn ich pausenlos daran erinnert werde, kann ich nie endgültig damit abschließen. „Ich möchte gerne nach vorn blicken und die Vergangenheit hinter mir lassen.“

„Ava hat recht." Dad legt seine Hand auf die von Mum. „Es bringt niemanden etwas, wenn sich jedes unserer Gespräche nur noch darum dreht."

Mum nickt, reibt sich aber die Stirn. „Anscheinend ist meine Tochter besser darin zu akzeptieren, was geschehen ist, als ich."

„Aber nur, weil ich mir im Gegensatz zu dir keine Vorwürfe mache", sage ich mit sanfter Stimme. Ich kann verstehen, weswegen Mum sich mit einem schlechten Gewissen plagt, aber es gibt keinen Grund, warum sie das sollte. Sie hat absolut nichts falsch gemacht.

„Ja, die mache ich mir." Mum atmet tief durch. „Du bist doch mein Sonnenschein. Nicht auszudenken, wenn dir etwas passiert wäre."

Dad drückt ihre Hand. „Genau diese Unterhaltung haben wir schon zigmal geführt."

„Ihr habt ja recht." Seufzend lehnt sich Mum im Stuhl zurück.

„Gehen wir doch essen", sagt Tyler, wofür ich ihm dankbar bin. Ich möchte den Abend mit meinen Eltern genießen und feiern, dass ich ab jetzt einen Dad habe.

***

Müde kehren Tyler und ich kurz vor Mitternacht ins Loft zurück. Das Essen war hervorragend und es war schön, dass der Name Liam den ganzen Abend über nicht ein einziges Mal gefallen ist.

Während ich mich im Badezimmer abschminke, schlingt Tyler mir von hinten die Arme um die Hüften.

„Warum sind meine Eltern hergekommen, wenn wir morgen zu ihnen fliegen?" Neugierig betrachte ich sein

362

Spiegelbild. Er kneift die Augen zusammen und zieht mich enger an sich. Mir wird flau in der Magengegend.

„Weil wir morgen zu meinen Eltern fliegen."

Mit offenem Mund starre ich in den Spiegel. Es dauert einen Moment, bis ich begreife, was er gerade gesagt hat.

„Ist das in Ordnung für dich?" Unsicherheit blitzt in seinem Gesicht auf.

Rasch wende ich mich ihm zu und lege die Hände auf seine nackte Brust. „Natürlich. Hast du dich bei ihnen gemeldet? Ich hoffe, sie wissen, dass wir kommen."

„Ja, nach langem Ringen, habe ich meine Mutter Anfang letzter Woche angerufen."

„Warum?"

„Weil ich mein Leben endlich im Griff habe und mir selbst traue. Eigentlich wollte ich mich erst bei ihnen melden, wenn das College vorbei ist. Aber ich denke, sie können schon jetzt stolz auf mich sein."

Ich hätte es nie für möglich gehalten, dass sich Tyler dazu durchringen würde. Er macht mich sprachlos und glücklich zugleich.

„Wie hat sie reagiert?"

„Sie hat sich unglaublich gefreut." Tyler lächelt zufrieden. „Ich musste ihr versprechen, schnellstmöglich zu kommen. Deswegen habe ich dann deinen Dad angerufen und gefragt, ob es in Ordnung ist, wenn wir sie über Thanksgiving nicht besuchen. Selbstredend war das für deine Eltern kein Problem, du weißt besser als ich, wie unkompliziert und verständnisvoll sie sind. Es war echt schön, zu hören, wie sich dein Dad für mich gefreut hat." Tyler hebt mich hoch und setzt mich auf den Rand des Waschbeckens. „Nachdem ich meiner Mutter erzählt habe, dass ich jemanden kennengelernt habe, der erheblich daran beteiligt ist, dass ich mich bei ihr gemeldet habe, pochte sie darauf, dass ich dich mitbringe."

Mein Herz quillt über vor Liebe, die ich für den Mann vor mir empfinde. Ich recke das Kinn und küsse Tyler zärtlich. Er greift mir ins Haar und knabbert an meiner Unterlippe.

„Tyler." Ich keuche, worauf er von meinem Mund ablässt.

„Es ist nicht mein Verdienst, dass du den Kontakt zu deinen Eltern gesucht hast. Das hast du ganz allein geschafft." Ich bin so unendlich stolz auf ihn. Eilig trockne ich meine Augen mit dem Finger.

„Doch, zum Teil ist es das, meine Mutter sah das auch so." Er drückt seine Stirn an meine.

„Was hast du ihr denn gesagt?" Ich schließe die Lider, genieße diesen innigen Moment zwischen uns.

„Dass ich die Frau gefunden habe, die ich eines Tages heiraten will."

Abrupt öffne ich die Augen. „Ähm ... Wie ... bitte?". Will er mir jetzt einen Heiratsantrag machen? Auch wenn ich ihn über alles liebe, geht mir das zu schnell. Ich habe doch gerade erst das College begonnen.

„Doch nicht jetzt, Ava." Ein Schmunzeln huscht über Tylers Gesicht. „Zuerst beenden du und ich das College, dann ziehen wir zusammen und in zehn Jahren heiraten wir."

Erleichtert atme ich aus, blicke in seine vertrauten Augen und erkenne: Sein Plan ist perfekt. Mit ihm alt zu werden, kann ich mir sehr gut vorstellen.

„Klingt wunderbar", hauche ich und wuschle ihm durchs Haar. „Wann müssen wir morgen los?" Ich lecke mir über die Lippen und rutsche vom Rand des Waschbeckens hinunter.

„Welche Uhrzeit willst du hören, damit du auf den Knien landest?" Tylers Stimme ist eine Spur dunkler geworden.

Neckisch lächle ich ihn an, fahre mit den Fingerspitzen über seine Brust, bis ich den Bauch erreiche, und hake die Finger schließlich in den Bund der Boxershorts. Ich gleite an ihm hinunter und lande auf den Knien.

„Ava, du bist perfekt. Vielleicht sollten wir doch schon eher heiraten. Nicht dass du es dir noch anders überlegst." Er hält einen Moment inne. „Verdreh jetzt bloß nicht die Augen, Sonnenschein."

Schmunzelnd knie ich auf dem gefliesten Boden. Die Finger immer noch am Bund der Unterhose eingehakt. „Zeig mir doch, wie perfekt du bist, dann vergesse ich bestimmt nicht, dass ich eines Tages deine Frau werden will." Tyler bückt sich und hebt mich hoch.

„Dann eben du zuerst", brummt er, während er mich zum Bett trägt.

„Am besten, wir beide vergessen nie, was wir aneinander haben." Ich schlinge die Arme um seinen Hals.

„Das werde ich nicht, wie könnte ich je aufhören, dich wertzuschätzen. Du hast mich von der Dunkelheit zurück ins Licht geführt." Eng umschlungen sinken wir auf die Matratze.

„Dito." Ich betrachte Tylers Profil. Der Tag, an dem wir heiraten werden, wird der schönste meines Lebens sein.

Epilog

Ava

Sechs Jahre später.

Summend stehe ich in der offenen Küche am Herd und bereite Tacos zu. Mein Blick schweift durch die große Fensterfront und bleibt an der atemberaubenden Skyline von New York hängen. Die Lichter leuchten in der Abenddämmerung. Obwohl Tyler und ich nun seit zwei Jahren in diesem Penthouse, das direkt an den Central Park grenzt, wohnen, kann ich mich an dieser Aussicht nicht sattsehen.

Tyler ist gleich nach seinem Abschluss nach New York gezogen und ich bin ihm gefolgt, als ich meinen in der Tasche hatte. Es waren drei lange, zermürbende Jahre, in denen wir uns nur sporadisch an den Wochenenden sehen konnten. Dennoch hat uns diese herausfordernde Zeit nicht getrennt, sondern noch enger zusammengeschweißt.

Ich befülle die Tacos-Schalen mit Hackfleisch, Tomaten und Zwiebeln. Bevor ich sie in den Ofen schiebe, reibe ich eine dicke Schicht Käse darüber.

Ich höre, wie sich die Aufzugstüren öffnen und wieder schließen. Kurz darauf werde ich von hinten umarmt.

„Wie war dein Tag?", frage ich Tyler und drehe mich zu ihm um. Mittlerweile habe ich mich daran gewöhnt, ihn im Anzug zu sehen. Zu Beginn kam es mir merkwürdig vor. Boots und Lederjacke trägt er nur noch in der Freizeit.

„Sehr gut, stell dir vor, ich wurde zum Partner befördert." Er grinst breit.

„Das will ich auch hoffen, so selten wie ich dich die letzten Monate zu Gesicht bekam."

Tyler hat geschuftet wie ein Tier und endlich hat es sich ausbezahlt. Wenn ich morgens aufgewacht bin, war er schon weg. Häufig kam er erst nach Hause, wenn ich bereits im Bett lag. Und in der wenigen Freizeit, die wir zusammen hatten, haben oft noch Mandaten angerufen, weil sie mit dem Gesetz in Konflikt geraten waren.

„Tut mir leid, dass du zu kurz kamst, aber das wird sich jetzt ändern."

„Schon gut, ich bin unheimlich stolz auf dich." Ich lege ihm die Hand an die Wange. „Aber lass uns doch in den nächsten Wochen ein paar Tage wegfahren." Die Vorstellung, mit ihm in einem kleinen Bed & Breakfast einzuchecken und das Zimmer den ganzen Tag nicht zu verlassen, bringt mich auf eine reizvolle Idee. „Die Tacos brauchen noch zwanzig Minuten. Das sollten wir doch schaffen." Kaum habe ich den Satz beendet, ziehe ich das T-Shirt über den Kopf. Tylers Pupillen weiten sich, dennoch hält er mich mit einer Hand am Oberarm fest, mit der anderen zieht er mein Shirt zurück nach unten.

„Bist du zu müde?" Er muss wirklich erschöpft sein.

„Für das bin ich nie zu müde", sagt er und drückt mir die Lippen auf die Stirn.

„Alles in Ordnung?" Mich beschleicht ein ungutes Gefühl, was sich verstärkt, als Tyler mich nervös betrachtet. Er fährt sich wiederholt durchs Haar, dabei räuspert er sich geräuschvoll. Oh mein Gott, was ist passiert?

„Komm mit." Tyler nimmt meine Hand und führt mich ins Wohnzimmer. „Setz dich."

Mir rutscht das Herz in die Hose und mein Puls beschleunigt sich, als ich bemerke, wie aufgeregt er auf einmal ist. Will er mir etwas beichten?

„Nun sag schon", krächze ich.

„In meiner Vorstellung war das ganz einfach, aber jetzt habe ich Angst, es zu vermasseln." Tyler atmet tief durch, kommt auf mich zu und stoppt genau vor mir. „Hast du das Gefühl, etwas verpasst zu haben in deinem Leben?"

„Nein, warum fragst du das?" Irritiert sehe ich zu ihm hoch.

„Weil ich dein erster und somit einziger Freund bin. Du konntest dich im Gegensatz zu mir nie ausleben."

Bestürzt schürze ich die Lippe. Wie kann er das nur denken? Ich liebe ihn und es ist mir egal, dass ich außer mit ihm mit keinem anderen Mann Sex hatte. Langsam erhebe ich mich.

„Es fühlt sich nicht an, als hätte ich etwas verpasst, es fühlt sich an, als hätte ich unheimlich Glück gehabt, den Mann, der mir die Welt bedeutet, so früh kennenzulernen. Ich will nicht nur, dass du der Erste bist, ich will auch, dass du der Letzte bist." Behutsam fahre ich ihm über die Brust, durch den dünnen Stoff des Hemdes fühle ich seine Körperwärme.

Tyler stößt erleichtert die Luft aus, küsst mich flüchtig und drückt mich aufs Sofa zurück. Dann geht er vor mir auf die Knie und umfasst meine Hand.

„Du hast mir gerade die Angst genommen, mich zum Volldeppen zu machen." Seine Mundwinkel huschen nach oben. „Ava, dass ich dich liebe, habe ich dir in den letzten Monaten zu wenig gezeigt. Aber das heißt nicht, dass ich es nicht jede Sekunde und mit jedem Atemzug tue." Tyler greift in die rechte Hosentasche und zieht ein schwarzes Kästchen hervor. Überwältigt halte ich mir die zitternde Hand vor den Mund. Mein Herz setzt kurz aus. Tyler will mir einen Antrag machen. „Eigentlich ist es noch zu früh. Wir hatten abgemacht ..."

„Ja", kreische ich aufgeregt und mit wässrigen Augen. Ich will seine Frau werden, auch wenn wir das erst in vier Jahren geplant hatten.

Die Haustür, die eigentlich niemand benutzt, weil alle mit dem Aufzug in den dreißigsten Stock fahren, schwingt auf.

„Herzlichen Glückwunsch", ruft Madison, die einen großen rosa Ballon hinter sich herzieht, auf dem steht: Sie hat Ja gesagt. Neben ihr läuft Jayden, der zwei Flaschen Sekt in der Luft schwenkt. Hinter ihm Ryan mit einem gigantischen Strauß roter Rosen in der Hand.

„Ihr seid zu früh." Tyler, der immer noch vor mir kniet, stöhnt, auf seiner Stirn breiten sich Falten aus.

„Aber sie hat doch Ja gesagt“, meint Jayden und entkorkt eine der Flaschen.

„Ja, hat sie, obwohl ich sie noch gar nicht gefragt habe,
ob sie mich heiraten will.“ Tyler richtet sich auf und
deutet unseren Freunden an zu verschwinden.

„Das ist ein gutes Zeichen. Sie kann es kaum erwarten.“ Ryan klopft Tyler auf die Schulter. „Gut gemacht.“

„Nein, das ist nicht gut. Tagelang habe ich mir überlegt, was ich sagen will, und dann komme ich nicht
dazu.“ Schnaubend öffnet Tyler das schwarze Kästchen. „Her mit deinem Finger“, sagt er an mich gewandt.

Kichernd halte ich ihm die Hand hin, dabei sehe ich
mich gerührt um. Unsere Freunde sind gekommen, um
mit uns unsere Verlobung zu feiern. Madison und Jayden sind von L. A. hergeflogen, wo Madison ihre erste
kleine Rolle in einer Serie ergattert hat, und Ryan von
Texas aus. Er spielt aktuell bei den Dallas Cowboys.

„Wo war ich?“, murmelt Tyler und nimmt abermals
meine Hand.

Ich konzentriere mich vollends auf Tyler, es gibt nur
noch ihn und mich. Alles um uns herum blende ich aus.

„Genau, ich habe so viel gearbeitet für unsere Zukunft
und auch dafür, dass ich dir den Verlobungsring schenken kann, den du verdienst.“

Er zieht den Ring aus dem Kästchen. Mir stockt der
Atem. Ein gelber Diamant, der in einen silbernen Ring
eingefasst ist, kommt zum Vorschein. Sonnenschein,
schießt es mir durch den Kopf. Tyler wird nicht müde,
mich so zu nennen, und ich wäre traurig, würde er damit aufhören. Vorsichtig schiebt er mir das Pracht-
stück über den Finger.

„Er ist wunderschön." Ich schniefe, während wir uns umarmen.

„Genau wie du", flüstert er mir ins Ohr.

„Können wir jetzt anstoßen?", fragt Ryan ungeduldig. Dabei tippt er mit dem Fuß auf den Parkettboden.

„Mann, halt doch die Klappe, jetzt hast du den Moment zerstört", zischt Madison.

Tyler und ich lösen uns voneinander, was mir unheimlich schwerfällt. Er ist jetzt mein Verlobter. Aus meiner Kehle löst sich ein Freudenschrei.

„Zeig her", sagt Madison aufgeregt.

Ich strecke ihr die Hand hin.

„Wow, er ist der Wahnsinn."

Ryan befüllt die Gläser und wir stoßen an. Mittlerweile trinke ich Alkohol, aber nur in Maßen. Während Madison vom Filmset erzählt, an dem gerade gedreht wird, ziehe ich Tyler etwas zur Seite.

„Was wolltest du mir vorhin noch alles sagen?" Ich brenne darauf, Tylers Worte zu hören, die er sich für den Antrag überlegt hat.

„Nichts Weltbewegendes. Nur dass ich dich liebe und mit dir alt werden möchte." Er räuspert sich. „Das mit dir fühlt sich perfekt an. Egal was wir machen, auch wenn wir nur gemütlich vor dem Fernseher sitzen, habe ich immer das Gefühl, genau dort zu sein, wo ich sein will. Bei dir."

„Mir geht es genauso. Manchmal ist das ganz schön beängstigend", sage ich. „Es ist fast zu perfekt."

Ich stelle mich auf die Zehenspitzen und küsse ihn so leidenschaftlich, dass Tyler gequält aufstöhnt, mich hochhebt und das Schlafzimmer ansteuert.

„Lass mich runter", quieke ich und klopfe ihm auf die Schulter.

„Nein, unsere Freunde finden den Ausgang auch ohne uns."

Während ich lache, steigt mir ein angebrannter Geruch in die Nase. Mist.

„Du musst mich wirklich runterlassen." Ich habe vergessen, den Timer beim Backofen zu stellen.

„Da qualmt etwas", bemerkt Jayden, während mich Tyler an sich heruntergleiten lässt. Ich hechte zum Ofen und schalte ihn aus. Über die Schulter hinweg sehe ich Tyler und unsere Freunde an. „Gleich um die Ecke gibt es einen Irish Pub."

„Wie in den guten alten Zeiten." Madison kichert.

Auf der kurzen Strecke, die wir zum Pub zurücklegen, umfasse ich Tylers Hand. Vor dem Eingang bleibe ich stehen und halte ihn zurück.

„Falls du denkst, es ist mir nicht aufgefallen, liegst du falsch." Ich halte inne. Tyler lächelt. Es ist ein verdammt anziehendes Lächeln, das mir nach all den Jahren immer noch ein Flattern in der Magengrube beschert.

„Brauchst du Hilfe?" Ich sage die ersten Worte, die ich je an ihn gerichtet habe. Nämlich genau heute vor sechs Jahren in einer dunklen Seitenstraße.

„Bist du Mechanikerin?" Tyler kneift die Augen zusammen.

„Arsch." Ich lache, trete an ihn heran und drücke die Lippen zärtlich auf seinen Mund, um ihn zu verschließen, bevor er mich fragen kann, ob ich flachgelegt werden will.

Danksagung

Ich danke allen, die mich bei der Entstehung dieser Geschichte unterstützt haben. Allen voran meiner Familie, die mir den Rücken freihält, damit ich überhaupt zum Schreiben komme.

Auch danke ich dem dp Verlag, für das Vertrauen in meine Geschichten und mich. Die Zusammenarbeit mit euch macht Spaß und ist von Wertschätzung geprägt.

Ein besonderer Dank geht an die liebe Lektorin Katrin Gönnewig, die mir dabei geholfen hat, der Geschichte den Feinschliff zu verpassen.

Und natürlich an all meine überaus geschätzten Leser. Ich freue mich über jeden Einzelnen von euch. Danke, dass ihr nicht müde werdet, meine Geschichten zu lesen.